Um Acordo Pecaminoso

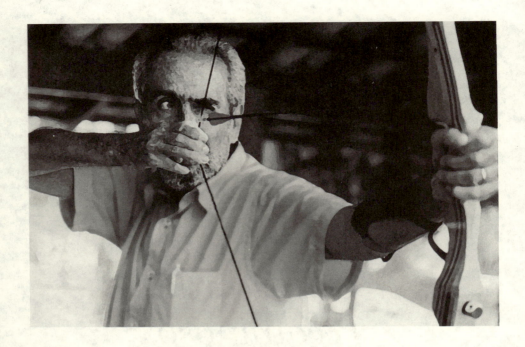

O Arqueiro

GERALDO JORDÃO PEREIRA (1938-2008) começou sua carreira aos 17 anos, quando foi trabalhar com seu pai, o célebre editor José Olympio, publicando obras marcantes como *O menino do dedo verde*, de Maurice Druon, e *Minha vida*, de Charles Chaplin.

Em 1976, fundou a Editora Salamandra com o propósito de formar uma nova geração de leitores e acabou criando um dos catálogos infantis mais premiados do Brasil. Em 1992, fugindo de sua linha editorial, lançou *Muitas vidas, muitos mestres*, de Brian Weiss, livro que deu origem à Editora Sextante.

Fã de histórias de suspense, Geraldo descobriu *O Código Da Vinci* antes mesmo de ele ser lançado nos Estados Unidos. A aposta em ficção, que não era o foco da Sextante, foi certeira: o título se transformou em um dos maiores fenômenos editoriais de todos os tempos.

Mas não foi só aos livros que se dedicou. Com seu desejo de ajudar o próximo, Geraldo desenvolveu diversos projetos sociais que se tornaram sua grande paixão.

Com a missão de publicar histórias empolgantes, tornar os livros cada vez mais acessíveis e despertar o amor pela leitura, a Editora Arqueiro é uma homenagem a esta figura extraordinária, capaz de enxergar mais além, mirar nas coisas verdadeiramente importantes e não perder o idealismo e a esperança diante dos desafios e contratempos da vida.

Um Acordo Pecaminoso

OS RAVENELS 3

LISA KLEYPAS

ARQUEIRO

Título original: *Devil in Spring*

Copyright © 2017 por Lisa Kleypas
Copyright da tradução © 2018 por Editora Arqueiro Ltda.

Todos os direitos reservados.
Nenhuma parte deste livro pode ser utilizada ou reproduzida
sob quaisquer meios existentes sem autorização por escrito dos editores.

tradução: Ana Rodrigues

preparo de originais: Mariana Rimoli

revisão: Rebeca Bolite e Sheila Louzada

diagramação: Aron Balmas

capa: Renata Vidal

imagens de capa: Lee Avison/ Arcangel Images

impressão e acabamento: Associação Religiosa Imprensa da Fé

CIP-BRASIL. CATALOGAÇÃO NA PUBLICAÇÃO
SINDICATO NACIONAL DOS EDITORES DE LIVROS, RJ

K72a   Kleypas, Lisa
      Um acordo pecaminoso/ Lisa Kleypas;
      tradução de Ana Rodrigues. São Paulo: Arqueiro, 2018.
      304 p.; 16 x 23 cm. (Os Ravenels; 3)

      Tradução de: Devil in spring
      Sequência de: Uma noiva para Winterborne
      Continua com: Um estranho irresistível
      ISBN 978-85-8041-902-3

      1. Ficção americana. I. Rodrigues, Ana.
      II. Título. III. Série.

                           CDD: 813
18-53071   CDU: 82-3(73)

Todos os direitos reservados, no Brasil, por
Editora Arqueiro Ltda.
Rua Funchal, 538 – conjuntos 52 e 54 – Vila Olímpia
04551-060 – São Paulo – SP
Tel.: (11) 3868-4492 – Fax: (11) 3862-5818
E-mail: atendimento@editoraarqueiro.com.br
www.editoraarqueiro.com.br

Para Carrie Feron,

*por toda a sua incrível gentileza, seu empenho e sua intuição,
e por tornar minha vida e meus livros mais alegres*

PRÓLOGO

Evangeline, a duquesa de Kingston, ergueu o bebê, seu neto, da pequena banheira e embrulhou-o em uma toalha branca e macia. O bebê deu risadinhas, esticou as pernas fortes e tentou ficar de pé no colo dela. Ele explorou o rosto e os cabelos da avó com as mãozinhas ávidas e molhadas, e Evie riu do carinho desajeitado.

– De leve, Stephen. – Evangeline se encolheu quando o menino agarrou o colar de pérolas que dava duas voltas no pescoço dela. – Ah, eu sabia que não deveria ter colocado esse colar na hora do seu banho. É t-tentador demais.

Evie sempre gaguejara um pouco, embora, com o tempo, tivesse se tornado algo muito discreto.

– Vossa Graça! – exclamou Ona, a jovem babá, indo apressada até Evie. – Eu teria tirado o patrãozinho Stephen da banheira para a senhora. Ele é pesado como um tijolo.

– Stephen não dá trabalho nenhum – garantiu Evie, beijando as bochechas rosadas do bebê e fazendo-o soltar as pérolas.

– Vossa Graça é muito gentil em ajudar com as crianças no dia de folga da ama. – A jovem pegou o bebê dos braços de Evie com cuidado. – Qualquer criada da casa o teria feito com prazer, já que a senhora tem ocupações mais importantes.

– Não há n-nada mais importante do que meus netos. E gosto de passar algum tempo no quarto das crianças... Me faz lembrar de quando meus filhos eram pequenos.

Ona deixou escapar uma risadinha quando Stephen esticou a mão para a touca de babados que ela usava.

– Vou passar talco nele e vesti-lo.

– E eu vou arrumar a bagunça do banho – disse Evie.

– Vossa Graça *não deveria* fazer isso. – A criada estava claramente tentando encontrar um equilíbrio eficaz entre a firmeza e a súplica. – Sobretudo usando um vestido de seda tão elegante... Por que não se senta na sala de estar para ler um livro, ou bordar?

Quando Evie entreabriu os lábios para discutir, Ona acrescentou:

– A ama vai me matar se souber que aceitei ajuda da senhora.

Xeque-mate.

Como sabia que a ama mataria *as duas*, Evie reagiu com um aceno resignado de cabeça, embora não conseguisse resistir a resmungar:

– Estou de avental.

A babá deixou o banheiro com um sorriso satisfeito e levou Stephen para o quarto das crianças.

Ainda ajoelhada no tapete felpudo em frente à banheira, Evie levou a mão às costas para soltar o laço que prendia o avental de flanela. E pensou, melancólica, que não era fácil satisfazer às expectativas dos criados de como uma duquesa deveria se comportar. Eles estavam determinados a evitar que ela fizesse qualquer coisa mais extenuante do que mexer o chá com uma colher de prata. E, apesar de já ser avó de dois, Evie ainda era esguia e estava em boa forma – plenamente capaz de tirar um bebê escorregadio de uma banheira, ou de correr com as crianças no pomar. Na semana anterior mesmo, ela recebera um sermão do jardineiro-chefe por ter subido em um muro de pedra para recuperar algumas flechas de brinquedo.

Enquanto tentava soltar o nó teimoso, Evie ouviu passos atrás de si. Embora não houvesse outro som ou sinal da identidade do visitante, ela soube quem era mesmo antes de ele se ajoelhar às suas costas. Dedos fortes afastaram os dela, e o nó foi solto com um puxão hábil.

Um murmúrio suave acariciou a pele sensível da nuca de Evie:

– Vejo que contratamos uma nova babá. Irresistível. – Mãos masculinas experientes deslizaram por baixo do avental solto e subiram em uma carícia delicada da cintura até os seios. – Que mocinha voluptuosa. Prevejo que seu trabalho será muito apreciado por aqui.

Evie fechou os olhos e inclinou o corpo para trás, encaixando-se entre as coxas dele. Uma boca gentil, feita para o pecado e para sensações deliciosas, roçou suavemente em todo o pescoço dela.

– Devo alertá-la – continuou a voz sedutora – a manter distância de seu patrão. Ele tem fama de devasso.

Um sorriso se insinuou nos lábios de Evie.

– Foi o que ouvi por aí. É mesmo tão libertino quanto dizem?

– Não. Muito pior. Principalmente no que se refere a ruivas. – Ele soltou alguns grampos dos cabelos de Evie, até uma longa trança cair no ombro dela. – Pobre moça... Temo que ele não a deixará em paz.

Evie estremeceu em um reflexo de prazer quando o sentiu beijar a lateral de seu pescoço.

– C-como devo lidar com ele?

– Com frequência – disse ele, entre beijos.

Evie não conseguiu controlar uma risadinha e se virou nos braços dele para encará-lo.

Mesmo depois de três décadas de casamento, o coração dela ainda batia mais forte ao ver o marido, o antigo lorde St. Vincent, agora duque de Kingston. A maturidade havia feito de Sebastian um homem magnífico, com uma presença ao mesmo tempo intimidadora e fascinante. Desde que assumira o ducado, dez anos antes, ele adquirira um verniz de dignidade muito apropriado a um homem com tanto poder, mas ninguém conseguia olhar dentro daqueles impressionantes olhos azul-claros, que cintilavam com lampejos de fogo e gelo, sem lembrar que ele já fora o sedutor mais perigoso da Inglaterra. E continuava sendo... Evie podia atestar isso.

O tempo fora muito generoso com Sebastian, e sempre seria. Era um belo homem, esguio e elegante, os cabelos num tom escuro de dourado agora levemente grisalhos nas têmporas. Um leão no inverno, a quem ninguém aborreceria sem noção dos riscos. A idade dera a Sebastian uma aparência de autoridade fria e incisiva, a impressão de ser um homem experiente o bastante para raramente, ou nunca, ser manipulado. Mas quando algo o divertia, ou o comovia, seu sorriso era ao mesmo tempo incandescente e irresistível.

– Ah, é você – disse Sebastian, em um tom ligeiramente surpreso, fingindo estar se perguntando como havia terminado de joelhos num tapete de banheiro com a esposa nos braços. – Estava preparado para corromper uma jovem criada resistente, mas você é um caso mais difícil.

– Pode me corromper – ofereceu Evie, em um tom animado.

O marido sorriu, seu olhar brilhante percorrendo com carinho o rosto dela. Sebastian colocou para trás algumas mechas de cabelo de Evie que haviam escapado do penteado, cabelos que já haviam sido vermelhos como rubi e que o tempo havia suavizado para um leve dourado-acobreado.

– Meu amor, tentei por trinta anos. Mas, apesar dos meus mais dedicados esforços... – um beijo docemente erótico roçou os lábios dela – você ainda tem os olhos inocentes daquela flor de estufa com quem eu fugi para me casar. Não pode tentar parecer ao menos um pouco entediada? Desiludida?

Ele riu baixinho dos esforços dela e beijou-a de novo, dessa vez com uma pressão provocante e sensual que fez o coração de Evie acelerar.

– Por que veio me procurar? – perguntou ela languidamente, inclinando a cabeça para trás enquanto os lábios do marido desciam até o seu pescoço.

– Acabo de receber notícias do seu filho.

– Qual deles?

– Gabriel. Houve um escândalo.

– Por que ele é seu filho quando você está satisfeito com ele, e é meu filho sempre que arruma algum problema com mulheres? – perguntou Evie, enquanto Sebastian lhe tirava o avental e começava a abrir o corpinho do vestido.

– Como, de nós dois, eu sou o virtuoso – retrucou ele –, é o mais lógico pensar que ele deve ter herdado a malícia de você.

– Você foi igual a ele no passado.

– Fui? – Sebastian a acariciou lentamente enquanto considerava as palavras da esposa. – Sou *eu* o pervertido? Não, isso não pode estar certo. Tenho certeza de que é você.

– É você – disse Evie, decidida, e sua respiração acelerava conforme as carícias dele se tornavam mais íntimas.

– Hummm. Isso precisa ser resolvido de uma vez. Vou levá-la direto para a cama.

– Espere. Conte-me mais sobre Gabriel. O escândalo tem relação com... aquela mulher?

Era mais ou menos de conhecimento público que Gabriel estava tendo um caso com a esposa do embaixador americano. Evie reprovava fortemente o relacionamento desde o começo, é claro, e torcera para que terminasse logo. Isso fora dois anos antes.

Sebastian encarou a esposa com o cenho levemente franzido e suspirou baixinho.

– Ele conseguiu corromper a filha de um conde. Uma das Ravenels.

Evie também franziu o cenho, pensando no nome, que lhe soava familiar.

– Conhecemos essa família?

– Eu tinha uma relação amistosa com o antigo conde, lorde Trenear. A esposa dele era uma mulher superficial e leviana... Você chegou a conhecê-la, em uma exposição de jardinagem. Conversaram sobre a coleção de orquídeas dela.

– Sim, eu me lembro. – Infelizmente, Evie não gostara da mulher. – Eles têm uma filha?

– Duas. Gêmeas. Estão participando da primeira temporada social este ano. Parece que seu filho idiota foi pego *in flagrante delicto* com uma delas.

– Puxou ao pai – retrucou Evie.

Sebastian pareceu levemente ofendido e se colocou de pé em um movimento gracioso, puxando a esposa consigo.

– O pai dele nunca foi pego.

– A não ser por mim – comentou Evie, com um ar presunçoso.

Sebastian riu.

– É verdade.

– O que significa exatamente *in flagrante delicto*?

– A tradução literal? "Enquanto o crime está acontecendo." – Ele a pegou no colo com facilidade. – Acredito que é necessário fazer uma demonstração.

– Mas e o e-escândalo? E Gabriel, e a jovem Ravenel, e...

– O resto do mundo pode esperar – declarou Sebastian, com firmeza. – Vou corromper sua virtude pela décima milésima vez, Evie... e, dessa vez, quero que preste atenção.

– Sim, senhor – disse ela com recato, e envolveu o pescoço do marido com os braços enquanto ele a carregava para o quarto.

CAPÍTULO 1

Londres, 1876
Dois dias antes...

Lady Pandora Ravenel estava entediada.

Profundamente entediada.

Entediada até de estar entediada.

E a temporada social de Londres mal havia começado. Ela ainda teria que suportar quatro meses de bailes, *soirées*, concertos e jantares até que o Parlamento encerrasse os trabalhos e as famílias da nobreza pudessem retornar a suas propriedades no campo. Haveria pelo menos sessenta jantares, cinquenta bailes e só Deus sabia quantas *soirées*.

Jamais sobreviveria.

Pandora curvou os ombros, recostou-se na cadeira e observou o salão de baile lotado. Havia cavalheiros em trajes de gala preto e branco, oficiais das Forças Armadas de uniforme e botas elegantes, damas envoltas em seda e tule. Por que estavam todos ali? O que poderiam ter para conversar que já não houvesse sido dito no último baile?

O pior tipo de solidão, pensou Pandora, irritada, era ser a única pessoa que não estava se divertindo em meio a uma multidão.

Em algum lugar na massa rodopiante de casais valsando, sua irmã gêmea girava graciosamente nos braços de um pretendente esperançoso. Até ali, Cassandra estava achando a temporada social quase tão entediante e decepcionante quanto Pandora, mas demonstrava mais disposição de entrar no jogo.

– Não prefere andar pelo salão e conversar com as pessoas, em vez de ficar parada em um canto? – havia perguntado Cassandra à irmã, mais cedo naquela noite.

– Não. Pelo menos sentada aqui posso pensar em coisas interessantes. Não sei como você aguenta a companhia de pessoas tão cansativas por tantas horas.

– Nem todas são cansativas – protestou Cassandra.

Pandora a encarou com uma expressão cética.

– De todos os cavalheiros que conheceu até agora, teria vontade de rever ao menos um?

– Ainda não – admitiu Cassandra. – Mas não desistirei até conhecer todos.

– Quando se conhece um, *já* se conheceu todos – comentou Pandora, mal-humorada.

Cassandra deu de ombros.

– Conversar faz a noite passar mais rápido. Você deveria tentar.

Infelizmente, Pandora era péssima em conversas superficiais. Achava impossível fingir interesse quando algum grosseirão pomposo começava a se vangloriar de seus feitos, gabando-se de como os amigos gostavam dele e de quantas outras pessoas o admiravam. Ela não conseguia ter paciência com um nobre em idade de declínio que queria uma noiva jovem para lhe servir de companhia e de enfermeira, ou com um viúvo que obviamente procurava uma procriadora. A ideia de ser tocada por qualquer um daqueles homens, mesmo que com as mãos enluvadas, provocava arrepios de horror em Pandora. Só a ideia de conversar com eles fez renascer seu tédio.

Ela baixou os olhos para o piso de parquê encerado e tentou pensar em quantas palavras poderia extrair das letras de "entediada". Nada... dada... tia... ente...

– Pandora – chamou a voz irritada de sua acompanhante. – Por que está sentada no canto de novo? Deixe-me ver seu carnê de danças.

Pandora levantou os olhos para Eleanor, a lady Berwick, e estendeu, com relutância, o pequeno cartão em formato de leque.

A condessa, uma mulher alta, com uma presença majestosa e a coluna ereta, abriu a capa de madrepérola do carnê de danças de Pandora e examinou com atenção as folhas muito finas.

Todas em branco.

Os lábios de lady Berwick se apertaram como se houvessem sido costurados.

– A esta altura, este carnê já deveria estar cheio.

– Torci o tornozelo – alegou Pandora, sem fazer contato visual com a condessa.

Fingir um pequeno desconforto físico era a única maneira de conseguir permanecer sentada, a salvo, em um canto e evitar cometer uma gafe grave.

De acordo com as regras de etiqueta, depois que uma mulher se recusava a dançar por fadiga ou por algum mal-estar físico, não podia aceitar nenhum outro convite pelo resto da noite.

– É assim que você retribui a generosidade de lorde Trenear? – perguntou lady Berwick, o tom frio e reprovador. – Todos os seus vestidos e acessórios novos... Por que permitiu que ele os comprasse se já havia planejado não aproveitar a temporada social?

Na verdade, Pandora realmente se sentia mal àquele respeito. Seu primo Devon, lorde Trenear, assumira o condado no ano anterior, após a morte do irmão de Pandora, e havia sido imensamente gentil com ela e Cassandra. Não apenas pagara para que estivessem bem-vestidas na temporada social, como também lhes dera dotes substanciais, a fim de garantir o interesse de um bom partido solteiro. Certamente os pais delas, que haviam falecido vários anos antes, teriam sido bem menos generosos.

– Eu não *planejei* não aproveitar minha temporada social – resmungou Pandora. – Só não me dei conta de como seria difícil.

Principalmente dançar.

Certas danças, como a grande marcha e a quadrilha, eram toleráveis. Ela conseguia até mesmo seguir com o *galope*, desde que o parceiro não a girasse rápido demais. Mas a valsa apresentava perigos a cada volta... Pandora perdia o equilíbrio sempre que fazia um círculo completo. Aliás, ela também se desequilibrava na escuridão, quando não podia confiar na visão para se orientar. Lady Berwick não tinha ciência desse problema – por orgulho e constrangimento, Pandora nunca lhe contara. Apenas Cassandra sabia do segredo e da história por trás dele, e havia ajudado a irmã a escondê-lo por anos.

– Só é difícil porque você torna difícil – retrucou lady Berwick, em tom severo.

– Não vejo por que fazer tanto esforço para agarrar um marido que nunca vai gostar de mim.

– Se seu marido vai gostar ou não de você é o que menos importa. Casamento não tem nada a ver com sentimentos. É uma união de interesses.

Embora discordasse, Pandora mordeu a língua para não responder. Aproximadamente um ano antes, sua irmã mais velha, Helen, havia se casado com o Sr. Rhys Winterborne, um plebeu galês, e os dois eram absurdamente felizes. Assim como seu primo Devon e a esposa, Kathleen.

Casamentos em que havia amor podiam ser raros, mas certamente não eram impossíveis.

Mesmo assim, Pandora não era capaz de imaginar aquele tipo de futuro para si. Ao contrário de Cassandra, que era uma romântica, ela nunca sonhara se casar e ter filhos. Não queria pertencer a ninguém e, principalmente, não queria que ninguém pertencesse a ela. Por mais que tentasse querer o que *deveria* querer, sabia que nunca seria feliz com uma vida convencional.

Lady Berwick suspirou e se sentou ao lado de Pandora, a coluna muito ereta, paralela ao encosto da cadeira.

– O mês de maio acabou de começar. Você se lembra do que eu lhe disse a respeito deste mês?

– É o mais importante da temporada, quando acontecem todos os grandes eventos.

– Correto. – Lady Berwick devolveu-lhe o carnê de dança. – Depois desta noite, espero que você faça um esforço. Deve isso a lorde e lady Trenear, e a si mesma. E digo mais: deve isso a mim também, depois de tudo o que fiz para aprimorá-la.

– A senhora está certa – disse Pandora, baixinho. – E lamento muito, sinceramente, pelos problemas que lhe causei. Mas está claro para mim que não nasci para nada disso. Não quero me casar. Fiz planos para me sustentar e viver de forma independente. Com alguma sorte, serei bem-sucedida e ninguém terá que se preocupar mais comigo.

– Está se referindo àquela tolice de criar um jogo? – perguntou a condessa, a voz carregada de desdém.

– Não é tolice. É sério. Acabo de conseguir uma patente. Pergunte ao Sr. Winterborne.

No ano anterior, Pandora, que sempre amara brinquedos e diversões de salão, havia criado um jogo de tabuleiro. Com o apoio do Sr. Winterborne, ela solicitara uma patente e agora pretendia produzir e vender o jogo. O Sr. Winterborne era dono da maior loja de departamentos do mundo e já concordara em encomendar quinhentas unidades. Pandora tinha certeza de que seria um sucesso, mesmo que a única razão para isso fosse o fato de haver pouquíssima concorrência. Graças aos esforços da empresa de Milton Bradley, a indústria de jogos de tabuleiro estava florescendo na América, mas na Grã-Bretanha ainda era incipiente. Pandora já desenvolvera mais dois jogos e estava para solicitar patentes para eles também. Um dia, ela ganharia dinheiro o bastante para abrir seu próprio caminho no mundo.

– Por mais que aprecie o Sr. Winterborne – comentou lady Berwick, com severidade –, eu o culpo por encorajá-la nessa bobagem.

– Ele acha que tenho tudo para ser uma excelente mulher de negócios.

O rosto da condessa se contraiu como se ela tivesse sido picada por uma vespa.

– Pandora, você é filha de um conde. Já seria bastante lamentável se acabasse se casando com um comerciante, ou com um industrial, mas *você mesma* se tornar comerciante é inimaginável. Não seria recebida em lugar nenhum. Viveria no ostracismo.

– Por que essas pessoas – Pandora olhou de relance para os homens e mulheres que enchiam o salão de baile – se importariam com o que escolho fazer?

– Porque você é uma delas. Um fato que, com certeza, as agrada tanto quanto a você. – A condessa balançou a cabeça. – Não posso fingir que a compreendo, minha jovem. Seu cérebro sempre me pareceu um daqueles fogos de artifício... Como se chamam aqueles que giram loucamente?

– Rodas de Catarina.

– Sim. Girando e brilhando, muita luz e muito barulho. Você julga sem se preocupar em descobrir os detalhes. É bom ser inteligente, mas inteligência em excesso costuma ter o mesmo resultado que a ignorância. Acha que pode desprezar deliberadamente a opinião do mundo? Espera que as pessoas a admirem por ser diferente?

– É claro que não. – Pandora abria e fechava o carnê de danças repetidamente. – Mas elas poderiam ao menos tentar ser tolerantes.

– Tolice, menina rebelde. Por que deveriam? A rebeldia não é nada além de egocentrismo disfarçado. – Embora obviamente a condessa quisesse passar um sermão completo ali mesmo, acabou se calando e se levantando. – Continuaremos esta discussão mais tarde.

Lady Berwick deu as costas a Pandora e seguiu em direção a um grupo de matronas amargas e de olhos atentos reunidas na lateral do salão.

Pandora começou a ouvir o som metálico no ouvido esquerdo, como a vibração de um fio de cobre, que costumava acontecer quando estava aborrecida. Para seu horror, sentiu a pressão de lágrimas de frustração ameaçando cair. Ah, Deus, aquela seria a humilhação máxima: Pandora, a excêntrica, estabanada e rejeitada, chorando em um canto do salão de baile. Não. Aquilo *não* iria acontecer. Ela se levantou com tanta pressa que a cadeira quase caiu para trás.

– Pandora – chamou com urgência alguém perto dela. – Preciso que me ajude.

Ela se virou, perplexa, bem no momento em que Dolly, lady Colwick, a alcançava.

Uma jovem vivaz e de cabelos escuros, Dolly era a mais nova das duas filhas de lady Berwick. As famílias de Dolly e Pandora haviam se tornado muito próximas depois que lady Berwick tomara para si a tarefa de ensinar etiqueta e bom comportamento a Pandora e Cassandra. Dolly era bonita e querida por todos, e fora gentil com Pandora quando outras jovens damas a haviam tratado com indiferença e desdém. No ano anterior, na temporada social em que Dolly debutara, a jovem fora a sensação de Londres, com uma multidão de solteiros cercando-a em cada evento a que comparecia. Dolly se casara havia pouco com Arthur, lorde Colwick, que era cerca de vinte anos mais velho do que ela, mas tinha a vantagem de possuir uma fortuna de tamanho considerável, além de um título de marquês em seu futuro.

– O que houve? – perguntou Pandora, preocupada.

– Primeiro prometa-me que não vai contar à mamãe.

Pandora deu um sorriso irônico.

– Você sabe que eu jamais conto nada a ela se puder evitar. O que aconteceu?

– Perdi um brinco.

– Ah, que desagradável – comentou Pandora, solidária. – Ora, mas isso poderia acontecer com qualquer pessoa. Eu vivo perdendo coisas.

– Não, você não compreende. Lorde Colwick tirou do cofre os brincos de safira da mãe dele para que eu usasse esta noite. – A jovem virou a cabeça para mostrar a pesada joia de safira e diamantes que pendia de uma de suas orelhas. – O problema não é só eu ter perdido um deles – continuou ela, arrasada. – É *onde* eu o perdi. Saí da casa por alguns minutos com um dos meus antigos pretendentes, o Sr. Hayhurst. Lorde Colwick vai ficar furioso se descobrir.

Pandora arregalou os olhos.

– Por que você fez isso?

– Ora, o Sr. Hayhurst sempre foi meu pretendente favorito. O pobre rapaz ainda está com o coração partido por eu ter me casado com lorde Colwick e insiste em me perseguir. Assim, para aplacá-lo, tive que concordar com um *rendez-vous*. Fomos para o caramanchão que fica depois dos terraços dos fundos. Devo ter perdido o brinco quando estávamos sentados no banco. – As lágrimas prestes a rolar cintilavam nos olhos da jovem. – Não posso voltar lá para procurar. Já fiquei ausente por tempo demais. E se meu marido der falta do brinco... Não quero nem pensar no que pode acontecer.

Seguiu-se um momento de silêncio tenso.

Pandora virou-se para olhar pelas janelas do salão de baile, os vidros cintilando com o reflexo fulgurante das luzes internas. Estava escuro lá fora.

Sentiu um arrepio desconfortável na espinha. Não gostava de ir a lugar algum à noite, muito menos sozinha. Mas Dolly parecia desesperada e fora tão gentil com Pandora no passado que não havia como não oferecer ajuda.

– Quer que eu vá procurá-lo para você? – disse Pandora, com relutância.

– Faria isso? Você poderia ir até o caramanchão, resgatar o brinco e voltar em um instante. É fácil encontrar. Basta seguir o caminho de cascalho que atravessa o gramado. Por favor, por favor, *querida* Pandora. Serei eternamente grata.

– Não há necessidade de implorar – falou Pandora, perturbada, mas ainda bem-humorada. – Farei o possível para encontrar o brinco. Mas, Dolly, agora que está casada, acho que não deveria ter mais nenhum *rendez-vous* com o Sr. Hayhurst. Acredito que ele não valha o risco que você corre.

Dolly encarou Pandora com uma expressão de culpa.

– Tenho carinho por lorde Colwick, mas nunca o amarei como amo o Sr. Hayhurst.

– Por que se casou, então?

– O Sr. Hayhurst é um terceiro filho, jamais terá um título.

– Mas se você o ama...

– Não seja tola, Pandora. Amor é para moças da classe média. – O olhar de Dolly varreu o salão com ansiedade. – Ninguém está olhando. Você pode escapulir agora, se for rápida.

Ah, ela seria rápida como uma égua enlouquecida. Não passaria mais do que o tempo absolutamente necessário do lado de fora à noite. Se ao menos tivesse recrutado Cassandra, sempre disposta a ser sua cúmplice, para acompanhá-la... Mas era melhor que Cassandra continuasse a dançar, pois isso prenderia a atenção de lady Berwick.

Pandora seguiu pela lateral do salão casualmente, passando pelos grupos que conversavam sobre a ópera, sobre o parque, sobre a última "novidade". Quando passou por trás de lady Berwick, quase esperou que a mulher se virasse e se jogasse em cima dela como uma águia-pescadora que acaba de ver um salmão. Felizmente, lady Berwick continuou a observar os casais que dançavam, girando pelo salão em uma sequência rápida de saias coloridas e calças masculinas.

Ao que parecia, sua saída passara despercebida. Ela desceu correndo a grande escadaria, atravessou o enorme salão com varanda e chegou à galeria iluminada que seguia ao longo de toda a extensão da casa. As paredes da galeria eram cobertas por retratos, gerações de aristocratas carrancudos fitando-a com severidade enquanto ela meio andava, meio corria pelo piso decorado.

Encontrou uma porta que se abria para o terraço dos fundos, parou no umbral e ficou olhando, como alguém na amurada de um navio em alto-mar. A noite estava escura, densa e fria. Ela *odiava* a ideia de deixar a segurança da casa, mas se tranquilizou ao ver a sequência de tochas acesas no jardim – na verdade, as tochas consistiam em lamparinas de cobre pousadas sobre estacas de ferro altas que ladeavam o caminho através do amplo gramado.

Concentrada em sua missão, Pandora se apressou em cruzar o terraço dos fundos, na direção do gramado. Uma alameda de abetos escoceses dava ao ar da noite um aroma agradavelmente pungente, ajudando assim a disfarçar o cheiro do Tâmisa, que corria túrgido no limite da propriedade.

Vozes masculinas ásperas e o som distante de marteladas vinham da direção do rio, onde trabalhadores reforçavam as estruturas preparadas para a exibição de fogos de artifício. No fim da noite, os convidados se reuniriam no terraço dos fundos e nas varandas do andar de cima para assistir ao show pirotécnico.

O caminho de cascalho circundava uma estátua gigantesca do Pai Tâmisa, antiga divindade dos rios de Londres. De barba longa e constituição robusta, a figura sólida estava reclinada sobre uma enorme base de pedra, segurando negligentemente um tridente. Ele estava inteiramente nu, a não ser por uma capa, e Pandora achou que isso o fazia parecer bem tolo.

– *Au naturel* em público? – perguntou ela, debochada, ao passar pela estátua. – Poderíamos esperar isso de uma estátua grega clássica, mas *o senhor* não tem desculpa.

Pandora seguiu em direção ao caramanchão, que era em parte protegido por um arbusto grande e por uma profusão de rosas. A construção era aberta nas laterais, com paredes apaineladas que subiam até metade das colunas, e havia sido erguida sobre uma fundação de alvenaria. O refúgio era decorado com painéis de vidro colorido e iluminado apenas por uma minúscula lanterna marroquina que pendia do teto.

Ela subiu hesitante os dois degraus de madeira e entrou. A única mobília era um banco, que parecia ter sido aparafusado às duas colunas mais próximas.

Enquanto procurava o brinco perdido, Pandora tentava evitar que a bainha do vestido arrastasse no chão empoeirado. Estava usando sua melhor roupa, um vestido de baile feito de seda furta-cor, que de um ângulo parecia prateada e de outro, lilás. O modelo tinha a frente simples, com um corpinho liso e justo e o decote baixo. Uma rede intrincada de pregas na parte de trás descia em uma cascata de seda que oscilava e cintilava a cada movimento seu.

Depois de olhar entre as almofadas soltas, Pandora subiu no banco para espiar no espaço entre o móvel e a parede curva. Um sorriso satisfeito se abriu em seu rosto quando ela viu uma cintilação no canto.

Agora, a questão era como resgatar o brinco. Se ela se ajoelhasse no chão, voltaria ao salão de baile suja como um limpador de chaminés.

A parte de trás do encosto do banco era entalhada em um padrão de flores e arabescos decorativos. Daria para ela enfiar o braço por ali. Pandora descalçou as luvas e enfiou-as em um bolso oculto do vestido. Então, corajosamente, ergueu as saias, ajoelhou-se no banco e enfiou o braço por um dos espaços, até o cotovelo. Seus dedos não conseguiam tocar direito o chão.

Ela se inclinou mais para a frente, enfiou a cabeça no espaço atrás do banco, sentiu um puxão no penteado, seguido pelo barulho de um grampo caindo.

– Maldição – murmurou.

Pandora ajeitou o corpo, torcendo-o para conseguir encaixar os ombros na abertura, e tateou até seus dedos alcançarem o brinco.

Quando tentou puxá-lo, porém, deparou com uma dificuldade inesperada: a madeira entalhada do encosto parecia ter se fechado ao redor dela como os dentes de um tubarão. Quando tentou puxar o corpo com um pouco mais de força, sentiu o vestido prender em alguma coisa e ouviu alguns pontos da costura se rompendo. Ficou imóvel. Não seria nada bom voltar ao salão de baile com um rasgo no vestido.

Pandora se esticou e tentou tocar as costas do vestido, mas parou de novo ao ouvir a seda frágil começando a rasgar. Talvez, se deslizasse um pouco o corpo para a frente e tentasse recuar em um ângulo diferente... mas a manobra só fez com que ficasse mais presa, e as bordas serrilhadas da madeira entalhada se cravaram em sua pele. Depois de um minuto se debatendo e se contorcendo, Pandora ficou imóvel de novo, a não ser pelos arquejos ansiosos.

– Não estou presa aqui – murmurou. – Não posso estar. – Ela voltou a se contorcer, sem sucesso. – Ah, meu Deus, estou presa, sim. Maldição. *Maldição.*

Se fosse encontrada daquele jeito, seria ridicularizada pelo resto da vida. Pandora até poderia conviver com isso, mas o vexame se refletiria em sua família e acabaria arruinando a temporada social de Cassandra, o que era inaceitável.

Desesperada e frustrada, Pandora tentou pensar na pior palavra que conhecia.

– Bosta.

No instante seguinte, gelou ao ouvir um homem pigarrear.

Seria um criado? Um jardineiro? *Por favor, querido Deus, por favor, que não seja um dos convidados.*

Ouviu passos, como se o homem estivesse entrando no caramanchão.

– Parece que a senhorita está tendo dificuldades com esse banco – comentou o estranho. – Como regra básica, não recomendo essa abordagem de cabeça, pois costuma complicar o processo de se sentar.

A voz dele tinha um tom denso e sereno que provou uma reação agradável nos nervos de Pandora. Ela ficou arrepiada.

– Imagino que esteja se divertindo – falou Pandora, com cuidado.

Ela se esticou para ver o homem pela madeira entalhada. Ele usava roupas de noite formais. Definitivamente, um convidado.

– De forma alguma. Por que eu acharia divertido ver uma jovem posando de cabeça para baixo em uma peça de mobília?

– Não estou posando. Meu vestido se prendeu no banco. E eu ficaria muito grata se o senhor me ajudasse a sair!

– Do vestido ou do banco? – perguntou o estranho, parecendo interessado.

– Do banco – respondeu Pandora, irritada. – Estou toda enrolada nessas... – ela hesitou, sem saber bem como descrever as curvas e arabescos na madeira – ... *tortuosices*.

– Entalhes de folhas de Acanto – completou o homem ao mesmo tempo que ela. Um segundo se passou antes que ele perguntasse, confuso: – Do que os chamou?

– Não importa – respondeu Pandora, constrangida. – Tenho o mau hábito de inventar palavras, e não devo dizê-las em público.

– Por que não?

– Podem pensar que sou excêntrica.

A risada baixa dele despertou uma sensação estranha no estômago de Pandora.

– No momento, meu amor, palavras inventadas são o menor dos seus problemas.

Pandora se espantou com o tratamento informal e ficou tensa quando o homem se sentou ao lado dela. Ele estava perto o bastante para que ela sentisse seu perfume, um aroma que lembrava âmbar, ou talvez cedro, com um frescor terroso. O homem cheirava a floresta.

– Vai me ajudar? – perguntou ela.

– Talvez. Mas só se antes me disser o que está fazendo nesse banco.

– É mesmo necessário?

– É – garantiu ele.

Pandora se irritou.

– Estava pegando uma coisa.

Um braço longo se estendeu pelo encosto do banco.

– Temo que terá de ser mais específica.

O homem não estava sendo muito cavalheiro, pensou Pandora, irritada.

– Um brinco.

– Como perdeu seu brinco?

– Não é meu. É de uma amiga, e tenho que devolvê-lo logo.

– Uma amiga – repetiu ele, duvidando. – Qual o nome dela?

– Não posso dizer.

– Uma pena. Bem, boa sorte. – Ele fez menção de se levantar.

– *Espere.* – Pandora se remexeu e logo ouviu mais pontos de costura se rompendo. Ela parou e bufou, exasperada. – O brinco é de lady Colwick.

– Ah. Imagino que ela tenha estado aqui com Hayhurst.

– Como sabe disso?

– Todo mundo sabe, inclusive lorde Colwick. Acredito que ele não vá se importar muito com os casos de Dolly mais para a frente, mas agora é cedo demais. Ela ainda não deu ao marido um filho legítimo.

Nenhum cavalheiro jamais falara de forma tão franca com Pandora, e ela estava chocada. Mas também era a primeira conversa realmente interessante que já tivera com qualquer um em um baile.

– Ela não está tendo um caso – disse Pandora. – Foi apenas um *rendez-vous*.

– E a senhorita sabe o que é um *rendez-vous*?

– É claro que sei – retrucou ela, com muita pose. – Tive aulas de francês. Significa ter um encontro.

– No contexto em questão – disse o homem, em tom irônico –, significa muito mais do que isso.

Pandora se contorceu, agoniada.

– Não dou a menor importância para o que Dolly e o Sr. Hayhurst estavam fazendo neste banco, só quero *sair* dele. Vai me ajudar agora?

– Suponho que deva. A novidade de conversar com um traseiro desconhecido está começando a se tornar cansativa.

Pandora enrijeceu o corpo, o coração disparando ao sentir que o homem se inclinava sobre ela.

– Não se preocupe. Não vou abusar da senhorita. Não sou chegado a moças muito jovens.

– Tenho 21 anos – informou Pandora, indignada.

– É mesmo?

– Sim, por que parece não acreditar?

– Eu não teria imaginado encontrar uma mulher da sua idade em um apuro desses.

– Estou quase sempre metida em algum apuro.

Pandora se sobressaltou ao sentir uma pressão suave nas costas.

– Fique parada. A senhorita prendeu seu vestido em três pontos diferentes do entalhe de folhas. – Ele estava puxando com jeito as pregas e babados de seda. – Como conseguiu se espremer em um espaço tão pequeno?

– Entrar foi fácil. Mas não me dei conta de que todas essas tortuosi... quer dizer, que essas folhas tinham a ponta virada para trás.

– Já soltei seu vestido. Tente sair agora.

Pandora começou a recuar, mas deu um grito quando uma reentrância da madeira machucou sua pele.

– Ainda não consigo. Ah, *maldição*...

– Não entre em pânico. Gire os ombros para a... não, não para esse lado, para o outro. Espere. – O estranho parecia estar se divertindo mesmo sem querer. – Isso é como tentar abrir uma caixa de segredos japonesa.

– O que é isso?

– É uma caixa de madeira feita de partes interligadas. Só pode ser aberta se a pessoa conhecer a série de movimentos exigida para destravá-la.

Pandora sentiu a mão quente do homem pousar em seu ombro nu e incliná-lo com delicadeza.

O toque dele fez com que um estranho arrepio a percorresse. Pandora respirou fundo, o ar frio acalmando seus pulmões, que pareciam arder.

– Relaxe – disse ele –, e eu a libertarei em um instante.

A voz dela saiu em um tom mais agudo do que o normal:

– Não consigo relaxar com sua mão aí.

– Se a senhorita cooperar, tudo terminará mais rápido.

– Estou tentando, mas essa posição é muito constrangedora.

– Foi a senhorita que se colocou nessa posição, não eu – lembrou o homem a ela.

– Sim, mas... *Ai*.

A ponta de uma folha arranhou o braço dela. A situação estava se tornando intolerável. Movida pelo início de um desespero, Pandora se agitou para passar entre os entalhes na madeira.

– Ah, isso é *horrorendo*.

– Acalme-se. Deixe-me guiar sua cabeça.

Os dois ficaram paralisados quando um grito rouco soou do lado de fora do caramanchão.

– *Que diabo está acontecendo aqui?*

O homem inclinado por cima de Pandora praguejou baixinho. A jovem não estava certa do que significava o xingamento, mas parecia pior até do que "bosta".

O homem enraivecido lá fora continuou:

– Patife! Eu não esperaria isso nem de você. Forçando suas atenções a uma mulher indefesa e abusando da minha hospitalidade durante um baile beneficente!

– Milorde – falou o acompanhante de Pandora no banco, em um tom brusco –, acho que compreendeu errado a situação.

– Estou certo de que compreendi tudo muito bem. Solte-a agora mesmo.

– Mas ainda estou presa – disse Pandora, em tom de súplica.

– Que *vergonha*. – O homem rabugento lá fora parecia falar com uma quarta pessoa quando continuou: – Pego no ato, ao que parece.

Desnorteada, Pandora sentiu o estranho puxar o rosto dela da lateral do banco, uma das mãos protegendo-a para que não se arranhasse. O toque dele era gentil, mas terrivelmente inquietante, e fez subir uma onda de calor por todo o corpo da jovem. Assim que se viu livre do banco, Pandora se levantou rápido demais. Ficou zonza, depois de ter passado tempo demais abaixada, e perdeu o equilíbrio. Em um gesto instintivo, o estranho puxou-a para si. Pandora teve um contato breve e impactante com o peito sólido e os músculos firmes antes de ele soltá-la. Os cabelos dela haviam se desprendido do penteado e caíram por cima de sua testa quando ela baixou os olhos para verificar o estado em que se encontrava. Suas saias estavam sujas e amassadas. Havia marcas vermelhas em seus ombros e braços.

– Maldição – murmurou o homem que a encarava. – Quem é a senhorita?

– Lady Pandora Ravenel. Direi a eles...

A voz de Pandora falhou quando ela se viu olhando para um jovem deus de aparência arrogante, alto e de ombros largos, exalando graça felina. A minúscula lanterna no teto fazia reflexos dourados brincarem nos cabelos cor de âmbar dele, cheios e bem-cortados. Os olhos do homem eram de um azul frio, as maçãs do rosto altas, a linha do maxilar parecendo ter sido cinzelada em mármore. A curva cheia e sensual dos lábios emprestava um toque erótico que destoava do resto das feições, tão clássicas. Um único olhar para aquele homem foi o bastante para fazer Pandora se sentir como se tentasse respirar no ar rarefeito. Que efeito provocaria no caráter de um homem ser belo daquela forma quase inumana? Não poderia ser bom.

Abalada, Pandora enfiou a mão no bolso oculto do vestido e guardou o brinco.

– Direi a eles que nada aconteceu. É a verdade, afinal de contas.

– A verdade não vai importar – foi a resposta brusca dele.

O homem gesticulou para que ela saísse do caramanchão na sua frente, e os dois foram imediatamente confrontados por lorde Chaworth, o anfitrião do baile e dono da propriedade. Como era amigo dos Berwicks, lorde Chaworth era uma das últimas pessoas que Pandora desejaria que a houvesse flagrado em uma situação tão comprometedora. Lorde Chaworth estava acompanhado por um homem de cabelos escuros que Pandora nunca vira antes.

Chaworth era baixo e atarracado, como uma maçã apoiada em dois palitinhos de espetar azeitonas. Uma nuvem de costeletas e barba brancas oscilou em um movimento tenso quando ele falou:

– O conde e eu estávamos caminhando até a beira do rio para checar a preparação para os fogos de artifício, quando ouvimos por acaso os gritos de uma jovem dama pedindo ajuda.

– Não gritei – protestou Pandora.

– Eu já havia ido até lá embaixo para falar com o encarregado – informou o homem ao lado dela. – Quando estava voltando para a casa, reparei que lady Pandora estava em dificuldades; parte do vestido dela havia ficado presa no entalhe do banco. Só estava tentando ajudá-la.

Os tufos muito brancos que eram as sobrancelhas de Chaworth se ergueram quase até encostar nos cabelos quando ele se voltou para Pandora.

– Isso é verdade?

– É, sim, milorde.

– Ora, antes de mais nada, o que a senhorita estava fazendo aqui?

Pandora hesitou, pois não queria incriminar Dolly.

– Saí para tomar um pouco de ar fresco. Estava... entediada lá dentro.

– Entediada? – repetiu Chaworth, ultrajado. – Com uma orquestra de vinte instrumentos e um salão de baile cheio de bons partidos com quem dançar?

– Não fui convidada para dançar – resmungou Pandora.

– Talvez tivesse sido, se não estivesse aqui fora dando liberdades a um notório patife!

– Chaworth – interrompeu em voz baixa o homem de cabelos escuros ao lado do anfitrião –, se me permite uma palavra.

O homem tinha um vigor atraente, feições fortes e bem marcadas e a pele bronzeada de quem passava muito tempo ao ar livre. Embora não fosse jovem – os cachos negros já deixavam ver muitos fios grisalhos e o tempo acentuara as marcas ao redor dos olhos, do nariz e da boca –, ele certamente não poderia ser chamado de velho. Não com aquele ar robusto de saúde e a postura que denotava considerável autoridade.

– Conheço esse rapaz desde o dia em que nasceu – continuou o homem, a voz profunda e um tanto rouca. – Como sabe, o pai dele e eu somos amigos próximos. Darei meu aval pessoal ao caráter e à palavra dele. Pelo bem da jovem, sugiro que guardemos silêncio e sejamos discretos.

– Também tenho boa relação com o pai dele – retrucou, irritado, lorde Chaworth –, que colheu mais do que a cota devida de jovens flores em sua época. Obviamente, o filho está seguindo os passos do pai. Não, Westcliff, não permanecerei em silêncio... Ele deve assumir a responsabilidade por seus atos.

Westcliff? Pandora voltou-se para o homem com interesse. Ouvira falar do conde de Westcliff, que, depois do duque de Norfolk, era dono do título de nobreza mais antigo e respeitado na Inglaterra. Sua vasta propriedade em Hampshire, Stony Cross Park, era famosa pelas pescarias e pelas caçadas.

Westcliff encontrou o olhar dela e não parecia nem chocado, nem condenatório.

– Seu pai era lorde Trenear? – perguntou.

– Sim, milorde.

– Éramos conhecidos. Ele costumava caçar na minha propriedade. – O conde fez uma pausa. – Eu o convidava a levar a família junto, mas ele sempre preferiu ir sozinho.

Aquilo dificilmente seria uma surpresa para Pandora. O pai dela sempre vira as três filhas como parasitas. E, por isso, a mãe também não tivera grande interesse nelas. Como resultado, Pandora, Cassandra e Helen às vezes passavam meses sem ver os pais. A surpresa foi aquela lembrança ainda ter o poder de magoá-la.

– Meu pai fazia de tudo para ter o mínimo contato possível com as filhas – disse Pandora, sem rodeios. – Ele nos considerava um aborrecimento. – Ela abaixou a cabeça e murmurou: – Como veem, provei que estava certo.

– Eu não diria isso. – Um toque de simpatia e bom humor aqueceu a voz do conde. – Minhas próprias filhas já me asseguraram mais de uma vez que qualquer jovem bem-intencionada e de personalidade forte pode se ver em apuros de vez em quando.

Lorde Chaworth interrompeu a conversa:

– Este "apuro" em particular deve ser resolvido. Vou devolver lady Pandora aos cuidados de sua acompanhante. – Ele se virou para o homem ao lado de Pandora. – Sugiro que se dirija imediatamente à casa Ravenel, para falar com a família dela e fazer os arranjos apropriados.

– Que arranjos? – perguntou Pandora.

– Ele está falando de casamento – esclareceu o rapaz de olhos frios, em uma voz também fria.

Um arrepio de alarme percorreu o corpo de Pandora.

– *O quê?* Não. Não, eu não me casaria com o senhor de forma alguma.

Ao perceber que ele poderia encarar aquilo como uma ofensa, Pandora acrescentou, em um tom mais conciliador:

– Não tem nada a ver com o senhor, é só que não pretendo me casar.

Lorde Chaworth a interrompeu, presunçoso:

– Acredito que suas objeções serão apaziguadas quando souber que o homem parado a sua frente é Gabriel, lorde St. Vincent... herdeiro de um ducado.

Pandora balançou a cabeça.

– Eu preferiria ser uma criada a ser esposa de um nobre.

O olhar frio de lorde St. Vincent se fixou nos ombros arranhados dela, depois em seu vestido rasgado e voltou lentamente a se concentrar no rosto tenso da jovem.

– Fato é – disse ele, em voz baixa – que a senhorita ficou ausente do salão de baile tempo o bastante para que as pessoas percebessem.

Nesse momento, Pandora começou a se dar conta de que estava realmente encrencada. O tipo de encrenca que não poderia ser resolvida com explicações fáceis, com dinheiro, ou mesmo com a influência da família. Ela sentiu o sangue latejar nos ouvidos.

– Não se me deixarem voltar imediatamente para o salão. Ninguém nunca percebe se estou presente ou não.

– Acho impossível acreditar nisso.

O modo como ele falou soou como um elogio.

– É verdade – disse Pandora, desesperada, falando rápido e pensando mais rápido ainda. – Sempre fico isolada em um canto. Só concordei em participar da temporada social para fazer companhia a minha irmã, Cassandra. Ela é a gêmea mais gentil e mais bonita de nós duas, e o senhor é o tipo de marido que Cassandra deseja. Se me deixar chamá-la, poderá cortejá-la, e então eu estarei livre dessa enrascada. – Ao ver que o rapaz não estava entendendo nada, Pandora explicou: – Certamente ninguém esperaria que o senhor se casasse com nós duas.

– Lamento dizer que jamais arruíno a reputação de mais de uma jovem dama em uma mesma noite. – O tom dele era brincalhão porém educado. – Um homem precisa ter limites.

Pandora decidiu tentar outra abordagem:

– O senhor *não quer* se casar comigo, milorde. Eu seria a pior esposa possível. Sou esquecida e teimosa, e não consigo ficar sentada por mais de cinco minutos. Estou sempre fazendo o que não devo. Escuto as conversas dos outros, grito e corro em público, e sou desajeitada na dança. E comprometi meu caráter com uma grande quantidade de leituras não recomendadas. – Ela parou para respirar e percebeu que lorde St. Vincent não parecia devidamente impressionado com sua lista de defeitos. – Além disso, tenho pernas finas. Como uma cegonha.

À menção indecente de partes do corpo, lorde Chaworth arquejou audivelmente, enquanto lorde Westcliff pareceu desenvolver um súbito interesse pelas rosas de cem pétalas próximas dele.

A boca de lorde St. Vincent tremeu brevemente, como se ele estivesse se controlando para não rir.

– Aprecio sua sinceridade – disse ele, após um instante. Então fitou lorde Chaworth com um olhar gelado. – No entanto, à luz da extrema insistência de lorde Chaworth, não tenho escolha a não ser discutir a situação com sua família.

– Quando? – perguntou Pandora, ansiosa.

– Esta noite. – Lorde St. Vincent se aproximou dela e abaixou a cabeça para encará-la. – Vá com Chaworth. Diga a sua acompanhante que estou indo agora à casa Ravenel. E, pelo amor de Deus, tente não ser vista. Eu odiaria que pensassem que fui tão incompetente ao molestar alguém. – Depois de uma pausa, ele acrescentou, mais baixo: – Ainda precisa devolver o brinco de Dolly. Peça a um criado que o entregue.

Pandora cometeu o erro de levantar os olhos. Nenhuma mulher teria permanecido incólume diante daquele rosto de arcanjo. Até então, os rapazes privilegiados que conhecera durante a temporada social lhe pareceram empenhados em alcançar certo ideal de aparência, uma espécie de autoconfiança aristocrática fria, mas nenhum deles chegava nem perto daquele estranho estonteante que sem dúvida fora mimado e admirado a vida toda.

– Não posso me casar com o senhor – disse Pandora, ainda que entorpecida. – Eu perderia tudo.

Ela se virou, deu o braço a Chaworth e o acompanhou de volta à casa, enquanto os outros dois homens ficavam para trás, para conversar em particular.

Chaworth ria sozinho, com uma satisfação enervante.

– Por Deus, anseio por ver a reação de lady Berwick quando eu contar a ela a novidade.

– Ela me matará na mesma hora – conseguiu dizer Pandora, quase engasgando de infelicidade e desespero.

– Por quê? – perguntou o homem ao lado dela, incrédulo.

– Por ter me deixado comprometer.

Chaworth deu uma gargalhada.

– Cara menina, ficarei surpreso se ela não se levantar dançando. Acabei de conseguir o casamento do ano para você!

CAPÍTULO 2

Gabriel praguejou e enfiou as mãos nos bolsos.

– Lamento – disse Westcliff com sinceridade. – Se não fosse por Chaworth...

– Eu sei.

Gabriel andava de um lado para outro diante do caramanchão, como um tigre enjaulado. Não conseguia acreditar. Já escapara com tranquilidade de muitas armadilhas casamenteiras, mas finalmente fora apanhado. Não por uma sedutora experiente, ou por uma beldade sofisticada da alta sociedade. Sua queda viera na forma de uma jovem excêntrica que ninguém tirava para dançar. Pandora era filha de um conde, o que significava que, mesmo que fosse uma louca de verdade – o que certamente não era impossível –, sua honra tinha que ser redimida.

Ela passava forte impressão de ter uma constante energia nervosa, como um puro-sangue esperando pela bandeira de largada. Mesmo os menores movimentos de Pandora pareciam ter potencial para uma ação explosiva. O resultado poucas horas antes havia sido desagradável, mas ao mesmo tempo Gabriel se pegara desejando capturar todo aquele ardor desgovernado e lhe dar um bom uso, até que a jovem estivesse frouxa e exausta sob o corpo dele.

Deitar-se com ela não seria um problema.

Só que todo o resto seria.

Carrancudo e perturbado, Gabriel se virou e se recostou em uma das colunas externas do caramanchão.

– O que ela quis dizer quando falou que perderia tudo caso se casasse comigo? – perguntou ele, alto. – Talvez esteja apaixonada por alguém. Se for isso...

– Há jovens damas que têm outros objetivos além de encontrar um marido – argumentou Westcliff, irônico.

Gabriel cruzou os braços e o encarou, também com ironia.

– É mesmo? Nunca conheci uma dessas.

– Acredito que tenha acabado de conhecer. – O conde olhou para o ponto por onde lady Pandora partira. – Uma excluída – disse ele, baixinho, ainda com um leve sorriso.

Além do próprio pai, não havia homem em quem Gabriel confiasse mais do que Westcliff, que sempre fora como um tio para ele. O conde era do tipo que sempre fazia a escolha mais correta, por mais difícil que fosse.

– Já sei sua opinião sobre o que devo fazer – resmungou Gabriel.

– Uma jovem com a reputação arruinada se vê à mercê do mundo – comentou Westcliff. – Você sabe muito bem quais são suas obrigações como cavalheiro.

Gabriel balançou a cabeça com uma risada incrédula.

– Como eu poderia me casar com uma moça como essa? – Ela jamais se encaixaria na vida dele. Os dois terminariam se matando. – Ela nem é totalmente civilizada.

– Parece que lady Pandora não passou tempo o bastante em sociedade para se acostumar – admitiu Westcliff.

Gabriel observou uma mariposa amarela, fascinada pelas tochas, passar voando pelo caramanchão.

– Lady Pandora não está nem um pouco preocupada com as regras sociais – disse ele, com segurança. A mariposa voava agora em círculos cada vez menores, afastando-se de vez em quando do calor ondulante, em sua dança fatal com a chama da tocha. – Que tipo de família são os Ravenels?

– O sobrenome é antigo e respeitado, mas a fortuna deles foi dilapidada anos atrás. Lady Pandora tinha um irmão mais velho, Theo, que herdou o condado após a morte dos pais. Infelizmente, Theo acabou morrendo em um acidente a cavalo logo depois.

– Eu o conheci – disse Gabriel, com uma expressão pensativa. – Há dois... não, há três anos, no Jenner's.

A família de Gabriel era proprietária de uma casa de jogos exclusiva, supostamente um clube de cavalheiros, frequentado pela realeza, pela aristocracia e por outros homens importantes. Antes de herdar o ducado, seu pai, Sebastian, conduzia pessoalmente o clube, e o transformara em um dos estabelecimentos de jogos de azar mais concorridos de Londres.

Nos últimos anos, grande parte do gerenciamento dos negócios da família havia sido colocada sob responsabilidade de Gabriel, incluindo o Jenner's. Ele sempre cuidara do lugar com muita dedicação, pois sabia que era um dos queridinhos do pai. Uma noite, Theo, ou lorde Trenear, visitara o clube. Era um homem robusto, de boa aparência, louro e de olhos azuis. Encantador na superfície, mas com uma energia explosiva por baixo dela.

– Ele foi ao Jenner's com alguns amigos, em uma noite em que por acaso eu estava lá – continuou Gabriel –, e passou a maior parte do tempo na mesa de apostas. Trenear não jogava bem, era o tipo de homem que queria compensar as perdas em vez de parar. Antes de ir embora, quis se candidatar a membro do clube. O gerente me procurou, um tanto agitado, e me pediu que tratasse com Trenear, por causa de seu título e de sua posição social.

– Você o recusou? – perguntou Westcliff, encolhendo-se antes mesmo de ouvir a resposta.

Gabriel assentiu.

– O histórico de crédito dele era ruim e a propriedade da família estava afundada em dívidas. Eu o recusei privadamente, da forma mais civilizada possível. Mesmo assim... – Ele balançou a cabeça diante da lembrança.

– Ele teve uma crise de fúria – adivinhou Westcliff.

– Espumou como um touro raivoso – contou Gabriel, aborrecido, lembrando-se de como Theo avançara nele sem aviso. – Só parou de me provocar quando o derrubei no chão. Já conheci alguns homens que não conseguem controlar o próprio temperamento, principalmente quando já passaram dos limites na bebida, mas nunca vi ninguém explodir daquele jeito.

– Os Ravenels sempre foram conhecidos por seu temperamento volátil.

– Obrigado – comentou Gabriel, emburrado. – Agora não vou me surpreender quando meus filhos nascerem com chifres e rabo.

Westcliff sorriu.

– Pela minha experiência, tudo depende de saber lidar com eles.

O conde era a calma e a firmeza da própria família turbulenta, que incluía a esposa animada e uma horda de filhos ruidosos.

E lady Pandora fazia todos eles parecerem quase indolentes.

Gabriel esfregou o nariz e murmurou:

– Não tenho a menor paciência para isso, Westcliff. – Depois de um instante, ele percebeu que a mariposa havia finalmente se aventurado perto demais da chama sedutora. As asas delicadas pegaram fogo e a criatura fora reduzida a uma pitada de cinzas. – Sabe alguma coisa sobre o novo lorde Trenear?

– O nome dele é Devon Ravenel. Até onde se sabe, é muito querido em Hampshire e tem gerenciado a propriedade com toda a competência. – Westcliff fez uma pausa. – Parece que se casou com a jovem viúva do antigo conde, o que certamente não é contra a lei, mas fez erguer algumas sobrancelhas críticas.

– Ela deve ter recebido uma bela soma ao enviuvar... – comentou Gabriel, com cinismo.

– Talvez. Seja como for, não imagino que Trenear vá fazer qualquer objeção a um enlace entre você e lady Pandora.

Gabriel torceu os lábios.

– Acredite em mim, ele vai ficar tonto de alegria por se ver livre da responsabilidade.

A maior parte das mansões na South Audley Street, um endereço elegante no centro de Mayfair, seguia o padrão de várias colunas do estilo georgiano. A casa Ravenel, no entanto, era em estilo jacobino, com varandas nos três andares e um telhado inclinado coberto por fileiras de chaminés estreitas.

O saguão de entrada tinha as paredes forradas por painéis de carvalho lindamente entalhados e o teto com sancas de gesso adornadas por figuras mitológicas. As paredes eram enfeitadas por uma abundância de tapeçarias preciosas e vasos de porcelana francesa cheios de flores frescas. A julgar pela atmosfera tranquila, Pandora ainda não retornara.

Um mordomo levou Gabriel até uma sala de estar íntima, bem-decorada, e anunciou sua presença. Quando ele se adiantou e inclinou o corpo em uma saudação, Devon Ravenel se levantou para retribuir o cumprimento.

O novo conde de Trenear era um homem esguio, de ombros largos, com pouco mais de 30 anos. Tinha cabelos escuros e um olhar sagaz. Sua atitude era alerta, mas simpática, exalando uma segurança tranquila que Gabriel imediatamente apreciou.

A esposa do conde, lady Trenear, permaneceu sentada no sofá.

– Seja bem-vindo, milorde.

Bastou um olhar para que Gabriel deixasse de lado a especulação anterior de que Trenear havia se casado pelas possíveis vantagens financeiras. Ou, ao menos, essa certamente não fora a única razão. Lady Trenear era uma mulher encantadora, com uma delicadeza felina e olhos amendoados. Seus cachos ruivos que tentavam se libertar dos grampos que os continham lembraram a Gabriel a mãe e a irmã mais velha.

– Peço perdão por me intrometer em sua privacidade – disse Gabriel.

– Não há necessidade de se desculpar – retrucou Trenear com simpatia. – É um prazer conhecê-lo.

– Talvez não pense da mesma forma depois que eu explicar minha presença aqui.

Gabriel sentiu-se enrubescer quando seus olhos encontraram o olhar curioso do casal a sua frente. Furioso e aturdido por ter se metido em um dilema que parecia saído de uma comédia, ele continuou com determinação:

– Vim direto do baile de Chaworth. Ocorreu... uma situação inesperada... que deve ser resolvida com o máximo de presteza. Eu... – Ele parou e pigarreou. – Parece que comprometi lady Pandora.

Um silêncio absoluto tomou conta da sala.

Em outras circunstâncias, Gabriel teria achado graça da expressão perplexa do casal.

Lady Trenear foi a primeira a reagir:

– O que milorde quer dizer com "comprometer"? Foi pego flertando com ela, ou talvez conversando sobre algum assunto impróprio?

– Fui pego a sós com ela. No caramanchão atrás da mansão.

Outro longo silêncio, antes de o conde perguntar diretamente:

– O que estava fazendo?

– Ajudando-a a sair de um banco.

Lady Trenear parecia cada vez mais confusa.

– Isso foi muito cortês de sua parte, mas por que...

– Quando digo "ajudando-a a sair" – continuou Gabriel –, estou dizendo que tive que *arrancá-la* do banco. De algum modo, ela prendeu a metade superior do corpo na madeira entalhada do encosto e não seria capaz de se soltar sem rasgar o vestido.

Trenear esfregou a testa e pressionou brevemente as costas das mãos nos olhos.

– Isso é bem típico de Pandora – murmurou. – Vou pedir um conhaque.

– Três copos – disse a esposa, e então seu olhar preocupado voltou-se para Gabriel. – Lorde St. Vincent, sente-se ao meu lado, por favor, e conte-nos o que aconteceu.

Quando Gabriel aquiesceu, ela recolheu um dedal, um carretel de linha e alguns tecidos e enfiou-os distraidamente em uma cesta de costura a seus pés.

Gabriel explicou os eventos da noite o mais sucintamente possível, omitindo a parte do brinco. Embora não tivesse nenhuma obrigação de guardar o segredo de Dolly, sabia que Pandora gostaria que ele fosse discreto em relação àquele pormenor.

Trenear sentou-se ao lado da esposa e escutou com atenção. Depois que um criado apareceu trazendo uma bandeja com conhaque, ele serviu a bebida em copos de haste curta e entregou um a Gabriel.

Gabriel deu um gole revigorante e sentiu o amargo da bebida descer pela garganta.

– Mesmo que Chaworth não estivesse determinado a me jogar na fogueira – explicou –, a reputação de lady Pandora já estava arruinada. Ela não deveria ter deixado o salão de baile.

Os ombros de lady Trenear se curvaram como os de uma colegial aborrecida.

– A culpa é minha. Fui eu que persuadi Pandora a participar da temporada social.

– Não comece com isso, pelo amor de Deus – interrompeu o conde, com gentileza, fazendo a esposa olhar para ele. – Nem tudo é culpa sua, por mais que você deseje acreditar que sim. Todos insistimos para que Pandora participasse da temporada. A alternativa era deixá-la em casa enquanto Cassandra ia a bailes e festas.

– Ser forçada a se casar vai partir o coração de Pandora.

Trenear pegou a mão pequena da esposa.

– Ninguém vai forçá-la a nada. Aconteça o que acontecer, ela e Cassandra sempre poderão contar com minha proteção.

Lady Trenear encarou o marido com ternura e empolgação, e sorriu.

– Você é um homem tão bom. Nem precisou pensar a respeito, não é?

– É claro que não.

Gabriel estava desconcertado – na verdade, desnorteado – em ver os dois discutirem a situação como se houvesse uma escolha a ser feita. Santo Deus, ele realmente teria que explicar que a desgraça lançaria uma sombra sobre toda a família? Que as amizades e os relacionamentos dos Ravenels seriam profundamente afetados? Que a irmã gêmea de Pandora teria as chances de conseguir um casamento decente arruinadas?

Lady Trenear voltou a atenção novamente para ele. Ao perceber a expressão confusa de Gabriel, falou com cuidado:

– Milorde, devo explicar que Pandora não é uma jovem comum. Ela tem um espírito livre, uma mente original. E... bem, obviamente é um tanto impulsiva.

A descrição era tão oposta ao ideal de uma noiva inglesa adequada que Gabriel sentiu o estômago se revirar.

– Ela e as irmãs – continuou lady Trenear – foram criadas em extrema reclusão, na propriedade de campo da família. Foram muito bem educadas, mas sem muito contato com o mundo. Eu as conheci no dia em que me casei com Theo, irmão delas. Pareciam um trio de... espíritos da floresta, ou de ninfas do bosque, algo saído de um conto de fadas. Helen, a mais velha, era calma e tímida, mas as gêmeas haviam sido deixadas por conta própria a maior parte da vida, correndo pela propriedade indomadas.

– Por que os pais permitiram isso? – perguntou Gabriel.

O conde respondeu com tranquilidade:

– Eles não viam utilidade alguma nas filhas. Só davam valor ao varão.

– O que estamos tentando lhe explicar – continuou lady Trenear, ansiosa – é que Pandora jamais seria feliz com um marido que esperasse dela uma postura... bem, convencional. Ela precisa de alguém que aprecie suas qualidades únicas.

Depois de girar o conhaque no copo, Gabriel terminou a bebida em dois goles, esperando que ela aquecesse o frio de medo em seu estômago.

Não funcionou.

Nada o faria se sentir melhor em relação ao rumo desastroso que sua vida acabara de tomar.

Gabriel nunca esperara ter um casamento como o dos pais – poucas pessoas na face da terra tinham –, mas gostaria, no mínimo, de se casar com uma mulher respeitável e capaz, que tomasse conta da casa com eficiência e criasse filhos bem-comportados.

Em vez disso, ao que parecia, estava prestes a se casar com um espírito da floresta. Com uma mente original.

Gabriel não conseguia nem começar a imaginar as consequências desse casamento para as propriedades da família, para os arrendatários e criados. Isso sem falar dos futuros filhos. Deus, Pandora não teria a menor ideia de como criá-los.

Ele deixou o copo vazio de lado, decidido a ir para casa e tomar uma garrafa inteira sozinho. Melhor ainda: visitaria a amante e encontraria um esquecimento temporário em seus braços. Qualquer coisa seria melhor do que ficar sentado ali, discutindo sobre a jovem dama peculiar que, em dez minutos, havia conseguido arruinar a vida dele.

– Trenear – disse Gabriel, em tom sombrio –, se for capaz de encontrar alguma outra solução que não o casamento, juro que dançarei uma jiga nos degraus da Catedral de São Paulo, mas é mais provável que em breve eu esteja descendo a nave da igreja ao som da marcha nupcial. – Ele enfiou a mão no bolso do casaco e pegou um cartão. – Aguardarei sua decisão na minha residência de Londres.

Uma voz desafiadora soou da porta:

– A decisão é *minha* e eu já disse que não.

Gabriel se levantou automaticamente, assim como Trenear, quando Pandora entrou na sala pisando firme. Vinha acompanhada pela irmã gêmea, uma bela loura, e por lady Berwick.

O vestido de Pandora estava desalinhado, o corpinho torto, e ela não usava luvas. Alguns arranhões avermelhados marcavam seu ombro. Os grampos haviam sido arrancados do penteado arruinado ainda na carruagem, de modo que uma profusão de cachos pesados, negros como café, caía em ondas até a cintura da jovem. Seu corpo agitado tremia como o de uma criatura selvagem enjaulada. Ela destilava uma espécie de... energia, de... parecia não existir uma palavra para aquilo, mas Gabriel sentia uma eletricidade irresistível devorando o espaço entre eles. Cada centímetro de sua pele se arrepiou enquanto ele era inundado pelo calor vibrante da presença de Pandora.

Que inferno. Com esforço, Gabriel desviou o olhar fascinado e se curvou para lady Berwick.

– Condessa – murmurou. – É um prazer, como sempre.

– Lorde St. Vincent. – Não havia como não perceber o brilho de satisfação nos olhos de lady Berwick enquanto ela contemplava o até então fugidio solteiro, agora capturado. – Já conhece lady Pandora, obviamente. – Ela trouxe a jovem loura mais para a frente. – Esta é a irmã dela, lady Cassandra.

Cassandra se inclinou em uma cortesia graciosa e bem-treinada.

– Milorde.

Ela era bela e recatada, com todos os cachos e babados no lugar. Permaneceu com o olhar discretamente baixo, não indo além do botão do colarinho de Gabriel. Uma jovem dama adorável. Que não despertou o menor interesse nele.

Pandora se aproximou de Gabriel de uma forma direta como nenhuma outra jovem do nível social dela teria ousado. A moça tinha olhos extraordinários, azul-escuros com o contorno negro, como safiras queimadas nas bordas. Um par de sobrancelhas muito negras se erguia alto no rosto branco como neve. Pandora cheirava ao ar da noite, a flores brancas, com um toque de suor feminino. O aroma excitou Gabriel, e todos os seus músculos ficaram tensos.

– Sei que está tentando fazer a coisa certa, milorde – disse Pandora –, mas não preciso que salve a mim ou a minha reputação. Por favor, vá para casa.

– Segure sua língua – advertiu lady Berwick a Pandora, em um tom baixo e terrível. – Enlouqueceu?

Pandora se virou para encarar a mulher mais velha.

– Não fiz nada errado – insistiu. – Ou ao menos nada tão terrível a ponto de precisar me casar.

– Os mais velhos decidirão o que vai acontecer – retrucou lady Berwick com rispidez.

– Mas é o meu futuro. – Pandora voltou o olhar para Gabriel e seu tom se tornou mais urgente: – Por favor, vá embora. *Por favor.*

Ela estava tentando desesperadamente controlar a situação. Ou não entendia, ou não queria aceitar, que era como tentar deter uma locomotiva em alta velocidade.

Gabriel se perguntou como deveria reagir. Fora criado por uma mãe amorosa e crescera com duas irmãs, o que lhe permitia compreender as mulheres o melhor possível para um homem. Aquela jovem, no entanto, era algo inteiramente fora de sua experiência.

– Irei embora, mas esta situação não é algo que qualquer um de nós dois possa ignorar por muito tempo. – Gabriel estendeu o cartão para Trenear. – Milorde, obviamente o senhor e sua família têm muito o que conversar. Pode confiar em minha honra... A proposta de casamento a lady Pandora permanece indefinidamente.

Antes que Trenear pudesse reagir, no entanto, Pandora arrancou o cartão da mão de Gabriel.

– Não vou me casar com o senhor, não compreende? Prefiro me atirar de um canhão em direção ao sol.

Ela começou a rasgar o cartão.

– *Pandora!* – exclamou lady Berwick, furiosa, enquanto os pedacinhos de papel caíam como flocos de neve.

Tanto Pandora quanto Gabriel a ignoraram. Quando os olhares dos dois se encontraram, foi como se o resto da sala desaparecesse.

– Escute aqui – disse Pandora a ele em um tom muito sério –, casamento não está em discussão.

Escute aqui? *Escute aqui?* Gabriel achou ao mesmo tempo divertido e ultrajante. Ela realmente falara com ele como se estivesse se dirigindo a um menino de recados?

– Eu nunca quis me casar – continuou Pandora. – Qualquer pessoa que me conheça pode lhe dizer isso. Quando era pequena, jamais gostei de histórias sobre princesas esperando para serem resgatadas. Nunca fiz pedidos para estrelas cadentes nem arranquei pétalas de margaridas enquanto recitava "bem me quer, mal me quer". No casamento do meu irmão, distribuíram fatias do bolo para todas as jovens solteiras e disseram que, se colocássemos embaixo do travesseiro, sonharíamos com nosso futuro marido. Eu comi meu bolo. Até o último farelo. Fiz planos para minha vida que não envolvem me tornar esposa.

– Que planos? – perguntou Gabriel.

Como era possível que uma moça na posição dela, com a aparência dela, fizesse planos que não incluíssem qualquer possibilidade de casamento?

– Não são da sua conta – apressou-se em retrucar Pandora.

– Entendido – garantiu Gabriel. – Só há uma coisa que eu gostaria de perguntar: que diabo a senhorita estava fazendo no baile, então, se não quer se casar?

– Estava lá porque achei que poderia ser ligeiramente menos entediante do que ficar em casa.

– Uma pessoa tão contrária ao casamento quanto a senhorita alega ser não tem motivo para participar da temporada.

– Nem todas as jovens que comparecem a um baile querem ser a Cinderela.

– Se é temporada de tetrazes – argumentou Gabriel, em tom ácido –, e a senhorita se junta a um bando de tetrazes em um brejo cheio delas, é um pouco hipócrita pedir a um caçador que finja que a senhorita não é uma tetraz.

– Então é *assim* que os homens pensam? Não é à toa que detesto bailes. – A expressão de Pandora era zombeteira. – Lamento muito me intrometer em sua feliz área de caça.

– Eu não estava caçando uma esposa – retrucou Gabriel, irritado. – Tenho tanto interesse em me casar quanto a senhorita.

– Então por que o *senhor* estava no baile?

– Para ver a exibição de fogos de artifício!

Depois de um silêncio breve e tenso, Pandora baixou rapidamente a cabeça. Gabriel viu os ombros dela tremerem e, por um instante alarmante, achou que a jovem estivesse chorando. Mas então ouviu o bufar delicado, um som abafado, e percebeu que ela estava... rindo?

– Bem – murmurou Pandora –, parece que conseguiu.

Antes que Gabriel se desse conta do que estava fazendo, ergueu o queixo da jovem com os dedos. Ela se esforçou para disfarçar o riso, mas não conseguiu. E deixou escapar uma gargalhada cascateante, pontuada por gritinhos baixos, com faíscas dançando nos olhos como estrelas tímidas surgindo. O sorriso dela deixou Gabriel zonzo.

Maldição.

A irritação dele se esvaiu, dando lugar a uma onda de calor e prazer. Gabriel sentiu o coração disparar com a força do desejo de ficar a sós com ela. De entrar em toda aquela energia. Era como se uma fogueira tivesse sido acesa dentro dele, que a queria, a *desejava*, com toda ânsia imprudente e autoindulgente que costumava manter contida. Mas aquilo não fazia sentido. Ele era um homem civilizado, experiente, com gostos sofisticados, e ela era... santo Deus, *o que* ela era?

Gabriel desejou desesperadamente não querer tanto descobrir.

O riso de Pandora cessou. O que quer que ela tenha visto no olhar dele fez seu rosto ficar muito vermelho. E a pele dela se tornou quente entre os dedos de Gabriel.

Ele recolheu a mão com relutância.

– Não sou seu inimigo – conseguiu dizer.

– Também não é meu noivo.

– Ainda não.

– *Nunca* será.

Gabriel teve vontade de se jogar sobre ela. Teve vontade de tomá-la nos braços e beijá-la loucamente. Em vez disso, disse com toda a calma:

– Repita isso para mim em alguns dias, e talvez eu acredite. Nesse meio-tempo – ele enfiou a mão no paletó e pegou outro cartão –, darei isto a Trenear.

Gabriel a encarou com um olhar deliberadamente zombeteiro, do tipo que sempre enfurecia as irmãs dele... e segurou o cartão diante do rosto dela.

Como ele imaginara, Pandora não conseguiu resistir ao desafio.

Ela esticou a mão para pegar o cartão... que Gabriel fez desaparecer, como que do nada, antes que Pandora conseguisse tocá-lo. Quando menino, ele aprendera truques de prestidigitação com os trapaceiros do Jenner's.

A expressão de Pandora mudou, seus olhos se arregalaram.

– Como fez isso?

Habilidosamente, Gabriel fez o cartão reaparecer.

– Aprenda a pedir com gentileza – disse ele –, e um dia eu talvez lhe mostre.

Ela ergueu as sobrancelhas.

– Não se incomode. Não estou interessada.

Mas Gabriel sabia que era mentira. A verdade estava clara nos olhos de Pandora.

Ela *estava* interessada, por mais que lutasse contra.

E, que Deus o ajudasse... ele também estava.

CAPÍTULO 3

Duas noites após o baile de Chaworth, Gabriel estava praticando suas habilidades na mesa de bilhar, em seus aposentos privados, no andar de cima do Jenner's. Os cômodos luxuosos, que já haviam sido ocupados pelos pais dele no início do casamento dos dois, agora estavam reservados para a conveniência da família Challon. Raphael, um dos irmãos mais jovens de Gabriel, morava ali, mas no momento estava do outro lado do oceano, nos Estados Unidos. Raphael fora comprar uma grande quantidade de madeira de pinho tratada para uma empresa de construção de ferrovias de propriedade dos Challons. O pinho americano, reconhecido por sua solidez e elasticidade, era usado como dormente nas linhas de trem e vinha sendo muito procurado agora que a madeira nativa da Grã-Bretanha geralmente destinada para isso estava tão escassa.

O clube não era o mesmo sem a presença despreocupada de Raphael, mas passar algum tempo sozinho ali era melhor do que o silêncio organizado de sua casa em Queen's Gate. Gabriel gostava da atmosfera confortavelmente masculina do lugar, marcada pelo aroma de bebida cara, de fumaça de cachimbo, dos estofados de couro marroquino encerado e da pungência acre do feltro verde das mesas de jogo. Aquele cheiro sempre o fazia lembrar-se das vezes, quando era mais novo, em que acompanhara o pai ao clube.

Por anos, o duque fora quase semanalmente ao Jenner's para se reunir com os gerentes e fiscalizar os livros de contabilidade. Sua esposa, Evie, havia herdado o clube do pai, Ivo Jenner, um antigo boxeador profissional. O clube era uma incansável engrenagem financeira, cujos altos lucros haviam permitido que o duque melhorasse os campos de cultivo e as propriedades rurais da família e ainda que acumulasse um império cada vez mais amplo de investimentos. Jogos de azar eram contra a lei, mas metade do Parlamento era membro do Jenner's, o que o tornava praticamente imune a qualquer acusação.

O garoto superprotegido ficava muito empolgado ao visitar o clube. Sempre havia coisas novas ali para ver e aprender, e os homens que Gabriel encontrava eram muito diferentes dos criados e arrendatários respeitáveis da propriedade em que morava. Os clientes e os empregados do clube usavam um linguajar pesado, contavam piadas sujas e ensinavam a ele truques e floreios com cartas. Às vezes, Gabriel se encarapitava em um banco alto, diante de uma mesa de apostas redonda, e observava as jogadas arriscadas, com o braço do pai pousado distraidamente em seus ombros. Aconchegado em segurança junto ao duque, Gabriel tinha visto homens ganharem e perderem fortunas inteiras em uma única noite, apenas lançando dados.

Quando Gabriel ficou mais velho, os crupiês lhe ensinaram a matemática das chances e probabilidades. Também lhe mostraram como descobrir se alguém estava usando um dado viciado ou cartas marcadas. Gabriel passara a conhecer os gestos – a piscada de olho, o leve aceno de cabeça, o dar de ombros discreto – e todas as outras técnicas sutis usadas pelos trapaceiros. Ele sabia todos os modos possíveis de trapacear, já vira cartas serem marcadas, escondidas e agrupadas. Durante aquelas visitas, Gabriel aprendera muito sobre a natureza humana, mesmo sem se dar conta disso.

Não lhe ocorrera até muitos anos mais tarde que levá-lo ao Jenner's fora a forma que o pai encontrara para lhe dar um pouco mais de noção do mundo, para prepará-lo para todas as ocasiões em que tentariam tirar vantagem dele. Aquelas lições o haviam tornado esperto. Quando Gabriel enfim deixou a segurança do lar da família, descobriu rapidamente que, como herdeiro do duque de Kingston, era um alvo para todos.

Ele alinhou quatro bolas brancas na cabeça da mesa de bilhar e posicionou a vermelha da vez para uma tacada direta no canto oposto. Seguiu acertando as bolas metodicamente, em ordem, encaçapando cada uma com habilidade. Gabriel sempre adorara jogar bilhar, os ângulos e as estratégias, e o jogo ajudava a acalmar a mente quando ele precisava pensar com clareza.

Enquanto dava a última tacada, Gabriel percebeu que havia alguém à porta. Ainda inclinado sobre a mesa, ele levantou a vista e encontrou o olhar iluminado e vibrante do pai. Abriu um sorriso.

– Já estava me perguntando quanto tempo levaria para o senhor descobrir.

Em um passo falsamente despreocupado, Sebastian, o duque de Kingston, entrou na sala. Ele parecia estar sempre a par de tudo o que acontecia em Londres, embora morasse em Sussex por meses seguidos.

– Até agora, já ouvi três versões diferentes da história.

– Escolha a pior, e darei meu aval a ela – disse Gabriel, em tom irônico, deixando o taco de lado.

Era um alívio ver o pai, sua fonte infalível de apoio e conforto. Os dois trocaram um aperto de mão firme e um abraço rápido. Demonstrações de afeto como aquela não eram comuns entre pais e filhos do nível social deles, mas a verdade é que nunca haviam sido uma família convencional.

Depois de alguns tapinhas carinhosos nas costas do filho, Sebastian se afastou e examinou Gabriel com uma preocupação atenta que despertou lembranças antigas no rapaz. A expressão cansada não passou despercebida a Sebastian, que desarrumou os cabelos do filho como fazia quando ele era criança.

– Você não tem dormido bem.

– Passei a maior parte da noite bebendo com amigos – admitiu Gabriel. – Só paramos quando já estávamos bêbados como gambás.

Sebastian sorriu, tirou o paletó muito bem cortado e jogou-o em uma cadeira próxima.

– Aproveitando os últimos dias de solteiro, não é mesmo?

– Seria mais correto dizer que estou me debatendo como um rato se afogando.

– É a mesma coisa.

Sebastian abriu os punhos da camisa e enrolou as mangas. Uma vida ativa em Heron's Point, a propriedade da família em Sussex, o mantivera esguio e em boa forma como um homem com metade de sua idade. A exposição frequente ao sol clareara seus cabelos e lhe bronzeara a pele, tornando os olhos azul-claros ainda mais impressionantes.

Enquanto outros homens da geração de Sebastian haviam se tornado moderados e acomodados com a idade, o duque estava com mais vigor do que nunca, em parte porque seu filho mais novo tinha apenas 11 anos. A duquesa, Evie, concebera mais uma vez, inesperadamente, bem depois de já haver presumido que seus anos férteis tinham ficado no passado. Como resultado, havia oito anos de diferença entre o caçula e sua irmã mais próxima, Seraphina. Evie havia ficado bastante constrangida ao se ver grávida na idade em que estava, ainda mais diante das declarações brincalhonas do marido de que ela era uma propaganda ambulante da potência dele. E, realmente, Sebastian exibiu uma dose extra de altivez durante toda a gravidez da esposa.

O quinto filho do casal era um belo menino, com os cabelos de um ruivo intenso, como o pelo de um cão setter irlandês. Fora batizado de Michael Ivo, mas, por algum motivo, o combativo nome do meio combinava mais com o menino do que o primeiro nome. Ivo era hoje um rapazinho animado e cheio de vida, que acompanhava o pai por quase toda parte.

– Você primeiro – disse Sebastian, avaliando os tacos até escolher seu favorito. – Preciso da vantagem.

– Até parece... – retrucou Gabriel, sem se deixar impressionar, arrumando a mesa para o jogo. – O senhor só perdeu para mim na última vez porque deixou Ivo dar a maioria das suas tacadas.

– Como perder era uma conclusão já determinada, decidi usar o menino como desculpa.

– Onde está ele? Não acredito que o tenha deixado em Heron's Point com as mulheres.

– Ivo quase teve um ataque de pirraça – falou Sebastian, lamentando. – Mas expliquei a ele que sua situação exigia minha atenção exclusiva. Como sempre, estou cheio de conselhos valiosos.

– Ah, meu Deus.

Gabriel se inclinou sobre a mesa para abrir o jogo. Concentrou-se na tacada e acertou a bola da vez, que bateu na amarela, encaçapando-a. Dois pontos. Na tacada seguinte, encaçapou a vermelha.

– Muito bem – disse o pai. – Você é astuto.

Gabriel bufou.

– O senhor não diria isso se tivesse me visto duas noites atrás, no baile de Chaworth. Teria me chamado de idiota, e com razão, por me deixar cair na armadilha de um casamento com uma jovem inocente.

– Ah, bem, nenhum touro consegue evitar a canga para sempre. – Sebastian deu a volta na mesa, armou a tacada e executou-a à perfeição. – Qual é o nome dela?

– Lady Pandora Ravenel. – Os dois continuaram a jogar e Gabriel explicou, arrasado: – Para começo de conversa, eu nem queria ter ido ao maldito baile. Fui convencido por alguns amigos, que disseram que Chaworth gastara uma fortuna com supostos "artesãos de fogos de artifício". Diziam que haveria uma impressionante exibição no fim da noite. Como eu não estava interessado no baile propriamente, desci até o rio para ver os trabalhadores arrumarem os disparadores. Quando voltei – ele fez uma pausa para executar uma carambola, uma tacada que acertava duas bolas simultaneamente –, ouvi uma jovem praguejando dentro do caramanchão. Ela havia prendido o corpo no encosto de um banco, e seu vestido ficou preso nos entalhes da madeira.

Os olhos do pai cintilavam com um brilho de divertimento.

– Uma isca de inteligência diabólica. Que homem resistiria?

– Como o idiota que sou, fui ajudá-la. Antes que eu conseguisse libertar a jovem, lorde Chaworth e Westcliff nos flagraram. Westcliff se ofereceu para manter a boca fechada, é claro, mas Chaworth estava determinado a me dar a punição merecida. – Gabriel encarou o pai com um olhar significativo. – Quase como se tivesse contas antigas a acertar.

Sebastian pareceu ligeiramente culpado.

– Pode ter havido um breve flerte entre mim e a esposa dele – admitiu –, poucos anos antes de eu me casar com sua mãe.

Gabriel deu uma tacada desatenta que deixou a bola da vez rolando a esmo pela mesa.

– Agora a reputação da jovem está arruinada, e tenho que me casar com ela. E a mínima sugestão disso, devo acrescentar, faz com que a moça em questão urre em protesto.

– Por quê?

– Provavelmente porque ela não gosta de mim. Como o senhor pode imaginar, meu comportamento não foi dos mais encantadores, dadas as circunstâncias.

– Não, estou perguntando por que você tem que se casar com ela.

– Porque é o mais honrado a se fazer. – Gabriel fez uma pausa. – Não é o que o senhor esperaria de mim?

– De forma alguma. É sua mãe quem espera que você faça o que é mais honrado. Eu, no entanto, vou ficar absolutamente satisfeito se você fizer o que não é honrado, desde que consiga se livrar disso. – Sebastian inclinou o corpo, fez mira com os olhos semicerrados, deu a tacada e encaçapou a bola vermelha com maestria. – Alguém precisa se casar com a garota – disse o duque, em um tom despreocupado –, mas não precisa ser você. – Ele recuperou a bola vermelha e colocou-a de novo na cabeceira da mesa para outra tacada. – Compraremos um marido para ela. Hoje em dia, a maior parte das famílias nobres está endividada até o último fio de cabelo. Pela soma certa, essas famílias ficarão felizes em oferecer um de seus primogênitos com pedigree.

Gabriel encarou o pai com atenção e considerou a ideia. Poderia empurrar Pandora para outro homem e assim ela deixaria de ser um problema para ele. Pandora não teria que viver como uma pária e ele, Gabriel, estaria livre para seguir com a própria vida, como antes.

Mas...

Mas Gabriel não conseguia parar de pensar em Pandora, como uma música irritante que não saía de sua cabeça. Ele se tornara tão obcecado por ela que nem sequer havia visitado a amante, pois sabia que nem mesmo o amplo repertório de talentos de Nola poderia distraí-lo.

– E então? – perguntou o pai.

Ainda perdido em pensamentos, Gabriel demorou a responder.

– A ideia tem seus méritos.

Sebastian o encarou confuso.

– Eu esperava uma resposta do tipo "Sim, bom Deus, farei qualquer coisa para evitar passar a vida acorrentado a uma jovem que não suporto".

– Eu não disse que não a suporto – retrucou Gabriel, impaciente.

Sebastian fitou o filho com um sorrisinho. Depois de um instante, provocou:

– Ela é agradável aos olhos?

Gabriel foi até um aparador na parede e se serviu de conhaque.

– É deslumbrante – murmurou.

Parecendo cada vez mais interessado, o pai perguntou:

– Qual é o problema com ela, então?

– Lady Pandora é uma selvagenzinha. Fisicamente incapaz de manter a língua dentro da boca. Para não mencionar uma peculiaridade: ela vai aos bailes, mas nunca dança, fica apenas sentada em um canto. Dois camaradas com quem saí para beber ontem à noite disseram que a convidaram para valsar em ocasiões anteriores. A um deles, ela disse que o cavalo de uma carruagem havia pisado recentemente em seu pé, e ao outro, contou que o mordomo havia prendido a perna dela na porta por acidente. – Gabriel deu um gole no conhaque antes de terminar, emburrado: – Não é de se espantar que seja deixada de lado.

Sebastian, que havia começado a rir, pareceu impressionado com o último comentário.

– Aaah. Isso explica tudo. – Sebastian ficou em silêncio por um momento, perdido em alguma lembrança distante e agradável. – Essas moças excluídas são criaturas perigosas. É preciso cautela para se aproximar delas. Ficam sentadas quietinhas, nos cantos, parecendo abandonadas e desamparadas, quando na verdade são sereias capazes de levar homens à derrocada. Você não vai nem perceber o momento em que uma delas roubar seu coração de dentro do peito... e então será dela para sempre. Uma moça deixada de lado nunca devolve seu coração.

– Já terminou de se divertir? – perguntou Gabriel, impaciente com a divagação do pai. – Porque tenho problemas de verdade a resolver.

Ainda sorrindo, Sebastian pegou giz e passou na ponta do taco.

– Perdoe-me. A imagem da moça excluída me deixou um pouco sentimental. Continue.

– Para todos os propósitos práticos, Pandora não teria qualquer utilidade para mim que não na cama. É uma novidade. Depois que a sensação de novidade se esgotasse, eu ficaria entediado em uma semana. E mais, ela não tem o temperamento adequado para ser minha esposa. Na verdade, não tem o temperamento adequado para ser esposa de ninguém.

Gabriel teve que terminar o conhaque antes de admitir, com a voz rouca:

– Apesar de tudo isso... não quero que ela seja de mais ninguém.

Ele apoiou as mãos na beirada da mesa e ficou olhando para o feltro verde.

A reação do pai foi inesperadamente esperançosa:

– Vou bancar o advogado do diabo... Já lhe ocorreu que lady Pandora vai amadurecer?

– Eu ficaria surpreso – resmungou Gabriel, pensando nos olhos azuis ardentes da dama em questão.

– Mas, meu caro rapaz, é claro que ficará surpreso. Uma mulher sempre nos surpreende com o que é capaz. Você pode passar a vida inteira tentando descobrir o que a empolga, o que a interessa, mas nunca vai conseguir saber tudo. Há sempre mais. Toda mulher é um mistério, não para se compreender, mas para se apreciar. – Sebastian pegou uma das bolas de bilhar, jogou-a para o alto e pegou-a com destreza. – Sua lady Pandora é jovem... O tempo remediará isso. É virgem... Bem, esse é um problema fácil de ser solucionado. Você antecipou o tédio conjugal, o que, perdoe-me dizer, é de uma arrogância que só vi igual em mim mesmo, quando tinha a sua idade. A jovem parece ser tudo, menos entediante. Se lhe der meia chance, ela talvez o agrade ainda mais do que a Sra. Black.

Gabriel dirigiu um olhar de censura ao pai.

Sebastian não fizera segredo de que desaprovava a amante do filho, cujo marido era embaixador dos Estados Unidos. Um antigo oficial do Exército da União, o embaixador sofrera ferimentos de guerra que o impediam de satisfazer a jovem e bela esposa na cama. Assim, a Sra. Nola Black buscava prazer onde pudesse encontrar.

Durante os últimos dois anos, Nola havia satisfeito plenamente cada desejo de Gabriel, e seus encontros nunca foram limitados por moralidades ou inibições. Ela sabia quando testar os limites, e sempre surgia com novos truques para acender o interesse de Gabriel e satisfazer seus desejos complexos. Ele não gostava do fato de Nola ser casada, ressentia-se de seu temperamento difícil e de sua possessividade e, nos últimos tempos, começara a perceber que o caso o estava transformando na pior versão de si mesmo.

Mas ainda assim voltava para ela em busca de mais.

– Ninguém me satisfaz mais do que a Sra. Black – admitiu Gabriel, a custo. – Esse é o problema.

O pai pousou lentamente o taco na mesa, a expressão impassível.

– Você acha que está apaixonado por ela?

– *Não*. Deus, não. É só que... eu...

Gabriel abaixou a cabeça e esfregou a nuca, que começara a comichar com o desconforto que sentia. Embora ele e o pai sempre houvessem conversado livremente sobre uma grande variedade de assuntos, os dois raramente discutiam questões sexuais pessoais. Sebastian, graças a Deus, não era do tipo que gostava de se meter na vida particular dos filhos.

Não havia um modo fácil de Gabriel descrever o lado sombrio de sua natureza, e também não se sentia particularmente ansioso em encarar esse lado. Como filho mais velho da família Challon, sempre se esforçara para atender altas expectativas – as dele mesmo e as de outras pessoas. Desde muito novo, tivera consciência de que, por causa do nome de sua família, da riqueza e da influência que tinham, muitas pessoas desejavam sinceramente sua queda. Determinado a se provar capaz, ele obtivera excelentes notas em Eton e em Oxford. Sempre que os outros garotos queriam testar a própria capacidade puxando briga com ele, ou tentando superá-lo nos esportes, Gabriel precisava se provar ainda mais. No momento em que identificava uma fraqueza em si mesmo, se esforçava para superá-la. Depois de se formar, ele havia cuidado com competência dos assuntos financeiros da família e fizera os próprios investimentos em novos negócios que vinham se pagando muito bem. Em praticamente todas as áreas de sua vida, Gabriel era disciplinado, trabalhava duro; era um homem que levava suas responsabilidades a sério.

Mas havia o outro lado. Sexual, desenfreado, e já sem a menor paciência de tentar ser perfeito. E aquele lado o fazia se sentir culpado como o diabo.

Gabriel ainda não encontrara um modo de conciliar as metades opostas de sua natureza, o anjo e o demônio. E duvidava que um dia fosse conseguir. Só sabia com certeza que Nola Black estava disposta a fazer qualquer coisa que ele quisesse, na frequência que ele desejasse, e Gabriel nunca encontrara aquele tipo de alívio com mais ninguém.

Ruborizado, ele se esforçou para se explicar sem soar como um louco depravado.

– O problema é que meus desejos são um tanto... Quer dizer... Ela me permite... – Ele deixou escapar um palavrão abafado.

– Todo homem tem seus gostos – comentou Sebastian, em um tom sensato. – Duvido que os seus sejam assim tão chocantes.

– O que sua geração considera chocante provavelmente é diferente do que a minha considera.

Houve um breve momento de silêncio ofendido. Quando Sebastian finalmente voltou a falar, foi num tom muito seco:

– Por mais que eu seja um fóssil decrépito, acredito que as ruínas do meu cérebro senil conseguem compreender o que está tentando sugerir. Você se permitiu excessos carnais dissolutos por tanto tempo que se tornou desiludido. As brincadeiras que excitam outros homens o deixam indiferente. Os encantos pálidos de uma virgem jamais poderiam competir com os talentos pervertidos de sua amante.

Gabriel levantou os olhos para o pai, surpreso.

A expressão no rosto de Sebastian era mordaz.

– Eu lhe asseguro, meu caro, que a depravação sexual foi inventada muito antes da sua geração. Os libertinos da época do meu avô cometiam atos que fariam um sátiro enrubescer. Homens da nossa linhagem nascem ansiando por mais prazer do que é bom para eles. Obviamente, eu não era nenhum santo antes de me casar, e Deus sabe que nunca esperei encontrar satisfação nos braços de uma única mulher pelo resto da vida. Mas encontrei. O que significa que não há razão para que o mesmo não aconteça com você.

– Se o senhor está dizendo...

– Sim, estou dizendo. – Depois de um silêncio pensativo, Sebastian voltou a falar: – Por que não convida os Ravenels para passarem uma semana em Heron's Point? Dê uma chance de verdade à jovem e conheça-a melhor antes de tomar uma decisão.

– Não há necessidade de convidar toda a família dela a Sussex. É mais conveniente para mim visitá-la aqui, em Londres.

O pai fez que não com a cabeça.

– Você precisa passar alguns dias longe de sua amante – disse, com sinceridade. – Um homem com o tipo de paladar que você desenvolveu vai apreciar melhor o próximo prato se eliminar sabores concorrentes.

Gabriel franziu o cenho e apoiou as mãos na borda da mesa enquanto considerava a sugestão. A cada dia que passava, mais pessoas o questionavam sobre o escândalo em andamento. Principalmente Nola, que já lhe mandara meia dúzia de bilhetes exigindo saber se os boatos eram verdadeiros. Os Ravenels certamente estavam tendo que lidar com as mesmas perguntas, e agradeceriam a oportunidade de escapar de Londres. A propriedade em Heron's Point, com seus 5 mil hectares de bosques, terras cultivadas e uma praia privativa, oferecia total privacidade.

Gabriel estreitou os olhos ao ver a expressão tranquila do pai.

– Por que está incentivando isso? O senhor não deveria ser um pouco mais exigente no que se refere à mãe em potencial de seus netos?

– Você é um homem de 28 anos que ainda não produziu um herdeiro. A esta altura, não estou inclinado a ser muito exigente em relação à sua futura esposa. Só peço que nos dê netos antes que eu e sua mãe estejamos velhos demais para pegá-los no colo.

Gabriel encarou o pai com uma expressão irônica.

– Não deposite suas esperanças em Pandora. Na opinião dela, casar-se comigo seria a pior coisa que poderia lhe acontecer.

Sebastian sorriu.

– O casamento costuma ser a pior coisa que acontece a uma mulher. Por sorte, isso nunca as detém.

CAPÍTULO 4

Pandora sabia que estava prestes a receber más notícias quando Devon mandou chamá-la ao escritório dele sem Cassandra. Para tornar a situação ainda pior, Kathleen, que normalmente servia como amortecedor entre Pandora e Devon, também não estava lá. Fora passar a tarde com Helen, que ainda estava de resguardo depois de ter dado à luz um filho saudável, uma semana e meia antes. O menino robusto e de cabelos escuros, chamado de Taron, era muito parecido com o pai. "A não ser pelo fato de ser mais bonito do que eu, graças a Deus", dissera o Sr. Winterborne, com um sorriso largo. O nome do menino era uma palavra em galês que significava *trovão*, e até então Taron justificara plenamente a escolha a cada vez que sentia fome.

Durante o parto, Helen fora atendida pela Dra. Garrett Gibson, médica que fazia parte da equipe de empregados da loja de departamentos do Sr. Winterborne. Uma das primeiras mulheres certificadas como médica e cirurgiã na Inglaterra, a Dra. Gibson era talentosa e fora treinada nas mais modernas técnicas da medicina. Ela cuidara muito bem de Helen, que passara por momentos difíceis no parto e acabara desenvolvendo uma anemia branda, por causa da perda de sangue. A médica prescrevera pílulas de ferro e prolongara o tempo de repouso, e Helen vinha melhorando a cada dia.

No entanto, o Sr. Winterborne, superprotetor por natureza, insistira em permanecer ao lado da esposa durante todos os minutos possíveis, negligenciando a montanha de responsabilidades acumulada na loja. Não adiantava quanto Helen garantisse que não corria o risco de sofrer de febre puerperal, ou de qualquer outra condição assustadora: ele permanecia ao lado dela em vigília constante. Helen passava a maior parte do tempo lendo, amamentando o bebê e brincando tranquilamente com a meia-irmã, Carys, ainda pequena.

Naquela manhã, Helen mandara um bilhete implorando a Kathleen que fosse visitá-la. Dessa forma, o Sr. Winterborne se animaria a ir ao escritório para resolver alguns problemas urgentes de trabalho. De acordo com Helen, os funcionários estavam ficando loucos sem ele por perto, enquanto ela estava enlouquecendo por *tê-lo* por perto.

A casa parecia anormalmente quieta quando Pandora chegou à porta do escritório de Devon. Faixas da luz da tarde se filtravam pelos vidros das janelas emolduradas por painéis de carvalho.

Devon se levantou quando ela entrou.

– Tenho novidades. – Ele gesticulou para que ela se sentasse na cadeira ao lado da escrivaninha. – Como envolvem lorde St. Vincent, achei que deveria contar a você primeiro, antes de informar às outras.

O coração de Pandora pareceu dar uma cambalhota no peito quando ela ouviu o nome dele. Ela se sentou, juntou as mãos no colo e perguntou:

– O que houve? Ele retirou a oferta de casamento?

– O exato oposto. – Devon se sentou e encarou-a. – Lorde St. Vincent fez um convite, extensivo a todos nós, para uma visita à propriedade da família dele em Sussex. Ficaremos uma semana. Isso permitirá que as duas famílias...

– *Não* – disse Pandora, levantando-se na mesma hora, os nervos já à flor da pele. – Não posso fazer isso.

Devon a encarou com o cenho franzido e uma expressão de perplexidade.

– É uma oportunidade de conhecê-los melhor.

Aquilo era exatamente o que Pandora temia. O duque e a duquesa de Kingston e seu bando de filhos aristocráticos com certeza torceriam os narizes elegantes para ela. Apenas a mais fina camada de verniz seria capaz de disfarçar o desprezo deles. Todas as perguntas que fizessem a ela seriam um teste e cada erro que ela cometesse seria anotado e arquivado para futuras referências.

Pandora começou a andar pela sala, tensa, as saias se agitando e erguendo partículas de poeira em uma minúscula constelação cintilante. Cada vez que ela passava pela pesada escrivaninha de Devon, pilhas de papel oscilavam em protesto.

– Quando eles acabarem comigo, estarei estripada e temperada como uma truta pronta para ir para a frigideira.

– Por que eles a destratariam depois de convidá-la como hóspede na própria casa? – questionou Devon.

– Pode ser uma tentativa de me intimidar para que eu recuse a proposta de lorde St. Vincent. Assim ele não teria que retirá-la e não pareceria pouco cavalheiro.

– Eles só querem nos conhecer melhor – disse Devon, com uma paciência exagerada que fez Pandora ter vontade de explodir. – Nada mais, nada menos.

Pandora parou subitamente, o coração agitado como um pássaro engaiolado.

– Kathleen já sabe?

– Ainda não. Mas ela vai concordar que a visita é necessária. Nenhum de nós consegue ir mais a lugar algum de Londres sem ser abordado com perguntas sobre você e St. Vincent. Kathleen e eu conversamos ontem à noite e concordamos que a família teria que deixar a cidade até essa situação estar resolvida.

– Irei para o Priorado Eversby, então. Para Sussex, não. Você terá que me jogar à força na carruagem, e mesmo assim...

– Pandora. Venha cá. Não seja teimosa, quero falar com você. – Devon apontou com determinação para a cadeira. – Agora.

Aquela era a primeira vez que Devon exercia sua autoridade de chefe da família com ela. Pandora não sabia bem como se sentia a respeito. Embora, por natureza, detestasse autoridade, Devon sempre fora justo. E nunca lhe dera razão para que não confiasse nele. Assim, lentamente, Pandora cedeu. Afundou na cadeira e segurou os braços de madeira com força. O zumbido odiado havia começado em seu ouvido esquerdo. Discretamente, Pandora levou a mão em concha ao ouvido e tamborilou com o polegar na cabeça algumas vezes, o que costumava parar o barulho irritante. Para seu alívio, funcionou.

Devon se inclinou para a frente na cadeira e examinou Pandora com olhos que eram do mesmo tom de azul contornado de preto dos dela.

– Acho que compreendo o que você teme – disse ele, falando devagar. – Ao menos em parte. Mas receio que não esteja compreendendo minha perspectiva. Na ausência de um pai ou de um irmão mais velho para protegê-la, tudo o que lhe resta sou eu. Não importa o que você ou qualquer outra pessoa possa pensar, não vou pressioná-la a se casar com St. Vincent. Na verdade, mesmo que você quisesse se casar com ele, talvez eu não consentisse.

Espantada, Pandora comentou:

– Lady Berwick me disse que não há escolha. Se eu não me casar com ele, a única opção é me lançar dentro do vulcão em atividade mais próximo. Seja onde for.

– Na Islândia. E a única forma de você se casar com St. Vincent é se conseguir me convencer de que preferiria ele ao vulcão.

– Mas minha reputação...

– Coisas piores podem acontecer a uma mulher do que ter a reputação arruinada.

Pandora encarou Devon fascinada e sentiu que começava a relaxar, que a tensão frenética deixava seus nervos. Ele estava do seu lado, percebeu. Qualquer outro homem na posição de Devon a teria forçado a se casar sem pensar duas vezes.

– Você é parte da minha família – continuou ele, tranquilo. – E maldito seja eu se a entregar a um estranho sem me preocupar com seu bem-estar. Farei qualquer coisa que estiver em meu poder para evitar que você cometa o mesmo erro que Kathleen cometeu ao se casar com seu irmão.

Pandora ficou muda de surpresa. O assunto Theo era muito delicado e raramente levantado na casa dos Ravenels.

– Kathleen não sabia nada sobre Theo antes do casamento – continuou Devon. – Só depois de casada ela descobriu quem ele realmente era. Seu irmão não conseguia ficar longe da bebida e, bêbado, se tornava violento. Às vezes, precisava ser carregado do clube de que fazia parte, ou de algum outro lugar público, à força. Isso não era segredo entre os amigos dele nem nos círculos que frequentava.

– Que humilhante – murmurou Pandora, o rosto muito vermelho.

– Sim. Mas ele teve o cuidado de esconder esse lado bruto enquanto cortejava Kathleen. Se lorde e lady Berwick sabiam dos rumores a respeito de Theo... e não consigo acreditar que não tenham ouvido nada... jamais conversaram sobre isso com a filha. – Devon pareceu furioso por um instante. – E deveriam ter conversado.

– Por que não fizeram isso?

– Muitas pessoas acreditam que o casamento é capaz de mudar o temperamento de um homem. O que é uma idiotice, é claro. O amor não faz com que um leopardo seja capaz de apagar suas pintas. – Devon fez uma pausa. – Se Theo não tivesse morrido, ele teria transformado a vida de Kathleen em um inferno. Não colocarei você à mercê de um marido abusivo.

– Mas se eu não me casar, o escândalo vai causar problemas para todos. Especialmente para Cassandra.

– Pandora, meu bem, você acha mesmo que algum de nós conseguiria ser feliz sabendo que você está sendo maltratada? West ou eu acabaríamos matando o desgraçado.

A gratidão que Pandora sentiu foi tanta que seus olhos ficaram marejados. Era estranho que os pais e o irmão já não estivessem mais ali, mas ainda assim ela se sentisse parte de uma família como nunca se sentira antes.

– Não acho que lorde St. Vincent seria violento comigo. Ele parece ser do tipo frio e distante. O que seria outro tipo de infelicidade, mas que eu conseguiria suportar.

– Antes de tomarmos qualquer decisão, vamos tentar saber o máximo possível sobre o tipo de homem que é lorde St. Vincent.

– Em uma semana?

– Não é o bastante para investigarmos as complexidades – admitiu Devon –, mas é possível descobrir muito a respeito de um homem observando como ele se relaciona com sua família. Também vou tentar descobrir o máximo que puder com pessoas que o conhecem. Na verdade, Winterborne se relaciona com ele. Os dois são do conselho de uma empresa que fabrica equipamentos hidráulicos.

Pandora não conseguia imaginar os dois homens conversando: o filho de um comerciante galês e o filho de um duque.

– O Sr. Winterborne gosta dele? – ousou perguntar.

– Parece que sim. Diz que St. Vincent é inteligente e prático, que não é cheio de si. E isso é um grande elogio, vindo de Winterborne.

– O Sr. Winterborne e Helen vão conosco para Heron's Point? – perguntou Pandora, esperançosa. Ela se sentiria melhor se tivesse toda a família por perto.

– Não, pois faz pouco tempo desde o parto – disse Devon em um tom gentil. – Helen precisa se recuperar por completo antes de viajar. Além do mais, vou insistir para que lady Berwick *não* vá conosco para Heron's Point. Não quero que você carregue o fardo do olhar rigoroso dela como acompanhante. Quero que tenha uma oportunidade... ou duas... de se encontrar a sós com St. Vincent.

Pandora ficou boquiaberta. Nunca teria esperado que Devon, exageradamente superprotetor, dissesse uma coisa daquelas.

Ele parecia ligeiramente desconfortável quando continuou:

– Sei como deve ser conduzida uma corte da maneira adequada. No entanto, Kathleen nunca teve permissão para passar um único momento a sós com Theo antes de eles se casarem, e os resultados foram desastrosos. Eu não sei de que outra forma uma mulher pode avaliar um marido em potencial a não ser tendo ao menos algumas conversas em particular com ele.

– Bem, isso é estranho – refletiu Pandora depois de um instante. – Ninguém nunca me deu permissão para fazer nada impróprio.

Devon sorriu.

– Vamos passar uma semana em Heron's Point, então? E vamos considerar a viagem uma expedição para checagem de fatos?

– Acho que sim. Mas e se acabarmos descobrindo que lorde St. Vincent é uma pessoa terrível?

– Então você não se casará com ele.

– E o que acontecerá com minha família?

– Isso é uma preocupação minha – retrucou Devon, com firmeza. – Por enquanto, você só precisa conhecer melhor St. Vincent. E se decidir que não deseja se casar com ele, por qualquer razão que seja, não se casará.

Os dois se levantaram. Em um impulso, Pandora se adiantou, encostou o rosto no peito de Devon e o abraçou, sem dúvida surpreendendo tanto a ele quanto a si mesma. Ela raramente fazia contato físico.

– Obrigada – disse ela, a voz abafada. – Significa muito para mim que meus sentimentos sejam importantes para você.

– É claro que são, meu bem. – Devon deu um aperto carinhoso no ombro dela antes de se afastar para encará-la. – Você sabe qual é o lema do brasão dos Ravenels?

– *Loyalté nous lie*.

– Sabe o que significa?

– "Nunca nos enfureça"? – sugeriu Pandora, e foi recompensada com uma gargalhada sonora. – Na verdade, eu sei, sim. Significa "A lealdade nos une".

– Exatamente. Aconteça o que acontecer, nós, Ravenels, permaneceremos leais uns aos outros. Nunca sacrificaremos um dos nossos em benefício do restante.

CAPÍTULO 5

Pandora estava sentada na sala de estar do andar superior da casa Ravenel, sentada no chão, acariciando uma dupla de cocker spaniels que estavam na família havia dez anos. Josephine permanecia sentada obedientemente enquanto Pandora afagava suas orelhas caídas. Napoleão estava deitado ali perto, com o queixo no chão, entre as patas.

– Está pronta? – perguntou Cassandra, aparecendo na porta. – Não podemos nos atrasar para pegar o trem. Ah, não faça isso, vai ficar coberta de pelo de cachorro! Você precisa estar apresentável para o duque e a duquesa. E para lorde St. Vincent, é claro.

– Por que eu deveria me importar? – Pandora se levantou. – Já sei o que vão pensar de mim.

Mas ficou parada, quieta, enquanto Cassandra se agitava ao seu redor, batendo em suas saias e fazendo pelos negros de cachorro voarem.

– Eles vão gostar de você... – *Chlept*. – ... se ao menos... – *Chlept. Chlept*. – ... você for gentil com eles.

O vestido de viagem de Pandora era de cambraia de lã, verde-floresta, com um casaquinho ajustado e uma atraente gola Médici de renda branca, que se erguia na nuca e descia em ponta até a barra do casaco. Estava elegante e atraente, o traje completo por um chapéu de veludo com penas verde-esmeralda, que combinavam com a faixa do vestido. Cassandra usava uma roupa parecida, em azul-claro, com um chapéu azul-safira.

– Serei o mais gentil possível – afirmou Pandora. – Mas não se lembra do que aconteceu no Priorado Eversby, quando uma gansa fez ninho no território dos cisnes? Ela achou que gostar dos cisnes era o bastante para que não reparassem nela. Só que o pescoço da gansa era curto demais, as pernas grossas demais, e ela não tinha o tipo certo de penas, então os cisnes passaram a atacar e perseguir a pobre criatura até ela finalmente ir embora.

– Você não é uma gansa.

Pandora torceu os lábios.

– Então, sou uma cisne terrivelmente deficiente.

Cassandra suspirou e se aproximou mais da irmã.

– Você não precisa se casar com lorde St. Vincent por minha causa – repetiu pela centésima vez.

Pandora pousou a cabeça no ombro da irmã.

– Não seria capaz de continuar viva se a fizesse sofrer as consequências de um erro meu.

– Isso não vai acontecer.

– Se eu me tornar uma pária, nenhum cavalheiro de boa posição vai pedi-la em casamento.

– Eu seria feliz mesmo assim – disse Cassandra, determinada.

– Não seria, não. Você quer se casar algum dia. Ter sua propriedade, seus filhos. – Pandora suspirou. – Gostaria que pudesse se casar com lorde St. Vincent. Vocês seriam perfeitos um para o outro.

– Lorde St. Vincent não me encarou duas vezes. Só teve olhos para você.

– De horror.

– Acho que o horror era só da sua parte – comentou Cassandra. – Ele estava apenas tentando assimilar a situação. – A jovem assentou os cabelos da irmã com seus dedos delicados. – Dizem que ele é o partido do século. No ano passado, lady Berwick o encorajou a cortejar Dolly, mas ele não demonstrou o mínimo interesse por ela.

Cassandra aproximou a mão um pouco mais da orelha de Pandora, que encolheu o corpo por instinto e se afastou. Certas partes do ouvido dela, por dentro e por fora, eram dolorosamente sensíveis.

– Como você sabe disso? Dolly nunca comentou nada.

– Foi só uma fofoca de salão. E Dolly não fala a respeito porque foi uma grande decepção para ela.

– E por que você não me contou antes?

– Não achei que você se interessaria, já que nunca tínhamos visto lorde St. Vincent e você não queria saber de bons partidos...

– Agora eu quero! Conte-me tudo o que sabe sobre ele.

Depois de olhar de relance para a porta para ter certeza de que não havia ninguém ali, Cassandra baixou a voz:

– Há rumores de que ele tem uma amante.

Pandora encarou a irmã de olhos arregalados.

– Disseram isso a você em um *salão de baile*? Durante uma dança formal?

– Não abertamente, foi uma informação sussurrada. Sobre o que você acha que as pessoas fofocam durante as danças?

– Sobre o clima?

– O clima não é fofoca, só é fofoca quando é algo que você sabe que não deveria saber.

Pandora ficou indignada ao se dar conta de que perdera tantas informações interessantes durante aqueles eventos terrivelmente tediosos.

– Quem é a amante?

– O nome não foi mencionado.

Pandora cruzou os braços e comentou, emburrada:

– Aposto que tem sífilis.

Cassandra ficou perplexa.

– O quê?

– Em estado avançado – acrescentou Pandora, em tom sombrio. – Afinal, lorde St. Vincent é um libertino. Assim como na música.

Cassandra gemeu e balançou a cabeça, pois sabia exatamente a que música a irmã se referia. As duas haviam escutado certa vez um cavalariço cantando alguns versos de uma balada sobre "um libertino desafortunado", para divertir os companheiros. A letra rude contava a história da morte do libertino por causa de uma doença não nomeada, contraída ao se deitar com uma mulher de má reputação.

Mais tarde, Pandora e Cassandra haviam atormentado West para que explicasse a elas do que se tratava a misteriosa doença, até ele contar às duas, com relutância, sobre a sífilis, uma doença contagiosa. Não como varíola ou catapora, mas cujo contágio se dava entre homens e mulheres promíscuos. A doença acabava por matar a pessoa contaminada e fazia o nariz cair. Alguns a chamavam de mal francês, outros de mal inglês. West dissera às meninas para nunca repetirem nada do que ele lhes contara, ou Kathleen pediria a cabeça dele.

– Estou certa de que lorde St. Vincent não tem sífilis – garantiu Cassandra. – Pelo que vi na outra noite, ele tem um belo nariz.

– Mas ele vai pegar sífilis algum dia – insistiu Pandora, sombria. – Se já não estiver contaminado. E vai passar para mim.

– Você está sendo dramática. E nem todos os libertinos têm sífilis.

– Vou perguntar a ele se tem.

– Pandora, você não faria isso! O pobre homem vai ficar horrorizado.

– Eu também ficarei, se acabar perdendo meu nariz.

~

Os Ravenels seguiam acomodados em sua cabine particular de primeira classe, em um trem que seguia a linha Londres, Brighton e South Coast, e Pandora ficava mais tensa a cada quilômetro percorrido. Se ao menos o trem estivesse seguindo em outra direção, para qualquer lugar que não Heron's Point...

Ela não conseguia decidir se o que mais a preocupava era como se comportaria com os Challons ou como eles se comportariam com ela. Não havia dúvidas de que lorde St. Vincent se ressentia dela pela situação em que o colocara, embora houvesse sido um acidente.

Deus, estava tão cansada de causar problemas e se sentir culpada... Dali em diante, ela se comportaria como uma dama respeitável e decorosa. As pessoas ficariam maravilhadas com sua discrição e dignidade. Talvez até um pouco preocupadas. "Pandora está bem? Anda sempre tão quieta agora." Lady Berwick cintilaria de orgulho e aconselharia outras jovens a copiarem Pandora. Ela se tornaria conhecida pelo bom comportamento.

Sentada à janela, Pandora contemplava a paisagem e de vez em quando arriscava um olhar para Kathleen, acomodada diante dela com o pequeno William no colo. Embora eles houvessem levado a babá, Kathleen preferia ficar com o menino o máximo de tempo possível. O bebê de cabelos escuros brincava, concentrado, com um cordão de carretéis de linha, investigando os vários tamanhos e texturas e enfiando-os na boca para mordê-los com determinação. Entretido com as gracinhas do filho, Devon se esticava ao lado dele e da esposa, o braço apoiado no encosto do assento.

Enquanto Cassandra se ocupava em tricotar um chinelo de lã, Pandora pegou na bolsa de viagem seu diário, um caderno pesado com capa de couro, feito artesanalmente. As folhas brancas estavam repletas de recortes, desenhos, flores prensadas, tíquetes de ingresso, cartões-postais e todo tipo de coisa que chamara a atenção dela. Pandora enchera pelo menos metade do caderno com ideias e rascunhos para jogos de tabuleiro. Havia uma lapiseira de prata pendurada em um cordão que fechava o caderno.

Pandora soltou o cordão e abriu o caderno em uma página em branco já no final. Girou a metade inferior da lapiseira até uma protuberância aparecer na ponta e começou a escrever.

JORNADA A HERON'S POINT

ou

O iminente colapso matrimonial de lady Pandora Ravenel

Fatos e observações

#1 *Se acham que você foi desonrada, isso não é em nada diferente de ter sido realmente desonrada, a não ser pelo fato de que você continua sem saber nada.*

#2 *Quando você tem a reputação arruinada, só há duas opções: a morte ou o casamento.*

#3 *Como estou terrivelmente saudável, a primeira opção é improvável.*

#4 *Não descartar o ritual de autossacrifício na Islândia.*

#5 Lady Berwick aconselha o casamento e diz que lorde St. Vincent é "um achado". Como a dama em questão fez essa mesma observação a respeito de um garanhão comprado para seu estábulo, fico me perguntando se ela também examinou os dentes de lorde St. Vincent.

#6 Dizem que lorde St. Vincent tem uma amante.

#7 A palavra "amante" me faz pensar em alguém que ama uma anta...

– Chegamos a Sussex – avisou Cassandra. – É ainda mais encantador do que o guia de viagem me fez imaginar.

Cassandra havia comprado *O guia popular e orientação ao visitante de Heron's Point* em uma banca de livros na estação de trem e insistira em ler trechos em voz alta durante a primeira hora da viagem.

Conhecida como "terra da saúde", Sussex era a região mais ensolarada da Inglaterra e com a água mais pura, retirada de poços profundos de calcário. Ainda de acordo com o guia, o condado tinha mais de 80 quilômetros de costa. Turistas invadiam a cidade de Heron's Point por seu ar agradável e pelas propriedades terapêuticas da água do mar e dos banhos em águas termais.

O guia era dedicado ao duque de Kingston, que, ao que parecia, construíra uma muralha costeira para proteger a área da erosão, assim como um hotel, um passeio público e um píer também público, de 300 metros, a fim de garantir abrigo aos barcos a vapor, aos de pesca e a seu barco particular.

#8 O guia local não cita sequer um único detalhe desfavorável sobre Heron's Point. Dever ser a cidade mais perfeita que existe.

#9 Ou o autor estava tentando bajular os Challons, que são donos de metade de Sussex.

#10 Meu bom Deus, eles devem ser insuportáveis.

Pandora ainda olhava pela janela quando sua atenção foi capturada por um bando de estorninhos que cruzavam o céu em movimentos sincronizados, separando-se em determinado momento como uma gota de água e logo voltando a se reunir em um desenho fluido.

O trem atravessava uma série de vilarejos encantadores, cidadezinhas produtoras de lã, com casas de madeira, igrejas pitorescas, campos cultivados muito verdes e colinas acarpetadas com urze desabrochando em flores púrpura. O céu era de um azul muito suave, com algumas poucas nuvens que pareciam ter sido recém-lavadas e penduradas para secar.

#11 Sussex tem muitas vistas pitorescas.

#12 Ficar olhando para a natureza é entediante.

Conforme o trem se aproximava da estação, eles passaram por sistemas de fornecimento de água, algumas lojas, uma agência dos correios, uma série de galpões de depósito e uma estação de coleta onde laticínios e hortaliças eram mantidos resfriados até poderem ser transportados.

– Lá está a propriedade dos Challons – murmurou Cassandra.

Pandora seguiu o olhar da irmã e viu uma mansão branca em uma colina distante além do promontório, com vista para o oceano. Um imponente palácio de mármore, habitado por altos aristocratas.

O trem chegou à estação. O ar, tão quente que cheirava a ferro, encheu-se com o som de campainhas, de vozes de sinaleiros e inspetores ferroviários, de portas se abrindo e carregadores empurrando carrinhos pela plataforma. Quando desembarcou, a família Ravenel foi abordada por um homem de meia-idade com semblante agradável e modos eficientes. Ele se apresentou como Sr. Cuthbert, administrador da propriedade do duque, e supervisionou o trabalho de criados e carregadores que recolheram a bagagem dos Ravenels, que incluía o lindo carrinho de bebê de vime de William.

– Sr. Cuthbert – perguntou Kathleen, enquanto o homem os guiava por baixo de uma cobertura abobadada, do outro lado do prédio da estação –, é sempre tão quente aqui nesta época do ano?

Cuthbert secou o suor na testa com um lenço branco.

– Não, milady, esta é uma temperatura alta demais para esta época, mesmo para Heron's Point. Um vento do sul veio do continente, depois de um período de tempo seco, e está mantendo afastadas as brisas vindas do mar.

Além disso, o promontório – ele indicou o penhasco alto que avançava pelo oceano – ajuda a criar o clima único da cidade.

Os Ravenels e o séquito de criados seguiram até os veículos que esperavam ao lado da torre do relógio da estação. O duque mandara três carruagens negras cintilantes, cujo interior luxuoso era estofado em couro marroquino cor de marfim com acabamento em pau-rosa. Pandora entrou na primeira carruagem e observou com interesse uma bandeja embutida, que tinha compartimento com divisória. Ela também reparou em um guarda-chuva engenhosamente encaixado em um espaço na lateral da porta e em um estojo de couro retangular enfiado ao lado do apoio dobrável para o braço. O estojo continha um par de binóculos – não os pequeninos que uma dama usaria na ópera, mas com poderosas lentes.

Pandora se sobressaltou, culpada, quando o Sr. Cuthbert apareceu na porta aberta e a viu com os binóculos.

– Desculpe... – começou a jovem.

– Vim exatamente para lhe mostrar esses binóculos, milady – disse o homem, não parecendo nem um pouco aborrecido. – É possível avistar o oceano durante a maior parte do caminho até a propriedade Challon. Esses são o modelo mais recente de binóculos de alumínio, muito mais leves que os de latão. Com eles, a senhorita poderá ver claramente a uma distância de mais de 6 quilômetros. Pode observar as aves marinhas, até golfinhos.

Pandora levou os binóculos aos olhos, entusiasmada. Observar a natureza podia até ser aborrecido, mas se tornava muito mais interessante com a ajuda de parafernálias tecnológicas.

– Eles podem ser ajustados com o mecanismo no centro – explicou o Sr. Cuthbert, com um sorriso. – Lorde St. Vincent achou que a senhorita fosse gostar.

As lentes mostraram brevemente o rosado que coloriu o rosto de Pandora, antes de ela abaixar rapidamente os binóculos.

– Ele colocou isso aqui para mim?

– Exatamente, milady.

Depois que o administrador se afastou, Pandora franziu o cenho e estendeu os binóculos para Cassandra.

– Por que lorde St. Vincent presumiu que eu fosse querer isso? Ele acha que preciso ser distraída com bugigangas, como o pequeno William com seu cordão de carretéis?

– Foi apenas um gesto atencioso – disse Cassandra, conciliadora.

A antiga Pandora teria adorado usar os binóculos durante o caminho até a casa. Já a nova Pandora, digna, respeitável e decorosa, se entreteria com os próprios pensamentos. Pensamentos de uma dama.

Em que as damas pensavam? Em coisas como ações de caridade e visitas a arrendatários, e em receitas de manjar branco? Sim, damas estavam sempre levando manjares brancos para todos. Aliás, *o que* era um manjar branco? O doce não tinha sabor nem cor. Na melhor das hipóteses, era só uma sobremesa indecisa. Ainda seria manjar branco se a pessoa colocasse algum tipo de calda? De frutas vermelhas ou de limão...

Pandora percebeu que havia se deixado levar por seus pensamentos e voltou-os novamente para a conversa com Cassandra.

– A questão é – disse ela à irmã, cheia de dignidade – que não preciso de brinquedos para me manter ocupada.

Cassandra estava olhando através dos binóculos pela janela aberta.

– Estou vendo uma borboleta atravessando a estrada – comentou ela, maravilhada –, tão claramente como se ela estivesse pousada no meu dedo.

Pandora endireitou o corpo na mesma hora.

– Deixe-me ver.

Sorrindo, Cassandra manteve os binóculos fora do alcance da irmã, com destreza.

– Achei que você não quisesse.

– Agora quero. Devolva-os!

– Ainda não terminei.

Cassandra se recusou a devolver os binóculos por pelo menos mais cinco minutos enlouquecedores, até Pandora ameaçar leiloá-la para piratas.

Quando Pandora finalmente conseguiu reaver os binóculos, a carruagem já começara a subida longa e suave da colina. Ela conseguiu ver de relance uma gaivota voando, um barco de pesca velejando ao redor do pontal e uma lebre desaparecendo embaixo de um arbusto de zimbro. De vez em quando, uma brisa fresca vinda do horizonte soprava através de uma das janelas articuladas, trazendo um alívio momentâneo do calor. O suor escorria pelo espartilho de Pandora, enquanto a lã leve do vestido de viagem irritava a pele e a fazia comichar. Entediada e com calor, Pandora finalmente guardou os binóculos no estojo de couro.

– É como no verão – comentou, secando a testa com uma das mangas longas do vestido. – Quando finalmente chegarmos à casa, vou estar vermelha feito um presunto assado.

– Eu já estou – disse Cassandra, tentando usar o guia de viagem como leque.

– Estamos quase lá – falou Kathleen, ajeitando no ombro o corpo quente e sonolento de William. – Assim que chegarmos à mansão poderemos nos trocar e colocar roupas mais leves.

Ela se virou para Pandora com um olhar atencioso e terno.

– Tente não se preocupar, querida. Serão dias adoráveis.

– Você me disse a mesma coisa pouco antes de eu sair para o baile de Chaworth.

– É mesmo? – Kathleen sorriu. – Bem, suponho que preciso estar errada sobre alguma coisa de vez em quando. – Depois de uma pausa, ela acrescentou, gentil: – Sei que você preferiria estar em casa, protegida e segura, meu bem, mas estou feliz por ter concordado em vir.

Pandora assentiu e se remexeu, desconfortável, enquanto puxava para cima as mangas de lã do vestido, que colavam em sua pele.

– Pessoas como eu deveriam evitar novas experiências – comentou ela. – Nunca acabam bem.

– Não diga isso – protestou Cassandra.

Foi a vez de Devon falar, então, também gentil:

– Todos têm defeitos, Pandora. Não seja tão dura consigo mesma. Você e Cassandra começaram em desvantagem, depois de terem sido criadas reclusas por tanto tempo, mas estão aprendendo rápido. – Ele sorriu para Kathleen antes de acrescentar: – Como posso atestar por experiência, cometer erros é parte do processo de aprendizagem.

Quando a carruagem atravessou o portão principal, a mansão surgiu à vista. Ao contrário das expectativas de Pandora, não era fria nem imponente. Era uma agradável casa, dois andares, de teto baixo, que parecia acomodada com tranquilidade. As linhas clássicas eram suavizadas por uma abundância de hera verde muito viva, que cobria a fachada de estuque cor creme. E pérgulas de rosas cor-de-rosa se arqueavam alegremente acima do pátio de entrada. Duas alas anexas se curvavam ao redor dos jardins da frente, como se a casa houvesse decidido encher os braços com buquês de flores. Mais adiante, em uma descida, um bosque fechado, que parecia saído de um sonho, descansava sob o manto do sol.

Pandora se interessou ao ver um homem caminhando na direção da casa com uma criança pequena nos ombros. Um menino mais velho, de cabelos vermelhos, o acompanhava. Um arrendatário da fazenda, talvez, com os filhos. Era estranho que ele atravessasse o gramado em um passo tão determinado.

O homem usava apenas calça, uma camisa fina e um colete aberto, sem chapéu ou lenço de pescoço à vista. Caminhava com a graça fácil de alguém acostumado a passar grande parte do tempo ao ar livre. Era óbvio que estava em excelente forma, a roupa simples caindo com leveza no corpo esguio e de linhas fortes. E carregava a criança nos ombros como se ela não pesasse nada.

Cassandra se aproximou mais para olhar pela janela de Pandora.

– Aquele é um trabalhador? – perguntou. – Um fazendeiro?

– Eu diria que sim. Vestido daquele jeito, ele não poderia ser... – Pandora se interrompeu quando a carruagem passou pelo amplo arco da entrada da casa, permitindo uma visão melhor.

Os cabelos do homem eram de uma cor singular, que ela só vira uma vez, o dourado-escuro de antigos lingotes de ouro. Pandora sentiu suas entranhas se agitarem, como se estivessem brincando de dança das cadeiras.

O homem alcançou a carruagem bem no momento em que o veículo parava diante do alpendre. O cocheiro disse alguma coisa a ele e Pandora ouviu a resposta relaxada do homem, em uma voz grave e límpida de barítono.

Era lorde St. Vincent.

CAPÍTULO 6

Depois de descer a criança dos ombros com facilidade e colocá-la no chão, lorde St. Vincent abriu a porta da carruagem pelo lado de Pandora. O sol forte do meio do dia iluminava as feições perfeitas dele e lançava reflexos dourados em seus cabelos, que pareciam misturar bronze e ouro.

Fato #13, ela teve vontade de escrever. *Lorde St. Vincent caminha com sua auréola pessoal.*

O homem tinha tudo em excesso. Aparência, riqueza, inteligência, berço e saúde viril.

#14 Algumas pessoas são a prova viva de que o universo é injusto.

— Sejam bem-vindos a Heron's Point — disse lorde St. Vincent, seu olhar abrangendo todo o grupo. — Peço desculpas... Fomos até a praia para testar o novo projeto de pipa do meu irmão caçula e demoramos mais do que esperávamos. Eu pretendia estar de volta a tempo da chegada de vocês.

— Está tudo bem — garantiu Kathleen, com animação.

— O que importa é: a pipa voou? — perguntou Devon.

O menino de cabelos ruivos chegou até a porta da carruagem. Com uma expressão triste no rosto, ele ergueu um punhado de ripas finas, unidas por faixas de tecido vermelho e cordas, para Devon ver.

— A pipa se partiu em pleno voo, senhor. Terei que fazer modificações no meu projeto.

— Este é meu irmão, lorde Michael — apresentou St. Vincent. — Nós o chamamos pelo nome do meio, Ivo.

Ivo era um belo menino de uns 10 ou 11 anos, com cabelos de um vermelho intenso, olhos azul-celeste e um sorriso irresistível. Ele fez uma mesura desajeitada, como alguém que tivesse acabado de passar por um salto de crescimento e estivesse tentando se ajustar ao novo comprimento dos braços e pernas.

– E eu? – chamou o menino descalço do outro lado de lorde St. Vincent.

Era uma criança robusta, de cabelos escuros e bochechas rosadas, que não devia ter mais do que 4 anos. Como Ivo, usava uma túnica de banho, presa a uma calça curta na altura da cintura.

Lorde St. Vincent sorriu quando abaixou os olhos para o menino impaciente.

– Você é meu sobrinho – disse ele, sério.

– *Eu sei disso!* – retrucou a criança, exasperada. – Diga a *eles*.

Com a expressão perfeitamente composta, lorde St. Vincent dirigiu-se aos Ravenels:

– Permitam-me apresentar meu sobrinho Justin, lorde Clare.

Um coro de cumprimentos entusiasmados foi ouvido no interior da carruagem. A porta do outro lado foi aberta e os Ravenels começaram a descer do veículo com a ajuda de dois criados.

Pandora pulou da carruagem com leveza, enquanto o olhar impenetrável de lorde St. Vincent se encontrava com o dela; os olhos dele eram cintilantes e penetrantes como a luz de uma estrela.

Sem dizer uma palavra, Gabriel estendeu a mão para Pandora.

Ofegante e agitada, ela tentou encontrar as luvas, que pareciam ter desaparecido junto com a bolsa de viagem. Do outro lado da carruagem, um criado ajudava Kathleen e Cassandra a descerem. Pandora se voltou novamente para lorde St. Vincent, aceitou a mão dele com relutância e desceu.

Ele era ainda mais alto do que ela se lembrava, além de maior, os ombros mais largos. Quando o vira antes, lorde St. Vincent estava contido em roupas formais de noite, cada centímetro seu muito perfeito e elegante. Agora, a pouca quantidade de peças de roupa que usava chegava a ser chocante, sem paletó, sem chapéu, a camisa aberta no colarinho. Os cabelos estavam desalinhados, as camadas bem cortadas úmidas de suor na nuca. Um aroma agradável chegou às narinas de Pandora, o cheiro ensolarado e verde de que ela se lembrava de antes, agora misturado a um toque salgado de maresia.

Havia grande atividade na entrada da casa, com alguns criados saindo das outras carruagens e outros descarregando a bagagem. Pelo canto dos olhos, Pandora viu a família entrando na casa. Lorde St. Vincent, no entanto, não parecia estar com a menor pressa de levá-la para dentro.

– Perdoe-me – disse ele em voz baixa, olhando para ela. – Tinha a intenção de esperá-la aqui, vestido apropriadamente. Não quero que pense que sua visita não é importante para mim.

– Ah, mas não é – respondeu Pandora, desajeitadamente. – Quer dizer, não esperava ser recebida com fanfarras. O senhor não tinha que estar esperando aqui, ou vestido de forma alguma. Quer dizer, bem-vestido. – Nada que saía de sua boca soava certo. – Eu esperava que estivesse vestido, é claro. – Ela ficou muito vermelha e baixou a cabeça. – *Maldição* – murmurou.

Então ouviu a risada baixa dele, e o som provocou arrepios em seus braços suados.

Ivo se intrometeu, parecendo arrependido:

– É culpa minha termos nos atrasado. Tive que encontrar todas as partes da minha pipa.

– Por que ela quebrou? – perguntou Pandora.

– A cola não segurou.

Como aprendera muito sobre as várias fórmulas de cola enquanto montava o protótipo de seu jogo de tabuleiro, Pandora estava prestes a perguntar que tipo ele havia usado.

No entanto, Justin interrompeu antes que ela pudesse dizer uma palavra:

– É minha culpa também. Perdi os sapatos e tivemos que procurar.

Encantada, Pandora se agachou para ficar com o rosto no mesmo nível do menino, sem se preocupar com as saias que arrastavam no cascalho.

– E não conseguiu encontrá-los? – perguntou, solidária, olhando para os pés descalços dele.

Justin fez que não com a cabeça e deixou escapar um suspiro pesado, como um adulto em miniatura atormentado com problemas mundanos.

– Mamãe não vai ficar *nada* feliz.

– O que você acha que aconteceu?

– Eu deixei na areia, e eles desapareceram.

– Talvez um polvo os tenha roubado.

Na mesma hora, Pandora se arrependeu do que dissera – aquele era o tipo de comentário excêntrico que lady Berwick teria reprovado.

Mas lorde St. Vincent retrucou com o cenho muito franzido, como se a questão fosse extremamente séria:

– Se foi mesmo um polvo, ele não vai parar até ter mais seis sapatos.

Pandora ergueu o rosto para ele com um sorriso hesitante.

– Não tenho tantos sapatos assim – protestou Justin. – O que podemos fazer para que ele pare?

– Poderíamos inventar um repelente de polvos – sugeriu Pandora.

– Como? – Os olhos do menino se iluminaram com interesse.

– Bem, precisaríamos de um pouco de... *Oooh!*

Ela não chegou a terminar o pensamento, tamanho foi seu espanto com a criatura que surgiu na lateral da carruagem, correndo em um passo bamboleante. Um relance de orelhas caídas e olhos castanhos alegres encheu a visão de Pandora, antes de o cão entusiasmado se jogar com tanta determinação em cima dela que a fez cair para trás de sua posição agachada. Pandora aterrissou em cima do traseiro e o impacto fez seu chapéu cair no chão. Uma mecha de cabelos se soltou do penteado e caiu no rosto, enquanto um jovem retriever de pelos castanhos e negros pulava ao redor dela como se tivesse molas nas patas. Ela sentiu o hálito do cachorro soprando em sua orelha e uma lambida no rosto.

– Ajax, *não!* – ouviu Ivo exclamar.

Ao se dar conta do estado deplorável em que se encontrava, Pandora teve um momento de desespero, logo seguido por resignação. É claro que aquilo aconteceria. É claro que seria recebida pelo duque e a duquesa depois de cair na entrada da casa como um membro não muito inteligente de uma trupe circense. A situação era tão terrível que Pandora começou a rir, enquanto o cachorro empurrava a cabeça na dela.

No instante seguinte, Pandora foi colocada de pé e se viu encostada com firmeza em uma superfície rígida. O movimento brusco a desequilibrou e ela se agarrou a St. Vincent, zonza. Ele a manteve ancorada firmemente contra si, o braço amparando suas costas.

– *Quieto*, idiota – ordenou St. Vincent.

O cão obedeceu, arfando feliz.

– Ele deve ter escapado pela porta aberta – disse Ivo.

St. Vincent afastou os cabelos de Pandora do rosto.

– Você se machucou?

O olhar dele percorreu rapidamente o corpo dela.

– Não... não. – Ela não conseguia parar de dar risadinhas conforme a tensão e o nervoso diminuíam. E tentou abafar o riso no ombro dele. – Eu estava... tentando tanto agir como uma dama...

Uma risada rápida também escapou de St. Vincent, que passou a mão pelas costas dela em um movimento circular, para acalmá-la.

– Imagino que não seja fácil agir como uma dama enquanto um cão a derruba.

– Milorde – veio a voz preocupada de um criado que estava por perto –, a jovem dama se machucou?

Pandora não conseguiu ouvir bem a reposta de lorde St. Vincent acima do estrondo que seu coração parecia fazer no peito. A proximidade dele, o braço protetor, aquela mão acariciando-a com gentileza... Tudo aquilo parecia despertar partes do corpo dela, profundas, até então adormecidas. Um prazer novo, estranho, se espalhou por Pandora e acendeu cada terminação nervosa, como se fossem uma sucessão de minúsculas velas de aniversário. Ela baixou os olhos para a frente da camisa dele, uma camada fina de tecido, como um lenço, que mal disfarçava as curvas e planos firmes dos músculos por baixo. Ao ver o tufo de pelos escuros aparecendo pela abertura do colarinho, Pandora enrubesceu e recuou, confusa.

Ela passou a mão pelos cabelos e disse, em um tom distraído:

– Meu chapéu...

Então, quando se virou para procurar, descobriu que Ajax encontrara primeiro o chapeuzinho de veludo, com seu tentador enfeite de penas. O cão segurava o acessório entre os dentes e o sacudia, feliz.

– Ajax, aqui – disse lorde St. Vincent na mesma hora, mas o retriever insubordinado pulou e se esquivou, mantendo o chapéu fora do alcance.

Ivo se aproximou lentamente do cão.

– Ajax, me dê isso – disse em um tom persuasivo. – Vamos, rapaz... – O cachorro se virou e saiu em disparada. – Vou resgatar o chapéu – prometeu o menino, e saiu correndo atrás de Ajax.

– Eu também! – Justin seguiu Ivo, as pernas curtas se movimentando rápido. – Mas o chapéu vai estar todo babado! – Foi o alerta terrível que ele deu ao olhar para trás.

Lorde St. Vincent balançou a cabeça e ficou olhando o cachorro disparar pelo gramado.

– Eu lhe devo um chapéu novo – disse ele a Pandora. – Esse será devolvido em farrapos.

– Não me importo. Ajax ainda é filhote.

– Esse cachorro é incorrigível – comentou lorde St. Vincent, categórico. – Ele não pega o que mandamos pegar, não obedece a comandos, tenta cavar buracos nos tapetes e, até onde sei, é incapaz de caminhar em linha reta.

Pandora sorriu.

– Eu raramente caminho em linha reta – confessou. – Sou dispersa demais para me manter em uma única direção... Não paro de me virar para um lado e para o outro, pois não quero perder nada que surja ao redor. Assim, sempre que saio para um novo lugar, acabo voltando para onde comecei.

Lorde St. Vincent se virou para encará-la, o belo azul-claro dos olhos dele muito firme nos dela.

– Aonde a senhorita quer ir?

A pergunta pegou Pandora de surpresa. Ela só estava fazendo comentários tolos, do tipo a que ninguém prestava atenção.

– Não importa – respondeu, com leveza. – Como ando mesmo em círculos, nunca vou chegar ao meu destino.

O olhar dele se demorou no rosto dela.

– A senhorita poderia fazer círculos maiores.

O comentário foi perspicaz e brincalhão ao mesmo tempo, como se ele de algum modo compreendesse como funcionava a mente de Pandora. Ou talvez lorde St. Vincent estivesse zombando dela.

Quando as carruagens e a carroça já vazias se afastaram, lorde St. Vincent guiou Pandora na direção da casa.

– Como foi a viagem? – perguntou ele.

– Não precisa ficar procurando assuntos banais para conversar comigo – avisou ela. – Não gosto de conversas de salão e não sou muito boa nisso.

Eles fizeram uma pausa à sombra do alpendre, ao lado de uma roseira perfumada. Lorde St. Vincent apoiou casualmente o ombro em uma coluna pintada de creme. Ele abriu um sorriso preguiçoso quando baixou os olhos para Pandora.

– Lady Berwick não a ensinou a ter conversas de salão?

– Ela tentou. Mas odeio falar sobre o clima. Quem se importa com a temperatura que está fazendo? Quero conversar sobre coisas como... como...

– Sim? – instou ele ao vê-la hesitar.

– Darwin. Sufrágio feminino. Casas de correção, guerra, por que estamos vivos, se o senhor acredita em sessões espíritas ou em fantasmas, se alguma música já o fez chorar, ou que legume mais detesta...

Pandora deu de ombros e levantou os olhos para ele, esperando ver a expressão paralisada que conhecia tão bem de um homem prestes a fugir. Em vez disso, viu-se capturada pelo olhar atento de St. Vincent, enquanto o silêncio parecia envolver os dois.

Depois de um momento, lorde St. Vincent disse baixinho:

– Cenoura.

Perplexa, Pandora tentou se recompor.

– É o legume que mais detesta? Está se referindo a cenoura cozida?

– Cenoura de qualquer jeito.

– Em comparação com *todos* os outros legumes? – Quando ele fez que sim, concordando, ela insistiu: – E bolo de cenoura?

– Não.

– Mas é *bolo*.

Um sorriso brincou nos lábios dele.

– Ainda é cenoura.

Pandora quis debater a superioridade da cenoura sobre outros legumes realmente atrozes, como couve-de-bruxelas, por exemplo, mas a conversa deles foi interrompida por uma voz masculina suave:

– Ah, aqui estão vocês. Fui enviado para buscá-los.

Pandora recuou ao ver um homem alto se aproximar em um passo gracioso. Ela soube na mesma hora que aquele era o pai de lorde St. Vincent – a semelhança era impressionante. Ele tinha a pele bronzeada e ligeiramente castigada pelo tempo, com rugas de expressão nos cantos dos olhos azuis. O homem tinha cabelos cheios, de um tom escuro de dourado, com as têmporas belamente grisalhas. Como soubera da reputação dele de ex-libertino, Pandora havia esperado um homem envelhecido, com feições grosseiras e um olhar lascivo... não aquele espécime masculino tão belo, que usava sua presença formidável como quem usa um conjunto elegante de roupas.

– Meu filho, o que está pensando, mantendo essa criatura encantadora aqui fora, no calor do meio-dia? E por que ela está tão desalinhada? Houve algum acidente?

– Ela foi atacada e derrubada no chão – começou lorde St. Vincent.

– Você ainda não a conhece bem o bastante para fazer uma coisa dessas.

– Foi o cão – esclareceu lorde St. Vincent, em um tom ácido. – O senhor não deveria ter treinado o bicho?

– Ivo está treinando – foi a resposta imediata do pai.

Lorde St. Vincent lançou um olhar significativo para onde o menino ruivo podia ser visto perseguindo o cachorro em disparada.

– Parece que é o cão que o está treinando.

O duque sorriu e inclinou a cabeça, aceitando o argumento. E voltou a atenção para Pandora.

Ela tentou desesperadamente se lembrar dos bons modos, inclinou-se em uma cortesia e murmurou:

– Sua Graça.

As linhas de expressão nos olhos dele se aprofundaram sutilmente.

– A senhorita parece que precisa ser salva. Por que não entra comigo e se afasta desse canalha? A duquesa está ansiosa para conhecê-la. – Ao ver Pandora hesitar, totalmente intimidada, ele garantiu: – Sou totalmente confiável. Na verdade, sou quase um anjo. Em pouco tempo a senhorita estará me amando.

– Tome cuidado – aconselhou lorde St. Vincent a Pandora, em um tom irônico, enquanto arrumava a própria camisa. – Meu pai é o flautista de Hamelin das mulheres ingênuas.

– Isso não é verdade – retrucou o duque. – As não ingênuas também me seguem.

Pandora não conseguiu segurar o riso. Ela encarou os olhos azuis do duque, que estavam iluminados pelo humor. Havia algo tranquilizador na presença dele. Passava a sensação de um homem que gostava sinceramente das mulheres.

Quando ela e Cassandra eram crianças, fantasiavam com um pai belo, que as encheria de afeto e conselhos e as mimaria só um pouco. Um pai que talvez as deixasse subir nos pés dele para dançar. E o homem diante dela se parecia muito com o que Pandora costumava imaginar.

Ela se adiantou e deu o braço a ele.

– Como foi de viagem, meu bem? – perguntou o duque, enquanto a acompanhava para dentro de casa.

Antes que Pandora pudesse responder, lorde St. Vincent falou atrás deles:

– Lady Pandora não gosta de conversas banais, pai. Ela prefere discutir assuntos como Darwin, ou o sufrágio feminino.

– Naturalmente, uma jovem inteligente desejaria evitar tagarelices mundanas – replicou o duque, lançando um olhar tão aprovador para Pandora que ela quase cintilou. – No entanto – continuou ele, pensativo –, a maior parte das pessoas precisa ser levada a uma sensação de segurança, antes de ousar revelar suas opiniões a alguém que acabou de conhecer. Afinal, para tudo há um começo. Toda ópera tem seu prelúdio, todo soneto tem sua quadra de abertura. As conversas banais são apenas um modo de ajudar um estranho a confiar em você, de encontrar algo em que possam concordar a princípio.

– Ninguém nunca me explicou isso dessa forma antes – disse Pandora, encantada. – E realmente faz sentido. Mas por que precisa ser quase sempre sobre o clima? Não há nada mais com que todos concordem? As colheres com dentes de garfo na ponta, por exemplo... Todos gostam delas, não é mesmo? O mesmo vale para a hora do chá, ou alimentar patos.

– Tinta azul para o tinteiro – acrescentou o duque. – E o ronronar de um gato. E tempestades de verão... embora eu imagine que isso nos traria de novo ao assunto do clima.

– Eu não me incomodaria de conversar sobre o clima com *o senhor*, Sua Graça – comentou Pandora, com sinceridade.

O duque deu uma risada gentil.

– Que moça adorável.

Eles chegaram ao saguão central, que era arejado e claro, com sancas no teto e pisos de carvalho encerado. Uma escadaria dupla com colunatas levava ao andar superior, os corrimãos largos perfeitos para servirem de escorrega. O lugar cheirava a cera de abelha e ar fresco, e ao perfume das gardênias arrumadas em vasos sobre colunas.

Para surpresa de Pandora, a duquesa esperava por eles no saguão. No cenário muito branco, ela cintilava como uma chama, a pele enfeitada por sardas douradas e os cabelos acobreados presos no alto em uma confusão de tranças. O corpo voluptuoso mas em forma estava coberto por um vestido de musselina azul, com uma faixa bem presa na cintura fina. Tudo nela lembrava aconchego, suavidade e disponibilidade.

O duque foi até a esposa e pousou a mão em suas costas. Ele pareceu se deleitar como um gato grande na presença dela.

– Querida – murmurou –, esta é lady Pandora.

– Finalmente – disse a duquesa, alegre, tomando as mãos de Pandora nas dela, em um gesto caloroso. – Estava me pe-perguntando o que tinham feito com você.

Pandora teria feito uma reverência, mas a duquesa ainda estava segurando suas mãos. Deveria fazer a reverência mesmo assim?

– Por que a manteve tanto tempo lá fora, Gabriel? – perguntou a duquesa, apertando carinhosamente as mãos de Pandora antes de soltá-las.

A jovem se curvou rapidamente em uma reverência atrasada, inclinando-se como um pato em uma poça de lama.

Lorde St. Vincent descreveu o contratempo com Ajax, enfatizando a falta de disciplina do cachorro com grande efeito cômico.

A duquesa riu.

– Pobre menina. Venha, vamos relaxar e tomar um copo de li-limonada gelada no solário. É meu cômodo favorito da casa. A brisa do oceano entra di-direto pela tela das janelas.

Um gaguejar interrompia o ritmo da fala dela, mas era muito leve, e a duquesa não parecia nem um pouco constrangida.

– Sim, Sua Graça – sussurrou Pandora, determinada a não cometer qualquer erro. Queria ser perfeita para aquela mulher.

Elas atravessaram o saguão com a escadaria e seguiram na direção dos fundos da casa, seguidas pelos homens.

– Veja bem, se houver algo que possa tornar sua visita mais agradável – disse a duquesa para Pandora –, deve me dizer ao primeiro pensamento. Colocamos um vaso de rosas no seu quarto, mas, se tiver alguma f-flor favorita, basta nos informar. Minha filha mais nova, Seraphina, escolheu alguns livros para o seu quarto, mas se houver alguma coisa mais ao seu gosto na biblioteca, trocaremos imediatamente.

Pandora assentiu como uma boba. Depois de pensar muito, enfim conseguiu se sair com uma frase digna de uma dama:

– Sua casa é adorável, senhora.

A duquesa abriu um sorriso radiante.

– Se quiser, posso levá-la para conhecer toda a casa no fim da tarde. Temos algumas boas obras de arte, uma mo-mobília antiga interessante e também belas vistas do segundo andar.

– Ah, seria... – começou Pandora, mas, para sua irritação, lorde St. Vincent a interrompeu, atrás delas:

– Eu já havia planejado levar lady Pandora para um passeio esta tarde.

Pandora lançou um olhar por sobre o ombro, o cenho franzido.

– Eu preferiria conhecer a casa com a duquesa.

– Não confio na senhorita perto de móveis que não lhe são familiares – comentou lorde St. Vincent. – Pode ser desastroso. E se eu tivesse que tirá-la de um armário, ou, que Deus me perdoe, de um relicário?

Embaraçada com a lembrança de como os dois haviam se conhecido, Pandora disse em um tom severo:

– Não seria adequado eu sair para um passeio sem uma acompanhante.

– Não está preocupada em ter sua honra comprometida, está? – perguntou ele. – Porque eu já fiz isso.

Pandora esqueceu rapidamente sua determinação de se manter contida e se virou para encarar o homem que a provocava.

– Não, o senhor não fez isso. Fui comprometida por um banco. O senhor estava lá por acaso.

Lorde St. Vincent pareceu apreciar a indignação dela.

– Ainda assim – insistiu ele –, a senhorita não tem nada a perder agora.

– Gabriel... – começou a duquesa, mas ficou em silêncio ao ver o brilho travesso no olhar que o filho lhe lançou.

O duque encarou o filho com ar dúvida.

– Se está tentando encantá-la com seu charme, Gabriel, devo dizer que não está se saindo bem.

– Não há necessidade de eu ser encantador – retrucou lorde St. Vincent. – Lady Pandora só está fingindo desinteresse. Na verdade, está fascinada por mim.

Pandora sentiu-se ultrajada.

– Este é o maior disparate que eu já ouvi!

No entanto, antes de terminar a frase, também reparou no brilho travesso nos olhos de lorde St. Vincent. Ele a estava provocando, brincando com ela, percebeu. Pandora baixou a cabeça, ruborizada. Em poucos minutos desde que chegara a Heron's Point, já caíra na entrada, perdera o chapéu e a calma e usara uma palavra pesada. Era bom mesmo que lady Berwick não estivesse ali, ou já teria tido um ataque apoplético.

Eles continuaram a caminhar e lorde St. Vincent acertou o passo com Pandora, enquanto a duquesa seguia com o duque.

– Disparate – murmurou ele, com um sorriso na voz. – Gostei.

– Gostaria que o senhor não me provocasse – murmurou Pandora. – Já é difícil o bastante me comportar como uma dama.

– Não precisa fazer isso.

Pandora suspirou, o aborrecimento momentâneo se transformando em resignação.

– Preciso, sim – retrucou, ansiosa. – Nunca serei boa nisso, mas o importante é continuar tentando.

～

Aquela foi a declaração de uma jovem consciente de suas limitações, mas determinada a não se deixar derrotar por elas. Gabriel não precisou olhar para os pais para saber que os dois estavam completamente encantados por Pandora. Quanto a ele...

Mal reconhecia a si mesmo no modo como estava reagindo a ela. Pandora era cheia de vida, ardente como girassóis se destacando nas geadas de inverno. Comparada às moças lânguidas e inseguras do mercado anual de casamentos de Londres, Pandora talvez fosse mesmo de outra espécie completamente diferente. Ela era tão linda quanto ele se lembrava, e também imprevisível. Rindo depois que o cachorro a derrubara na entrada da casa, quando qualquer outra jovem em seu lugar teria ficado furiosa, ou se sentido humilhada. Ainda do lado de fora, enquanto ela queria discutir com ele sobre cenouras, Gabriel só conseguira pensar em quanto desejava levá-la para algum lugar fresco, escuro e tranquilo, para tê-la toda para si.

Mas, apesar dos atrativos irrefutáveis de Pandora, não havia dúvidas de que ela não se encaixava no único tipo de vida que ele podia lhe oferecer. A vida em que ele nascera. Não poderia renunciar ao título nem dar as costas a famílias e empregados que dependiam dele. Era sua responsabilidade administrar as terras ancestrais dos Challons e preservar a herança deles para as gerações seguintes. A esposa de St. Vincent se veria responsável também por administrar as várias necessidades de uma casa, cumprir com os deveres na corte, comparecer a reuniões de comitês organizadores de ações de caridade, levantamento de fundos e outras tantas coisas.

Pandora odiaria isso. Tudo isso. Mesmo se conseguisse desempenhar esse papel, nunca se sentiria confortável nele.

Eles entraram no solário, onde os Ravenels conversavam amistosamente com as irmãs de Gabriel, Phoebe e Seraphina.

Phoebe, a mais velha das irmãs Challons, havia herdado a simpatia e a natureza profundamente amorosa da mãe e a determinação do pai. Cinco anos antes, ela havia se casado com seu amor de infância, Henry, lorde Clare, que sofrera de uma doença crônica a maior parte da vida. A piora nos sintomas aos poucos o reduzira a uma sombra do homem que fora, e ele acabara sucumbindo à doença quando esperavam o segundo filho. Embora o primeiro ano de luto houvesse terminado, Phoebe ainda não tinha se recuperado. Passava tão pouco tempo ao ar livre que suas sardas haviam desaparecido, e estava magra e pálida. Ainda se via o fantasma do luto em seu olhar.

A irmã mais nova deles, Seraphina, uma jovem efervescente de 18 anos e cabelos louros com um toque ruivo, estava conversando com Cassandra. Embora Seraphina já tivesse idade suficiente para ter sido apresentada à sociedade, o duque e a duquesa a haviam convencido a esperar mais um ano. Uma moça com sua natureza doce, sua beleza e seu dote gigantesco seria alvo de todos os bons partidos na Europa e mais além. A temporada social de Londres seria um desafio para ela, e quanto mais preparada estivesse, melhor.

Depois que as apresentações foram feitas, Pandora aceitou um copo de limonada gelada e permaneceu em silêncio enquanto a conversa fluía ao seu redor. Quando o grupo começou a falar sobre a economia de Heron's Point, o turismo no lugar e a indústria de pesca, ficou óbvio para Gabriel que os pensamentos de Pandora haviam tomado uma direção que não tinha nada a ver com aquele momento. O que estava acontecendo dentro daquele cérebro inquieto?

Ele se aproximou dela e perguntou baixinho:

– Já esteve em alguma praia? Já andou à beira do mar e sentiu a areia sob os pés?

Pandora levantou os olhos para ele, já sem a expressão vaga no rosto.

– Não, eu... Há uma praia de verdade aqui? Achei que seria só de seixos e ripas de madeira.

– A propriedade tem uma enseada de areia privativa. Chegamos até lá através de um "oco".

– O que é um oco?

– É como chamamos aqui um caminho formado por erosão, abaixo do nível do mar. – Gabriel adorou o modo como ela formou a palavra silenciosamente nos lábios... *oco*... como se fosse um bombom. Ele se voltou para Seraphina, que estava de pé perto deles: – Vou levar lady Pandora até a enseada à tarde. Espero que Ivo nos acompanhe. Quer ir também?

Pandora franziu o cenho.

– Eu não disse...

– Seria um prazer! – exclamou Seraphina, e se voltou para Cassandra: – Venha conosco. É muito refrescante brincar na beira da água em um dia como este.

– Na verdade – disse Cassandra, em tom de desculpas –, eu preferiria tirar um cochilo.

– Como você pode querer tirar um cochilo? – quis saber Pandora, incrédula. – Não fez nada além de ficar sentada o dia todo.

Cassandra ficou imediatamente na defensiva.

– Não fazer nada é exaustivo. Preciso descansar para o caso de não fazermos nada mais tarde, de novo.

Pandora pareceu nervosa e se voltou para Gabriel.

– Também não posso ir. Não tenho roupa de banho.

– Pode usar uma das minhas – ofereceu Seraphina.

– Obrigada, mas sem uma acompanhante, eu não poderia...

– Phoebe concordou em servir de acompanhante para nós – interrompeu Gabriel.

A irmã mais velha, que estivera ouvindo, ergueu as sobrancelhas.

– Concordei? – perguntou ela, em um tom frio.

Gabriel a encarou com uma expressão significativa.

– Conversamos a respeito hoje de manhã, não se lembra?

Phoebe estreitou os olhos cinzentos.

– Não, não lembro.

– Você disse que tem passado muito tempo dentro de casa ultimamente – falou Gabriel. – E que precisa caminhar um pouco, tomar ar fresco.

– Santo Deus, como eu estava falante – comentou Phoebe, em um tom cáustico, o olhar prometendo revanche. Mas não discutiu.

Gabriel sorriu ao ver a expressão rebelde de Pandora.

– Não seja teimosa – pediu ele, baixinho. – Prometo que vai se divertir. E, caso isso não aconteça, vai ter a satisfação de provar que eu estava errado.

CAPÍTULO 7

Depois de ser levada a um belo quarto, com delicadas paredes cor-de--rosa e janelas amplas que se abriam para uma vista do oceano, Pandora vestiu a roupa de banho que lhe fora levada pela camareira de Seraphina. Era um vestido de mangas curtas e bufantes, uma saia escandalosamente curta e uma calça turca para usar por baixo. As peças eram de flanela azul-clara, com acabamento em fitas brancas, e eram maravilhosamente leves e soltas.

– Se ao menos as mulheres se vestissem assim o tempo todo... – ponderou Pandora.

Ela girou o corpo, para experimentar a sensação, mas logo perdeu o equilíbrio e caiu dramaticamente em cima da cama, as pernas cobertas por meias brancas erguidas no ar, como uma mesa de chá virada de ponta-cabeça.

– Eu me sinto tão livre sem um espartilho decrépito.

A camareira de Pandora, uma moça robusta de cabelos claros chamada Ida, a encarou com uma expressão de dúvida.

– Damas precisam de espartilhos para sustentar as costas fracas.

– Não tenho as costas fracas.

– Deve fingir que tem. Os cavalheiros preferem uma dama delicada. – Ida, que já observara o modo de ser de mais de uma centenas de damas, continuou, com autoridade: – Aceite meu conselho e encontre uma razão para desmaiar quando estiver na praia. Assim lorde St. Vincent poderá ampará-la.

– Desmaiar por quê?

– Diga que um caranguejo a assustou.

Ainda deitada na cama, Pandora começou a rir.

– Está atrás de mim! – exclamou em um tom teatral, abrindo e fechando as mãos como se fossem pinças.

– E faça a gentileza de não fungar – orientou Ida, muito séria.

Pandora se apoiou nos cotovelos e fitou a camareira com um sorriso torto. Ida havia sido contratada no começo daquela temporada social, quando ficara decidido que cada uma das gêmeas precisava ter a própria camareira. Tanto Ida quanto a outra camareira, Meg, haviam disputado o privilégio de atender Cassandra, que tinha lindos cabelos dourados e uma disposição muito mais dócil do que Pandora.

Mas Cassandra escolhera Meg, o que forçara Ida a se conformar com Pandora. Para diversão da jovem, Ida havia prescindido de todas as cortesias e amabilidades usuais e desde então permanecera mal-humorada. Na verdade, quando estava a sós com Pandora, os comentários dela eram quase ofensivos. No entanto, Ida era eficiente e trabalhadora e estava determinada a ter sucesso na função que lhe fora designada. Ela se esforçava muito para manter as roupas de Pandora em perfeitas condições e era hábil em arrumar os cabelos pesados e muito lisos da jovem, de modo que ficassem bem presos pelos grampos.

– Seu tom não está sendo muito deferente, Ida – comentou Pandora.

– Eu a tratarei com toda a deferência do mundo, milady, se conseguir fazer com que lorde St. Vincent se case com a senhorita. O comentário que corre entre os criados é que os Challons vão arrumar outra pessoa para se casar com a senhorita, caso não agrade a lorde St. Vincent.

Pandora ficou imediatamente irritada, desceu da cama e ajeitou a roupa de banho.

– Como se fosse uma brincadeira de passa-anel? E eu sou o anel?

– Não foi lorde St. Vincent que disse isso – interrompeu Ida. Ela ergueu um roupão com capuz, que também havia sido levado pela camareira de Seraphina. – Foram os criados dele, e só estavam especulando.

– Como você sabe o que os criados dele estavam dizendo? – Ainda espumando de raiva, Pandora se virou e enfiou os braços no roupão. – Só estamos aqui há uma hora.

– É o assunto entre a criadagem. – Ida amarrou o roupão na cintura de Pandora. Ele combinava com o resto da roupa de banho e dava ao conjunto a aparência de uma vestimenta decorosa. – Pronto, está apresentável. – Ela se ajoelhou e guiou os pés de Pandora para dentro de pequenas sapatilhas de lona. – Preste atenção para não falar muito alto e não parecer muito agitada durante o passeio. As irmãs do lorde perceberão tudo e contarão ao duque e à duquesa.

– Não me importo – grunhiu Pandora. – Preferia nem ir.

Carrancuda, ela ajeitou o chapéu de palha de aba baixa sobre o penteado e saiu do quarto.

O grupo que seguiu para a praia consistia de lorde St. Vincent, Seraphina, Ivo, Phoebe e o filho dela, Justin, além de Pandora e Ajax, que seguiu na frente, saltando e latindo como se os instasse a se apressarem. Os meninos estavam animados e carregavam uma variedade de baldes e pás de brinquedo, e pipas.

O oco tinha largura suficiente para permitir a passagem de uma única charrete ou carroça, e era tão fechado em certos pontos que as beiradas do caminho chegavam a ser mais altas do que Pandora. Tufos de grama verde-acinzentada cresciam em alguns lugares, entremeados com flores de caules longos e arbustos de espinheiro-amarelo com bagas brilhantes cor de laranja. Gaivotas brancas e cinza espiralavam acima do mar, as asas abertas cortando o céu suave.

Ainda refletindo a respeito da ideia de que estava sob julgamento – de que lorde St. Vincent a estava avaliando e muito provavelmente decidiria empurrá-la para outra pessoa –, Pandora falou o mínimo possível. Para seu constrangimento, o resto do grupo parecia empenhado em se manter afastado dela e de lorde St. Vincent. Phoebe não fez esforço algum para tomar conta dos dois; pelo contrário: seguiu caminhando muito à frente deles, de mãos dadas com Justin.

Forçada a acompanhar o passo mais relaxado de lorde St. Vincent, Pandora viu a distância entre eles e seus companheiros de passeio aumentar.

– Deveríamos tentar alcançar os outros – disse ela.

Lorde St. Vincent não alterou o passo preguiçoso.

– Eles sabem que em algum momento os alcançaremos.

Pandora franziu o cenho.

– Lady Clare não sabe nada sobre ser acompanhante? Ela não está prestando a menor atenção em nós.

– Phoebe sabe que a última coisa de que precisamos é de uma supervisão atenta, já que queremos nos conhecer.

– Isso na verdade é uma perda de tempo, não? – Pandora não foi capaz de evitar a pergunta. – À luz de seus planos.

Ele se voltou para ela, alerta.

– Que planos?

– Os planos de me passar adiante, para algum outro homem, para que não precise se casar comigo.

Lorde St. Vincent parou no meio do oco, o que a obrigou a parar também.

– Onde ouviu isso?

– É do que se está falando na casa. E se for verdade...

– Não é.

– ... não preciso que desencave um noivo indesejado para mim, de um lugar qualquer, e o force a se casar comigo só para que o senhor não precise fazê-lo. Primo Devon diz que não serei forçada a me casar com ninguém se eu não desejar. E não desejo. Além do mais, não quero passar todo o tempo da minha visita buscando sua aprovação. Assim, espero...

Ela se interrompeu, espantada, ao ver lorde St. Vincent se adiantar em sua direção em duas passadas fáceis. Pandora recuou instintivamente até seus ombros encontrarem a lateral do oco.

O rosto de Lorde St. Vincent pairou acima dela, uma das mãos apoiada na raiz exposta de uma árvore que se destacava.

– Não estou planejando entregá-la a outro homem – disse ele, tranquilo –, mesmo porque não consigo imaginar um único conhecido meu que saberia lidar com a senhorita.

Pandora estreitou os olhos.

– E o senhor sabe?

Lorde St. Vincent não retrucou, mas sua boca se torceu de um modo que sugeria ser óbvia a resposta. Quando ele reparou no punho cerrado dela entre as pregas do roupão, algo em sua expressão se suavizou.

– A senhorita não está aqui para conquistar minha aprovação. Eu a convidei para saber mais a seu respeito.

– Ora, isso não vai demorar muito – resmungou Pandora. Em resposta ao olhar curioso dele, continuou: – Nunca estive em lugar nenhum, nem fiz nenhuma das coisas que sonhei fazer. Não terminei de me tornar eu mesma. E se me casar com o senhor, nunca serei nada além da esposa esquisita de lorde St. Vincent, uma dama que fala rápido demais e nunca sabe a ordem de prioridade dos convidados de um jantar. – Ela baixou a cabeça e engoliu em seco, com um nó na garganta.

Depois de um silêncio especulativo, os dedos longos e elegantes de lorde St. Vincent ergueram o queixo dela.

– O que acha de baixarmos as armas? – perguntou ele gentilmente. – Uma trégua temporária.

Inquieta, Pandora desviou o olhar. Acabou se deparando com uma enorme flor rosa, no formato de uma taça, com uma estrela branca no centro, destacando-se em uma trepadeira.

– Que flor é essa?

– É chamada de couve-marítima. – Lorde St. Vincent puxou delicadamente o rosto dela de volta para si. – Está tentando me distrair, ou essa pergunta simplesmente surgiu em sua mente?

– As duas coisas? – cedeu Pandora, tímida.

Ele abriu um meio sorriso.

– O que é necessário para manter sua atenção em mim?

Pandora enrijeceu o corpo quando as pontas dos dedos dele traçaram o contorno do maxilar dela, deixando uma trilha quente em sua pele. Ela sentia algo espesso na garganta, como se houvesse acabado de tomar uma colherada de mel.

– Estou prestando atenção no senhor.

– Não completamente.

– Estou, sim. Estou olhando para o senhor, e... – A respiração dela saiu em um arquejo quando lembrou que lorde Chaworth havia chamado o homem a sua frente de um conhecido libertino. – Ah, não. Espero que isto não seja... O senhor não vai tentar me beijar, vai?

Ele arqueou uma das sobrancelhas.

– Quer que eu faça isso?

– Não – apressou-se a responder. – Não. Obrigada, mas não.

Lorde St. Vincent deixou escapar uma gargalhada baixa.

– Basta dizer não uma vez, meu amor. – Ele acariciou o pescoço dela com as costas da mão, bem no ponto em que a pulsação de Pandora estava disparada. – A questão é: temos que tomar uma decisão até o fim da semana.

– Não preciso de uma semana. Posso lhe dar a resposta agora mesmo.

– Não, não até você saber do que estará abrindo mão. O que significa que teremos que condensar em seis dias os seis meses que provavelmente levaria nossa corte. – Lorde St. Vincent deixou escapar o ar, entre divertido e melancólico, enquanto observava a expressão no rosto de Pandora. – A senhorita parece uma paciente que acaba de ser informada de que vai precisar de cirurgia.

– Eu prefiro não ser cortejada.

– Poderia me ajudar a entender por quê? – perguntou ele, relaxado e paciente.

– Só sei que terminaria mal, porque...

Pandora hesitou, pensando em como explicar o lado de si mesma de que nunca gostara, mas que não conseguia mudar. O lado que via a intimidade como ameaça, que temia ser controlada. Manipulada. Prejudicada.

– Não quero que o senhor descubra mais sobre mim, quando tenho tantas coisas erradas. Nunca fui capaz de pensar ou de me comportar como as outras moças. Sou diferente até da minha irmã gêmea. As pessoas sempre nos chamam de diabretes, mas a verdade é que o diabrete *sou eu*. Eu deveria ser contida. Minha irmã só é culpada por associação. Pobre Cassandra. – Ela sentiu a garganta se apertar mais de infelicidade. – Causei um escândalo. Agora ela se verá arruinada e vai acabar uma solteirona. E minha família vai sofrer. E é tudo culpa minha. Gostaria que nada disso tivesse acontecido. Gostaria...

– Calma, menina. Santo Deus, não há necessidade de todo esse autoflagelo. Venha cá.

Antes que Pandora se desse conta, já estava nos braços dele, presa na força quente do corpo de lorde St. Vincent. Quando encostou a cabeça no ombro dele, o chapéu dela foi empurrado para o lado e caiu. Chocada e perplexa, Pandora sentiu o corpo masculino pressionado contra o seu, e trombetas de alarme atravessaram sua corrente sanguínea. O que aquele homem estava fazendo? E por que ela estava permitindo?

Mas lorde St. Vincent estava falando com ela, a voz baixa e tranquilizadora, e era tão reconfortante que a tensão e o espanto se derreteram como gelo ao sol.

– Sua família não é frágil como você pinta. Trenear é mais do que capaz de cuidar do bem-estar de todos. Sua irmã é uma jovem atraente, de boa família, com um bom dote, e mesmo à sombra de um escândalo na família, não vai deixar de se casar.

Ele acariciava as costas dela em movimentos tranquilos e hipnóticos, até Pandora começar a se sentir como um gato sendo afagado do jeito certo. Lentamente, ela apoiou o rosto no tecido macio do colete dele e semicerrou os olhos enquanto inalava o cheiro de sabão e o perfume seco e resinoso da colônia na pele masculina morna.

– É claro que você não se encaixa na sociedade de Londres. A maior parte daquelas pessoas não tem mais imaginação ou originalidade do que um carneiro. Elas só estão preocupadas com as aparências, e por isso, por mais enlouquecedor que pareça, você precisa prestar atenção em algumas das regras e rituais que tornam o contato com essas pessoas confortável. O fato a se lamentar é que a única coisa pior do que fazer parte da sociedade é viver à margem dela. E é por isso que talvez você tenha que permitir que eu a ajude a sair dessa situação, do mesmo modo como eu a tirei daquele banco.

– Se por "ajudar" está se referindo a casamento, milorde – disse Pandora, a voz saindo abafada junto ao ombro dele –, eu recuso. Tenho razões que o senhor desconhece.

Lorde St. Vincent observou o rosto semioculto de Pandora.

– Estou interessado em conhecê-las. – Com delicadeza, ele ajeitou com a ponta dos dedos uma mecha de cabelos que havia caído na testa dela. – Vamos nos tratar pelo primeiro nome de agora em diante – sugeriu. – Temos muito o que conversar em pouco tempo. Quanto mais diretos e honestos formos um com o outro, melhor. Sem segredos, sem evasivas. Concorda?

Pandora ergueu a cabeça com relutância e o encarou com um olhar desconfiado.

– Não quero que seja uma combinação unilateral, na qual eu lhe conto todos os meus segredos enquanto você guarda os seus para si.

Ele deu um leve sorriso.

– Prometo total transparência.

– E tudo o que dissermos será confidencial?

– Deus, espero que sim – respondeu ele. – Meus segredos são muito mais chocantes do que os seus.

Pandora não duvidava disso. Ele era um homem experiente, seguro de si, conhecedor do mundo e de seus vícios. Lorde St. Vincent exibia uma maturidade quase sobrenatural, um senso de autoridade que não poderia ser mais diferente do temperamento explosivo do pai e do irmão dela.

Aquela era a primeira vez que Pandora conseguia realmente relaxar depois de dias de angústia e culpa. Ele era tão grande e vigoroso que ela se sentia como um pequeno animal selvagem que acabara de encontrar abrigo. Pandora deixou escapar um suspiro trêmulo de alívio, um som lamentavelmente infantil, e lorde St. Vincent voltou a acariciar suas costas.

– Pobre menina – murmurou ele. – Passou por maus bocados, não é mesmo? Relaxe. Não há nada com que se preocupar.

Pandora não acreditava naquilo, é claro, mas era delicioso ser tratada daquela forma, acalmada e aconchegada com carinho. Ela tentou absorver cada sensação, cada detalhe, para se lembrar mais tarde.

A pele dele era macia, exceto pela área da barba, ainda que estivesse feita. Havia uma depressão triangular intrigante perto da clavícula. O pescoço à mostra tinha uma aparência forte a não ser por aquele único lugar sombreado, vulnerável, em meio à estrutura firme de ossos e músculos.

Um pensamento absurdo ocorreu a Pandora. Como seria beijá-lo ali?

Um toque acetinado nos lábios... A pele teria um gosto tão bom quanto o perfume.

Pandora sentiu o rosto arder.

A tentação aumentava a cada segundo, impossível de ignorar. Era a mesma sensação de quando lhe vinha um impulso tão forte que ela precisava obedecê-lo, ou morreria. Aquela depressão levemente sombreada na base do pescoço de Gabriel parecia exercer uma gravidade própria. E a estava atraindo para mais perto. Confusa, ela sentiu o corpo se inclinar para a frente.

Ah, não. A necessidade era intensa demais para resistir. Impotente, Pandora se inclinou para a frente, fechou os olhos e fez o que tinha vontade, beijando-o exatamente naquele ponto. E foi ainda mais prazeroso do que ela imaginara que seria, quando sua boca encontrou a pulsação quente e vibrante da pele dele.

Gabriel prendeu a respiração e seu corpo se sobressaltou. Ele enfiou os dedos nos cabelos de Pandora, puxou a cabeça dela para trás e a encarou com olhos surpresos. Seus lábios se entreabriram como se ele estivesse tentando encontrar as palavras.

O rosto de Pandora se contraiu de vergonha.

– Desculpe.

– Não, eu... – Ele parecia quase tão ofegante quanto ela. – Não me importo. Só fiquei... surpreso.

– Não consigo controlar meus impulsos – apressou-se em dizer Pandora. – Não sou responsável pelo que acabou de acontecer. Tenho um problema nervoso.

– Um problema nervoso – repetiu Gabriel, os dentes brancos mordendo o lábio inferior no prelúdio de um sorriso. Por um momento, ele pareceu irresistivelmente travesso. – Isso é um diagnóstico oficial?

– Não, mas de acordo com um livro que li certa vez, *Fenômenos produzidos por doenças do sistema nervoso*, é muito provável que eu tenha hiperestesia, mania unipolar, ou ambas as coisas. – Pandora se deteve, o cenho franzido. – Por que está sorrindo? Não é respeitoso rir da doença de outras pessoas.

– Eu estava me lembrando da noite em que nos conhecemos, quando você me contou sobre suas leituras não recomendadas. – Ele apoiou a mão na base das costas de Pandora e passou a outra pela nuca da jovem, envolvendo com gentileza os músculos delicados. – Já foi beijada, meu amor?

Pandora sentiu um súbito frio na barriga, como se estivesse caindo. Ela levantou os olhos para ele, muda. Todo o seu vocabulário havia desaparecido. Sua cabeça parecia uma caixa com peças tipográficas soltas.

Gabriel deu um sorrisinho diante do silêncio atordoado da jovem a sua frente.

– Presumo que isso seja um não. – Ele baixou os olhos para a boca de Pandora. – Respire, ou vai acabar desmaiando por falta de oxigênio e perderá toda a diversão.

Pandora obedeceu com um arquejo.

Fato #15 que ela escreveria em seu caderno mais tarde. *Hoje descobri por que foram inventadas as acompanhantes.*

Gabriel ouviu a respiração ansiosa dela e massageou gentilmente os músculos de sua nuca.

– Não tenha medo. Não vou beijá-la agora, se não quiser.

Pandora finalmente conseguiu encontrar a voz.

– Não, eu... Se isso vai acontecer mesmo, prefiro que vá em frente e faça logo agora. Assim já tiramos essa questão do caminho e não terei que temê-la. – Ao perceber como soara, ela emendou, em tom de desculpas: – Não que eu deva temer, porque estou certa de que seu beijo será muito acima da média, e que muitas damas ficariam encantadas diante da perspectiva.

Ela sentiu o tremor da risada que o percorreu.

– Meus beijos são acima da média – concordou Gabriel –, mas eu não diria que *muito* acima da média. Isso poderia acabar supervalorizando minhas habilidades, e não desejo que você se desaponte.

Pandora levantou os olhos para ele, desconfiada, perguntando-se se Gabriel a estava provocando novamente.

– Tenho certeza de que não me desapontarei – disse, e se preparou. – Estou pronta. – Seu tom era corajoso. – Pode me beijar.

Perversamente, Gabriel não fez nenhum movimento para beijá-la.

– Você se interessa por Charles Darwin, pelo que me lembro. Já leu o livro mais recente dele?

– Não.

Por que ele estava falando sobre livros? Ela estava tremendo de nervoso e bastante aborrecida por Gabriel estar arrastando a coisa toda daquele jeito.

– *A expressão das emoções no homem e nos animais* – continuou Gabriel. – Darwin escreve que o hábito de beijar não pode ser considerado inato ao comportamento humano, já que não se estende a todas as culturas. Os neozelandeses, por exemplo, esfregam os narizes em vez de se beijarem. Ele também faz referência a algumas sociedades tribais nas quais as pessoas se cumprimentam soprando o ar suavemente um no rosto do outro. – Ele lançou um olhar inocente para Pandora. – Poderíamos começar assim, se você quiser.

Pandora não tinha ideia de como responder.

– Está zombando de mim? – perguntou.

O riso dançava nos olhos dele.

– Pandora – repreendeu ele, em tom de brincadeira –, não sabe quando alguém está flertando com você?

– Não. O que sei é que você está me olhando como se eu fosse extremamente engraçada, como um macaco treinado tocando pandeiro.

Com a mão ainda na nuca de Pandora, Gabriel levou os lábios à testa dela e desfez o cenho franzido.

– Flertar é como brincar. É uma promessa que você pode manter ou não. Pode ser um olhar provocador... um sorriso... o toque da ponta de um dedo... ou um sussurro. – O rosto dele estava tão perto do dela que era possível ver os toques dourados nos cílios escuros. – Devemos esfregar os narizes agora? – sussurrou Gabriel.

Pandora balançou a cabeça. E teve uma vontade súbita de brincar com ele, de pegá-lo desprevenido. Ela juntou os lábios e soprou o ar suavemente no queixo dele.

Para satisfação dela, Gabriel reagiu com uma piscadela rápida de surpresa. Um lampejo de cor tornou os olhos dele ardentes, as íris cintilando, em uma expressão surpresa e divertida.

– Você ganhou no jogo do flerte – disse ele, e pegou o queixo dela, o polegar acariciando a bochecha dela em um movimento circular.

Pandora ficou tensa quando a boca de Gabriel encontrou a dela, tão suave quanto o roçar da seda ou quanto uma brisa matinal. Ele foi quase hesitante a princípio, não fez qualquer exigência, parecendo só sentir os contornos da boca de Pandora. Muito, muito suavemente... os lábios de Gabriel se moveram sobre os dela, em toques sensuais que acalmaram o costumeiro caos do cérebro da jovem. Fascinada, ela reagiu com uma pressão hesitante e Gabriel moldou a boca na dela em resposta, brincando, até Pandora começar a se entregar à provocação lenta e interminável. Não houve interferência de qualquer pensamento nem do tempo, não havia passado ou futuro, apenas aquele momento, os dois juntos em uma trilha de trepadeiras floridas e grama seca e doce banhada pelo sol.

Gabriel mordiscou delicadamente o lábio inferior de Pandora, em seguida o superior, e a carícia provocou choques por todo o corpo dela. Ele aprofundou o beijo, os lábios persuadindo os dela a se abrirem até que um sabor desconhecido sussurrou por todos os sentidos de Pandora, um sabor limpo, suave, excitante. Ela sentiu a ponta da língua de Gabriel, uma invasão de puro calor em um espaço que até ali fora privado. Desnorteada, trêmula de surpresa, Pandora se abriu para ele.

Os dedos de Gabriel de novo envolveram a nuca de Pandora, e ele interrompeu o beijo para deixar os lábios correrem pela lateral do pescoço dela. A respiração da jovem começou a sair em arquejos quando ela sentiu os lábios masculinos se moverem devagar por lugares delirantemente sensíveis, onde a pele era mais delicada. A fricção úmida e aveludada provocou arrepios por todo o corpo dela. Pandora sentiu-se mole, como se não tivesse mais ossos, e se deixou cair contra ele, o prazer se acumulando no fundo do estômago dela, como sol derretido.

Gabriel alcançou o ponto onde a nuca encontrava o ombro e se demorou ali, tocando-a com a língua. Os dentes dele mordiscaram devagarzinho, e um tremor impotente a percorreu. A boca de Gabriel voltou a subir, em beijos suaves, que buscavam conhecer o corpo dela. Quando ele voltou a encontrar a boca da jovem, ela não conseguiu controlar um gemido mortificante de anseio. Pandora sentia os lábios inchados, e a pressão firme e saborosa provocou um alívio intenso. Ela envolveu a nuca de Gabriel com os braços e puxou a cabeça dele, encorajando-o a beijá-la com mais intensidade, mais longamente. Pandora ousou explorar a boca de Gabriel do modo como ele fazia com a dela, e isso provocou um som baixo e gutural de prazer nele. Gabriel era tão delicioso e macio que Pandora não conseguiu se controlar – ela segurou o rosto dele entre as mãos e puxou-o para si agressivamente. E o beijou com mais intensidade, mais fundo, banqueteando-se com uma gana incontrolável no interior saboroso da boca masculina.

Com uma risada sufocada, Gabriel afastou a cabeça e levou a mão aos cabelos dela. Assim como a de Pandora, a respiração dele era ofegante.

– Pandora, meu amor – disse ele, os olhos cintilando em um misto de ardor e bom humor –, você beija como uma pirata.

Ela não se importou. Precisava de mais. Todos os seus membros latejavam, sensível demais em muitos pontos e ao mesmo tempo. Estava trêmula com um anseio que não sabia como satisfazer. Segurou-o pelos ombros, buscou novamente a boca dele e arqueou o corpo contra a masculinidade rígida dos contornos do corpo dele. Não foi o bastante... Queria que ele a apertasse contra si, que a deitasse no chão e a mantivesse presa sob todo o seu peso.

Gabriel continuou a beijá-la suavemente, tentando ser gentil.

– Calma, minha menina selvagem – sussurrou ele.

Quando Pandora se recusou a ser aplacada, ainda trêmula, ele lhe deu o que ela queria, a boca mais ardente, provocando-a com movimentos docemente eróticos.

– Ah, pelo amor de Deus.

A voz exasperada de uma mulher a vários metros de distância fez com que Pandora se sobressaltasse como se alguém houvesse jogado um balde de água fria em cima deles.

Era Phoebe, que voltara pelo oco para buscá-los. Ela havia tirado o roupão e estava de roupa de banho, parada com as mãos na cintura estreita.

– Você pretende ir à praia – perguntou ao irmão, irritada –, ou vai seduzir a pobre garota no meio desse oco?

Desorientada, Pandora percebeu uma animada agitação peluda perto de suas pernas. Ajax voltara correndo, saltitando e pulando alto ao redor deles e mordiscando a barra do roupão dela.

Ao ver que Pandora ainda tremia, Gabriel continuou a abraçá-la, a mão entre as omoplatas dela. Apesar da respiração acelerada, ele conseguiu soar calmo e recomposto quando retrucou:

– Phoebe, o fato de eu ter lhe pedido para servir de acompanhante deveria ter deixado claro que eu não queria uma acompanhante.

– Não tenho o menor desejo de ser acompanhante de ninguém – respondeu Phoebe. – Porém, as crianças estão perguntando por que vocês ainda não chegaram, e não tenho como explicar a elas que você é um bode libidinoso.

– Não – devolveu Gabriel –, porque dessa forma você pareceria uma arrogante sovina.

Pandora estava perplexa com os sorrisos carinhosos e rápidos que os irmãos trocavam depois das palavras ferinas.

Phoebe revirou os olhos, virou-se e se afastou. Ajax saiu em disparada atrás dela... com o chapéu de Pandora entre os dentes.

– Esse cão vai me custar uma fortuna em chapéus – disse Gabriel, irônico.

As mãos dele acariciavam as costas e a nuca de Pandora, cujo coração se acalmava aos poucos.

Pandora levou quase um minuto para conseguir voltar a falar.

– Sua irmã... ela nos viu...

– Não se preocupe, Phoebe não vai dizer nem uma só palavra a ninguém. Gostamos de implicar um com o outro, só isso. Venha.

Gabriel levantou o queixo dela com os dedos, roubou um último beijinho rápido e os dois seguiram juntos pela trilha do oco.

CAPÍTULO 8

Eles emergiram da trilha em um cenário diferente de qualquer coisa que Pandora já vira, a não ser em fotografias ou gravuras. Um largo cinturão de areia clara, que se estendia na direção de um mar orlado de espuma branca e do maior pedaço de céu azul que ela já vira. A faixa litorânea era limitada por dunas decoradas por arbustos verdes e plantas espinhosas floridas. A oeste, a areia se misturava a seixos e lascas de pedra, antes de o terreno se inclinar e se transformar nos rochedos de calcário que emolduravam o promontório. O ar era preenchido pelo som ritmado do bater das ondas na praia e pelo sussurro acelerado da água lavando a areia. Um trio de gaivotas bicava um alimento qualquer, deixando escapar gritos agudos.

O lugar não se parecia com Hampshire nem com Londres. Não se parecia com a Inglaterra de forma alguma.

Phoebe e os dois meninos estavam de pé mais adiante na praia, concentrados em desembaraçar a linha de uma pipa. Seraphina, que andava pela beira da água, notou a chegada de Pandora e Gabriel e saiu correndo na direção deles. Ela havia tirado os sapatos e as meias, e a calça de sua roupa de banho estava ensopada até os joelhos. Os cabelos louro-avermelhados estavam arrumados em uma trança solta que caía sobre um dos ombros.

– Gostou da nossa enseada? – perguntou Seraphina, com um gesto amplo que abrangia os arredores.

Pandora assentiu, o olhar reverente percorrendo todo o cenário.

– Vou lhe mostrar onde deixar seu roupão.

Seraphina conduziu Pandora até um espaço de banho que havia sido deixado perto de uma duna. Era pequeno e fechado, apoiado em rodas altas, com um lance de degraus que levava a uma porta. Uma escada removível havia sido encaixada em uma das paredes externas.

– Já vi uma dessas máquinas em fotos – comentou Pandora, olhando com desconfiança para a engenhoca –, mas nunca entrei em nenhuma.

– Quase não usamos, a menos que tenhamos alguma convidada que insista. Então temos que trazer um cavalo que puxe a máquina para dentro da água, até a altura da cintura, e a dama entra no mar pelo outro lado, de modo que ninguém a vê. Dá muito trabalho e é uma tolice, já que uma roupa de banho cobre tanto quanto um vestido comum. – Seraphina abriu a porta da máquina. – Pode deixar suas coisas aí dentro.

Pandora entrou na máquina, que havia recebido prateleiras e uma fileira de ganchos, e tirou o roupão, as meias e a sapatilha de lona. Quando saiu para a luz do sol, usando apenas a roupa de banho – a saia curta com a calça por baixo e os pés e tornozelos à mostra –, sentiu-se ruborizar como se estivesse nua. Para seu alívio, Gabriel tinha ido ajudar os meninos com a pipa e estava um pouco distante.

Seraphina sorriu, brandindo um baldinho de lata.

– Vamos procurar conchas.

Enquanto elas caminhavam em direção ao mar, Pandora se viu encantada com a sensação da areia quente sob os pés, penetrando entre os dedos. Mais perto da água, a areia se tornava firme e úmida. Ela parou e olhou para trás, para a trilha de pegadas que deixara. Para experimentar, pulou alguns metros em um pé só e se virou para olhar de novo.

Logo Justin correu até elas trazendo alguma coisa, Ajax trotando logo atrás dele.

– Pandora, estenda a mão!

– O que é isso?

– Um caranguejo-ermitão.

Ela estendeu a mão com cautela, e o menino depositou algo redondo em sua mão, uma concha mais ou menos do tamanho da ponta do polegar dela. Lentamente, um conjunto de patas em miniatura emergiu, seguido por antenas finas como um fio e olhinhos pretos do tamanho de cabeças de alfinete.

Pandora examinou a minúscula criatura com atenção antes de devolvê-la.

– Há muitos desses no mar? – perguntou ela.

Embora o caranguejinho fosse adorável, Pandora não sabia se gostaria de nadar com um bando deles.

Algo acima dela fez uma sombra, e um par de pés masculinos entrou em seu campo de visão.

– Não – foi a resposta tranquilizadora de Gabriel. – Eles vivem embaixo de pedras e de pedaços de troncos de árvores, na extremidade da enseada.

– Mamãe diz que mais tarde tenho que colocá-lo de volta onde peguei – falou Justin. – Mas primeiro vou construir um castelo de areia para ele.

– Vou ajudar! – exclamou Seraphina, e se ajoelhou para encher o baldinho com areia molhada. – Vá pegar os outros baldes e pás perto da máquina de banho. Pandora, quer ir conosco?

– Sim, mas... – Ela relanceou o olhar para as ondas que se erguiam e quebravam na praia em uma confusão de espuma. – Antes eu gostaria de explorar um pouco, se puder.

– É claro. – Seraphina usava as duas mãos para colocar areia no balde. – Com certeza você não precisa pedir o *meu* consentimento.

Pandora achou a resposta divertida, mas mesmo assim ficou constrangida.

– Depois de um ano recebendo instruções de Lady Berwick, sinto como se sempre precisasse pedir permissão a alguém.

Ela relanceou o olhar para Phoebe, que estava a mais de 10 metros de distância, observando o oceano. Obviamente, a mulher não poderia ter se importado menos com o que Pandora estava fazendo.

Gabriel seguiu o olhar dela.

– Você tem a permissão de Phoebe – disse ele, em tom irônico. – Deixe-me caminhar com você.

Ainda tímida por conta do que havia acontecido entre eles, Pandora o acompanhou pela areia fria e dura. Os sentidos dela foram dominados por um dilúvio de visão, som e sensações. Cada inspiração enchia seus pulmões com um ar vivo e vibrante e deixava gosto de respingos de água salgada nos lábios. Mais adiante, grandes ondas aceleradas pelo vento se adiantavam, com suas cristas de espuma branca. Pandora parou para contemplar o vasto azul do mar, tentando imaginar o que poderia estar escondido em suas profundezas misteriosas – restos de navios naufragados, baleias, criaturas exóticas –, e um tremor de prazer percorreu seu corpo. Ela se abaixou para pegar uma concha minúscula que estava parcialmente enterrada na areia, e esfregou o polegar pela superfície áspera riscada de cinza.

– O que é isto? – perguntou, mostrando a concha a Gabriel.

– Uma lapa.

Ela encontrou outra concha, esta redonda e com sulcos.

– E esta? É uma vieira?

– Uma amêijoa. É possível ver a diferença pela superfície. A vieira tem um triângulo de cada lado.

Pandora recolheu outras conchas – búzios, um caracol, mariscos – e as entregou a Gabriel, que guardava nos bolsos da calça. Ela percebeu que ele havia enrolado a barra da calça até o meio da panturrilha, exibindo os pelos castanhos das pernas.

– Não tem uma roupa de banho? – ousou perguntar Pandora, timidamente.

– Tenho, mas não para usar em saídas mistas. – Diante do olhar curioso dela, Gabriel explicou: – A roupa de banho de um homem não é como a que Ivo e Justin estão usando. Consiste em calções de flanela, presos na cintura por um cordão. Quando estão molhados, deixam tão pouco à imaginação que é como se não estivesse usando nada. A maior parte dos homens acaba que nem a usa.

– Vocês nadam nus? – perguntou Pandora, tão perturbada que deixou uma concha cair.

Gabriel se agachou para pegá-la.

– Não com damas presentes, é claro. – Ele sorriu para o rosto ruborizado dela. – Costumo nadar pela manhã.

– A água deve ser muito gelada pela manhã.

– É. Mas há benefícios em nadar na água gelada. Entre outras coisas, estimula a circulação.

A ideia de Gabriel nadando sem qualquer peça de roupa certamente afetava a circulação *dela*. Pandora foi até a beira da água, onde a areia brilhava. O local era molhado demais para que ela deixasse uma pegada: assim que dava um passo, a areia úmida cobria a depressão. Uma onda arrebentou e avançou, mais suave, até alcançar os dedos dos pés dela. Pandora se sobressaltou com o frio da água, mas depois deu mais alguns passos. A onda seguinte cobriu-lhe os tornozelos e quase alcançou seus joelhos, em um alvoroço gelado, leve e borbulhante. Ela deixou escapar um gritinho e uma gargalhada de surpresa. O movimento da onda abrandou.

Conforme a água recuava, puxando a areia, Pandora teve a sensação de deslizar para trás, embora permanecesse parada, imóvel. Ao mesmo tempo, a areia se moveu sob seus pés, como se alguém estivesse puxando um tapete de debaixo dela.

O solo se inclinou abruptamente e Pandora cambaleou, perdendo o equilíbrio.

Um par de mãos fortes a segurou por trás. Ainda confusa, ela se viu puxada de encontro ao peito firme e quente de Gabriel, as coxas dele apoiando cada lado de seu corpo. Pandora ouviu a voz de barítono de Gabriel, mas, como ele falou próximo ao ouvido ruim dela, o som da arrebentação abafou as palavras.

– O qu-quê? – perguntou ela, virando a cabeça.

– Eu disse que você está segura – murmurou Gabriel no outro ouvido. O roçar dos lábios dele na borda delicada de sua orelha fez com que Pandora tivesse a sensação de ser percorrida por um choque elétrico. – Eu deveria ter lhe avisado. Quando a onda recua, você pode ter a impressão de estar se movendo, mas, na verdade, continua parada.

Outra onda se aproximou. Pandora ficou tensa e se apoiou mais ainda nele. E ficou ligeiramente irritada ao perceber que ele ria.

– Não vou deixá-la cair. – Ele passou os braços com firmeza ao redor do corpo dela. – Simplesmente relaxe.

Gabriel a firmou quando a onda arrebentou, envolveu as pernas dela e fez areia e conchas redemoinharem. Quando a água voltou a recuar, Pandora cogitou a hipótese de fugir para um terreno mais alto, mas a sensação de estar apoiada no corpo firme de Gabriel era tão agradável que ela hesitou, e logo veio outra onda. Pandora agarrou o braço dele com força e Gabriel a sustentou com mais firmeza ainda. A onda se ergueu e arrebentou com o som de cristais se estilhaçando, seguida por esguichos, como se alguma coisa estivesse sendo esfregada. E o mar continuou assim, em um ritmo hipnótico. Gradualmente, a respiração de Pandora se tornou profunda e regular.

A experiência começou a provocar nela a sensação de um devaneio. O mundo naquele momento se resumia ao frescor da água, ao calor do sol, à areia e ao cheiro de salmoura e minerais. O torso de Gabriel era como uma parede de músculos atrás dela, tensionando-se sutilmente para se ajustar ao equilíbrio de Pandora, mantendo-a firme e segura. Pensamentos aleatórios dançavam pela mente dela, como costumava acontecer bem cedo pela manhã, naquele momento entre o sono e o pleno despertar. Uma brisa levou até eles o som das crianças rindo, do cachorro latindo e das vozes de Phoebe e Seraphina, mas tudo parecia mais distante do que estava acontecendo com ela.

Pandora esqueceu-se inteiramente de si e deixou a cabeça pousar no ombro de Gabriel.

– Que tipo de cola Ivo usa? – perguntou ela, em uma voz lânguida.

– Cola? – repetiu Gabriel depois de um momento, a boca roçando suavemente a têmpora dela.

– Nas pipas.

– Ah. – Ele fez uma pausa enquanto a onda recuava. – Cola de madeira, eu acho.

– Não é forte o bastante – disse Pandora, relaxada e pensativa. – Ele precisa usar cola de cromo.

– E onde ele encontraria isso?

Ele acariciava suavemente a lateral do corpo dela.

– Um boticário pode fazer. Uma parte de cromato de cálcio para cinco partes de gelatina.

– Sua mente desacelera em algum momento, meu amor? – perguntou ele, em um tom divertido.

– Nem quando eu durmo – admitiu ela.

Gabriel firmou-a quando outra onda arrebentou.

– Como sabe tanto sobre cola?

O transe agradável começou a se dispersar conforme Pandora pensava em como responder.

Depois de vê-la hesitar por um bom tempo, Gabriel inclinou a cabeça e a fitou com uma expressão questionadora.

– Parece que o assunto cola é complicado.

Terei que contar a ele em algum momento, pensou Pandora. *Pode muito bem ser agora.*

Depois de respirar fundo, ela disse em um rompante:

– Eu projeto e construo jogos de tabuleiro. E pesquisei sobre todo tipo de cola existente para conseguir produzi-los. Não só para a confecção das caixas, mas também para encontrar a melhor forma de colar as litografias aos tabuleiros e tampas. Registrei uma patente para o primeiro jogo e pretendo pedir registro para mais dois em breve.

Gabriel absorveu a informação com uma rapidez impressionante.

– Já considerou a hipótese de vender as patentes para um fabricante?

– Não, quero produzir os jogos em minha própria fábrica. Tenho um cronograma de produção. Meu cunhado, o Sr. Winterborne, me ajudou a fazer meu plano de negócio. O mercado de jogos de tabuleiro é muito novo e ele acha que minha empresa será um sucesso.

– Estou certo disso. Mas uma jovem em sua posição não precisa de um meio de sustento.

– Eu preciso, se quiser me sustentar.

– Certamente a segurança do casamento é preferível aos fardos de ser proprietária de um negócio.

Pandora se virou para encará-lo.

– Não, se "segurança" significar me tornar propriedade de alguém. Do modo como as coisas estão agora, tenho a liberdade de trabalhar e ser dona do que ganho. Mas se eu me casar com você, tudo o que tenho, incluindo minha empresa, se tornará imediatamente seu. Você teria total autoridade sobre mim. Cada centavo que eu ganhasse iria diretamente para você... nem passaria pelas minhas mãos. Eu jamais poderia assinar documentos, contratar empregados ou comprar uma propriedade. Aos olhos da lei, marido e esposa são uma única pessoa... e essa pessoa é o marido. Não suporto essa ideia. Por isso não quero me casar nunca.

~

O breve discurso foi surpreendente. Gabriel jamais ouvira nada tão transgressor saindo da boca de uma mulher. De certo modo, era mais chocante do que qualquer palavra ou mesmo do que qualquer ato lascivo de sua amante.

O que, em nome de Deus, a família de Pandora estava pensando ao encorajar esse tipo de ambição na jovem? Não era raro que uma viúva de classe média conduzisse os negócios herdados do falecido marido, ou que uma chapeleira ou modista tivesse a própria lojinha. Mas isso era quase inimaginável para uma mulher da nobreza.

Uma onda arrebentou mais alto e acertou Pandora por trás, jogando-a contra ele. Gabriel firmou-a, as mãos em sua cintura. Quando a água recuou, ele pousou a mão nas costas dela e guiou-a de volta para a areia, onde as irmãs estavam sentadas.

– Uma esposa troca a independência pela proteção e o apoio do marido – disse Gabriel, a mente cheia de dúvidas e argumentos. – Essa é a barganha do casamento.

– Acho que seria tolo... não, estúpido... da minha parte concordar com uma barganha na qual eu ficaria pior depois.

– Como você ficaria pior? Há muito pouca liberdade em longas horas de trabalho e uma preocupação eterna com lucros e despesas. Como minha esposa, você viveria em segurança e com conforto. Colocarei uma fortuna a sua disposição, para que gaste como quiser. Terá sua própria carruagem e um cocheiro, uma casa cheia de criados para atendê-la. Terá uma posição na sociedade que qualquer mulher invejaria. Não perca isso tudo de vista ao se concentrar em detalhes.

– Se fossem os seus direitos que estivessem ameaçados – retrucou Pandora –, você não consideraria detalhes.

– Mas você é mulher.

– E, portanto, inferior?

– Não – apressou-se a dizer Gabriel. Ele fora criado para respeitar a inteligência das mulheres, em uma casa em que a autoridade da mãe era tão respeitada quanto a do pai. – Qualquer homem que escolha acreditar que a mente das mulheres é inferior está subestimando-as por sua conta e risco. No entanto, ao fazer da esposa a que gera os filhos, a natureza impõe à mulher certos papéis domésticos. Dito isso, nenhum homem tem o direito de conduzir o próprio casamento de forma ditatorial.

– Mas é o que acontece. De acordo com a lei, o marido pode se comportar como quiser.

– Qualquer homem decente trata a esposa como parceira; veja o caso dos meus pais.

– Não duvido disso – falou Pandora –, mas esse é o espírito do casamento *deles*, não a realidade jurídica. Se seu pai decidisse tratar sua mãe de forma injusta, ninguém poderia impedi-lo.

Gabriel sentiu um músculo do maxilar se contrair de irritação.

– Eu o deteria, maldição.

– Mas por que o bem-estar dela deve ser deixado à mercê do seu pai, ou à sua? Por que sua mãe não pode ter o direito de decidir como deve ser tratada?

Gabriel quis questionar o argumento, apontar a inflexibilidade e a falta de senso prático do que ela dizia. Também estava na ponta de sua língua perguntar por que milhões de outras mulheres haviam concordado de boa vontade com a união conjugal que ela considerava tão ofensiva.

Mas não conseguiu. Por mais que odiasse admitir... a lógica dela tinha sentido.

– Você... não está inteiramente errada – Gabriel se forçou a dizer, quase engasgando com as palavras. – No entanto, deixando a lei de lado, tudo se resume a uma questão de confiança.

– Você está dizendo que eu devo confiar a um homem o poder de, por toda a vida, tomar decisões por mim, do modo como eu desejaria que fossem tomadas, quando eu preferiria tomá-las eu mesma? – Com um toque sincero de perplexidade, Pandora perguntou: – Por que eu faria isso?

– Porque o casamento é mais do que um arranjo legal. Inclui companheirismo, segurança, desejo, amor. Nenhuma dessas coisas é importante para você?

– Todas são – disse Pandora, e baixou os olhos para a areia diante deles. – E é por isso que jamais conseguiria sentir qualquer uma delas por um homem se eu fosse propriedade dele.

Ora, diabos.

As objeções dela ao casamento tinham motivos muito mais profundos do que Gabriel teria imaginado. Ele presumira que Pandora fosse apenas inconformada. Uma rebelde.

Os dois já haviam quase alcançado as irmãs dele, enquanto Ivo e Justin tinham ido encher os baldinhos com mais areia molhada.

– Sobre o que estão conversando? – perguntou Seraphina a Gabriel.

– Assunto particular – respondeu ele, sem rodeios.

Phoebe se inclinou para Seraphina e disse, em um cochicho:

– Acho que nosso irmão acabou de aprender algo novo.

– É mesmo?

Seraphina encarou Gabriel como se ele fosse uma forma de vida selvagem particularmente interessante tentando sair da concha.

Gabriel lançou um olhar sarcástico para as duas, antes de voltar a atenção para Pandora, que exibia uma expressão rebelde. Ele tocou o cotovelo dela de leve e afastou-a um pouco, para uma última palavra.

– Vou descobrir as opções legais que existem – murmurou. – Deve haver alguma brecha na lei que permita que uma mulher casada seja dona de um negócio sem ter que deixá-lo sob a gestão do marido.

Para aborrecimento de Gabriel, Pandora não pareceu impressionada, tampouco reconheceu a imensa concessão que ele estava fazendo.

– Não há – disse ela, em um tom inexpressivo. – E mesmo que houvesse, eu ainda estaria pior do que se simplesmente nunca me casasse.

~

Durante a hora seguinte, o assunto do negócio de jogos de tabuleiro foi deixado de lado, enquanto o grupo construía o castelo de areia. Eles paravam de vez em quando para beber avidamente água gelada e limonada que eram mandadas da casa. Pandora se dedicou ao projeto com entusiasmo, sempre consultando Justin, que havia decidido que a construção precisava ter um fosso, torres quadradas nos cantos, um portão de entrada com uma ponte levadiça e muralhas com ameias, de onde os ocupantes poderiam jogar água escaldante ou piche derretido no inimigo que avançasse.

Gabriel, incumbido de cavar o fosso, lançava alguns olhares furtivos para Pandora, que tinha a energia de dez pessoas. O rosto dela cintilava sob o chapéu de palha surrado, que ela conseguira salvar da boca de Ajax. A jovem estava suada e coberta de areia, e alguns cachos haviam escapado do penteado e caíam pela nuca e pelas costas. Pandora, aquela mulher de pensamentos e ambições radicais, brincava com a naturalidade de uma criança. Era linda. Complexa. Frustrante. Ele nunca conhecera uma mulher tão completa e determinadamente dona de si.

Que diabo iria fazer?

– Quero decorar o castelo com conchas e algas marinhas – disse Seraphina.

– Assim vai ficar parecendo um castelo de menina – protestou Justin.

– O caranguejo pode ser uma menina – argumentou Seraphina.

Justin ficou claramente chocado diante da sugestão.

– Ele *não* é! Meu caranguejo não é uma menina!

Ao ver que o menino começava a se enfurecer, Ivo se apressou a intervir:

– Esse caranguejo com certeza é macho, irmã.

– Como você sabe? – perguntou Seraphina.

– Porque... ora, ele... – Ivo parou, tentando encontrar uma explicação.

– Porque – foi a vez de Pandora intervir, em um tom de voz baixo, confidencial –, quando estávamos planejando a planta do castelo, o caranguejinho me perguntou discretamente se poderíamos incluir um *fumoir*. Fiquei um pouco chocada, pois achei que ele era muito novo para já estar viciado em cigarros, mas isso não deixa dúvidas em relação à masculinidade dele.

Justin a encarou extasiado.

– O que mais ele disse? – quis saber. – Qual é o nome dele? Ele está gostando do castelo? E do fosso?

Pandora se lançou em uma descrição detalhada da conversa com o caranguejo-ermitão. Contou que o nome dele era Shelley, em homenagem ao poeta, cuja obra o caranguejinho muito admirava. Era um crustáceo muito viajado, já fora a terras distantes agarrado à perna cor-de-rosa de uma gaivota que não gostava muito de comer bichos do mar, preferia nozes e migalhas de pão. Um dia, a gaivota, que tinha a alma de um ator elisabetano, levara Shelley para assistir a *Hamlet*, no teatro Drury Lane. Durante a apresentação, eles pousaram no cenário e fizeram o papel de uma gárgula do castelo durante todo o segundo ato. Shelley apreciou a experiência, mas não tinha desejo de seguir carreira no teatro – afinal, as luzes do palco eram tão quentes que quase o fritaram.

Gabriel parou de cavar e ficou ouvindo, arrebatado pelo encanto e pela extravagância da imaginação de Pandora. Do nada, ela criara um mundo de fantasia onde os animais falavam e tudo era possível. Ele estava completamente enfeitiçado por aquela sereia contadora de histórias, desarrumada e coberta de areia, que parecia já lhe pertencer, mas que na verdade não tinha nada a ver com ele. Gabriel sentia o coração batendo em ritmos estranhos, como se tentasse se ajustar a um metrônomo novo em folha.

O que estava acontecendo?

As regras da lógica pela qual sempre vivera haviam sido subvertidas ao ponto de que se casar com Lady Pandora Ravenel era agora o único desfecho aceitável. Ele não estava preparado para aquela moça, para aquela sensação, para aquela incerteza exasperante de que talvez não acabasse ao lado da única pessoa de quem *precisava* estar.

Mas como diabo poderia tornar o pedido de casamento aceitável para ela? Gabriel não tinha o menor desejo de forçá-la a aceitar e, de qualquer modo, duvidava que isso fosse possível. Ele também não queria tirar a oportunidade de decisão dela. Queria *ser* a escolha de Pandora.

Maldição, não havia tempo. Se não estivessem noivos quando ela voltasse para Londres, o escândalo estouraria com força total e os Ravenels teriam que agir de forma decisiva. Pandora provavelmente deixaria a Inglaterra e iria morar em um lugar onde pudesse fabricar seus jogos. Gabriel não tinha a menor vontade de caçá-la por todo o continente, ou, quem sabe, até a América. Não, teria que persuadi-la a se casar com ele logo.

Mas o que poderia oferecer? O que significaria mais para ela do que a liberdade?

Quando Pandora terminou a história, o castelo estava completo. Justin olhava extasiado para o minúsculo caranguejo-ermitão. Ele quis ouvir mais sobre as aventuras de Shelley com a gaivota, e Pandora riu.

– Eu lhe contarei outra história – disse ela – enquanto o levamos de volta para as pedras onde você o encontrou. Estou certa de que, a esta altura, Shelley já está com saudades da família.

Eles ficaram de pé e, com cuidado, Justin tirou o caranguejinho do alto de uma torre do castelo. Quando caminhavam na direção da água, Ajax deixou a sombra onde se abrigava, embaixo da máquina de banho, e seguiu saltando atrás deles.

Com Pandora longe do alcance da voz dele, Ivo anunciou:

– Gostei dela.

Seraphina sorriu para o irmão mais novo.

– Na semana passada você disse que estava cansado de meninas.

– Pandora é um tipo diferente de menina. Não é como as que têm medo de tocar em sapos e estão sempre falando dos cabelos.

Gabriel mal ouviu a conversa, o olhar fixo em Pandora, que se afastava. Ela foi até a beira da marca da maré alta, onde a areia estava mais escura, e parou para pegar uma concha interessante. Logo viu outra atrás, e recolheu-a também, e outra. E teria continuado se Justin não a houvesse pegado pela mão e a colocado de volta no caminho.

Santo Deus, ela realmente andava em círculos... A pontada de ternura que Gabriel sentiu no peito foi como uma dor.

Ele queria que todos os círculos de Pandora a levassem até ele.

– Precisamos partir logo – comentou Phoebe –, se quisermos tomar banho e ainda nos arrumarmos para o jantar.

Seraphina se levantou e fez uma careta para os braços e pernas cobertos de areia.

– Estou pegajosa e cheia de areia. Vou lavar o que conseguir no mar.

– E eu vou recolher as pipas e baldes – avisou Ivo.

Phoebe esperou os irmãos mais novos se afastarem para falar:

– Entreouvi parte da sua conversa com Pandora. O vento carregou suas vozes.

Taciturno, Gabriel estendeu a mão para ajeitar a aba do chapéu dela.

– O que você acha, cardeal? – Era um apelido que ele e o pai deram a ela, em uma menção ao pássaro com a cabeça coberta de penas vermelhas, como os cabelos de Phoebe.

Ela franziu o cenho, pensativa, e desfez uma das muralhas do castelo com a mão.

– Se você quiser um casamento tranquilo e um lar em ordem, peça em casamento qualquer uma das tolinhas de boa família que se jogam em cima de você há anos. Ivo está certo: Pandora é um tipo diferente de moça. Estranha e maravilhosa. Eu não ousaria prever... – Phoebe se interrompeu ao ver o irmão com o olhar fixo na figura distante de Pandora. – Seu tonto, você não está nem ouvindo. Já decidiu se casar com ela, e que se danem as consequências.

– Não foi nem uma decisão – confessou Gabriel, desnorteado. – Não consigo pensar em uma única razão para eu querê-la tão desesperadamente.

Phoebe sorriu e olhou para o mar.

– Já lhe contei o que Henry me disse quando me pediu em casamento, mesmo sabendo que teríamos pouco tempo juntos? Ele disse que "o casamento é um assunto importante demais para ser decidido com a razão". E, é claro, ele estava certo.

Gabriel ergueu a mão cheia de areia morna e seca e deixou-a escorrer por entre os dedos.

– Os Ravenels vão preferir enfrentar um escândalo a forçar Pandora a se casar. E como você provavelmente escutou, ela faz objeção não apenas a mim, mas à instituição do casamento em si.

– Como alguém poderia resistir a você? – perguntou Phoebe, meio brincando, meio a sério.

Gabriel encarou a irmã com uma expressão soturna.

– Ao que parece, ela resistiria sem problema. O título, a fortuna, a propriedade, a posição social... para ela, tudo isso são insultos. Preciso de um jeito de convencê-la a se casar comigo *apesar* dessas coisas. – Com uma honestidade crua, Gabriel acrescentou: – E, maldição, eu nem sei quem sou tirando tudo isso.

– Ah, meu bem... – A voz de Phoebe era terna. – Você é o irmão que ensinou Raphael a velejar em um barquinho, e o tio que mostrou a Justin como amarrar os sapatos. É o homem que carregou Henry até o lago das trutas quando ele quis pescar uma última vez. – Ela engoliu em seco e suspirou. Então, enfiou os calcanhares na areia e empurrou-os para a frente, criando dois sulcos. – Posso lhe dizer qual é o seu problema?

– Isso é uma pergunta?

– Seu problema – continuou a irmã – é que você é bom demais em manter essa fachada de perfeição divina. Sempre odiou que alguém soubesse que é um mero mortal. Mas não vai conquistar essa garota desse jeito. – Ela começou a limpar a areia das mãos. – Mostre a ela um pouco dos defeitos que precisa superar, meu querido. Ela vai gostar ainda mais de você por isso.

CAPÍTULO 9

Ao longo de todo o dia seguinte, e no outro também, lorde St. Vincent – Gabriel – não fez mais qualquer tentativa de beijar Pandora. Foi um perfeito cavalheiro, respeitoso e atencioso, certificando-se o tempo todo de os dois estarem acompanhados, ou à vista de alguém.

Pandora ficou muito feliz com isso.

Bastante feliz.

Mais ou menos feliz.

Fato #34 Beijar é como um daqueles experimentos elétricos nos quais a pessoa faz uma nova descoberta fascinante, mas termina frita como uma costeleta de carneiro.

Ainda assim, ela não conseguiu evitar se perguntar por que Gabriel não tentara de novo desde aquele primeiro dia.

Era bem verdade que ela não deveria ter permitido. Lady Berwick certa vez lhe dissera que um cavalheiro às vezes testava uma dama fazendo avanços impróprios e julgando-a severamente se ela não resistisse. Embora parecesse muito cruel fazer uma coisa dessas, Pandora não conhecia os homens o suficiente para descartar tal possibilidade.

Mas a razão mais provável para Gabriel não ter tentado beijá-la de novo era que ela não beijava bem. Não tinha ideia de como beijar, do que fazer com os lábios ou com a língua. Mas as sensações que o beijo provocara haviam sido tão extraordinárias que a natureza excitável dela assumira o comando e ela praticamente o atacara. Então, Gabriel fizera aquele comentário sobre ela beijar como uma pirata, que continuava a confundi-la. Ele falara aquilo de forma depreciativa? Não havia soado exatamente como uma reclamação, mas seria possível encarar como um elogio?

Fato #35 Nenhuma lista de qualidades femininas ideais jamais incluiu a frase "você beija como uma pirata".

Embora Pandora se sentisse mortificada e na defensiva cada vez que pensava no beijo-catástrofe, Gabriel fora tão encantador nos últimos dois dias que ela não conseguia evitar apreciar a companhia dele. Eles haviam passado uma grande quantidade de tempo juntos, conversando, caminhando, andando a cavalo, jogando tênis, croqué e outros esportes ao ar livre, sempre na companhia de membros da família de um ou de outro.

De certo modo, Gabriel lhe lembrava Devon, com quem, aliás, ele parecia ter estabelecido rapidamente uma amizade. Os dois eram homens irreverentes e de raciocínio rápido, que tendiam a ver o mundo com um misto de ironia e pragmatismo perspicaz. Mas enquanto a natureza de Devon era espontânea e às vezes volátil, Gabriel era mais cuidadoso e ponderado, seu caráter temperado com uma maturidade rara para um homem ainda relativamente jovem.

Como primogênito do duque, Gabriel era o futuro dos Challons, o filho a quem caberia a propriedade, o título e os investimentos da família. Era bem-educado, compreendia finanças e comércio e tinha uma ampla noção de como gerir a propriedade. Nos dias que corriam, com o desenvolvimento industrial e tecnológico, a nobreza já não podia mais se dar ao luxo de depender apenas dos rendimentos das terras de seus ancestrais. Ouvia-se falar com cada vez mais frequência de nobres empobrecidos, que haviam sido incapazes de adaptar sua maneira retrógrada de pensar e que, agora, viam-se forçados a abandonar suas terras e vender seus bens.

Não havia dúvida, na mente de Pandora, de que Gabriel estaria à altura dos desafios de um mundo em rápida transformação. Era astuto, inteligente, calmo, um líder nato. Ainda assim, pensou ela, devia ser difícil para qualquer homem viver sob o peso de tamanhas expectativas e responsabilidades. Será que ele tinha medo de cometer erros, de parecer tolo, ou fracassar em alguma coisa?

No terceiro dia, eles passaram a tarde praticando arco e flecha no terreno da propriedade, com Cassandra, Ivo e Seraphina. Quando percebeu que estava na hora de entrar e se trocar para jantar, o grupo foi recolher as flechas e a fileira de alvos apoiados em montes cobertos de grama.

– Não esqueçam – alertou Seraphina –, vamos nos vestir um pouco mais formalmente do que o normal para o jantar desta noite. Convidamos duas famílias locais para se juntarem a nós.

– Que grau de formalidade? – perguntou Cassandra, logo preocupada. – O que você vai usar?

– Bem – começou Ivo, pensativo, como se a pergunta tivesse sido dirigida a ele –, pensei em usar minha calça de veludilho preta, meu colete com os botões elegantes...

– Ivo! – exclamou Seraphina, com uma solenidade zombeteira. – Não é hora de deboche. Moda é um assunto sério.

– Não sei por que as meninas mudam de guarda-roupa a cada poucos meses e fazem tanto alarde a esse respeito – comentou Ivo. – Nós, homens, tivemos uma reunião muito tempo atrás e todos decidimos: "Vamos usar calças." E é isso que usamos desde então.

– E quanto aos escoceses? – perguntou Seraphina, com esperteza.

– Eles não conseguiram abrir mão dos kilts – respondeu Ivo, em um tom sensato – porque acabaram se acostumando a ter o ar circulando ao redor dos...

– Dos joelhos – interrompeu Gabriel, com um sorriso, e desalinhou os cabelos ruivos brilhantes do irmão. – Pode deixar que eu recolho suas flechas, rapazinho. Vá para casa e se enfie na sua calça de veludilho.

Ivo sorriu para o irmão mais velho e saiu correndo.

– Venha comigo – disse Seraphina a Cassandra –, e teremos o tempo exato para eu lhe mostrar meu vestido.

Cassandra lançou um olhar preocupado para o alvo que usara, ainda cheio de flechas para serem recolhidas.

– Eu guardo – ofereceu-se Pandora. – Nunca preciso de mais do que uns poucos minutos para me arrumar para um jantar.

Cassandra sorriu, soprou um beijo para a irmã e correu na direção da casa com Seraphina.

Pandora sorriu ao ver a pressa da irmã, levou as mãos em concha à boca e gritou para as duas moças que se afastavam, em sua melhor imitação de Lady Berwick:

– Damas não galopam como cavalos de corrida!

A resposta de Cassandra chegou trazida pelo vento:

– Damas não gritam como abutres!

Pandora se virou, rindo, e encontrou o olhar atento de Gabriel sobre ela. Ele parecia fascinado por... alguma coisa... embora a jovem não conseguisse imaginar o que ele poderia achar assim tão interessante nela. Envergonhada, Pandora passou os dedos pelo rosto, para ver se estava sujo.

Gabriel deu um sorriso distraído e balançou brevemente a cabeça.

– Estou encarando-a? Perdoe-me. Mas é que adoro o jeito como você ri.

Pandora ficou ruborizada até a raiz dos cabelos. Ela foi até o alvo mais próximo e começou a arrancar as flechas.

– Por favor, não me elogie.

Gabriel se dirigiu ao alvo seguinte.

– Não gosta de elogios?

– Não, fico constrangida. Nunca parecem verdadeiros.

– Talvez não pareçam verdadeiros para você, mas isso não significa que não sejam.

Gabriel enfiou as flechas que recolhera em um coldre de couro especial e passou a ajudar Pandora no outro alvo.

– No meu caso – disse Pandora –, com certeza não são verdadeiros. Minha risada parece o coaxar de um sapo se balançando em um portão enferrujado.

Gabriel sorriu.

– Na minha opinião, está mais para um conjunto de sinos de vento prateados oscilando à brisa de verão.

– *Impossível* que meu riso soe assim – zombou Pandora.

– Mas é como me faz sentir.

O tom íntimo na voz dele pareceu vibrar ao longo das terminações nervosas de todo o corpo de Pandora.

Ela se recusou a olhar para ele e se esforçou para arrancar um punhado de flechas do alvo de lona. Os arremessos haviam sido tão fortes e tão próximos que algumas das pontas haviam se prendido nas outras e se emaranhado nas fibras do tecido. Aquele era o alvo de Gabriel, claro. Ele disparava as flechas com uma tranquilidade quase descuidada e acertava bem no centro toda vez.

Pandora girou as flechas com cuidado para soltá-las sem quebrar as pontas, feitas de madeira de álamo. Depois de arrancar a última flecha e entregá-la a Gabriel, ela começou a descalçar a luva especial, que consistia em encaixes de couro para os dedos presos a tiras lisas, que, por sua vez, eram presas a uma faixa que dava a volta no pulso.

– Você é um excelente atirador – comentou Pandora, forçando a pequena fivela rígida da luva.

– Anos de prática.

Gabriel soltou a fivela da luva para ela.

– E habilidade natural – falou Pandora, recusando-se a permitir que ele fosse modesto. – Na verdade, você parece fazer tudo com perfeição. – Ela permaneceu imóvel enquanto Gabriel soltava a luva protetora de couro marroquino do outro braço dela. Mais insegura, acrescentou: – Suponho que as pessoas esperem isso de você.

– Não a minha família. Mas o mundo fora daqui... – Gabriel hesitou. – As pessoas costumam reparar nos meus erros, e a se lembrar deles.

– Sente-se obrigado a corresponder a um alto padrão? – aventurou-se a perguntar Pandora. – Por causa da sua posição e do seu nome?

Gabriel a encarou com uma expressão esquiva, e ela percebeu que ele estava relutante em dizer algo que pudesse soar como reclamação.

– Descobri que é melhor ser cuidadoso no que se refere a revelar minhas fraquezas.

– Você tem fraquezas? – perguntou Pandora, fingindo surpresa, mas só brincando em parte.

– Muitas – respondeu Gabriel em um tom ao mesmo tempo enfático e melancólico.

Ele tirou com cuidado a luva protetora do braço dela e a jogou em um bolso lateral do coldre com as flechas.

Eles estavam tão próximos um do outro que Pandora via as linhas prateadas finas que estriavam as profundezas azuis translúcidas dos olhos dele.

– Conte-me a pior coisa sobre si mesmo – pediu ela em um impulso.

Uma expressão peculiar atravessou o rosto de Gabriel. Uma expressão de desconforto e quase... vergonha?

– Vou contar – disse ele, baixinho. – Mas prefiro falar sobre isso mais tarde, em particular.

– Tem alguma coisa a ver com... mulheres? – Pandora forçou-se a perguntar, a pulsação em disparada no pescoço e no punho.

Ele a encarou com um olhar oblíquo.

– Sim.

Ah, Deus, não, *não*. Chateada demais para segurar a língua, Pandora disse em um rompante:

– Eu sabia. Você tem sífilis.

Gabriel a encarou estupefato. O coldre com as flechas caiu no chão com um estrondo.

– O quê?

– Eu sabia que, a esta altura, você já teria pegado a doença – falou Pandora em um tom distraído, enquanto ele contornava com ela o alvo mais próximo até chegarem atrás de um dos montes de terra, onde ficariam escondidos da vista da casa. – Só Deus sabe quantos tipos há, mal inglês, mal francês, mal bávaro, turco...

– Pandora, espere.

Ele a sacudiu de leve para chamar sua atenção, mas as palavras continuaram a cascatear.

– ... mal espanhol, mal alemão, mal australiano...

– Nunca tive esse mal – interrompeu ele.

– Qual deles?

– Todos.

Ela arregalou os olhos.

– Teve *todos* os males?

– Não, maldição...

Gabriel se interrompeu e virou parcialmente o corpo. Ele começou a tossir, os ombros tremendo, e cobriu os olhos com uma das mãos. Com uma pontada de horror, Pandora achou que o homem a sua frente estivesse chorando. Mas, no momento seguinte, ela percebeu que Gabriel estava rindo. Toda vez que olhava de relance para o rosto indignado dela, começava uma nova rodada de risadas reprimidas. Pandora foi forçada a esperar, irritada por se ver objeto de tamanha hilaridade, enquanto ele se esforçava para se controlar.

Finalmente, Gabriel conseguiu dizer em um arquejo:

– Não tenho *nenhum* desses males. Que, na verdade, são um só.

Uma onda de alívio levou embora a irritação dela.

– Por que há tantos nomes diferentes para uma mesma doença, então?

As gargalhadas de Gabriel finalmente cederam com um último suspiro rouco, e ele secou os olhos.

– Os ingleses começaram a chamar de mal francês quando estávamos em guerra contra a França, e, naturalmente, os franceses devolveram o favor chamando de mal inglês. Duvido que já tenham chamado a doença de mal bávaro ou alemão, mas se alguém faria isso seriam os austríacos. A questão é que não tenho sífilis porque sempre usei proteção.

– O que significa isso?

– Profilaxia. Víscera de carneiros. – O tom dele se tornara ligeiramente cáustico. – Cartas francesas, chapéus ingleses, *baudruches*. Pode escolher.

Pandora se concentrou na palavra em francês, que lhe soava familiar.

– *Baudruche* não é o tecido feito das... entranhas dos carneiros... que são usadas na produção de balões de ar quente? O que um balão de ar de vísceras de carneiro tem a ver com evitar a sífilis?

– Não é um balão de ar de vísceras de carneiro – disse Gabriel. – Explicarei se você se considerar pronta para esse nível de detalhe anatômico.

– Não é necessário – replicou ela rapidamente, pois não tinha o menor desejo de ficar ainda mais constrangida.

Gabriel balançou lentamente a cabeça e perguntou:

– Como diabo lhe ocorreu a ideia de que eu tinha sífilis?

– Porque você é um renomado libertino.

– Não sou, não.

– Lorde Chaworth disse que era.

– *Meu pai* era um renomado libertino – retrucou Gabriel, com exasperação mal-contida –, antes de se casar com minha mãe. Acabei sendo tachado da mesma forma porque, por acaso, sou parecido com ele. E porque herdei seu título. Mas, mesmo se eu quisesse arregimentar legiões de conquistas amorosas, o que não quero, não teria tempo para isso.

– Mas você "conheceu" muitas mulheres, não é mesmo? No sentido bíblico?

Gabriel estreitou os olhos.

– Qual é a definição de *muitas*?

– Não tenho um número específico em mente – protestou Pandora. – Eu nem saberia...

– Diga um número.

Pandora revirou os olhos, suspirou e fez a vontade dele:

– Vinte e três.

– Conheci menos de 23 mulheres no sentido bíblico – apressou-se a dizer Gabriel, acreditando que aquilo encerraria a discussão. – Agora, acho que já passamos tempo bastante nos permitindo ter conversas vulgares no campo de arco e flecha. Vamos voltar para a casa.

– Já esteve com 22 mulheres? – perguntou Pandora, recusando-se a sair de onde estava.

Uma rápida sucessão de emoções cruzou o rosto dele: irritação, diversão, desejo, alerta.

– Não.

– Vinte e uma?

Houve um momento de absoluta imobilidade antes que algo nele parecesse se romper. Gabriel se aproximou de Pandora com uma espécie de prazer felino e colou a boca à dela. A jovem deixou escapar um gritinho de surpresa, se esquivou, mas os braços dele a envolveram com facilidade, os músculos sólidos como carvalho. Gabriel a beijou de uma forma possessiva, quase rude a princípio, mas logo se suavizando a um grau mais voluptuoso. O corpo de Pandora se rendeu sem dar ao cérebro chance de objetar, agarrando-se com avidez a cada centímetro dele. O esplêndido calor masculino e a rigidez dele satisfizeram uma voracidade violenta de que ela não tivera consciência até então. E também a fizeram experimentar a mesma sensação de "próxima mas não o bastante" de que se lembrava da última vez. Ah, como aquilo era confuso, aquela necessidade enlouquecedora de se enfiar nas roupas dele, praticamente na pele dele!

Pandora deixou os dedos correrem pelo rosto de Gabriel, passando-os pelo contorno elegante das orelhas, pela suavidade firme do pescoço. Ao ver que ele não fazia objeção, enfiou os dedos nos cabelos macios e vibrantes e suspirou de satisfação. Ele encontrou a língua dela, provocando e acariciando sua boca intimamente, até o coração de Pandora disparar em um tumulto de anseio e um vazio doce se espalhar por todo o corpo dela. Ligeiramente consciente de que estava prestes a perder o controle, de que iria acabar desmaiando ou atacando-o de novo, ela conseguiu interromper o beijo e afastar o rosto com um arquejo.

– Não – disse em uma voz fraca.

Gabriel deixou os lábios correrem pelo seu queixo, a respiração entrecortada encontrando a pele de Pandora.

– Por quê? Ainda está preocupada com o mal australiano?

Lentamente, Pandora se deu conta de que eles não estavam mais de pé. Gabriel estava sentado no chão com as costas apoiadas no monte coberto por grama e – que Deus a ajudasse – ela estava no colo dele. Pandora olhou ao redor, perplexa. Como aquilo acontecera?

– Não – repetiu ela, ainda estupefata e perturbada –, mas acabei de lembrar que você disse que eu beijo como uma pirata.

Gabriel pareceu confuso por um momento.

– Ah, aquilo. Foi um elogio.

Pandora o encarou com severidade.

– Só seria um elogio se eu tivesse barba e perna de pau.

Gabriel cerrou a boca para conter o leve tremor de uma risada e acariciou com ternura os cabelos de Pandora.

– Perdoe-me por minha escolha pobre de palavras. O que quis dizer foi que achei seu entusiasmo encantador.

– Achou? – Pandora ficou muito vermelha. Ela deixou a cabeça cair no ombro dele e disse, a voz abafada: – Passei os últimos três dias temendo ter beijado errado.

– Não, nunca, meu amor. – Gabriel ergueu um pouco o corpo e aconchegou-a mais contra si. Ele roçou o rosto no pescoço dela e sussurrou: – Não é óbvio que tudo o que você faz me dá prazer?

– Mesmo quando roubo e saqueio como uma viking? – perguntou ela, em um tom sombrio.

– Uma pirata. Sim, especialmente quando você faz isso. – Os lábios dele correram suavemente pela borda da orelha esquerda dela. – Meu amor, já há damas respeitáveis demais no mundo. Faz muito tempo que a oferta excedeu a demanda. Mas há uma ínfima quantidade de piratas atraentes, e você parece ter um dom para saquear e roubar. Acho que encontramos sua verdadeira vocação.

– Você está zombando de mim – concluiu Pandora, resignada, e deu um pulinho quando sentiu o dente dele morder de leve o lóbulo de sua orelha.

Sorrindo, Gabriel segurou a cabeça de Pandora e olhou bem dentro dos olhos dela.

– Seus beijos me enlouquecem além de qualquer coisa que eu possa imaginar – sussurrou ele. – Toda noite, pelo resto da minha vida, sonharei com aquela tarde no oco, quando fui emboscado por uma beldade de cabelos escuros que me devastou com o calor de mil estrelas incandescentes e deixou minha alma em cinzas. Mesmo quando eu já for velho e meu cérebro estiver em ruínas, ainda me lembrarei do fogo doce dos seus lábios sob os meus e direi a mim mesmo: "Aquilo, sim, foi um beijo..."

Demônio de fala mansa, pensou Pandora, incapaz de disfarçar um sorrisinho de lado. Ainda na véspera, ela ouvira Gabriel zombar carinhosamente do pai, que gostava de se expressar com frases elaboradas, tortuosas, quase labirínticas. Claramente, o dom havia sido passado para o filho.

Ela sentiu necessidade de colocar alguma distância entre os dois e arrastou o corpo para longe do colo dele.

– Fico feliz por você não ter sífilis – declarou. Ela se levantou e começou a tentar ajeitar a desordem em que se encontravam as saias. – E sua futura esposa... seja ela quem for... com certeza também ficará.

O comentário incisivo não escapou a Gabriel. Ele a encarou com um olhar intenso e se colocou de pé em um movimento ágil.

– Sim – concordou em um tom irônico, limpando a calça e passando a mão pelos cabelos brilhantes. – Graças a Deus pelos balões de ar de vísceras de carneiro.

CAPÍTULO 10

As famílias vizinhas que foram jantar na casa dos Challons eram de tamanho considerável, cada uma com um bando de filhos de idades variadas. Foi uma reunião alegre, com uma conversa animada fluindo ao redor da mesa dos adultos. As crianças mais novas faziam a refeição no andar de cima, no quarto de brinquedos, enquanto as mais velhas ocupavam uma mesa própria em uma sala adjacente à sala de jantar principal. Para tornar o ambiente ainda mais agradável, músicos locais tocavam melodias suaves com harpas e flautas.

A cozinheira dos Challons e os criados que trabalhavam na cozinha haviam se superado com uma variedade de pratos usando legumes da estação, peixes locais e carne de caça. Embora a cozinheira do Priorado Eversby fosse excelente, a comida em Heron's Point ficava um degrau acima. Havia legumes coloridos, cortados à julienne; corações de alcachofra macios, assados na manteiga; lagostins no vapor em um molho de vinho Borgonha branco e trufas; e delicados filés de linguado com farelo de pão crocante. O faisão, coberto com fatias de bacon e assado até atingir uma perfeição suculenta e fumegante, foi servido com uma guarnição de batatas cozidas que haviam sido batidas com creme e manteiga até virarem um purê que parecia derreter na boca. Havia ainda carne assada com recheio crocante e apimentado em travessas enormes, além de pequenas tortas de carne de caça e macarrão gratinado com queijo gruyère em elegantes pratinhos.

Pandora permaneceu em silêncio, não apenas por medo de dizer alguma coisa constrangedora ou inapropriada, mas também porque estava determinada a aproveitar o máximo possível daquela comida deliciosa. Infelizmente, espartilhos eram uma verdadeira desgraça para qualquer mulher que gostasse de comer. Bastava passar um pouquinho do ponto da satisfação plena para logo ter dores agudas nas costelas e sofrer com a respiração difícil. Ela estava usando seu melhor vestido de jantar, feito de seda tingida em uma cor da moda chamada *bois de rose*, um rosa seco, terroso, que destacava sua figura delicada. Era um modelo quase austero de tão simples, com saias puxadas presas atrás com firmeza, que revelavam as formas da cintura e do quadril.

Para frustração de Pandora, Gabriel não estava sentado perto dela, como acontecera nas últimas noites. Em vez disso, estava em uma das extremidades da mesa, perto do duque, com uma matrona e sua filha, uma de cada lado. As mulheres riam e tagarelavam livremente, encantadas por terem a atenção de dois homens tão fascinantes.

Esguio e belo nas roupas de noite formais pretas, ele usava ainda um colete de seda branca e um lenço de pescoço branco engomado. Era um homem impecável, controlado, dono de si. A luz das velas brincava suavemente em sua pele, lançando faíscas douradas em seus cabelos e realçando as maçãs do rosto e as curvas firmes e cheias da boca.

Fato #63 Mesmo se já não tivesse outros motivos, não poderia me casar com lorde St. Vincent simplesmente por causa da aparência dele. As pessoas me achariam frívola.

Ela se lembrou da pressão erótica dos lábios de Gabriel nos dela, apenas duas horas antes, e se remexeu um pouco na cadeira, lançando um olhar na direção dele.

Pandora fora acomodada perto da outra cabeceira, onde estava a duquesa, entre um rapaz que parecia ter mais ou menos a idade dela e um cavalheiro mais velho obviamente fascinado pela duquesa e que fazia o possível para monopolizar sua atenção. Havia pouca esperança de qualquer tipo de conversa com Phoebe, que estava sentada à frente parecendo distante e deslocada, o prato contendo porções minúsculas de comida.

Pandora arriscou um olhar ao rapaz altivo ao lado dela – qual era o nome dele... Sr. Arthurson, Arterton? – e decidiu se arriscar em alguma conversa banal.

– O tempo estava ótimo hoje, não?

Ele pousou os talheres e tocou os cantos da boca com o guardanapo antes de responder:

– Sim, estava ótimo.

Pandora se sentiu encorajada e continuou:

– De que tipo de nuvens mais gosta, cúmulos ou estrato-cúmulos?

Ele a encarou com o cenho ligeiramente franzido. Depois de uma longa pausa, perguntou:

– Qual é a diferença?

– Ora, cúmulos são as nuvens mais fofas, mais redondas, como esta colina de purê no meu prato. – Pandora usou o garfo para espalhar, misturar e achatar o purê. – Estrato-cúmulos são assim, mais achatadas, e podem formar linhas ou ondas. Também podem formar uma grande massa de nuvens, ou se espalhar em nuvens menores.

Ele continuou a encará-la sem expressão.

– Prefiro nuvens chatas, aquelas que parecem uma manta.

– As alto-estratos? – perguntou Pandora, surpresa, pousando o garfo. – Mas essas nuvens são tediosas. Por que gosta delas?

– Elas costumam sinalizar chuva. Gosto de chuva.

Aquilo estava prometendo se transformar em uma conversa de verdade.

– Também gosto de caminhar na chuva! – exclamou Pandora.

– Não, eu não gosto de caminhar na chuva. Gosto de ficar dentro de casa.

O rapaz lançou um olhar reprovador para o prato dela e voltou a atenção ao próprio prato.

Pandora sentiu-se repreendida e deixou escapar um suspiro silencioso. Ela pegou o garfo e tentou discretamente voltar a formar um monte com o purê de batatas.

Fato #64 Nunca faça esculturas com a comida para ilustrar um argumento durante uma conversa banal. Os homens não gostam disso.

Quando levantou os olhos, Pandora se viu observada por Phoebe. E se preparou internamente para um comentário sarcástico.

Mas quando Phoebe falou, foi com uma voz gentil:

– Certa vez, Henry e eu vimos uma nuvem acima do Canal da Mancha que tinha a forma de um cilindro perfeito. E se estendia a perder de vista. Como se alguém tivesse enrolado um enorme tapete branco e o colocado no céu.

Aquela era a primeira vez que Pandora ouvia Phoebe mencionar o nome do falecido marido. Ela perguntou, hesitante:

– Você e ele tentavam encontrar formas nas nuvens?

– Nossa, o tempo todo. Henry era muito esperto... conseguia ver golfinhos, navios, elefantes, galos. Eu nunca via forma alguma até ele apontá-la para mim. Então, a forma surgia como que por mágica.

Os olhos cinza de Phoebe se tornaram cristalinos com variações infinitas de ternura e melancolia.

Embora Pandora já houvesse experimentado o luto, afinal, perdera os pais e um irmão, compreendia que a perda de Phoebe era de uma categoria diferente, uma dor mais pesada. Cheia de compaixão e empatia, ousou dizer:

– Ele... ele deve ter sido um homem encantador.

Phoebe deu um sorrisinho apagado, e os olhares das duas se encontraram em um momento de afinidade e carinho.

– Era mesmo – confirmou Phoebe. – Algum dia contarei a você sobre ele.

E, finalmente, Pandora compreendeu aonde poderia levar uma conversinha banal sobre o clima.

Depois do jantar, em vez da habitual separação de homens e mulheres, o grupo se retirou junto para a sala de estar no segundo andar, um cômodo espaçoso, com vários ambientes de assentos e mesas. Como o solário no andar de baixo, a sala tinha vista para o oceano, com uma fileira de janelas cobertas por telas que deixavam a brisa entrar. Uma bandeja de chá foi levada até lá, e uma caixa de charutos deixada na varanda coberta à disposição dos cavalheiros. Agora que o jantar formal estava terminado, a atmosfera era deliciosamente relaxada. De vez em quando, alguém se encaminhava ao piano vertical e tocava algumas notas.

Pandora estava a caminho de se juntar a um grupo onde estavam Cassandra e outras jovens, mas foi obrigada a parar quando sentiu dedos masculinos se fecharem ao redor de seu pulso.

A voz de Gabriel chegou ao ouvido dela, suave:

– O que estava conversando com o empertigado Sr. Arterson, enquanto espalhava seu purê de batatas com tanta determinação?

Pandora se virou e desejou não ter sentido uma onda tão grande de alegria pelo simples fato de Gabriel tê-la procurado.

– Como conseguiu ver o que eu estava fazendo, do outro extremo da mesa?

– Quase me machuquei, me esticando todo para ver e ouvir você durante todo o jantar.

Quando encarou os olhos sorridentes dele, Pandora teve a sensação de que todas as janelas de seu coração se abriam.

– Eu estava demonstrando formações de nuvens. Acho que o Sr. Arterson não apreciou muito meu estrato-cúmulo.

– Temo que sejamos todos um pouco frívolos demais para ele.

– Não, não se pode culpá-lo. Sei que eu não deveria ter brincado com a comida e estou determinada a nunca mais fazer isso.

O brilho nos olhos de Gabriel era travesso.

– Que pena. Eu estava prestes a lhe mostrar a única utilidade das cenouras.

– Qual é? – perguntou ela, já interessada.

– Venha comigo.

Pandora o acompanhou até o outro lado da sala. O avanço deles foi brevemente interrompido quando meia dúzia de crianças atravessou na frente dos dois para roubar doces no aparador.

– Não peguem a cenoura – ordenou Gabriel a elas, enquanto uma multidão de mãozinhas saqueava bolos de amêndoas e de groselha, quadradinhos pegajosos de marmelada, merengues crocantes cor de neve e minúsculos biscoitinhos de chocolate.

Ivo se virou e retrucou, com um biscoito de chocolate fazendo um calombo em sua boca:

– Ninguém está nem pensando em pegar a cenoura. – E dirigindo-se ao irmão mais velho: – Aquela é a cenoura mais protegida do mundo.

– Não por muito tempo – disse Gabriel.

Ele estendeu a mão por cima da horda de crianças famintas e pegou uma única cenoura crua da lateral de uma bandeja de doces.

– Ah, você vai fazer *aquilo* – disse Ivo. – Podemos assistir?

– Fiquem à vontade.

– O que ele vai fazer? – perguntou Pandora a Ivo, louca de curiosidade, mas Ivo foi impedido de responder quando uma matrona se aproximou para espantar as crianças para longe dos doces.

– Saiam daqui. Agora! – exclamou a mulher, constrangida. – Fora! Esses doces são elegantes demais para crianças, por isso todos ganharam um pedaço de pão de ló no final do jantar.

– Mas pão de ló não tem gosto de nada – resmungou uma das crianças, enquanto enfiava um bolo de amêndoas no bolso.

Gabriel disfarçou um sorriso e se dirigiu ao irmão mais novo em voz baixa:

– Ivo, você não foi colocado no comando desse bando? É hora de demonstrar alguma liderança.

– Isso é liderança – informou o menino. – Fui eu que os trouxe aqui.

Pandora trocou um olhar risonho com Gabriel.

– Ninguém gosta de pão de ló seco – disse ela, em defesa de Ivo. – É o mesmo que comer uma esponja.

– Eu os tirarei daqui em um minuto – prometeu Ivo. – Mas, primeiro, quero chamar lorde Trenear... Ele vai querer ver o truque da cenoura.

O menino saiu em disparada antes que qualquer um pudesse replicar. Ivo se apegara a Devon, atraído pelo seu caráter tão decididamente masculino e pelo seu senso de humor constante.

Depois de acalmar a matrona agitada e alertar as crianças para não pegarem *todos* os doces, Gabriel levou Pandora até uma mesinha estreita em um canto da sala.

– Muito bem, e para que isso? – perguntou ela, observando-o tirar um canivete do bolso e cortar a extremidade da cenoura.

– É parte de um truque de cartas. – Gabriel pousou a cenoura distraidamente dentro de um castiçal de prata sobre a mesinha. – Na ausência de um talento genuíno, como cantar ou tocar piano, tive que desenvolver as poucas habilidades que possuo. Principalmente porque, durante a maior parte da minha juventude – ele havia erguido a voz apenas o bastante para que o pai, que estava sentado a uma mesa próxima, jogando uíste com outros cavalheiros, ouvisse –, fui abandonado à prejudicial companhia dos trapaceiros e criminosos que frequentavam o clube do meu pai.

O duque olhou de relance por sobre o ombro com uma sobrancelha arqueada.

– Achei que seria benéfico para você aprender logo sobre os vícios mundanos, assim saberia o que evitar no futuro.

Gabriel se voltou para Pandora com um brilho divertido no olhar, enquanto continuava a zombar de si mesmo:

– Agora nunca saberei se poderia ter conseguido uma juventude rebelde por mim mesmo, já que ela me foi entregue em uma bandeja de prata.

– O que você vai fazer com a cenoura? – quis saber Pandora.

– Tenha paciência – pediu ele, e pegou um baralho novo em folha de uma pilha sobre um aparador próximo.

Ele abriu a caixa do baralho e deixou-a de lado. Sem qualquer vergonha de se exibir, embaralhou as cartas no ar, executando vários movimentos complicados, como embaralhar em cascata.

Pandora arregalou os olhos.

– Como faz isso sem uma mesa? – perguntou.

– Tudo depende de como você segura.

Com uma das mãos, Gabriel dividiu o baralho ao meio e virou as duas metades sobre as costas da mão. Com uma destreza de tirar o fôlego, ele jogou os dois conjuntos de cartas para cima de um modo que as cartas fizeram um giro completo no ar e aterrissaram do outro lado na palma da mão dele. Gabriel continuou com uma rápida sucessão de floreios, fazendo as cartas voarem de uma das mãos para a outra fluidamente, para logo se juntarem em dois leques circulares que se fecharam com rapidez. Tudo feito com graça e destreza mágicas.

Devon, que chegara com Ivo para assistir, deixou escapar um assovio baixo de admiração.

– Lembre-me de nunca jogar cartas com ele – pediu a Ivo. – Eu perderia todos os meus bens em minutos.

– Sou um jogador medíocre, para dizer o mínimo – disse Gabriel, enquanto fazia uma única carta girar na ponta do dedo. – Meu talento com as cartas é limitado ao entretenimento sem propósito.

Devon se inclinou para Pandora e declarou, como se estivesse contando um grande segredo:

– Todo trapaceiro começa gerando no oponente uma falsa sensação de superioridade.

Pandora estava tão hipnotizada pelos truques que mal ouviu o conselho.

– Talvez eu não consiga da primeira vez – alertou Gabriel. – Normalmente preciso treinar um pouco primeiro.

Ele recuou uns 5 metros da mesa, e o jogo de uíste teve uma pausa, enquanto os cavalheiros observavam a ação.

Gabriel segurou uma única carta por um dos cantos, entre o dedo indicador e o médio, e jogou o braço para trás, como se fosse lançar alguma coisa. Ele mirou na cenoura com os olhos semicerrados. Então, girou o braço para a frente, com rapidez, terminando com um movimento do pulso que fez a carta disparar. Na mesma hora, uma parte de cerca de 3 centímetros da cenoura foi arrancada. Rápido como um raio, Gabriel jogou uma segunda carta para cima e a cenoura foi dividida ao meio.

Risadas e aplausos vieram de vários cantos da sala, e as crianças ao redor do aparador soltaram exclamações de deleite.

– Impressionante – disse Devon a Gabriel, com um sorriso. – Se eu conseguisse fazer isso em uma taverna, jamais teria pagado por uma única bebida. De quanto tempo de prática precisou?

– Lamento dizer que alqueires de cenouras foram sacrificados ao longo de alguns anos.

– Eu diria que valeu a pena. – Devon se voltou para Pandora e viu que os olhos dela cintilavam. – Com sua permissão, vou voltar ao jogo de uíste, antes que me expulsem.

– Claro – disse ela.

Ivo observou o grupo de crianças ainda diante do aparador e deixou escapar um suspiro pesado.

– Eles estão fora de controle – comentou. – Acho que terei que fazer alguma coisa. – O menino se inclinou em uma mesura bem-feita para Pandora. – Está muito bonita esta noite, lady Pandora.

– Obrigada, Ivo – disse ela, com discrição, e sorriu quando ele se afastou correndo para tirar seus fardos da sala. – Que pequeno patife – falou.

– Acho que nosso avô, de quem Ivo herdou o nome, o teria adorado – comentou Gabriel. – Há mais Jenner do que Challon em Ivo, o que significa mais fogo do que gelo.

– Os Ravenels são bastante exaltados também – falou Pandora, em tom de lamento.

– Foi o que ouvi dizer. – Gabriel pareceu achar a ideia divertida. – Isso inclui você?

– Sim, mas não costumo ficar com raiva. A questão é que... me entusiasmo com facilidade.

– Aprecio uma mulher de natureza dinâmica.

– É uma forma muito gentil de colocar a questão, mas não sou apenas dinâmica.

– Não, você também é linda.

– Sem... – Pandora engoliu uma gargalhada constrangida. – Sem elogios, lembre-se. Eu não disse que "não sou apenas dinâmica" para sugerir que tenho outras qualidades. Estava querendo dizer que sou extrema e inconvenientemente dinâmica, de uma forma que torna a convivência comigo muito difícil.

– Não para mim.

Pandora o encarou com uma expressão insegura. Algo na voz de Gabriel causou um frio no estômago dela, como os rebentos de uma flor buscando delicadamente lugares para aderir.

– Gostaria de jogar uma partida de uíste? – perguntou ele.

– Só nós dois?

– Naquela pequena mesa perto da janela. – Quando Pandora hesitou, Gabriel argumentou: – Estamos na companhia de pelo menos duas dúzias de pessoas.

Não haveria qualquer mal naquilo.

– Sim, mas devo alertá-lo: meu primo West me ensinou a jogar uíste e sou muito boa.

Ele sorriu.

– Esperarei ser depenado, então.

Depois de Gabriel pegar um conjunto de baralhos lacrado, os dois seguiram até as janelas com telas. Ele acomodou Pandora diante de uma pequena mesa com um trabalho de marchetaria elaborado no tampo que representava um bonsai e um pagode japonês com minúsculas lanternas de madrepérolas penduradas.

Gabriel abriu os baralhos, embaralhou as cartas com facilidade e distribuiu treze cartas para cada um. Pousou o resto do baralho de cabeça para baixo sobre a mesa e virou a carta do topo para cima. Uíste era um jogo de habilidade em duas etapas: na primeira, os jogadores tentam pegar para si as melhores cartas e, na segunda, competem para ver quem ganha o maior número de rodadas.

Para satisfação de Pandora, ela havia recebido uma ótima mão, com muitos coringas e cartas altas. A jovem se divertiu imensamente, correndo riscos, enquanto Gabriel era, como seria de se prever, mais cuidadoso e conservador. Os dois conversavam enquanto jogavam e ele a entreteve com histórias sobre a casa de jogos da família. Pandora achou especialmente divertida uma história sobre um trapaceiro que sempre pedia um prato de sanduíches durante o jogo. Acabaram descobrindo que ele enfiava as cartas indesejadas entre os pães. O esquema foi descoberto quando outro jogador tentou comer um sanduíche de presunto e queijo e acabou com um 2 de espadas na boca.

Pandora teve que cobrir a boca para não rir alto demais.

– O jogo de azar é ilegal, não é? Já houve batidas policiais no clube de vocês?

– Os clubes respeitáveis do West End costumam ser deixados em paz. Principalmente o Jenner's, já que metade dos parlamentares da Inglaterra são também membros do clube. No entanto, tomamos precauções para o caso de acontecer uma batida policial.

– Tais como...?

– Tais como instalar portas forradas com chapas de metal que podem ser trancadas até que as evidências desapareçam. Também há túneis secretos para facilitar a fuga de membros que não podem ser vistos. Além disso, também "molho" regularmente a mão de alguns policiais, para garantir que sejamos devidamente alertados antes de uma batida.

– Você suborna a polícia? – sussurrou Pandora, surpresa, tomando cuidado para não ser ouvida.

– É uma prática comum.

A informação não era de forma alguma apropriada aos ouvidos de uma jovem dama, o que, é claro, a tornava ainda mais fascinante. Era um vislumbre de um lado da vida totalmente estranho a Pandora.

– Obrigada por ser tão franco comigo – disse ela, espontaneamente. – É bom ser tratada como adulta. – E logo acrescentou, com uma risadinha rápida e constrangida: – Mesmo que eu não me comporte sempre como uma.

– Ser imaginativa e brincalhona não a torna menos adulta – comentou Gabriel, com gentileza. – Só faz de você uma adulta mais interessante.

Ninguém jamais dissera nada parecido a ela, tratando seus defeitos como se fossem virtudes. Ele estaria falando sério? Ruborizada e perplexa, Pandora baixou os olhos para as cartas.

Gabriel fez uma pausa.

– Como estamos no assunto do Jenner's – disse ele, lentamente –, quero lhe contar algo. Não é de grande importância, mas sinto que devo mencionar. – Diante do silêncio curioso dela, Gabriel explicou: – Conheci seu irmão alguns anos atrás.

Tomada de surpresa pela revelação, Pandora ficou encarando Gabriel. Ela tentou imaginar Theo na companhia do homem a sua frente. Os dois se pareciam da forma mais óbvia, ambos altos, bem-nascidos e belos, mas sob a superfície não poderiam ser mais diferentes.

– Ele visitou o clube com um amigo – continuou Gabriel – e decidiu solicitar um título de membro. O gerente o encaminhou a mim. – Ele fez uma pausa, a expressão indecifrável. – Lamento dizer que tivemos que recusá-lo.

– Por causa das dívidas? – Pandora hesitou. – Ou do temperamento dele? – Diante da longa hesitação de Gabriel em responder, ela continuou, ansiosa: – Ambos. Ah, Deus. Theo não aceitou muito bem a recusa, não é? Houve uma discussão?

– Algo assim.

O que significava que o irmão instável dela provavelmente se comportara muito mal.

Pandora sentiu o rosto quente de vergonha.

– Lamento muito. Theo estava sempre atacando as pessoas que não conseguia intimidar. E você é o tipo de homem que ele sempre fingiu ser.

– Não lhe contei isso com a intenção de deixá-la desconfortável. – Gabriel usou o pretexto de pegar uma carta para acariciar discretamente as costas da mão dela. – Deus sabe que o comportamento dele não parece de forma alguma o seu.

– Acho que, no fundo, Theo se sentia uma fraude – comentou Pandora, pensativa –, e isso o deixava furioso. Ele era um conde, mas a propriedade estava em ruínas e com dívidas terríveis, e ele não sabia como geri-la.

– Ele chegou a conversar sobre isso com você?

Pandora deu um sorriso sem humor.

– Não. Theo nunca conversava sobre nada comigo, nem com Cassandra, ou com Helen. Minha família não era nada parecida com a sua. Éramos como... – Ela hesitou, pensativa. – Bem, li algo certa vez...

– Diga – pediu Gabriel, baixinho.

– Foi em um livro de astronomia, que dizia que na maior parte das constelações as estrelas não ficam realmente juntas. Só parece que sim. Achamos que elas estão próximas umas das outras, mas algumas ficam em outra parte da galáxia completamente diferente. Era assim com a minha família. Parecíamos pertencer ao mesmo grupo, mas éramos todos muito distantes. A não ser por mim e Cassandra, é claro.

– E quanto a lady Helen?

– Ela sempre foi muito boa e carinhosa, mas vivia no próprio mundo. Na verdade, somos muito mais próximas agora. – Pandora parou de falar e ficou olhando fixamente para Gabriel, pensando que poderia passar horas tentando descrever a família e ainda assim não chegaria a um relato fiel. O modo como o amor dos pais dela um pelo outro fora conduzido como uma operação de guerra. A beleza cintilante e intocável da mãe, que costumava desaparecer em Londres por longos períodos. O pai, com sua imprevisível mistura de violência e indiferença. Helen, que aparecia raramente, como um espectro em visita, e Theo, com seus momentos ocasionais de bondade negligente.

– Sua vida no Priorado Eversby foi muito reclusa – comentou Gabriel.

Pandora assentiu, distraída.

– Eu fantasiava sobre ser apresentada à sociedade. Ter centenas de amigos, ir a toda parte, conhecer tudo. Mas quando se vive muito tempo isolado, isso se torna parte de você. Então, quando se tenta mudar, é como olhar para o sol: não se consegue suportar por muito tempo.

– É só uma questão de prática – disse ele, com gentileza.

Eles continuaram a primeira mão de cartas, que Pandora terminou ganhando, e jogaram outra partida, que ela perdeu. Depois de cumprimentar Gabriel com bom humor pela vitória, Pandora perguntou:

– Vamos parar agora e terminar com um empate?

Ele ergueu as sobrancelhas.

– Sem um vitorioso?

– Jogo melhor do que você – disse Pandora, em um tom gentil. – Estou tentando poupá-lo da inevitável derrota.

Gabriel sorriu.

– Agora insisto em uma terceira mão. – Ele deslizou o baralho na direção dela. – Sua vez de dar as cartas.

Enquanto Pandora embaralhava as cartas, Gabriel se recostou na cadeira e a fitou com uma expressão especulativa.

– Vamos tornar o jogo mais interessante e fazer o perdedor pagar uma prenda? – perguntou ele.

– Que tipo de prenda?

– O vencedor decide.

Pandora mordeu o lábio, analisando as possibilidades, e o encarou com um sorriso travesso.

– Você é realmente tão mau cantor como disse?

– Meu canto é um insulto ao próprio ar.

– Então, se eu ganhar, sua prenda é cantar "God Save the Queen" no saguão de entrada.

– Onde minha voz vai ecoar sem piedade? – Gabriel olhou para ela com uma expressão zombeteira de alarme. – Santo Deus. Não tinha ideia de que você poderia ser tão cruel.

– Pirata – lembrou Pandora, com uma falsa expressão de culpa, e deu as cartas.

Gabriel recolheu as cartas que lhe couberam.

– Eu ia sugerir uma prenda bastante fácil para você, mas agora vejo que terei que encontrar uma punição mais severa.

– Dê o seu pior – desafiou Pandora, em um tom animado. – Já estou acostumada a fazer papel de tola. Nada que propuser vai me aborrecer.

Mas, como ela deveria ter imaginado, aquilo acabou não sendo verdade.

Gabriel desviou lentamente a atenção das cartas e encarou-a, os olhos cintilando de um modo que arrepiou os pelos da nuca de Pandora.

– Se eu ganhar – disse ele, em voz baixa –, você vai me encontrar de novo aqui embaixo à meia-noite e meia. Sozinha.

Tensa, Pandora perguntou:

– Para quê?

– Um *rendez-vous* na madrugada.

Ela ficou olhando para ele sem compreender.

– Achei que gostaria de experimentar por você mesma um *rendez-vous* – acrescentou ele.

A mente surpresa de Pandora relembrou a noite em que haviam se conhecido, quando comentaram sobre o *rendez-vous* de Dolly com o Sr. Hayhurst. O rosto dela ficou muito vermelho. Gabriel vinha sendo tão gentil – ela se sentira tão à vontade com ele até ali –, e agora ele lhe fazia uma proposta que qualquer mulher decente consideraria insultante.

– Você deveria ser um cavalheiro – sussurrou Pandora, com determinação.

Gabriel tentou parecer arrependido. Mas não conseguiu.

– Tenho lapsos.

– Não pode imaginar que eu concordaria com isso.

Para aborrecimento de Pandora, ele a fitou como se ela tivesse a experiência de vida de um ovo recém-posto.

– Compreendo.

Ela estreitou os olhos.

– Compreende o quê?

– Você tem medo.

– Não tenho, não! – E acrescentou, com o máximo de dignidade que conseguiu reunir: – Apenas prefiro uma prenda diferente.

– Não.

O olhar incrédulo de Pandora encontrou o dele, o famoso temperamento dos Ravenels se acendendo como carvões recém-agitados na lareira.

– Venho tentando com determinação não gostar de você – disse ela, em um tom sombrio. – Finalmente está funcionando.

– Pode desistir do jogo, se quiser – sugeriu Gabriel, tranquilamente. – Mas se resolver jogar, e perder, essa é a prenda.

Ele se recostou novamente na cadeira e ficou observando enquanto Pandora se esforçava para recuperar a compostura.

Por que ele a desafiara daquela forma? E por que ela estava hesitando?

Algum impulso insano a impedia de recuar. Não fazia sentido. Ela não estava se compreendendo. E se viu tomada por uma sensação confusa, que misturava atração e repulsa. Quando olhou para Gabriel, percebeu que, embora ele parecesse relaxado, seu olhar era atento, acompanhando cada detalhe da reação dela. Ele adivinhara que ela teria dificuldades em recusar o desafio.

O som ambiente da sala era uma mistura de conversa, música ao piano, risadas, o tilintar do cristal das garrafas e copos, o farfalhar das cartas do jogo de uíste perto deles, o murmúrio sutil dos criados e o movimento dos cavalheiros voltando da varanda depois de fumarem. Pandora achou quase impossível acreditar que ela e Gabriel estavam discutindo algo tão indecoroso em meio a uma respeitável reunião de família.

Sim. Ela estava com medo. Aquele jogo deles era muito adulto, com riscos e consequências reais.

Quando olhou através da tela da janela, Pandora viu que a varanda estava vazia e quase às escuras, a noite se fechando ao redor do promontório mais adiante.

– Podemos ir até lá fora por um momento? – perguntou ela, baixinho.

Gabriel se levantou e ajudou-a a se levantar também.

Eles saíram para a varanda coberta, que se estendia por todo o comprimento da parte principal da casa, as laterais emolduradas por treliças e rosas trepadeiras. Por um acordo tácito, os dois se afastaram o máximo possível das janelas da sala de estar. Uma brisa vinda do oeste trazia o som das ondas e o grito de uma ave marinha errante, e levava embora os últimos traços pungentes da fumaça de tabaco.

Pandora recostou-se em uma das colunas pintadas de branco e cruzou os braços.

Gabriel parou ao lado dela, virado na direção oposta, as mãos apoiadas na balaustrada da varanda, olhando na direção do mar.

– Está vindo uma tempestade – comentou ele.

– Como sabe?

– Nuvens no horizonte, movendo-se na transversal. Vai esfriar esta noite.

Pandora examinou o perfil dele, desenhado contra o vermelho embaçado do pôr do sol. Gabriel era como uma figura saída de uma fantasia, do tipo que existia nos sonhos de outras moças. Não nos dela. Antes de ir para Heron's Point, ela sabia exatamente o que queria, e também o que não queria, mas agora estava tudo enevoado. Achou que talvez Gabriel estivesse tentando se convencer de que gostava dela o suficiente para se casar. No entanto, acabara conhecendo o bastante sobre o comprometimento dele com a família e com as próprias responsabilidades para ter certeza de que ele jamais escolheria voluntariamente alguém como ela para desposar. A menos que fosse uma questão de honra, para salvar a reputação arruinada dela. Mesmo que Pandora não quisesse ser salva.

Ela endireitou os ombros e se virou para encará-lo.

– Você vai tentar me seduzir?

Gabriel teve a insolência de sorrir diante da objetividade dela.

– Posso tentar. Mas a escolha seria sua. – Ele fez uma pausa. – Tem medo de não querer que eu pare?

Pandora bufou.

– Depois do que minha irmã Helen me contou sobre o enlace conjugal, não consigo imaginar por que qualquer mulher consentiria nisso. Mas suponho que, se algum homem poderia fazer isso se tornar ligeiramente menos repulsivo do que soa, esse homem seria você.

– Obrigado – disse Gabriel, parecendo se divertir. – Eu acho.

– Mas não importa quanto você possa tornar a situação não repulsiva – continuou Pandora –, ainda assim não tenho o menor desejo de tentar.

– Nem com um marido? – perguntou ele, baixinho.

Pandora torceu para que as sombras ajudassem a disfarçar o rubor de seu rosto.

– Se eu fosse casada, não teria escolha a não ser cumprir com minha obrigação legal de esposa. Mas não iria *querer*.

– Não esteja tão certa. Tenho talentos persuasivos que você ainda não conhece. – Ele torceu os lábios ao ver a expressão de Pandora. – Vamos entrar e terminar o jogo?

– Não quando você exigiu uma prenda que vai contra todos os princípios de decência.

– Você não está preocupada com princípios. – Gabriel se aproximou e a encurralou gentilmente contra a coluna. O sussurro provocante da voz dele entrava no ouvido direito dela como uma espiral de fumaça. – Está com medo de fazer algo indecente comigo e gostar.

Pandora ficou em silêncio, tremendo e mortificada de surpresa diante do lento ardor de desejo que sentia despertar nos lugares mais íntimos de seu corpo.

– Deixe a sorte decidir – disse Gabriel. – O que pode acontecer de pior?

A resposta dela foi sincera e um tanto vacilante:

– Eu poderia terminar sem escolha.

– Você continuará virgem. Só um pouco menos inocente. – Os dedos de Gabriel encontraram a parte interna do pulso dela, e ele acariciou a suave pulsação. – Pandora, você não está fazendo jus a sua reputação de gêmea malcomportada. Arrisque-se. Viva uma breve aventura comigo.

Pandora nunca imaginara que seria vulnerável àquele tipo de tentação, nunca tivera ideia de como seria difícil resistir. Encontrar Gabriel em segredo, à noite, seria a coisa mais genuinamente escandalosa que já teria feito, e ela não estava certa de que ele manteria a promessa. Mas a consciência estava erguendo uma defesa frágil demais contra um desejo que parecia vergonhoso tamanho seu poder cego. Fraca de nervosismo, ânsia e raiva, ela tomou a decisão rápido demais, como costumava fazer na maioria das vezes.

– Vou terminar o jogo – disse, em uma voz ardente. – E, antes que a noite acabe, sua versão comovente do hino nacional estará ecoando no saguão. Todos os seis versos.

Os olhos de Gabriel cintilaram de satisfação.

– Só sei o primeiro verso, portanto você terá que se contentar em ouvi-lo seis vezes.

~

Pandora não deveria ter ficado surpresa com o fato de a última partida de uíste ter sido completamente diferente das duas primeiras. O estilo de jogo de Gabriel mudou drasticamente: ele já não era mais cauteloso; era agressivo e ágil. Ganhou rodada atrás de rodada com uma facilidade milagrosa.

Não foi uma pilhagen. Foi um massacre.

– Essas cartas estão marcadas? – perguntou Pandora, irritada, tentando conferir o verso das cartas sem revelar sua mão.

Gabriel pareceu afrontado.

– Não, o baralho estava lacrado. Você me viu abri-lo. Prefere que eu abra um novo?

– Não se dê o trabalho.

Ela jogou obstinadamente o resto da partida, já sabendo como terminaria.

Não havia necessidade de somar os pontos. Gabriel vencera por uma margem tão larga que seria perda de tempo.

– O primo Devon estava certo ao me alertar – murmurou Pandora, em tom de lamento. – Fui ludibriada. Você não é um jogador medíocre de forma alguma, é?

– Meu amor – disse ele, baixinho –, aprendi a jogar cartas com os melhores trapaceiros de Londres quando ainda usava calças curtas.

– Jure para mim que essas cartas não estavam marcadas – exigiu ela – e que não estava escondendo nenhuma na manga.

Gabriel a encarou, sério.

– Juro.

Sentindo-se em um turbilhão de ansiedade, raiva e culpa, Pandora afastou a cadeira da mesa e se levantou antes que ele pudesse fazer qualquer movimento para ajudá-la.

– Já jogamos bastante. Vou me sentar com minha irmã e as outras moças.

– Não fique aborrecida – pediu ele, em um tom gentil, colocando-se de pé. – Pode desistir, se desejar.

Embora soubesse que a oferta dele tinha a intenção de ser conciliatória, Pandora sentiu-se altamente insultada.

– Levo jogos a sério, milorde. Pagar uma dívida é questão de honra... Ou presume que só porque sou mulher minha palavra vale menos do que a sua?

– Não – apressou-se a dizer Gabriel.

Ela o encarou com frieza.

– Eu o encontrarei mais tarde.

Pandora deu-lhe as costas e se afastou, tentando manter o passo relaxado e o rosto sem expressão, mas por dentro sentia-se congelada por um medo abjeto ao pensar no que logo teria que encarar.

Um *rendez-vous*... sozinha com Gabriel... à noite... no escuro.

Ah, Deus, o que foi que eu fiz?

CAPÍTULO 11

Com um castiçal de metal, Pandora seguia lentamente pelo corredor do andar de cima. Sombras negras pareciam deslizar pelo piso, mas ela ignorava a ilusão de movimento, seriamente determinada a manter o equilíbrio.

O tremular de uma vela era apenas o que havia entre ela e o desastre. As luzes tinham sido apagadas, incluindo a lamparina do saguão central. Além do lampejo ocasional de um relâmpago a distância, a única fonte de iluminação era o brilho mortiço que vinha da sala de estar da família.

Como Gabriel previra, uma tempestade chegara, vinda do oceano. Era uma tempestade forte e furiosa, que sacudia as árvores com violência, fazendo voar galhos e gravetos em todas as direções. A casa, baixa e robusta para aguentar o clima da costa, suportou estoicamente o temporal, e cascatas pareciam cair do telhado de vigas de carvalho. Ainda assim, os trovões faziam Pandora tremer.

Ela usava uma camisola de musselina e um roupão de flanela xadrez, as laterais cruzadas na frente e presas com uma faixa trançada. Embora houvesse desejado estar com um de seus vestidos para o dia a dia, não tinha como evitar o ritual de se banhar e soltar os cabelos sem despertar a desconfiança de Ida.

Pandora usava os chinelos de lã que Cassandra fizera e que, por conta de um erro na leitura da receita, acabaram saindo com um pé de cada tamanho. O direito estava perfeito, mas o esquerdo estava grande e frouxo. Cassandra ficara tão constrangida com o erro que Pandora fazia questão de usar o chinelo, insistindo que era o mais confortável que já tivera.

Ela caminhava junto à parede e esticava a mão de vez em quando para tocá-la com a ponta dos dedos. Quanto mais escuro ao redor, pior era para o equilíbrio de Pandora, como se as mensagens enviadas por sua mente se recusassem a combinar com o que seu corpo lhe dizia. Em certos momentos, o piso, as paredes e o teto pareciam trocar abruptamente de lugar, sem qualquer razão, deixando-a sem rumo. Pandora sempre contara com Cassandra para ajudá-la a ir a qualquer lugar à noite, mas não poderia de forma alguma pedir à irmã que a acompanhasse a um encontro ilícito com um homem.

Ela respirava com dificuldade, os olhos fixos no brilho âmbar no fim do corredor. O tapete se estendia como um oceano negro até a sala de estar da família. Ela segurava a vela tremulante distante do corpo e dava um passo após o outro, esticando-se para ver através das sombras. Uma janela fora deixada aberta em algum lugar. O ar úmido, cheirando a chuva, roçava seu rosto e seus tornozelos nus, como se a casa estivesse respirando ao seu redor.

Um *rendez-vous* no meio da noite supostamente era algo romântico e ousado, algo feito por garotas que não ficavam nos cantos em salões de baile. Mas aquilo era um exercício de infelicidade. Pandora sentia-se exausta e preocupada, e tinha que se esforçar para manter o equilíbrio na escuridão. Tudo o que queria era estar na cama, em segurança.

Um pouco mais adiante, o chinelo frouxo no pé esquerdo se soltou e a fez tropeçar, cambalear e quase cair de joelhos. Pandora deu um jeito de recuperar o equilíbrio, mas o candelabro voou da mão dela. A chama se extinguiu assim que a vela caiu no chão.

Arquejando e desorientada, Pandora ficou parada, engolfada pela escuridão. Não ousou se mexer, apenas manteve os braços erguidos no ar, os dedos abertos como os bigodes de um gato. Correntes de sombras pareciam fluir ao redor, tirando sutilmente seu equilíbrio. Ela enrijeceu o corpo contra o movimento intangível.

– Ah, maldição – sussurrou.

Um suor gelado cobriu sua testa, enquanto ela tentava pensar além da primeira onda de pânico.

A parede estava a sua esquerda. Precisava alcançá-la. Precisava de estabilidade. Mas o primeiro passo cauteloso que deu fez o chão se inclinar sob seus pés, e o mundo ficou na diagonal. Ela cambaleou e aterrissou no chão com um baque pesado... Ou aquilo era a parede? Estava em pé ou deitada? Apoiada, concluiu. Havia perdido o chinelo esquerdo, e os dedos dos pés nus tocavam uma superfície dura. Sim, aquilo era o piso. Pandora pressionou a face úmida na parede e testou os arredores, para tentar decifrá-los, enquanto um zumbido agudo crescia em seu ouvido esquerdo.

O coração batia rápido demais em seu peito. Não conseguia respirar com tantas batidas. Suas inspirações dolorosas soavam como soluços. Uma forma grande e escura se aproximou tão rápido que Pandora se encolheu junto à parede.

– Pandora. – Braços a envolveram, e ela estremeceu quando ouviu a voz baixa de Gabriel e se sentiu protegia pelo corpo dele. – O que aconteceu? Meu Deus, você está tremendo. Está com medo do escuro? Da tempestade? – Ele beijou a testa úmida dela e emitiu murmúrios tranquilizadores contra seus cabelos. – Calma. Pronto, pronto. Você está segura em meus braços. Nada de mal vai lhe acontecer, minha menina querida.

Gabriel havia despido o paletó preto formal e baixara o colarinho da camisa, que estava aberto. Pandora sentia o perfume intenso do sabão de barbear na pele dele, o cheiro acre da goma da camisa e um toque de fumaça de cigarro que fora absorvido pela seda do colete. A fragrância masculina e reconfortante a fez estremecer de novo, agora de alívio.

– Eu... eu deixei cair minha vela – disse ela, em um sussurro agudo.

– Não se preocupe. – Ele levou uma das mãos à nuca de Pandora, aconchegando-a com carinho. – Está tudo bem agora.

O coração dela começou a bater em uma cadência mais suave, já não mais em disparada. A sensação de estar tendo um pesadelo acordada começava a se dissipar. Mas conforme o susto cedia, uma terrível onda de embaraço a dominou. Só mesmo ela poderia ter estragado tão terrivelmente um *rendez-vous*, pensou.

– Está se sentindo melhor? – perguntou Gabriel, pegando as mãos dela para acalmá-la. – Venha comigo para a sala de estar.

Pandora teve vontade de morrer. Não se mexeu, apenas deixou escapar o ar em um suspiro derrotado.

– Não consigo – disse em um rompante.

– Como assim? – perguntou ele em um tom gentil.

– Não consigo me mexer. Perco o equilíbrio no escuro.

Os lábios de Gabriel voltaram a encontrar a testa dela, e ele os manteve ali por um longo momento.

– Segure-se no meu pescoço – disse ele por fim.

Depois que ela obedeceu, ele a ergueu no colo com facilidade, segurando-a alto contra o peito.

Pandora manteve os olhos fechados enquanto Gabriel a carregava pelo corredor. Ele era forte e tinha uma coordenação motora impressionante, o passo preciso como o de um gato, o que a fez sentir uma pontada de inveja. Ela não tinha lembranças de como era se mover com tamanha confiança pela noite, sem temer nada.

A sala estava iluminada apenas pelo fogo da lareira. Gabriel foi até um sofá clássico, baixo e bem acolchoado, com os braços e as costas curvos, e se sentou ali, com Pandora no colo. O orgulho dela se opunha febrilmente àquela posição, como se fosse uma criança assustada. Mas o peito firme dele era tão reconfortante... e as mãos masculinas lentamente fizeram cessar os tremores nervosos que corriam por seus membros. Aquela era a melhor sensação, a mais aconchegante que já sentira. Precisava daquilo. Só por uns minutos.

Gabriel esticou a mão para uma mesa de mogno ao lado do sofá e pegou um copo de vidro pequeno com meia dose de um líquido de cor forte. Sem dizer uma palavra, levou o copo aos lábios de Pandora, como se não confiasse que ela mesma conseguiria segurá-lo sem derramar a bebida.

Ela deu um gole cuidadoso. A bebida era deliciosa, com sabores ricos de caramelo e ameixa, que deixavam um calor suave na língua. Ela deu outro gole, maior dessa vez, e ergueu as mãos para pegar o copo.

– O que é isso?

– Vinho do porto. Tome o resto.

Ele passou o braço frouxamente nos joelhos dobrados dela.

Pandora bebeu o restante devagar, relaxando conforme o vinho a aquecia até os dedos dos pés. A tempestade assoviava com impaciência, sacudindo janelas, conversando com o mar, que se erguia em colinas líquidas estrondosas. Mas ela estava aquecida e seca, descansando nos braços de Gabriel, enquanto a luz bruxuleante da lareira brincava de lançar sombras sobre eles.

Gabriel levou a mão ao bolso do colete, pegou um lenço dobrado e secou o suor do rosto e do pescoço de Pandora. Depois de deixar o lenço de lado, ele colocou um cacho de cabelos escuros atrás da orelha esquerda dela, com carinho.

– Percebi que você não escuta tão bem desse lado – comentou baixinho. – Isso é parte do problema?

Pandora ficou impressionada. Em poucos dias, Gabriel havia notado algo que nem mesmo a família dela, as pessoas que conviviam com ela, haviam percebido. Todos tinham aprendido a aceitar, como um fato consumado, que Pandora era descuidada e desatenta.

Ela assentiu.

– Com esse ouvido, escuto parcialmente. À noite... no escuro... tudo fica confuso e não consigo saber o que está em cima e o que está embaixo. Se me viro rápido demais, acabo caindo. Não consigo controlar, é como se eu fosse empurrada por mãos invisíveis.

Gabriel segurou o rosto dela entre as mãos e a encarou com uma ternura firme que fez o coração de Pandora disparar, deixando-a confusa.

– Por isso você não dança.

– Consigo dar conta de algumas poucas danças em um passo lento. Mas valsar é impossível. Todos aqueles giros e voltas...

Ela desviou os olhos, constrangida, e tomou as últimas gotas do vinho.

Gabriel pegou o copo vazio da mão dela e deixou-o de lado.

– Você deveria ter me dito. Eu jamais lhe pediria para me encontrar aqui, à noite, se soubesse.

– Não era longe. Achei que uma vela seria o bastante. – Pandora ficou mexendo no cinto do roupão de flanela. – Não suspeitava que iria tropeçar nos meus próprios chinelos. – Ela estendeu o pé esquerdo descalço, que estava por baixo da camisola, e franziu o cenho. – Perdi um deles.

– Eu o encontrarei mais tarde. – Gabriel segurou uma das mãos dela e levou-a aos lábios. E distribuiu beijos suaves pelos dedos gelados. – Pandora... o que aconteceu com o seu ouvido?

A alma dela se revoltou diante da perspectiva de falar sobre o assunto.

Ele virou a mão dela, beijou a palma e a pousou no próprio rosto. A pele barbeada era macia em uma direção e ligeiramente áspera na outra, como a língua de um gato. A luz do fogo o tornara todo dourado, a não ser por aqueles olhos, azul-claros como uma estrela polar. Ele esperou, terrivelmente paciente, enquanto Pandora reunia coragem para responder.

– Não... Não consigo falar sobre isso se estiver tocando você.

Ela tirou a mão do rosto de Gabriel e saiu do colo dele. Havia um zumbido agudo e persistente em seu ouvido. Pandora cobriu levemente a orelha com a palma da mão e tamborilou com o dedão na parte de trás da cabeça algumas vezes. Para seu alívio, o truque deu certo.

– É um tinido – comentou Gabriel, observando-a com atenção. – Um dos antigos advogados da nossa família tinha isso. Você sente esse incômodo com frequência?

– Só às vezes, quando estou perturbada.

– Não há necessidade de ficar perturbada agora.

Pandora dirigiu um sorriso breve e aturdido a ele e cerrou o punho.

– Eu mesma causei isso. Lembra quando lhe disse que costumo ouvir as conversas dos outros escondida? Na verdade, hoje em dia já não faço isso tanto quanto antes. Mas, quando era pequena, esse era o único modo de descobrir o que estava acontecendo na nossa casa. Cassandra e eu fazíamos as refeições no quarto de brinquedos e brincávamos sozinhas. Às vezes, passávamos semanas sem ver ninguém além de Helen e os criados. Mamãe partia para Londres, papai saía para uma viagem de caça, Theo ia para o colégio interno, ninguém se despedia. Quando meus pais estavam em casa, o único modo de atrair a atenção deles era com mau comportamento. Eu era a pior, é claro. Arrastava Cassandra para os meus planos e esquemas, mas todos sabiam que ela era a gêmea boa. A pobre Helen passava a maior parte do tempo lendo em um canto, tentando se tornar invisível. Eu preferia causar confusão a ser ignorada.

Gabriel pegou a trança dela e ficou brincando com a ponta enquanto ouvia.

– Eu tinha 12 anos quando aconteceu – continuou Pandora. – Ou talvez 11. Meus pais estavam discutindo no quarto principal com a porta fechada. Sempre que eles brigavam era terrível. Os dois gritavam e quebravam coisas. Naturalmente, enfiei o nariz onde não era chamada e fiquei ouvindo a conversa. Eles estavam brigando por causa de um homem com quem minha mãe estava... envolvida. Meu pai gritava. Cada palavra soava como uma parte quebrada de alguma coisa. Cassandra começou a me puxar para me afastar dali. Então, a porta foi aberta com força e meu pai surgiu, furioso. Ele deve ter visto o movimento pela fresta debaixo da porta. Papai esticou as mãos e, rápido como um raio, fechou-as com um murro contra as minhas orelhas. Só me lembro do mundo explodindo. Cassandra diz que me ajudou a voltar para o nosso quarto e que havia sangue escorrendo do meu ouvido esquerdo. O direito se curou em um ou dois dias, mas eu ouvia muito pouco com o esquerdo, que também doía e latejava bem no fundo. Logo caí doente, com febre. Minha mãe dizia que não tinha nada a ver com o ouvido, mas acho que tinha.

Pandora fez uma pausa, sem a menor vontade de entrar nos detalhes desagradáveis do ouvido supurando e sendo drenado. Ela lançou um olhar cauteloso para Gabriel, mas o rosto dele estava virado para o outro lado. Ele já não brincava mais com a trança dela. Seu punho agora estava cerrado com tanta força que os músculos do pulso e do antebraço ficaram saltados.

– Mesmo depois que me recuperei da febre – continuou Pandora –, minha audição não voltou ao que era antes. Mas a pior parte era que eu vivia perdendo o equilíbrio, principalmente à noite. Isso me deixou com medo do escuro. Desde então...

Ela parou quando Gabriel ergueu a cabeça.

O rosto dele estava tenso, com uma expressão assassina, e o brilho gelado nos olhos dele a assustou mais do que qualquer ataque de fúria do pai dela.

– Aquele maldito filho da puta – disse Gabriel, em voz baixa. – Se ainda estivesse vivo, eu daria uma surra nele.

Pandora estendeu a mão em um gesto trêmulo, agitando-a perto dele.

– Não – disse ofegante –, não, eu não iria querer isso. Odiei meu pai por muito tempo, mas agora sinto pena dele.

Gabriel pegou a mão dela no ar, em um movimento rápido mas gentil, como se quisesse segurar um passarinho sem machucá-lo. As pupilas dele estavam tão dilatadas que Pandora conseguiu ver o próprio reflexo nas profundezas escuras.

– Por quê? – sussurrou Gabriel depois de um longo instante.

– Porque me machucar foi o único modo que ele encontrou de esconder a própria dor.

CAPÍTULO 12

Gabriel ficou pasmo com a compaixão de Pandora por um homem que lhe fizera tamanho mal. Ele balançou a cabeça, impressionado, enquanto olhava dentro dos olhos dela, tão escuros quanto um campo de gencianas azuis sombreado por uma nuvem.

– Isso não o desculpa – disse Gabriel, a voz rouca.

– Não, mas me ajudou a perdoá-lo.

Gabriel jamais perdoaria o desgraçado. Queria vingança. Queria arrancar a carne do cadáver e pendurar o esqueleto dele como um espantalho. Seus dedos tremiam levemente quando traçaram os contornos delicados do rosto de Pandora, a elevação suave das maçãs do rosto dela.

– O que o médico disse sobre o seu ouvido? Que tratamento ele prescreveu?

– Não foi necessário chamar um médico.

Uma nova onda de fúria correu pelas veias de Gabriel quando ele ouviu aquilo.

– Seu tímpano foi rompido. O que, em nome de Deus, você quer dizer com "não foi necessário chamar um médico"?

Embora Gabriel conseguisse se controlar para não gritar, seu tom de voz era longe do civilizado.

Pandora estremeceu, assustada, e começou a recuar.

Gabriel se deu conta de que a última coisa de que a jovem a sua frente precisava era de uma demonstração de fúria. Ele se esforçou para controlar as emoções turbulentas e a trouxe de volta para o seu lado.

– Não, não se afaste. Conte-me o que aconteceu.

– A febre tinha passado – disse Pandora, depois de uma longa hesitação –, e... bem, você precisa compreender a minha família. Se algo desagradável acontecia, eles ignoravam e nunca mais voltavam a falar a respeito. Ainda mais se fosse alguma coisa que meu pai tivesse feito em um de seus ataques de fúria. Depois de algum tempo, ninguém mais se lembrava do que realmente havia acontecido. Nossa história de família foi apagada e reescrita mil vezes.

Pandora continuou:

– Mas ignorar o problema com o meu ouvido não fez com que desaparecesse. Sempre que eu não conseguia ouvir alguma coisa, ou quando eu tropeçava e caía, minha mãe ficava muito brava. Ela dizia que eu estava sendo desajeitada porque andava rápido demais, ou que era muito descuidada. Mamãe jamais admitiria que havia alguma coisa errada com a minha audição. Ela se recusava até mesmo a falar a respeito. – Pandora parou e ficou mordendo o lábio por algum tempo, pensativa. – Isso a faz parecer uma pessoa terrível, mas ela não era assim. Às vezes era boa e carinhosa. Ninguém é só de uma maneira ou de outra. – Ela se virou para Gabriel com uma expressão temerosa. – Ah, Deus, você não está com pena de mim, está?

– Não. – Gabriel se sentia furioso e indignado. E precisou se esforçar muito para manter a voz calma. – É por isso que guarda segredo do problema? Tem medo que sintam pena de você?

– Isso, e... é uma vergonha que prefiro guardar para mim.

– A vergonha não é sua. É do seu pai.

– Mas tenho a sensação de que é minha. Se eu não estivesse ouvindo atrás da porta, meu pai não teria tido que me disciplinar.

– Você era uma criança – retrucou Gabriel em um tom brusco. – O que seu pai fez não foi disciplina, foi brutalidade.

Para surpresa dele, um leve sorriso, divertido e impenitente, brincou nos lábios de Pandora, e ela pareceu bastante satisfeita consigo mesma.

– E não serviu nem para fazer com que eu parasse de escutar atrás das portas. Só aprendi a ser mais esperta.

Ela era tão doce, tão audaz, que Gabriel se viu dominado por uma sensação que nunca experimentara antes, como se todos os extremos de alegria e desespero houvessem sido comprimidos em uma emoção nova, que ameaçava rachar os muros do coração dele.

Aquela jovem jamais se inclinaria à vontade de ninguém, jamais se renderia... ela apenas se quebraria. Gabriel vira o que o mundo fazia com mulheres ambiciosas e vigorosas. Pandora tinha que deixar que ele a protegesse. Tinha que aceitá-lo como marido, e ele não sabia como convencê-la disso. As regras usuais não se aplicavam a alguém que vivia de acordo com a própria lógica.

Gabriel estendeu a mão e puxou-a contra o peito, onde o coração dele batia descompassado. Um arrepio de prazer o percorreu ao perceber que Pandora relaxava automaticamente.

– Gabriel?

– Sim?

– Como você venceu a última partida de uíste?

– Contei as cartas – admitiu ele.

– Isso é trapacear?

– Não, mas também não foi honesto. – Ele afastou as mechas de cabelo que caíam na testa dela. – Minha única desculpa é que eu queria ficar a sós com você há dias. Não poderia deixar a oportunidade escapar.

– Porque você quer fazer o que é mais honrado – concluiu Pandora, muito séria.

Gabriel ergueu as sobrancelhas e a encarou sem entender.

144

– Você quer salvar a mim e a minha família do escândalo – explicou Pandora. – E me seduzir é o atalho óbvio.

Ela deu um sorriso sarcástico.

– Nós dois sabemos que isso não tem absolutamente nada a ver com honra. – Diante da expressão perplexa dela, ele acrescentou: – Não finja que não sabe quando um homem a deseja. Nem você é tão inocente.

Pandora continuou a encará-lo, e uma ruga de preocupação apareceu entre suas sobrancelhas quando ela se deu conta de que havia algo que supostamente deveria saber, algo que deveria ter compreendido. Cristo. Ela *era* inocente. Não houvera flertes ou interesses românticos em sua vida que a tivessem ensinado como interpretar os sinais do interesse sexual de um homem.

Gabriel certamente não teria problemas em demonstrar isso. Ele inclinou a cabeça para beijá-la e deixou a boca roçar a dela até os lábios de Pandora tremerem e se separarem. As línguas dos dois se encontraram em uma dança terna e úmida. Conforme Gabriel aprofundava o beijo, a sensação se tornava cada vez mais deliciosa. A boca de Pandora era sedutora, disposta e de uma inocência muito erótica.

Com muito cuidado, Gabriel deitou o corpo dela em cima das almofadas de veludo brocado, mantendo um braço sob a nuca da jovem. O corpo dele estava quente sob as camadas de roupa, e tão desconfortavelmente excitado que Gabriel teve que se ajeitar com a mão.

– Meu amor... estar perto de você me deixa muito, muito quente. Achei que isso fosse óbvio.

Pandora enrubesceu violentamente e escondeu o rosto no ombro dele.

– Nada em relação aos homens é óbvio para mim – disse ela, a voz saindo abafada.

Ele deu um sorrisinho.

– Que sorte a sua, então, eu estar aqui para iluminar cada detalhe para você.

Gabriel percebeu o movimento da mão dela e viu que Pandora tentava abaixar a barra do roupão, que subira até os joelhos. Quando conseguiu se ajeitar, ela ficou imóvel, o fogo contido se agitando por baixo da superfície calma.

Gabriel aproximou os lábios da orelha exposta e falou bem baixinho:

– Você me fascina, Pandora. Cada molécula do seu corpo. Na noite em que nos conhecemos, você me atingiu como um choque elétrico. Algo em você invoca o demônio que há em mim. Quero levá-la para a cama e passar dias com você. Quero venerar cada centímetro seu enquanto os minutos se extinguem como mariposas que dançam perto demais das chamas. Quero sentir suas mãos em mim, para... O que foi, meu amor?

Ele parou quando ouviu um murmúrio indecifrável.

Pandora se apoiou nas almofadas, parecendo decepcionada.

– Eu disse que você está falando próximo ao meu ouvido ruim. Não consigo escutar.

Gabriel a encarou, perplexo, então abaixou a cabeça e deixou escapar uma risadinha estrangulada.

– Desculpe. Eu deveria ter percebido. – Ele respirou fundo para recuperar a seriedade. – Talvez seja melhor assim. Pensei em outro modo de demonstrar meu argumento.

Ele se endireitou no sofá, tornando a se sentar e puxando Pandora junto. Então, passou os braços por baixo do corpo esguio dela e a ergueu no colo com facilidade.

– O que está fazendo? – perguntou ela, agitando-se.

Como resposta, ele acomodou-a em seu colo.

Pandora franziu o cenho e se contorceu, desconfortável.

– Não vejo por que você...

De repente, ela arregalou os olhos e ficou absolutamente imóvel. Uma sequência de expressões passou por seu rosto: espanto, curiosidade, embaraço... e a consciência de uma robusta ereção masculina sob seu corpo.

– E você disse que homens não eram óbvios – zombou Gabriel carinhosamente.

Ela continuou a se agitar para endireitar a posição, e isso fez com que sensações deliciosas percorressem o ventre de Gabriel. Ele se preparou para suportar a prazerosa provação, a respiração difícil, e consciente de que não precisaria de muito mais do que aquilo para levá-lo em disparada ao clímax.

– Meu amor, você se importaria... de não... se mexer tanto?

Pandora dirigiu um olhar indignado a ele.

– Já tentou se sentar em cima de um bastão de críquete?

Gabriel disfarçou um sorriso e transferiu a maior parte do peso dela para uma de suas coxas.

– Pronto, apoie-se no meu peito e coloque seu... isso, desse jeito. – Quando Pandora já estava mais confortavelmente acomodada, ele soltou

146

o cinto do roupão dela. – Você parece afogueada. Deixe-me ajudá-la a despir isso.

Pandora não se deixou enganar pelo tom solícito dele.

– Se estou afogueada – falou ela, tirando os braços das mangas –, é porque você me deixou constrangida. – Com um olhar severo, acrescentou: – De propósito.

– Eu só estava tentando deixar claro como a desejo.

– Está claro agora – disse Pandora, ruborizada e agitada.

Gabriel puxou o roupão de debaixo do corpo dela, deixando-a apenas com a camisola de musselina. Ele tentou se lembrar da última vez que uma de suas parceiras sexuais fora tímida. Não conseguia recordar como era se sentir embaraçado durante um momento de intimidade e ficou absolutamente encantado com a modéstia de Pandora. Fazia algo que para ele era familiar parecer totalmente novo.

– Sua irmã não lhe explicou o que acontece com o corpo de um homem quando ele está excitado? – perguntou.

– Explicou, mas ela não disse que isso poderia acontecer no meio da sala de estar.

Gabriel sorriu.

– Temo que possa acontecer em qualquer lugar. Na sala de estar, na de visitas, em uma carruagem... ou em um caramanchão.

Pandora pareceu escandalizada.

– Então você acha que era *isso* que Dolly e o Sr. Hayhurst estavam fazendo no caramanchão?

– Sem dúvida.

Gabriel começou a abrir os botões de cima da camisola e beijou a pele recém-revelada do pescoço.

Pandora, no entanto, ainda não terminara o assunto do *rendez-vous* no caramanchão.

– Mas o Sr. Hayhurst não teria voltado ao salão de baile com uma... protuberância como essa. Como vocês fazem para esvaziá-la?

– Eu geralmente me distraio pensando na análise mais recente dos preços mobiliários estrangeiros na bolsa de valores. Isso costuma resolver o problema na mesma hora. Se falhar, penso na rainha.

– É mesmo? Então me pergunto no que o príncipe Albert costumava pensar. Não poderia ser na rainha... Eles tiveram nove filhos.

147

Enquanto Pandora continuava a tagarelar, Gabriel abriu as laterais da camisola dela e beijou o vale macio entre os seios. Os dedos dela corriam pela nuca dele.

– Você acha que ele pensava em algo como a reforma educacional? Ou em ações do Parlamento, ou...

– Shhh. – Gabriel encontrou o traçado de uma veia azul no brilho de alabastro da pele dela e tocou-a com a língua. – Quero falar sobre como você é linda. Como cheira a flores brancas, janelas abertas e chuva na primavera. Sobre como é macia e doce... tão doce...

Ele deixou a boca passear pela curva suave dos seios de Pandora, que se sobressaltou e prendeu a respiração. Uma onda de desejo percorreu Gabriel quando sentiu o despertar do prazer dela. Os lábios dele percorreram todo o peito dela com toques suaves. Quando alcançou o botão rosado do mamilo, ele abriu os lábios e capturou-os para o interior quente de sua boca. Gabriel usou a ponta da língua em movimentos circulares para excitá-la, até o mamilo estar rígido, com uma textura aveludada.

A mente dele estava transbordando com as inúmeras maneiras como gostaria de possuir Pandora, com os desejos que ele ansiava por satisfazer. Foi necessário recorrer a todo o autocontrole que possuía para acariciá-la lentamente, quando na verdade tinha vontade de devorá-la. Mas tudo aquilo era novo para Pandora, cada intimidade poderia ser assustadora, e ele seria paciente, mesmo que o matasse. Enquanto lambia e chupava o mamilo dela, Gabriel ouviu um gemido excitado escapar da garganta de Pandora. Ela tocou os ombros e o peito dele, hesitante, como se não soubesse onde colocar as mãos.

Gabriel ergueu a cabeça, encontrou os lábios dela e tomou-os com voracidade.

– Pandora – disse ele, quando interrompeu o beijo –, você pode me tocar da maneira que desejar. Pode fazer qualquer coisa que a agrade.

Ela o encarou por um longo tempo, pensativa. Ainda hesitantes, seus dedos alcançaram o lenço branco de pescoço que prendia frouxamente nas laterais do colarinho. Como ele não objetou, Pandora tirou o lenço e abriu os botões do colete de seda. Ele ajudou-a, tirando a peça de roupa e deixando-a cair no chão. Em seguida, Pandora desabotoou a abertura da camisa dele até o final, no meio do peito. Ela ficou olhando para a depressão triangular, na base do pescoço dele, como se estivesse hipnotizada, e logo se inclinou para a frente para beijá-lo ali.

– Por que você gosta dessa parte do meu corpo? – perguntou Gabriel, o coração em disparada, sentindo o movimento delicado da língua dela.

– Não sei. – Um sorriso curvou os lábios dela, ainda junto à pele dele. – Parece feita para os meus... – Ela fez uma pausa. – Para beijos.

Gabriel segurou os cabelos dela e a fez encontrar seu olhar.

– Para os seus beijos – disse ele, com a voz rouca, cedendo a propriedade daquela parte de seu corpo a Pandora, quisesse ela ou não.

As mãos curiosas de Pandora exploraram os contornos do torso e do peito dele. Ela deixou as mãos deslizarem com cuidado por baixo das alças dos suspensórios que passavam pelos ombros dele e abaixou-as. Foi a tortura mais erótica que Gabriel já havia experimentado, ter que se controlar para permanecer imóvel enquanto Pandora fazia o inventário daquele novo território masculino. Ela beijou a lateral do pescoço dele e brincou com os pelos do seu peito. Ao encontrar o círculo plano do mamilo masculino, roçou a ponta do polegar, enrijecendo a ponta minúscula. Pandora foi ficando mais ousada e mexeu o corpo em cima do dele, em um emaranhado de membros agitados, tentando se aproximar, até um de seus joelhos chegar perigosamente perto do ventre de Gabriel. Ele abaixou rapidamente os quadris dela.

– Cuidado, meu amor. Você não quer que eu passe o resto da noite soluçando de dor no sofá.

– Machuquei você? – perguntou Pandora, ansiosa, aquietando-se no colo dele.

– Não, mas, para os homens, esse lugar é...

Gabriel se interrompeu com um grunhido primitivo quando sentiu que ela montava nele. A sensação foi tão abrasadora, tão deliciosamente incendiária, que ele se viu muito perto de se aliviar ali mesmo. Gabriel segurou os quadris dela com força para mantê-la imóvel, enquanto fechava os olhos e xingava silenciosamente. Qualquer mínimo movimento da parte de Pandora, mesmo que fosse para sair de cima dele, faria com que ele entrasse em erupção como um rapazote com sua primeira mulher.

– Ah... – Ele ouviu Pandora exclamar baixinho. As coxas dela ficaram tensas contra a lateral das dele. – Não pretendia...

– Fique parada – arquejou Gabriel. – Pela caridade divina, não se mova. Por favor.

Para seu profundo alívio, ela ficou quieta. Ele mal conseguia pensar em qualquer coisa além do desejo insano que sentia, cada músculo de seu corpo tenso. Sentia como Pandora estava quente mesmo através do tecido da calça. *Minha*, foi como se seu sangue gritasse. Precisava tê-la. Acasalar com ela. Gabriel respirou fundo, com calma, estremeceu e engoliu com dificuldade, até conseguir, dolorosamente, recuperar o controle.

– Está pensando na rainha? – ouviu Pandora perguntar por fim, enquanto a extensão intumescida do membro dele latejava com veemência entre os dois. – Porque, se é esse o caso, não está funcionando.

Gabriel se viu obrigado a sorrir diante da observação prestativa. E respondeu, com os olhos ainda fechados:

– Com você sentada em cima de mim, usando essa camisolinha, não adiantaria mesmo que a rainha estivesse de pé nesta sala, com um contingente de guardas totalmente uniformizados.

– E se ela estivesse repreendendo você? E se estivesse derramando água fria nos seus pés?

Entretido com a ideia, Gabriel abriu um olho.

– Pandora, tenho a sensação de que você está tentando reduzir minha ereção.

– E se todos os guardas tivessem sacado as espadas e as apontassem para você? – insistiu Pandora.

– Eu garantiria a eles que a rainha não corria qualquer risco.

– Eu corro risco? – perguntou Pandora, hesitante, o que certamente não era uma pergunta apropriada para ser feita por uma virgem sentada no colo de um homem seminu.

– É claro que não – respondeu Gabriel, embora não estivesse certo de que qualquer um dos dois considerara a resposta dele convincente. – O lugar mais seguro do mundo para você é nos meus braços. – Ele a puxou para mais perto. Quando Pandora se inclinou para a frente, a ereção ainda rígida dele se alinhou com a fenda macia do corpo dela, fazendo-a prender a respiração. Gabriel deu um tapinha tranquilizador no quadril de Pandora. – Você fica nervosa ao sentir quanto a desejo? O único propósito *disso* – ele ergueu suavemente o corpo – é lhe dar prazer.

Pandora baixou os olhos para o lugar onde o corpo dele pressionava o dela, parecendo em dúvida.

– Helen disse que faz mais do que isso.

Gabriel deixou escapar uma risada baixa. Nunca imaginara que seria possível se divertir daquele jeito e ficar excitado ao mesmo tempo.

– Não esta noite – conseguiu dizer. – Prometi que não tiraria suas possibilidades de escolha. E sempre vou manter as promessas que lhe fizer.

Pandora o contemplou com aqueles olhos azuis impressionantes e deixou o corpo cair pesadamente no dele. Ela piscou depressa quando sentiu o movimento involuntário e quente da carne firme aninhada na dela.

– O que vamos fazer agora? – sussurrou Pandora.

– O que você quer fazer? – sussurrou ele de volta, observando-a fascinado.

Eles ficaram se fitando, os dois imóveis, presos em uma tensão carregada de prazer. Era como se fusíveis invisíveis os queimassem. Com muito cuidado, como se estivesse fazendo uma experiência com alguma substância terrivelmente instável, Pandora desceu a boca até a dele, experimentando ângulos diferentes, buscando e saboreando com cada vez mais ardor.

Nenhuma mulher jamais o beijara como ela fazia, extraindo sensações e um fogo brando, como se sugasse mel direto do favo. No entanto, quanto mais adiante ela ia, mais ousada se tornava. Um deles precisava se manter no controle, e claramente não seria ela, que na verdade só tornava a situação mais difícil. Gabriel gemeu quando ela se contorceu no colo dele. Estava *tão* rígido. Maldição.

Gabriel segurou o rosto de Pandora entre as mãos, afastou-se e tentou contê-la.

– Acalme-se, meu amor. Relaxe. Eu lhe darei tudo o que você...

Antes mesmo que ele pudesse terminar a frase, Pandora voltou à ação e capturou a boca dele com um entusiasmo implacável. Arfando, ela tentou sentir mais o peito dele e se atrapalhou com a frente da camisa, já que não havia mais botões para abrir. Ela segurou os dois lados da camisa e puxou com força, tentando rasgar o tecido para tirar a peça de roupa do caminho. Poderia ter funcionado com uma camisa comum, mas a frente de uma camisa de noite era feita com um tecido mais grosso e passada com o dobro de goma para mantê-la lisa.

Apesar de extremamente excitado, Gabriel sentiu uma irresistível vontade de rir subir pelo peito quando baixou os olhos para Pandora, sua pequena e determinada pirata, que experimentava um momento de inesperada dificuldade com a tentativa de rasgar a camisa. Mas não havia a menor possibilidade de ele se arriscar a magoar os sentimentos dela naquele momento. Depois de reprimir violentamente a risada, Gabriel se sentou com o corpo reto para puxar a camisa e tirá-la, desnudando completamente o peito para Pandora.

Assim que a camisa foi deixada de lado, Pandora se colou ao peito de Gabriel, com um suspiro profundo, as mãos passeando pelo tórax e pelas laterais do torso dele, com uma gula desenfreada. Gabriel se deixou explorar, ainda sentado. Mais tarde ensinaria a Pandora sobre calma e controle, sobre a lenta construção do desejo, mas naquele momento a deixaria livre. A trança no cabelo dela estava desalinhada, os longos cachos escapando, tão brilhantes quanto a luz do luar sobre as ondulações na água escura. Os cabelos de Pandora acariciavam o corpo dele, fazendo cócegas, enquanto ela se movia em cima dele, os quadris se agitando com urgência, sem limites.

O corpo todo de Gabriel estava tenso como o de um homem preso a uma roda de tortura medieval. As mãos agarraram com força as almofadas do sofá até os dedos quase abrirem buracos no brocado. Ele se esforçou para manter a mente concentrada, reprimindo o próprio desejo enquanto Pandora continuava a beijá-lo, erguendo-se e abaixando-se no colo dele.

Ela afastou a boca com uma exclamação muda e exausta, e deixou a cabeça cair no ombro dele. Respirava em arquejos, claramente sem saber o que desejava, ciente apenas de que o prazer estava entremeado por frustração, e tudo o que fazia para se satisfazer só piorava as coisas.

Era hora de ele assumir o controle. Com um murmúrio solidário, Gabriel acariciou as costas dela, que ondulavam, e juntou nas mãos os cabelos soltos.

– Quero fazer uma coisa por você, meu amorzinho. Pode confiar em mim por alguns minutos?

CAPÍTULO 13

Pandora avaliou a pergunta sem se mexer. Sentia-se quente e insatisfeita, os nervos tensos com uma sensação que parecia de fome, só que muito pior. Era torturante, aguda e a deixava trêmula.

– O que você vai fazer? – perguntou.

Gabriel passava as mãos pelo corpo dela com uma suavidade enlouquecedora.

– Você sabe que eu nunca a machucaria.

Não escapou a Pandora que ele não respondera diretamente a sua pergunta. Ela se afastou do peito dele e baixou os olhos para encará-lo. Gabriel estava absurdamente lindo deitado ali, embaixo dela, os músculos rígidos e a pele macia e dourada. O rosto dele parecia um sonho. Um toque de rubor aquecia suas faces e o nariz, como se ele houvesse passado tempo demais ao sol. Os olhos azul-claros cintilavam com uma expressão maliciosa, cheia de segredos, sombreados pelos longos cílios. *Um Adônis vivo*, pensou Pandora, dominada por uma onda de melancolia.

– Acho que devemos parar agora – disse ela com relutância.

Gabriel balançou a cabeça e estreitou ligeiramente os olhos, como se surpreso com a declaração.

– Nós mal começamos.

– Isso não vai levar a nada. O Príncipe Encantado não está destinado a uma moça que fica sentada no canto, mas a uma que possa valsar.

– Que diabo valsar tem a ver com isso?

– É uma metáfora.

– Para o quê?

Gabriel tirou-a do colo, sentou-se e passou as mãos pelos cabelos. Apesar da tentativa de arrumá-los, os cachos dourados permaneceram desalinhados, alguns caindo sobre a testa, e mesmo assim maravilhosos. Ele passou um braço pelas costas do sofá, os olhos ainda presos aos dela.

Pandora estava tão distraída com o torso e os braços musculosos dele, com os pelos irresistíveis que cobriam seu peito, que mal conseguiu se lembrar da resposta:

– Para todas as coisas que eu não posso fazer. Sua esposa terá que agir como anfitriã em todo tipo de eventos e comparecer a bailes e *soi-rées* com você. E que mulher com duas pernas em perfeito estado não é capaz de dançar com o marido? As pessoas fariam perguntas. Que desculpa eu daria?

– Diremos que sou um marido ciumento. Que não quero vê-la jamais nos braços de qualquer outro homem, só nos meus.

Pandora franziu o cenho e fechou a camisola. Estava ressentida, com um toque de autopiedade... E não havia nada que desprezasse mais do que autopiedade.

– Como se alguém fosse acreditar nisso – resmungou.

Gabriel segurou-a com força. Os olhos dele cintilavam como fósforos acesos quando a encarou.

– Jamais vou querer vê-la nos braços de qualquer outro homem, só nos meus.

O mundo parou. Pandora ficou impressionada e assustada ao pensar que pudesse haver um mínimo de verdade nas palavras de Gabriel. Não, ele não estava falando sério. Estava tentando manipulá-la.

Ela empurrou o peito dele. Era duro como um muro de pedra.

– Não diga isso.

– Você está destinada a mim.

– Não.

– Você sente isso – insistiu ele – toda vez que estamos juntos. Você quer...

Pandora tentou calá-lo com a boca, o que, pensando bem, não foi a tática mais inteligente. Gabriel reagiu na mesma hora, o beijo profundo e exigente.

No instante seguinte, ela se viu deitada sob ele. Gabriel apoiou a maior parte do peso nos cotovelos e joelhos para não esmagá-la, mas Pandora ainda estava firmemente ancorada ali, pressionada entre as almofadas do sofá, enquanto ele a beijava com um ardor lento e enlouquecedor. Gabriel parecia determinado a provar alguma coisa, como se ela já não o desejasse, como se já não estivesse fraca de desejo. Pandora abriu a boca para ele, absorvendo o sabor masculino intoxicante, o calor másculo, a exploração erótica da língua de Gabriel. E não conseguiu evitar estender as mãos para os músculos rígidos das costas dele, a pele deliciosa ao toque, mais grossa e mais acetinada do que a dela.

Os lábios de Gabriel desceram lentamente pelo pescoço dela até chegar aos seios. Pandora arqueou o corpo quando ele capturou um mamilo rígido com a boca, brincando com a língua, segurando-o levemente entre os dentes. A mão de Gabriel cobriu o outro seio, moldando a carne maleável, antes de passar para a lateral do corpo da jovem, acompanhando as curvas da cintura e do quadril. A camisola dela subira até as coxas, tornando fácil para Gabriel levantá-la até a cintura. Chocada, Pandora cerrou as pernas.

Ela sentiu uma pontada forte de desejo quando ouviu a risada baixa dele. Diabólica, sensual, experiente. Gabriel se deitou de lado e deixou as pontas dos dedos correrem pela barriga de Pandora até chegarem ao umbigo e parou ali, acariciando-o em círculos perigosos. Ao mesmo tempo, ele beijava e chupava o mamilo até deixá-lo úmido e insuportavelmente sensível.

Em seguida, as pontas dos dedos de Gabriel chegaram aos fios grossos e sedosos entre as coxas de Pandora, em uma carícia vagarosa. Ela se contorceu, o olhar desfocado. Ah, Deus, estava mesmo deixando ele fazer aquilo? Sim, estava. Pandora gemeu de vergonha e preocupação quando sentiu que ele brincava com a carne dela, a ponta do dedo médio deslizando até o sexo dela. Uma sensação nova e breve a fez arquejar. Pandora tensionou as pernas com mais força.

Ele afastou a boca do seio dela.

– Abra-se para mim – pediu em um sussurro.

Pandora mordeu o lábio enquanto Gabriel continuava a acariciar os pelos dela, os toques ousados dos dedos masculinos deixando-a fraca. O corpo dela era só calor e pulsação. Nada mais estava claro. Nada importava a não ser o que ele estava fazendo. O esforço de manter as pernas fechadas as fazia tremer.

– Pandora... – O tom de Gabriel era suave e sedutor. – Abra-se para mim. – A ponta do dedo dele se insinuou por entre as camadas sensíveis do sexo dela, circulando de leve. Ela sentiu como se um fogo disparasse por suas veias. – Tão teimosa... – sussurrou ele. – Ah, Pandora, não me provoque. Você vai me obrigar a fazer uma maldade. – O indicador dele deslizou pela fenda entre as coxas fechadas. – Abra só um pouquinho. Para mim. – O hálito quente da risada dele soprou contra a pele dela. – Nem um pouquinho?

– Isso é embaraçoso – protestou ela. – Você está abalando meus nervos.

– Este é um tratamento bem conhecido para nervos femininos abalados.

– Não está ajudando. Você está... *aah!*... tornando tudo pior...

A boca de Gabriel desceu mais, saboreando a pele dela, mordiscando devagarinho, usando os dentes... os lábios... a língua... Pandora tentou rolar o corpo para longe, mas ele a segurou pelos quadris. Ela sentiu uma carícia úmida ao redor do umbigo e arfou como se fosse fogo líquido, antes de perceber que a boca de Gabriel descia mais. Seu coração disparou quando ela sentiu o hálito dele alcançar a parte mais íntima de seu corpo. Gabriel enfiou o rosto nos fios delicados, separando-os com a língua. Uma sensação peculiar de calor e cócegas.

Pega de surpresa, Pandora tentou novamente se afastar, mas Gabriel a manteve no lugar e passou a lamber a carne tenra, úmida e rosada, convencendo-a a se abrir. E teve sucesso. Pandora afastou as coxas em uma entrega impotente. Gabriel encontrou a pele sedosa e úmida, o botão secreto e macio, e passou a língua ao redor, suave e delicadamente, enquanto suas mãos subiam e desciam lentamente pelas coxas dela.

Pandora sentiu o prazer se espalhar por todo o corpo, por baixo da pele e nos espaços entre as batidas do coração. Todos os sentidos dela estavam concentrados no feitiço que Gabriel invocava, um encantamento que misturava fogo e escuridão. Ele passou toda a língua pelo sexo dela, e, para seu mais profundo embaraço, Pandora ergueu os quadris ao encontro dele. Depois de acariciá-la algumas vezes, Gabriel manteve a língua parada de novo. Pandora não conseguiu evitar se contorcer e sentiu o calor da risada dele em seu sexo. Ele estava brincando com ela, incitando-a a fazer coisas vergonhosas. Quando tentou afastar a cabeça de Gabriel com as mãos, ele segurou-a pelos pulsos trêmulos e prendeu-os contra o sofá. O ritmo da língua dele agora era suave e contínuo, fazendo a carne dela pulsar ritmicamente. Ele sabia o que estava fazendo e continuou com o movimento, aumentando a sensação, até Pandora sentir um imenso calor alcançar cada parte de seu corpo. Ela tentou se conter, mas isso só tornou tudo ainda pior, provocando longos e intensos estremecimentos que sacudiram todo o seu corpo. Seus olhos se reviraram e seus membros se ergueram na ânsia primitiva de se fecharem ao redor de alguma coisa.

Conforme os últimos tremores cediam, Gabriel ergueu o corpo e puxou-a para seus braços. Pandora se ajeitou e se aninhou na lateral do corpo dele, passando uma coxa sobre a dele. Sentia os membros pesados, como se estivesse despertando de um longo sono, e ao menos uma vez na vida sua mente estava totalmente concentrada, sem a distração de pensamentos demais. Ela sentiu as formas das palavras roçando seu ouvido quando Gabriel sussurrou alguma coisa, as mesmas poucas palavras, vezes sem conta, até Pandora despertar e murmurar:

– Esse é o meu ouvido ruim.

Ela sentiu o sorriso de Gabriel, e ele levantou a cabeça.

– Eu sei.

O que ele tinha sussurrado? Confusa, Pandora deixou a mão correr pelo peito dele, brincando com os pelos claros e brilhantes, sentindo a armadura das costelas e dos músculos firmes sob a pele. A textura do abdômen dele era tão diferente da textura do dela, firme e musculosa, a pele cintilando como mármore polido.

Fascinada, ela deixou as costas dos dedos descerem timidamente pela frente da calça dele, onde a ponta do membro rígido pressionava o tecido preto. Pandora virou a mão e ousou envolver o membro, descendo por toda a extensão e subindo novamente. Era assustador, excitante e inacreditável tocá-lo daquele jeito. A respiração de Gabriel se acelerou e um tremor involuntário sacudiu o abdômen dele enquanto ela o tocava tão intimamente.

Sob os dedos de Pandora, a carne firme parecia possuir pulsação e movimentos próprios. Ela queria ver aquela parte misteriosa da anatomia de Gabriel. Queria descobrir a sensação que provocava. A frente da calça masculina era de um modelo formal clássico, a parte que se abria presa por duas fileiras de botões. Pandora deslizou timidamente a mão pela fileira mais próxima.

Gabriel pousou a mão sobre a dela, detendo o toque investigativo, e roçou os lábios na têmpora de Pandora.

– Melhor não, meu amor.

Pandora franziu o cenho.

– Mas não é justo que você cuide do meu abalo nervoso e eu não faça nada pelo seu.

A risada suave dele atravessou os cabelos dela.

– Cuidaremos do meu problema mais tarde. – Gabriel se inclinou sobre ela e capturou seus lábios em um beijo breve e ardente. – Deixe-me levá-la para seu quarto agora – sussurrou ele –, e colocá-la na cama como uma boa menina.

– Ainda não – protestou Pandora. – Quero ficar aqui com você. – A tempestade se abatia sobre a casa, caindo com a força de moedas de bronze. Ela se aconchegou mais à curva quente do braço de Gabriel. – Além disso... você ainda não respondeu à pergunta que lhe fiz no campo de arco e flecha.

– Que pergunta?

– A pior coisa a seu respeito.

– Deus. Temos que falar sobre isso agora?

– Você disse que queria conversar sobre esse assunto em particular. Não sei quando teremos outra oportunidade.

Gabriel franziu o cenho e permaneceu em silêncio, perdido em pensamentos que não pareciam nada agradáveis. Talvez ele não soubesse bem como começar.

– Tem alguma coisa a ver com sua amante? – perguntou Pandora, tentando ajudar.

Gabriel a encarou com os olhos semicerrados, como se a pergunta o houvesse pegado de surpresa.

– Então você ouviu falar a respeito.

Ela assentiu.

Ele deixou escapar um suspiro controlado.

– O diabo sabe que não me orgulho disso. No entanto, é melhor do que recorrer a prostitutas ou seduzir inocentes, e não combino muito com o celibato.

– Não penso mal a seu respeito por isso – apressou-se em assegurar Pandora. – Lady Berwick diz que os cavalheiros fazem isso com frequência e que as damas devem fingir que não sabem de nada.

– Tudo muito civilizado – murmurou Gabriel. A expressão dele era sombria quando continuou: – Não há nada de errado com um arranjo desses, a menos que uma ou ambas as partes sejam casadas. Sempre considerei sagrados os votos do casamento. Deitar-se com a esposa de outro homem é... imperdoável.

O tom dele permaneceu neutro e calmo, a não ser pela autodepreciação que coloriu a última palavra.

Por um momento, Pandora ficou surpresa demais para falar. Parecia impossível que aquele homem sofisticado e de boa família – tão perfeito em todos os aspectos – sentisse vergonha de alguma coisa. Então a surpresa se misturou à ternura quando ela se deu conta de que Gabriel não era um ser divino, mas um homem com defeitos muito humanos. Não era uma descoberta desagradável.

– Sua amante é casada – afirmou Pandora.

– É a esposa do embaixador americano.

– Então, como você e ela...

– Comprei uma casa onde nos encontramos sempre que possível.

Pandora sentiu um desconforto no peito, como se garras se cravassem em seu coração.

– Não mora ninguém lá? – perguntou. – A casa é apenas para fins de *rendez-vous*?

Gabriel a encarou com uma expressão irônica.

– Achei que era preferível a fornicar atrás dos vasos de palmeiras a cada *soirée*.

– Sim, mas comprar uma *casa inteira*...

Pandora sabia que estava dando atenção demais ao ponto. Mas a irritava a ideia de Gabriel ter comprado um lugar privado, especial, para ele e a amante. A casa *deles*. Provavelmente era moderna e elegante, uma dessas vilas afastadas, com janelas salientes, ou talvez um chalé com uma horta particular.

– Como é a Sra. Black? – perguntou Pandora.

– Vivaz. Confiante. Experiente.

– Bela também, eu suponho.

– Muito.

As garras invisíveis se cravaram com mais força. Que sensação desagradável, aquela. Parecia quase... ciúme? Não. *Sim*. Era ciúme. Ah, que terrível.

– Se a ideia de ter uma mulher casada como amante o incomoda – ela começou, tentando não parecer depreciativa –, por que não procurou outra pessoa?

– Não é como se pudéssemos encontrar anúncios de amantes disponíveis nos jornais – respondeu Gabriel, irônico. – E a atração nem sempre acontece com a pessoa mais conveniente. Fiquei muito perturbado com o fato de Nola ser casada, mas não o bastante para me impedir de tentar conquistá-la depois que percebi... – Ele se interrompeu e esfregou a nuca, a boca cerrada em uma linha firme.

– Que percebeu o quê? – perguntou Pandora, com um toque de medo. – Que a amava?

– Não. Tenho carinho por ela, mas nada mais.

O rosto de Gabriel ficou ruborizado quando ele se forçou a continuar.

– Depois que percebi que eu e ela somos muito compatíveis na cama. Poucas vezes encontrei uma mulher que me satisfizesse como ela. – Ele torceu os lábios. – No que se refere a caráter, parece que estou disposto a jogar fora qualquer escrúpulo em favor de satisfação sexual.

Pandora ficou desconcertada.

– Por que é tão difícil as mulheres o satisfazerem? O que exatamente você pede que elas façam?

A pergunta audaciosa pareceu arrancar Gabriel do humor sombrio em que se encontrava. Ele voltou o olhar para Pandora, um sorriso se insinuando nos cantos da boca.

– Só peço que uma mulher seja disponível, bem-disposta e... desinibida. – Gabriel concentrou a atenção nos botões da camisola de Pandora e começou a abotoá-los com cuidado exagerado. – Infelizmente, a maior parte das mulheres é ensinada a nunca aproveitar o ato sexual, a menos que seja para procriação.

– Mas você acha que elas deveriam aproveitar?

– Acho que há poucos prazeres para uma mulher neste mundo. E só um idiota egoísta negaria à parceira a mesma satisfação que ela lhe dá, especialmente porque o prazer dela aumenta o dele. Sim, acredito que as mulheres devam aproveitar o ato sexual, por mais radical que isso possa parecer. A ausência de inibição de Nola a torna única, e muito desejável.

– Eu não tenho inibições – disse Pandora em um rompante, sentindo-se competitiva.

Ela se arrependeu do comentário assim que viu um brilho divertido cintilar nos olhos de Gabriel.

– Fico feliz por isso – falou ele, com gentileza. – Há coisas que um cavalheiro supostamente não deve pedir à esposa. Mas, se nos casássemos, eu teria que lhe pedir.

– Se nos casássemos, suponho que eu não me importaria, mas não vamos... – Pandora foi forçada a se interromper quando um bocejo irresistível a dominou. Ela cobriu a boca com as mãos.

Gabriel sorriu e puxou-a para mais perto. Pandora se deixou acomodar em silêncio junto à pele quente, dourada e acetinada dele. Estava cercada pelo perfume vibrante de Gabriel, um aroma com toques de sempre-verdes e especiarias densas. Como o cheiro dele se tornara tão familiar para ela em tão poucos dias... Sentiria falta daquele cheiro. Sentiria falta de ser abraçada daquele jeito.

Em um momento de profunda inveja, Pandora o imaginou voltando para Londres, para a intimidade da casinha que comprara para si e para a amante. A Sra. Black estaria esperando por ele, perfumada e vestida em um lindo *negligée*. Ele a levaria para a cama e faria coisas eróticas e proibidas com ela. E, embora Pandora não soubesse que coisas eram essas, não pôde deixar de imaginar como seria passar horas na cama com Gabriel. E sentiu um frio no estômago.

– Gabriel – chamou, a voz hesitante –, eu não lhe disse exatamente a verdade.

A mão dele brincou com os cabelos dela.

– Sobre o quê, meu amor?

– Eu não deveria ter dito que não tenho inibições. A verdade é que *quase* não tenho inibições, mas acho que tenho algumas. Só ainda não sei exatamente quais são.

Um sussurro suave e malicioso foi quase como música nos ouvidos dela.

– Posso ajudá-la com isso.

O coração de Pandora batia com mais intensidade do que a chuva no telhado. Parecia desleal desejá-lo daquele jeito... desleal com ela mesma... mas ela parecia não ser capaz de evitar.

Gabriel afastou-se e pegou o roupão que fora deixado de lado, com a intenção de vesti-la de novo.

– Tenho que deixá-la na sua cama agora – disse ele, em um tom de lamento. – Ou nosso *rendez-vous* vai acabar se transformando na mais absoluta devassidão.

CAPÍTULO 14

– Está doente, milady? – perguntou Ida pela manhã, de pé ao lado da cama de Pandora.

A jovem sentiu-se arrastada de volta à consciência, gritando e esperneando intimamente, arrancada das profundezas de um confortável esquecimento, e estreitou os olhos para a camareira.

– Estou deitada em uma cama, em um quarto escuro – retrucou, mal-humorada –, com a cabeça repousando sobre um travesseiro e com os olhos fechados. As pessoas costumam fazer isso quando estão dormindo.

– Mas a esta hora, todas as manhãs, a senhorita costuma estar pulando por aí e trilando como um grilo em um galinheiro.

Pandora virou o rosto para o outro lado, evitando encarar Ida.

– Não dormi bem.

– O restante da casa já acordou. A menos que consiga se tornar apresentável em meia hora, a senhorita vai perder o café da manhã.

– Não me importo. Diga a quem quiser saber que estou repousando.

– E quanto às criadas? Elas vão querer entrar e limpar o quarto.

– O quarto já está limpo.

– Não mesmo. O tapete precisa ser varrido e... Por que seu roupão está jogado ao pé da cama em vez de pendurado no guarda-roupa?

Pandora afundou mais sob as cobertas, completamente ruborizada. Ela se lembrou de Gabriel carregando-a para o quarto na noite anterior e deitando-a na cama. Estava tão escuro que ela mal conseguira enxergar nada, mas Gabriel tinha uma visão noturna excepcional.

– Braços dentro ou fora da coberta? – perguntara ele, ajeitando a roupa de cama com eficiência.

– Fora. – Pandora ficara surpresa, mas achara divertido. – Não sabia que um de seus talentos na cama era aconchegar as pessoas para dormir.

– Poucos sabem disso. Justin sempre me dá notas baixas por deixar as cobertas frouxas demais. – O peso de Gabriel afundou o colchão quando ele apoiou a mão e se inclinou sobre ela. No momento em que seus lábios tocaram a testa dela, Pandora passou os braços ao redor da nuca dele e buscou sua boca. Gabriel resistiu por um breve momento, a risada baixa roçando o queixo dela. – Você já teve beijos o bastante para uma noite.

– Só mais um.

Gabriel cedeu, e ela não tinha ideia de quanto tempo ele ficou ali, os lábios brincando com os dela, enquanto ela reagia com uma intensidade sonhadora. No fim, Gabriel a deixou e desapareceu na escuridão como um gato.

Pandora foi arrancada da lembrança prazerosa ao ouvir a batida da tampa da caixa de metal onde ficavam guardados os chinelos.

– Só há um pé aqui – ouviu Ida dizer, em um tom desconfiado. – Onde está o outro?

– Não sei.

– Por que a senhorita saiu da cama?

– Fui procurar um livro, já que não conseguia dormir – retrucou Pandora, irritada, e bastante preocupada. E se Gabriel não tivesse se lembrado de recolher o outro chinelo no corredor? E a vela que caíra? Se um dos criados encontrasse alguma das duas coisas...

– Tem que estar aqui em algum lugar – queixou-se Ida, e se agachou para procurar embaixo da cama. – Como a senhorita consegue perder as coisas com tanta facilidade? Luvas, lenços, grampos...

– Essa sua falação está acordando meu cérebro – reclamou Pandora. – Imaginei que você ficaria satisfeita por eu permanecer inconsciente mais tempo do que o normal.

– Eu ficaria, sim – retorquiu Ida –, mas tenho outras coisas a fazer além de esperar pela senhorita a manhã toda, lady Dorminhoca.

A camareira se levantou bufando, saiu do quarto e fechou a porta.

Pandora afofou o travesseiro e mergulhou a cabeça bem fundo nele.

– Algum dia vou contratar uma camareira *gentil* – resmungou. – Uma que não me xingue e não me passe sermões ao raiar do dia.

Ela se virou para o outro lado, tentando encontrar uma posição confortável. Não adiantou. Estava acordada e pronto.

Será que valeria o esforço chamar Ida de volta e tentar se vestir a tempo para o café da manhã? Não, não estava com a menor vontade de se apressar. Na verdade, não sabia como se sentia. Uma mistura estranha de emoções redemoinhava dentro dela... Nervosismo, empolgação, melancolia, anseio, medo. O dia seguinte seria o último dia completo deles em

Heron's Point. Pandora estava com medo de partir. Temia especialmente o que teria que dizer.

Alguém bateu suavemente na porta. O coração de Pandora disparou quando ela imaginou que fosse Gabriel, para devolver o chinelo perdido.

– Sim? – disse em uma voz rouca.

Kathleen entrou no quarto, os cabelos ruivos cintilando mesmo na penumbra.

– Lamento perturbá-la, querida – disse gentilmente, e se aproximou da beira da cama –, mas queria saber como está se sentindo. Você está doente?

– Não, mas meu cérebro está cansado.

Pandora aproximou um pouco mais o corpo da beira da cama quando sentiu a mão pequena e fria de Kathleen afastando seus cabelos para pousar brevemente sobre sua testa. Desde que chegara ao Priorado Eversby, Kathleen fora a pessoa mais próxima de uma mãe que Pandora já conhecera, apesar de ainda ser muito jovem.

– Você tem muito em que pensar – murmurou Kathleen, uma expressão suave e solidária no rosto.

– Qualquer decisão que eu tomar vai parecer um erro. – Pandora sentia a garganta apertada. – Gostaria que lorde St. Vincent fosse um velho falastrão, cheio de verrugas. Então tudo seria mais fácil. Em vez disso, ele é insuportavelmente atraente e encantador. É como se estivesse tentando de propósito tornar minha vida o mais difícil possível. *Por isso* eu nunca entendi a razão de as pessoas acharem que o demônio é uma besta horrível com chifres, garras e um rabo partido. Ninguém se sentiria tentado por isso.

– Está dizendo que lorde St. Vincent é o demônio disfarçado? – perguntou Kathleen, parecendo achar a ideia ligeiramente divertida.

– Poderia muito bem ser – falou Pandora, ressentida. – Ele tornou tudo confuso. Sou como um passarinho livre, pensando "Ah, aquela gaiolinha é tão terrivelmente interessante, com suas barras douradas, o poleiro aveludado confortável e aquele pratinho de sementes... Talvez valha a pena ter minhas asas cortadas por isso..." Então, a porta da gaiola é trancada com o passarinho lá dentro e já é tarde demais.

Kathleen deu tapinhas tranquilizadores nas costas de Pandora.

– Não é necessário ter as asas cortadas. Eu a apoiarei no que você decidir.

Estranhamente, Pandora sentiu mais medo do que conforto com a declaração de Kathleen.

– Se eu não me casar com ele, nossa família ficará arruinada? E Cassandra?

– Não. Seremos apenas o assunto das fofocas por mais algum tempo, mas as pessoas acabarão esquecendo. Então, qualquer mácula restante em nossa reputação só vai servir para nos tornar muito mais interessantes como convidados em um jantar. E prometo que encontraremos um excelente marido para Cassandra. – Kathleen hesitou. – No entanto, se você desejar se casar no futuro, esse escândalo talvez seja um problema para alguns homens. Não para todos, mas para alguns.

– Não me casarei até as mulheres terem direito a votar e a tornar as leis justas. O que significa nunca. – Pandora enterrou o rosto no travesseiro. – Até mesmo a rainha se opôs ao sufrágio feminino – acrescentou, em uma voz abafada.

Ela sentiu a mão gentil de Kathleen na cabeça.

– É preciso tempo e paciência para mudar a maneira de pensar das pessoas. Não esqueça que muitos homens falam a favor da igualdade para as mulheres, incluindo o Sr. Disraeli.

Pandora se virou para a cunhada.

– Gostaria que ele falasse um pouco mais alto, então.

– É preciso falar com as pessoas de um modo que elas consigam ouvir. – Kathleen fitou Pandora com uma expressão pensativa. – De qualquer modo, a lei não vai mudar nos próximos dois dias, e você precisa tomar uma decisão. Está absolutamente certa de que lorde St. Vincent não daria apoio ao seu negócio de jogos de tabuleiro?

– Ah, ele daria apoio, como um homem apoia o hobby da esposa. Mas meu negócio sempre viria em segundo lugar em relação a qualquer outra coisa. Não seria conveniente que a esposa do futuro duque estivesse visitando a fábrica dela em vez de planejando um jantar festivo. Temo que, se me casar com ele, minha vida será ir de um compromisso a outro, e todos os meus sonhos acabarão morrendo lentamente, enquanto eu estiver ocupada olhando para o outro lado.

– Eu compreendo.

– Mesmo? – perguntou Pandora, muito séria. – Mas você não faria a mesma escolha, não é?

– Eu e você temos medos diferentes, e necessidades diferentes.

– Kathleen... por que se casou com o primo Devon, depois de Theo tratá-la tão mal? Não teve medo?

165

– Sim, tive muito medo.

– Por que se casou, então?

– Eu amava Devon demais para ficar sem ele. E percebi que não poderia deixar que o medo tomasse a decisão por mim.

Pandora desviou os olhos, sentindo a melancolia se abater sobre si como uma sombra.

Kathleen alisou uma dobra na colcha.

– Eu e a duquesa vamos levar as meninas para um passeio na orla, na cidade. Estamos planejando visitar algumas lojas e tomar *sorbets*. Gostaria de vir? Esperaremos até que se arrume.

Pandora deixou escapar um breve suspiro e puxou a coberta macia sobre a cabeça.

– Não, não quero fingir estar animada quando me sinto tão *desanimenta*.

Kathleen abaixou a coberta e sorriu para a jovem.

– Faça como preferir. Cada um foi para um lugar e a casa está tranquila. Devon está no píer com o duque e com Ivo, tentando descobrir se a tempestade causou algum dano ao iate da família. Lady Clare saiu para passear com as crianças.

– E quanto a lorde St. Vincent? Sabe onde ele está?

– Acredito que esteja cuidando da correspondência, no escritório. – Kathleen se inclinou e deu um beijo na testa de Pandora. O movimento trouxe perfume de rosas e hortelã ao nariz da jovem. – Querida, quero deixá-la com um pensamento: poucas coisas na vida não exigem concessões, de uma forma ou de outra. Não importa o que você escolha, não será perfeito.

– Nossa, isso diz muito sobre o "e foram felizes para sempre" – comentou Pandora, de mau humor.

Kathleen sorriu.

– Mas não acha que seria tedioso se o "e foram felizes para sempre" fosse sempre uma verdade absoluta, sem dificuldades ou problemas a serem resolvidos? O futuro é muito mais interessante do que isso.

～

Mais tarde naquela manhã, Pandora se aventurou a descer para o primeiro andar usando um vestido lilás, de seda de gorgorão delicadamente plissado, com camadas de anáguas brancas que haviam sido puxadas para trás em uma cascata de babados. Apesar da atitude rabugenta mais cedo, Ida subira ao quarto com chá e torradas e fizera um esforço especial para arrumar os cabelos da jovem. Depois de usar o ferro quente para fazer cachos nas longas mechas escuras de Pandora, a camareira prendera cuidadosamente os cabelos dela no topo da cabeça, em uma massa encaracolada. Sempre que um cacho se recusava a permanecer no lugar, Ida o umedecia com tônico de semente de marmelo, o que resultava em um cachinho firme como uma mola. Como toque final, a camareira realçou o penteado com algumas pérolas presas a grampos de prata distribuídas aleatoriamente.

– Obrigada, Ida – disse Pandora ao ver o resultado no espelho da penteadeira, com a ajuda de um espelho de mão. – Você é a única pessoa a quem meu cabelo obedece. – Depois de uma pausa, ela acrescentou, em um tom humilde: – Desculpe por perder as coisas. Tenho certeza de que qualquer um ficaria louco se tivesse que tomar conta de mim.

– Serve para me manter ocupada – retrucou Ida, em um tom conformado. – Mas não se desculpe, milady... Nunca deve se desculpar com um criado. Isso altera a ordem das coisas.

– Mas e se eu sentir tanta vontade de me desculpar que se não fizer isso vou acabar explodindo?

– Ainda assim não pode se desculpar.

– Posso, sim. Vou olhar para você e bater na testa com a ponta de três dedos... assim. Pronto... esse é o nosso sinal para "Desculpe". – Entusiasmada com a ideia, Pandora continuou: – Eu poderia criar outros sinais... Teríamos nosso próprio idioma!

– Milady – implorou Ida –, *por favor*, não seja tão estranha.

Passada a tempestade, a casa estava iluminada por faixas de luz do sol. Embora não houvesse ninguém à vista, à medida que atravessava o corredor, Pandora ouvia criados trabalhando em vários cômodos. Havia o chacoalhar do carvão no balde, o roçar das vassouras nos tapetes, o arranhar dos ferros da lareira sendo areados. Tanta atividade acontecendo ao redor a fez ansiar por voltar para casa e retomar o trabalho com jogos de tabuleiro. Era hora de visitar locais com potencial para abrigar uma pequena fábrica, além de se reunir com o impressor e começar a entrevistar possíveis funcionários.

A porta do escritório fora deixada aberta. Conforme Pandora se aproximava, sua pulsação disparou de tal forma que a sentia no pescoço, nos pulsos e nos joelhos. Não sabia como encarar Gabriel depois do que os dois haviam feito na noite anterior. Ela parou ao batente da porta e espiou para dentro.

Gabriel estava sentado a uma pesada escrivaninha de nogueira, o perfil destacado pela luz do sol. Ele lia um documento com um ligeiro franzir do cenho, parando para escrever de vez em quando em uma folha de um bloco. Estava vestido em um terno para o dia, com os cabelos bem penteados e o rosto barbeado, e parecia fresco como uma moeda recém-cunhada.

Embora Pandora não tenha feito nenhum som ou movimento, Gabriel levantou os olhos para ela. E o sorriso lento que abriu a deixou zonza.

– Entre – disse ele, afastando-se da escrivaninha.

Pandora se sentiu extremamente constrangida e aproximou-se com o rosto afogueado.

– Estava a caminho do... Bem, estava só andando por aí, mas... queria lhe perguntar sobre o meu chinelo. Você o encontrou? Está com ele?

Gabriel se levantou e a encarou, os olhos parecendo guardar o calor das estrelas, e, por um momento, Pandora só conseguiu pensar no reflexo da luz do fogo sobre a pele sombreada.

– Estou com o chinelo – respondeu ele.

– Ah, graças a Deus. Porque minha camareira está prestes a reportar o caso à Scotland Yard.

– Isso é péssimo. Por que já decidi que vou ficar com ele.

– Não, você só pode fazer isso se for um delicado sapatinho de cristal. No caso de um chinelo grande e mole feito de lã fofa, precisa devolver.

– Pensarei a respeito. – Depois de lançar um olhar na direção da porta, para se certificar de que não estavam sendo observados, Gabriel se inclinou para roubar um beijo rápido. – Pode conversar comigo por alguns minutos? Ou me deixar andar por aí com você? Quero lhe falar sobre um assunto importante.

O estômago de Pandora deu uma cambalhota.

– Você não vai me pedir em casamento, vai?

Ele torceu os lábios.

– Não agora.

– Então, sim, pode andar por aí comigo.

– Lá fora? Nos jardins?

Ela assentiu.

Eles saíram pela lateral da casa e seguiram por um caminho belamente pavimentado. Gabriel parecia relaxado, a expressão cuidadosamente neutra, mas não havia como esconder a leve ruga de tensão entre suas sobrancelhas.

– Sobre o que quer falar? – perguntou Pandora.

– Sobre uma carta que recebi esta manhã. Do Sr. Chester Litchfield, um advogado de Brighton. Ele representou Phoebe em uma disputa com os sogros acerca de algumas disposições no testamento do falecido marido dela. Litchfield é bem versado em leis de propriedade, por isso escrevi para ele logo depois de saber sobre o seu negócio de jogos de tabuleiro. Pedi que ele encontrasse uma forma de você manter legalmente o controle de seu negócio como mulher casada.

Sentindo-se surpresa e desconfortável, Pandora parou. Fingiu interesse em uma árvore de quase 2 metros de altura, com uma enorme quantidade de flores brancas do tamanho de camélias.

– E qual foi a resposta do Sr. Litchfield?

Gabriel se aproximou por trás dela.

– Ele não me deu as respostas que eu queria.

Os ombros de Pandora se curvaram ligeiramente, mas ela permaneceu em silêncio enquanto ele falava:

– Como Litchfield explicou, depois que a mulher se casa, ela se torna mais ou menos "morta civilmente". Não pode assinar um contrato legal com ninguém, o que significa que, mesmo se for proprietária de terras, não pode arrendá-las ou construir nada nelas. Mesmo se a propriedade lhe tiver sido garantida como um bem em separado, o marido recebe todos os lucros e rendas. Aos olhos do governo, a mulher que tentar possuir algum bem em separado do marido está, em essência, roubando dele.

– Eu já sabia disso.

Pandora caminhou até o outro lado da trilha e ficou encarando sem ver um canteiro de prímulas amarelas. Qual era o significado das prímulas? Castidade? Não, essas eram as flores de laranjeira... Seria fidelidade?

Gabriel ainda estava falando.

– Litchfield acredita que a lei de propriedade será reformada no futuro. Mas, da maneira como é agora, no instante seguinte à proclamação dos votos de casamento, você perderá sua independência legal e o controle de seu negócio. No entanto... – Ele fez uma pausa. – Não comece a divagar. A próxima parte é importante.

– Eu não estava divagando. Estava só tentando lembrar o significado das prímulas. Seria inocência, ou esse é o das margaridas? Acho que é...

– Não posso viver sem você.

Pandora se virou rapidamente para ele, os olhos arregalados.

– É o significado das prímulas – explicou Gabriel.

– Como sabe disso?

A expressão dele era brincalhona.

– Minhas irmãs costumam conversar sobre bobagens como o simbolismo das flores. Por mais que eu tente ignorar, algo acaba entrando em meu cérebro. Agora de volta a Litchfield... Ele disse que, de acordo com uma emenda recente no Ato de Propriedade das Mulheres Casadas, se você ganhar um salário, poderá mantê-lo.

Pandora não entendeu a princípio, e o encarou em alerta.

– *Qualquer* valor?

– Desde que você faça um trabalho que o justifique.

– O que significa isso?

– No seu caso, você teria que assumir uma participação ativa no gerenciamento da empresa. Também poderia receber e manter o pagamento de um bônus anual. Perguntarei a Litchfield sobre comissões de venda e uma aposentadoria... Talvez você também possa manter isso. Estruturaríamos a situação da seguinte maneira: depois do nosso casamento, quando seu negócio for automaticamente transferido para mim, eu o colocarei em um fundo para você e a contratarei como presidente da empresa.

– Mas... e quanto aos contratos legais? Se não posso assinar nada, como eu fecharia acordos com fornecedores e lojas, como contrataria pessoal...

– Poderíamos contratar um gerente para ajudá-la, sob a condição de que ele sempre cumprisse sua vontade.

– E quanto aos lucros da empresa? Iriam para você, não é mesmo?

– Não se você os reinvestisse no negócio.

Pandora o encarou fixamente, avaliando a ideia, tentando compreender como se enxergava, como se sentia naquela perspectiva de futuro.

O arranjo lhe daria mais independência e autoridade do que a lei jamais pretendera que uma mulher casada tivesse. Mas ela ainda não poderia empregar nem demitir ninguém, nem tomar as próprias decisões. Teria que pedir a um gerente que assinasse contratos e que fechasse acordos em seu nome, como se ela fosse uma criança. Seria difícil negociar bens e serviços porque todos saberiam que a autoridade final não era ela, mas o marido.

Não seria dona de nada, apenas pareceria ser. Mais ou menos como usar uma coroa e pedir a todos que fingissem que ela era da realeza, quando todos saberiam que não era verdade.

Pandora afastou o olhar, tremendo de frustração.

– Por que não posso ser dona do meu negócio como um homem seria? Assim ninguém poderia tirá-lo de mim.

– Não deixarei que ninguém o tire de você.

– Não é a mesma coisa. É complexo demais. É preciso abrir mão de muita coisa.

– Não é perfeito – concordou Gabriel, em voz baixa.

Pandora começou a andar em círculos.

– Quer saber por que adoro jogos de tabuleiro? Porque as regras fazem sentido, e são as mesmas para todos. Os jogadores têm oportunidades iguais.

– A vida não é assim.

– Com certeza não para as mulheres – disse ela em um tom ácido.

– Pandora... vamos estabelecer nossas próprias regras. Nunca tratarei você como nada menos do que uma igual.

– Mas para o resto do mundo, eu não existiria legalmente.

Gabriel segurou o braço dela, interrompendo seu passo. A calma dele já não era tão firme agora, como uma barra de um vestido descosturando.

– Você vai poder fazer o trabalho que ama. Vai ser uma mulher rica. Será tratada com respeito e afeição. Maldição, não vou ficar aqui implorando como um pedinte com o chapéu estendido. Há uma maneira de você ter a maior parte do que deseja... Não é o bastante?

– E se invertêssemos essa situação? – devolveu ela, também irritada. – Você desistiria de todos os seus direitos legais e entregaria tudo o que possui a mim? Sem nunca poder tocar em um centavo do seu dinheiro, a não ser com minha autorização? Pense nisso... O último contrato que você assinaria na vida seria o do nosso casamento. Casar-se comigo valeria isso?

– Essa não é uma comparação razoável – disse ele, emburrado.

– Só porque em um caso uma mulher desiste de tudo, e no outro é o homem quem desiste.

Os olhos dele cintilaram perigosamente.

– Não há nada a ganhar, então? A perspectiva de ser minha esposa não a atrai em nada? – Gabriel segurou-a pelas duas mãos e a puxou para mais perto. – Diga que não me quer. Diga que não quer fazer mais do que fizemos ontem à noite.

Pandora ficou muito vermelha, a pulsação disparada. Sentia vontade de se colar no corpo dele ali mesmo, de puxar a cabeça de Gabriel e deixar que ele a beijasse até ela esquecer tudo. Mas uma parte teimosa, rebelde, de seu cérebro não se deixava aplacar.

– Eu teria que obedecê-lo? – ouviu-se perguntar.

Ele semicerrou os olhos e levou a mão à nuca de Pandora.

– Só na cama – disse em um grunhido baixinho. – Fora dela... não.

Pandora respirou fundo com dificuldade, consciente das estranhas pontadas de calor por todo o corpo.

– Então, você vai prometer nunca me impedir de tomar minhas próprias decisões, mesmo se considerar que estou cometendo um erro? E se você algum dia resolver que meu trabalho não é bom para mim, que coloca em risco minha saúde, meu bem-estar, ou até mesmo minha segurança, ainda assim garante que não me proibirá de exercê-lo?

Gabriel soltou-a abruptamente.

– Maldição, Pandora, não posso prometer que não vou protegê-la.

– Proteção que pode acabar se transformando em controle.

– Ninguém tem liberdade absoluta. Nem mesmo eu.

– Mas você tem muita liberdade. Quando alguém tem só um pouco de algo, precisa lutar para não perder o pouco que tem. – Ao perceber que estava à beira das lágrimas, Pandora baixou a cabeça. – Você quer discutir o assunto, e sei que, se fizermos isso, você terá bons argumentos e fará parecer que não estou sendo razoável. Mas nunca poderíamos ser felizes juntos. Alguns problemas nunca serão resolvidos. Algumas coisas a meu respeito nunca poderão ser consertadas. Casar-se comigo seria um acordo tão impossível para você quanto para mim.

– Pandora...

Ela se afastou sem ouvi-lo, quase correndo.

Assim que chegou ao quarto que ocupava, Pandora voltou para a cama, totalmente vestida, e ficou deitada, imóvel, por horas.

Não sentia nada, o que deveria ter sido um alívio, mas, por algum motivo, aquilo era ainda pior do que se sentir péssima.

Pensar em coisas que costumavam deixá-la feliz não fez qualquer efeito. Também não ajudou visualizar seu futuro de independência e liberdade e as pilhas de seus jogos expostas em lojas. Não havia nada por que ansiar. Nada jamais voltaria a lhe dar prazer.

Talvez ela precisasse de algum remédio – sentia tanto frio... Será que estava com febre?

Kathleen e os outros, àquela altura, provavelmente já teriam voltado do passeio. Mas Pandora não buscou conforto em ninguém. Nem na irmã gêmea. Cassandra tentaria oferecer soluções, ou diria palavras amorosas e reconfortantes, e Pandora terminaria fingindo que estava melhor para não preocupá-la.

Seu peito e sua garganta doíam. Talvez, se chorasse, o mal-estar melhorasse.

Mas as lágrimas não vinham. Estavam trancadas dentro da câmara fria que era o peito dela.

Aquilo nunca lhe havia acontecido. Ela ficou seriamente preocupada. Até quando continuaria daquele jeito? Tinha a sensação de estar se transformando em uma estátua de pedra, de dentro para fora. Terminaria em um pedestal de mármore, com passarinhos encarapitados na cabeça...

Toc, toc, toc. A porta do quarto foi entreaberta.

– Milady?

Ida.

A camareira entrou no quarto escuro, levando uma pequena bandeja redonda.

– Eu lhe trouxe chá.

– Já é manhã de novo? – perguntou Pandora, confusa.

– Não, são três da tarde.

Ida chegou à beira da cama.

– Não quero chá.

– Foi o patrão que mandou.

– Lorde St. Vincent?

– Ele mandou me chamar e perguntou pela senhorita. Quando eu disse que estava descansando, ele falou: "Leve chá para ela, então. Force-a a tomar, se necessário." Então, ele me entregou um bilhete para a senhorita.

Que irritante. Que terrivelmente grosseiro. O lampejo de uma sensação de verdade cintilou através do torpor que a dominava. Zonza, Pandora se esforçou para se sentar na cama.

Depois de entregar a ela a xícara de chá, Ida foi abrir as cortinas. O brilho da luz do dia fez Pandora se encolher.

O chá estava quente, mas não tinha sabor. Ela se forçou a bebê-lo e esfregou os olhos secos, que ardiam, com os nós dos dedos.

– Aqui, milady.

Ida lhe entregou um pequeno envelope lacrado e recolheu a xícara e o pires.

Pandora ficou olhando tolamente para o lacre de cera vermelha no envelope, marcado com o elaborado brasão da família de Gabriel. Se ele lhe havia escrito algo gentil, ela não queria ler. Se houvesse escrito alguma grosseria, também não queria ler.

– Pelo amor de Deus – exclamou Ida –, abra logo!

Pandora obedeceu com relutância. Quando tirou o papel dobrado de dentro do envelope, um objeto pequeno e felpudo veio junto. Ela deu um gritinho instintivo, achando que era um inseto. Quando, com dedos cautelosos, apanhou o que havia caído, viu que era uma das folhas de feltro que decoravam o pé perdido do chinelo de lã. Fora cuidadosamente arrancada.

Milady,

Seu chinelo foi sequestrado. Se algum dia quiser vê-lo de novo, venha sozinha ao salão formal de visitas. Para cada hora de atraso, um enfeite será removido.

St. Vincent

Agora Pandora estava irritada. Por que ele estava fazendo aquilo? Estava tentando arrastá-la para uma nova discussão?

– O que diz? – perguntou Ida.

– Tenho que descer para negociar um resgate – disse Pandora brevemente. – Você me ajudaria a me arrumar um pouco?

– Sim, milady.

O vestido de seda lilás estava todo amassado, o que a obrigou a trocá-lo por um diurno, amarelo dessa vez, de seda com nervuras. Não era tão elegante quanto o anterior, mas era mais leve e confortável, sem tantas anáguas. Por sorte, o penteado elaborado fora tão bem sustentado e preso que precisou de poucos retoques.

– Pode tirar os grampos de pérola? – pediu Pandora. – São elegantes demais para esse vestido.

– Mas estão tão bonitos... – protestou Ida.

– Não quero ficar bonita.

– E se o patrão pedi-la em casamento?

– Ele não vai fazer isso. Já deixei claro que, se o fizesse, eu não aceitaria.

Ida pareceu horrorizada.

– A senhorita... mas... *por quê*?

Era impróprio, é claro, uma camareira perguntar uma coisa daquelas, mas Pandora respondeu assim mesmo:

– Porque eu teria que ser a esposa de alguém, em vez de ter minha própria empresa de jogos de tabuleiro.

Uma escova caiu dos dedos frouxos de Ida. Os olhos dela estavam arregalados quando encontrou os de Pandora no espelho.

– Está se recusando a se casar com o herdeiro do duque de Kingston porque prefere *trabalhar*?

– Gosto de trabalhar – foi a resposta curta de Pandora.

– Só porque não precisa fazer isso o tempo todo! – Uma expressão ameaçadora transformou o rosto redondo de Ida. – De todas as tolices que já ouvi a senhorita dizer, *essa é a pior*. Só pode ter enlouquecido. Recusar um homem como aquele... *O que está pensando*? Um homem que é quase bonito demais para existir... jovem, forte, em pleno vigor da idade, imagine... e, acima de tudo, rico como a Casa da Moeda Real. Só uma mula, uma mentecapta o recusaria!

– Não estou ouvindo você – falou Pandora.

– É claro que não está, porque o que estou dizendo faz sentido! – A camareira deixou escapar um suspiro trêmulo e mordeu o lábio. – Maldita seja eu se algum dia conseguir compreendê-la, milady.

O ataque de fúria da camareira autoritária não ajudou em nada a melhorar o humor de Pandora. Ela desceu as escadas com a sensação de ter um tijolo no estômago. Se ao menos nunca houvesse conhecido Gabriel, não teria que encarar o momento que se aproximava. Se ao menos não tivesse concordado em ajudar Dolly e não houvesse acabado presa naquele banco... Se ao menos Dolly não houvesse perdido o brinco... Se ao menos nunca tivesse ido ao baile... Se ao menos, se ao menos...

Quando Pandora chegou ao salão formal de visitas, ouviu o piano através das portas fechadas. Seria Gabriel? Ele tocava piano? Perplexa, ela abriu uma das portas e entrou.

O salão era belo e espaçoso, com pisos de parquê formando um desenho intrincado, paredes com painéis de madeira pintados de um tom de branco leitoso, uma abundância de janelas com cortinas de seda semitransparentes. Os tapetes haviam sido enrolados para a lateral do salão.

Gabriel estava diante de um grande piano de mogno no canto, folheando uma pauta musical, enquanto a irmã dele, Phoebe, sentava-se em um banco diante do teclado.

– Tente esta – disse ele, entregando uma folha de papel a ela.

Gabriel se virou ao ouvir a porta se fechando e encontrou o olhar de Pandora.

– O que está fazendo? – perguntou Pandora. Ela se aproximou a passos cautelosos, tensa como um cavalo prestes a disparar. – Por que me chamou? E por que lady Clare está aqui?

– Pedi para Phoebe nos ajudar – informou Gabriel em um tom agradável –, e ela gentilmente concordou.

– Fui coagida – corrigiu Phoebe.

Pandora balançou a cabeça, confusa.

– Para ajudar-nos com o quê?

Gabriel foi até ela, os ombros bloqueando-os da visão da irmã. E abaixou a voz:

– Quero que valse comigo.

Pandora sentiu-se empalidecer de mágoa, então ficou ruborizada de vergonha, depois pálida de novo. Nunca teria imaginado que ele fosse capaz de uma brincadeira tão cruel.

– Você sabe que não consigo valsar – forçou-se a dizer. – Por que está fazendo uma coisa dessas?

– Apenas tente comigo – pediu. – Tenho pensado a respeito, e acredito que posso tornar a valsa mais fácil para você.

– Não, não pode – retorquiu Pandora, em um sussurro cáustico. – Contou a sua irmã sobre o meu problema?

– Só disse a ela que você tem dificuldade para dançar. Não contei o motivo.

– Ah, *obrigada*, agora ela acha que sou desajeitada.

– Estamos em um salão grande, praticamente vazio – disse Phoebe, ao piano. – Não adianta sussurrarem, posso ouvir tudo daqui.

Pandora se virou para fugir, mas Gabriel se adiantou e bloqueou a passagem dela.

– Você vai tentar comigo – disse ele.

– Qual é o seu problema? – perguntou Pandora. – Se estivesse tentando deliberadamente arrumar a atividade mais desagradável, embaraçosa e *frustrante* para mim no meu atual estado emocional instável, *essa atividade seria valsar*.

Furiosa, ela olhou para Phoebe e ergueu as mãos para o alto, como se perguntando o que poderia fazer com um ser humano tão insuportável.

Phoebe respondeu com um olhar de comiseração.

– Temos pais perfeitamente gentis – disse ela. – Não faço ideia de como ele saiu assim.

– Quero mostrar a você como meus pais aprenderam a valsar – disse Gabriel. – É um modo mais lento e gracioso do que o que está em moda atualmente. São poucas voltas e os passos são mais deslizando do que girando.

– Não importa quantas voltas são. Não consigo fazer nem uma.

A expressão de Gabriel permaneceu inabalável. Claramente, ele não pretendia deixá-la sair do salão até que fizesse sua vontade.

Fato #99 Homens são como bombons de chocolate. Os mais atraentes por fora são os que têm o pior recheio.

– Não vou pressioná-la – disse ele com gentileza.

– Já está me pressionando! – Pandora se pegou tremendo de raiva. – O que você quer? – perguntou entre dentes.

Ela sentia a pulsação latejando nos ouvidos, quase a impedindo de ouvir o murmúrio dele:

– Quero que confie em mim.

Para horror de Pandora, as lágrimas que não haviam caído mais cedo ameaçavam se derramar agora. Ela engoliu várias vezes para contê-las e enrijeceu o corpo contra a carícia da mão dele em sua cintura.

– Por que *você* não confia em *mim*? – perguntou Pandora, o tom amargo. – Eu já lhe disse que sou incapaz de valsar, mas aparentemente você quer provar que sou mesmo. Muito bem. Não tenho medo do ritual de humilhação... Sobrevivi a três meses da temporada social de Londres. Vou tropeçar durante toda a valsa, para sua diversão, se é disso que preciso para me ver livre de você.

Ela voltou os olhos para Phoebe.

– Posso muito bem lhe contar: meu pai esmurrou minhas orelhas quando eu era mais nova, e agora sou praticamente surda de um dos ouvidos e não tenho equilíbrio.

Para seu alívio, Phoebe não demonstrou piedade, apenas preocupação.

– Isso é estarrecedor.

– Só queria que você soubesse que há uma razão para eu dançar como um polvo demente se debatendo.

Phoebe deu um sorrisinho tranquilizador.

– Gosto de você, Pandora. Nada vai mudar isso.

Parte da angústia e da vergonha de Pandora cedeu, e ela respirou fundo.

– Obrigada.

Pandora se voltou com relutância para Gabriel, que não parecia nem um pouco arrependido pelo que estava fazendo com ela. Ele exibia um sorriso encorajador quando estendeu a mão.

– Não sorria para mim – disse ela. – Estou furiosa com você.

– Eu sei. Lamento.

– Vai lamentar ainda mais quando eu vomitar toda a frente da sua camisa.

– Vale o risco.

Gabriel passou a mão direita pelo ombro esquerdo dela, a ponta de seus dedos longos chegando às costas de Pandora. Ela assumiu com relutância a posição de valsa que lhe fora ensinada e descansou a mão esquerda no alto do braço dele.

– Não, ponha a mão no meu ombro – disse ele. Ao vê-la hesitar, acrescentou: – Assim terá mais equilíbrio.

Pandora deixou que ele a colocasse na posição que queria, com a mão direita dela presa à esquerda dele. Quando os dois estavam se encarando, ela não pôde evitar lembrar aqueles momentos em que estivera perdida na escuridão, nos braços de Gabriel, e ele sussurrando: *Nada de mal vai lhe acontecer, minha menina querida*. Como aquele homem havia se transformado nesse demônio desalmado?

– Não deveríamos ficar mais separados? – perguntou Pandora, fitando o peito de Gabriel com uma expressão infeliz.

– Não para esse estilo de valsa. Agora, na primeira contagem, quando eu começar a volta, dê um passo com o pé direito, colocando-o entre os meus.

– Mas vou tropeçar em você.

– Não se seguir minha orientação. – Ele acenou com a cabeça para que Phoebe começasse a tocar e guiou Pandora lentamente pela primeira volta. – Em vez de uma contagem uniforme de um-dois-três, o terceiro passo vai ser um longo deslizar, assim.

Tensa, Pandora tentou acompanhá-lo, mas tropeçou, pisou no pé dele e deixou escapar um resmungo exasperado.

– Agora aleijei você.

– Vamos tentar de novo.

Gabriel guiou-a pelo padrão de movimentos daquele tipo de valsa, que era realmente diferente dos círculos repetitivos que ela via nos salões de baile. No primeiro compasso, eles completaram apenas três quartos de uma volta, seguido pelo passo-base da valsa no compasso seguinte, e então mais três quartos de uma volta em outra direção. Era um lindo movimento deslizante e, sem dúvida, muito gracioso quando executado corretamente. Mas assim que eles começaram uma volta, Pandora perdeu a noção do que estava embaixo ou em cima e o salão começou a girar. Ela se agarrou a Gabriel, em pânico.

Ele parou e abraçou-a para firmá-la.

– Está vendo? – perguntou Pandora, ofegante. – Tudo se inclina e eu começo a cair.

– Você não estava caindo. É só a sensação. – Gabriel pressionou a mão dela com mais firmeza no ombro dele. – Está sentindo a firmeza? Sente minha mão nas suas costas e meus braços ao seu redor? Esqueça seu senso de equilíbrio e use o meu. Sou sólido como uma rocha. Não a deixarei cair.

– É impossível ignorar o que meus sentidos estão me dizendo, mesmo quando eles estão errados.

Gabriel guiou-a por mais alguns compassos. Ele parecia ser a única coisa firme em um mundo que oscilava e adernava. Embora aquela variação da valsa fosse muito mais suave e controlada do que a que Pandora havia aprendido, o giroscópio interno dela não conseguia se orientar nem mesmo em três quartos de voltas. Logo ela sentiu que começava a suar frio e a ficar nauseada.

– Vou vomitar – disse em um arquejo.

Gabriel parou na mesma hora e puxou-a contra si. O corpo sólido e imóvel, amparando-a, foi como uma bênção, enquanto Pandora se esforçava para controlar a náusea. Aos poucos, o enjoo passou.

– Para colocar em termos que você entenda – disse ela finalmente, apoiando a testa úmida no ombro dele –, valsar é a minha cenoura.

– Se você aguentar um pouco mais, comerei uma cenoura inteira na sua frente.

Pandora levantou os olhos semicerrados para ele.

– Eu poderia escolher a cenoura?

Uma risada baixa vibrou no peito dele.

– Sim.

– Talvez isso valha a pena, afinal de contas.

Ela se afastou um pouco, voltou a colocar a mão em seu ombro e, obstinadamente, retomou a posição da valsa.

– Se escolher um ponto fixo em algum lugar no salão – disse Gabriel – e ficar olhando para ele o máximo de tempo possível durante a volta...

– Já tentei isso. Não funciona para mim.

– Então olhe fixo para mim e deixe o que está em volta passar sem tentar se concentrar em mais nada. Serei seu ponto fixo.

Enquanto ele a guiava mais uma vez nos movimentos da valsa, Pandora teve que admitir, com relutância, que, quando parou de se orientar por seus arredores e se concentrou apenas no rosto de Gabriel, não se sentiu tão nauseada. Ele era de uma paciência incessante, e a guiou pelas voltas, passos deslizados e passos-base, prestando atenção em cada detalhe do que Pandora dizia ou fazia.

– Não fique tão na ponta dos pés – aconselhou-a em um determinado momento. E quando ela oscilou perigosamente ao fim de uma volta, orientou: – Quando isso acontecer, deixe-me ajustar seu equilíbrio.

O problema para Pandora era lutar contra os próprios instintos, que pareciam gritar para que ela se inclinasse exatamente na direção errada sempre que perdia o equilíbrio, o que acontecia na maior parte do tempo. No fim da volta seguinte, Pandora ficou tensa e tentou se estabilizar quando sentiu que estava caindo para a frente. E acabou tropeçando no pé de Gabriel. Bem no momento em que o chão começava a vir em sua direção, ele a segurou com facilidade e a abraçou.

– Está tudo bem – murmurou. – Estou segurando você.

– *Bosta* – disse Pandora, frustrada.

– Você não confiou em mim.

– Mas senti que ia...

– Precisa me deixar fazer isso. – Uma das mãos dele subia e descia pelas costas dela. – Consigo ler seu corpo. Consigo sentir o momento logo antes de seu equilíbrio vacilar e sei como compensar. – Ele aproximou o rosto do dela e acariciou a face de Pandora com a mão livre. – Mova o corpo junto com o meu – disse ele baixinho. – Sinta os sinais que estou lhe dando. É uma questão de deixar nossos corpos se comunicarem. Vai tentar relaxar e fazer isso por mim?

O toque dele e aquela voz baixa e aveludada pareceram relaxar todas as tensões de Pandora. Os nós de medo e ressentimento se dissolveram em um calor fluido. Quando eles assumiram a posição de novo, começou a parecer que estavam trabalhando juntos, esforçando-se para atingir um objetivo comum.

Era como uma parceria.

Uma valsa após a outra, eles foram resolvendo várias dificuldades. Uma volta era mais fácil desse modo, ou do outro? Era melhor se dessem passos mais longos ou mais curtos? Talvez fosse imaginação de Pandora, mas as voltas não a estavam deixando tão zonza e desorientada como no princípio. Parecia que quanto mais dançava, mais seu corpo se acostumava.

Ela se irritava toda vez que Gabriel a elogiava... *Boa menina... Sim, perfeito...* e se irritava ainda mais com o fato de as palavras a deixarem rubra de prazer. Sentiu que se entregava pouco a pouco, concentrando-se na pressão sutil das mãos e dos braços dele. Houve alguns poucos momentos extraordinários, de pura satisfação, em que os passos deles se encaixaram perfeitamente. Também houve momentos de quase desastre, quando ela perdeu o compasso e Gabriel retomou o ritmo de ambos. Ele era um dançarino maravilhoso, é claro, com talento para guiar a parceira e combinar os passos de ambos.

– Relaxe – murmurava Gabriel de tempos em tempos. – Relaxe.

Aos poucos, o cérebro de Pandora se acalmou e ela parou de retesar o corpo para se defender da sensação constante de queda e do cenário ao redor que girava rápido. Permitiu-se confiar em Gabriel. Não que estivesse exatamente apreciando a experiência, mas era uma sensação interessante estar tão completamente fora do controle e, ainda assim, perceber que estava segura.

Os passos de Gabriel foram ficando mais lentos, até ele parar completamente e abaixar as mãos unidas dos dois. A música cessara.

Pandora levantou os olhos e encontrou um sorriso nos dele.

– Por que paramos?

– A dança terminou. E nós acabamos de completar três minutos de valsa sem nenhum problema. – Ele a puxou mais para perto. – Agora vai ter que arrumar outra desculpa para ficar esquecida em um canto – disse, perto do ouvido bom dela. – Porque você é capaz de valsar. – Uma pausa. – Mas ainda não vou devolver seu chinelo.

Pandora ficou muito quieta, incapaz de assimilar tudo aquilo. Nenhuma palavra lhe ocorreu, nem mesmo uma sílaba. Era como se uma enorme cortina de fumaça houvesse sido afastada para revelar outro lado do mundo, uma visão de lugares que ela nunca soubera que existiam.

Claramente confuso com o silêncio dela, Gabriel afrouxou o abraço e fitou-a com aqueles olhos que eram como uma bela manhã de inverno, enquanto uma mecha de cabelo dourado escorregava por sua testa.

Naquele momento, Pandora se deu conta de que morreria se não o tivesse. Era possível que realmente morresse de tristeza. Estava se tornando uma nova pessoa com ele – os dois estavam se tornando algo juntos – e nada sairia da forma como ela esperara. Kathleen estava certa: nenhuma decisão que tomasse seria perfeita. Sempre perderia alguma coisa.

Mas não importava do que mais desistisse, aquele homem era a única coisa que não poderia perder.

Pandora desabou em lágrimas. Não foi um choro feminino, delicado, mas uma explosão confusa de soluços, o rosto muito vermelho. O sentimento mais lindo, terrível e impressionante que já experimentara se abateu sobre ela em uma onda enorme, que a estava afogando.

Gabriel a encarou assustado, enquanto tentava encontrar o lenço no bolso do paletó.

– Não, não... Você não... Meu Deus, Pandora, não faça isso. O que houve?

Ele secou o rosto dela até Pandora pegar o lenço de sua mão e assoar o nariz, os ombros se sacudindo. Enquanto ele continuava a fazer perguntas preocupadas, Phoebe deixou o piano e foi até os dois.

Gabriel manteve Pandora em um abraço firme e lançou um olhar suplicante para a irmã.

– Não sei o que há de errado – murmurou.

Phoebe balançou a cabeça e desarrumou os cabelos do irmão em um gesto carinhoso.

– Não há nada errado, seu tonto. Você entrou na vida dela como um raio. Qualquer pessoa se sentiria um tanto chamuscada.

Pandora não notou Phoebe deixando o salão. Quando a tempestade de lágrimas se acalmou o bastante para que ela levantasse os olhos para Gabriel, viu-se presa no olhar atônito dele.

– Você está chorando porque quer se casar comigo – disse ele. – É isso?

– Não. – Um soluço escapou do peito de Pandora. – Estou chorando porque não quero *não* me casar com você.

Gabriel respirou fundo. Sua boca se uniu à dela, em um beijo tão bruto que foi quase doloroso. Enquanto a devorava com desespero, todo o corpo dele vibrava de emoção.

Ela interrompeu o beijo, emoldurou o rosto de Gabriel entre as mãos e o encarou com uma expressão melancólica.

– Qu-que mulher em sã consciência iria querer um marido com a sua aparência?

Ele retomou o beijo, firme e exigente. Pandora fechou os olhos, rendendo-se e quase desmaiando de prazer.

Depois de um longo tempo, Gabriel levantou a cabeça e perguntou, com a voz rouca:

– O que há de errado com a minha aparência?

– Não é óbvio? Você é bonito demais. Outras mulheres vão flertar com você e tentar atrair sua atenção, e vão correr atrás de você, *para sempre.*

– Elas sempre fizeram isso – disse Gabriel, enquanto beijava as bochechas, o queixo, o pescoço de Pandora. – Não vou nem perceber.

Ela se contorceu para se esquivar dos lábios que a saqueavam.

– Mas eu vou. E vou odiar. E será tão monótono olhar para uma pessoa tão linda dia após dia... Você poderia ao menos tentar engordar, ou cultivar tufos de pelos nas orelhas, ou perder um dente da frente... Não, mesmo assim você ainda seria bonito demais.

– Eu poderia desenvolver certa calvície – sugeriu ele.

Pandora considerou a possibilidade e ergueu as mãos para afastar as mechas douradas que haviam caído na testa dele.

– Há pessoas carecas em sua família? Em algum dos dois lados?

– Não que eu saiba – admitiu Gabriel.

Ela fingiu aborrecimento.

– Não me dê falsas esperanças, então. Admita: você sempre vai ser lindo, e terei que arrumar uma forma de conviver com isso.

Gabriel apertou-a nos braços quando ela tentou se afastar.

– Pandora – sussurrou, e a abraçou com força. – Pandora.

Se ao menos ela conseguisse deter aquelas sensações ao mesmo tempo maravilhosas e terríveis que a dominavam... Calor. Frio. Felicidade. Medo. Não conseguia explicar o que estava acontecendo dentro de si. Gabriel estava murmurando, derramando palavras deliciosas em seus ouvidos.

– Você é tão linda... tão preciosa para mim... Não estou lhe pedindo sua rendição. Estou lhe oferecendo a minha. Tem que ser você, Pandora... apenas você... pelo resto da minha vida. Case-se comigo... Diga que vai se casar comigo.

A boca de Gabriel voltou a capturar a dela, acariciando-a profundamente, as mãos movendo-se pelo corpo dela, os dedos estendidos, como se não conseguisse senti-la o bastante. Os músculos pesados do corpo dele relaxavam e se contraíam à medida que ele ajustava o abraço, tentando puxá-la ainda mais para junto de si. Por fim, Gabriel ficou muito quieto, os lábios pousados no pescoço dela, como se houvesse se dado conta da futilidade das palavras. Ele permaneceu em silêncio, a não ser pela respiração entrecortada. A lateral do rosto de Pandora estava pressionada contra os cabelos dele, que cheiravam a sol e sal. O perfume de Gabriel a preenchia. O calor do corpo dele a envolvia. Ele esperou com uma paciência devastadora, cruel.

– Está bem – disse Pandora, em um resmungo.

Ele prendeu a respiração e levantou rapidamente a cabeça.

– Vai se casar comigo? – perguntou Gabriel, com enorme cuidado, como se quisesse se certificar de que não entendera mal.

– Sim. – Ela mal conseguiu pronunciar a palavra.

Uma onda de rubor coloriu ainda mais o rosto bronzeado dele e um lento sorriso se abriu, tão cintilante que quase a cegou.

– Lady Pandora Ravenel, vou fazê-la tão feliz que não vai nem se importar em perder seu dinheiro, sua liberdade e toda a sua existência legal.

Pandora gemeu.

– Nem brinque com isso. Tenho condições. Milhares.

– Eu aceito todas.

– Para começar... quero meu próprio quarto.

– Menos essa.

– Estou acostumada a ter privacidade. Muita. Preciso de um cômodo na casa que seja só meu.

– Você pode ter vários cômodos para sua privacidade. Compraremos uma casa grande. Mas vamos dividir a cama.

Pandora resolveu discutir sobre a cama mais tarde.

– O mais importante é que não vou prometer obedecê-lo. Essa promessa tem que ser removida dos votos matrimoniais.

– De acordo – disse Gabriel prontamente.

Pandora arregalou os olhos, surpresa.

– Mesmo?

– Você terá que substituí-la por alguma outra. – Gabriel se inclinou sobre ela, a ponta do nariz tocando o dela. – Uma boa promessa.

Era difícil pensar com a boca dele tão próxima.

– Cuidar? – sugeriu ela, sem fôlego.

Ele deixou escapar um som bem-humorado.

– Se quiser.

Quando Gabriel tentou beijá-la novamente, Pandora afastou a cabeça para trás.

– Espere, há outra condição. Sobre sua amante. – Ela sentiu o corpo dele ficar rígido, os olhos muito intensos fixos nos dela. – Eu não gostaria... quer dizer, não consigo... – Pandora se interrompeu, impaciente consigo mesma, e forçou as palavras a saírem. – Não vou dividir você.

O brilho nos olhos de Gabriel era como o calor mais profundo de uma chama.

– Eu disse "só você" – lembrou ele. – Estava falando sério.

Gabriel fechou os olhos e seus lábios voltaram a encontrar os dela.

E, por um bom tempo, não houve mais discussão.

O restante do dia foi como um borrão colorido para Pandora. Apenas alguns momentos se destacavam nas brumas da lembrança. Primeiro, eles foram contar a novidade à família de Pandora, que pareceu encantada ao ponto da euforia. Enquanto Kathleen e Cassandra se revezavam para abraçar Gabriel e o enchiam de perguntas, Devon puxou Pandora de lado.

– É isso o que você quer? – perguntou ele baixinho, encarando-a com aqueles olhos azuis contornados de preto, tão parecidos com os da própria Pandora.

– Sim – respondeu ela, com um leve toque de espanto. – É.

– St. Vincent conversou comigo esta tarde sobre a carta do advogado. Ele disse que se conseguisse persuadi-la a se casar com ele, faria todo o possível para encorajá-la em seu negócio e se absteria de interferir. Ele compreende o que isso significa para você. – Devon fez uma pausa para olhar para Gabriel, que estava conversando com Kathleen e Cassandra, antes de continuar, ainda baixo: – Os Challons vêm de uma tradição em que a palavra de um cavalheiro é irreversível. Eles ainda honram acordos com arrendatários que foram celebrados há um século, apenas com um aperto de mão.

– Então você acha que podemos confiar na promessa dele?

– Sim. Mas eu também disse a ele que, se não mantiver a promessa, quebrarei suas duas pernas.

Pandora sorriu e apoiou a cabeça no peito do primo.

– ... vamos querer que aconteça logo – ouviu Gabriel dizer para Kathleen.

– Sim, mas há tanto o que planejar... o enxoval, a cerimônia e a recepção, a noite de núpcias e a lua de mel. E, é claro, coisas como flores, os vestidos das damas de honra...

– Eu ajudarei! – exclamou Cassandra.

– Não posso fazer tudo isso – disse Pandora, em um rompante, já ansiosa. Ela se virou para os outros. – Na verdade, não posso fazer nada disso. Tenho que submeter mais dois pedidos de patentes, me reunir com meu impressor, procurar um espaço para alugar para a fábrica e... Não, não posso deixar o casamento ficar no caminho de todas as coisas importantes que tenho para resolver.

Os lábios de Gabriel se curvaram diante da importância comparativa entre o casamento e a empresa de jogos de tabuleiros dela.

– Prefiro fugir para casar, assim posso me dedicar ao trabalho – continuou Pandora. – Uma lua de mel seria uma perda de tempo e de dinheiro.

Pandora tinha plena consciência, é claro, que as luas de mel haviam se tornado uma tradição para os recém-casados das classes média e alta. Mas ficou apavorada diante da possibilidade de ser engolida pela nova vida, enquanto todos os seus sonhos e planos eram postos de lado. Ela não gostaria de viajar para um lugar qualquer pensando em tudo o que a esperava em casa.

– Pandora, querida... – começou Kathleen.

– Conversaremos sobre isso mais tarde – disse Gabriel, relaxado, com um sorriso tranquilizador para Pandora.

Ela se voltou novamente para Devon e sussurrou:

– Viu? Ele já está me manipulando. E é bom nisso.

– Conheço bem a sensação – garantiu Devon, os olhos cintilantes desviando-se para Kathleen.

À noite, os Challons e os Ravenels se reuniram na sala de estar da família antes de descerem para jantar. Foi servido champanhe e todos brindaram em homenagem ao casal de noivos e à união das duas famílias. Toda a família de Gabriel recebeu a notícia com uma aceitação imediata e calorosa que comoveu Pandora imensamente.

O duque segurou-a com carinho pelos ombros, sorriu e inclinou-se para pousar um beijo carinhoso na testa dela.

– Que acréscimo bem-vindo você é para nossa família, Pandora. Mas esteja avisada: de agora em diante, a duquesa e eu a consideraremos um de nossos próprios filhos, e vamos mimá-la de acordo.

– Não sou mimado – protestou Ivo, que estava próximo ao pai. – Mamãe acha que sou uma joia.

– Mamãe acha que todos somos uma joia – disse Phoebe com ironia, que se aproximava com Seraphina.

– Temos que avisar imediatamente a Raphael! – exclamou Seraphina. – Assim ele poderá voltar da América a tempo. Não queremos que perca o casamento.

– Eu não me preocuparia com isso – falou Phoebe. – Um casamento desse tamanho levará meses para ser planejado.

Pandora caiu em um silêncio desconfortável, enquanto eles continuavam a conversar. Nada daquilo parecia real. Em apenas uma semana, sua vida mudara completamente. Sua mente estava agitada demais, e ela precisava ir para algum lugar tranquilo onde pudesse organizar os pensamentos. A jovem ficou tensa quando sentiu um braço gentil nos ombros.

Era a duquesa, os olhos azuis irradiando bondade, e com um toque de preocupação, como se ela compreendesse como era assustador ter que tomar a decisão mais importante da vida baseada em alguns dias de convívio. Mas não havia como aquela mulher compreender a sensação de encarar a perspectiva de um casamento com um homem que era praticamente um estranho.

Sem dizer nada, a duquesa saiu com Pandora por uma das portas que levavam à varanda. Embora as duas tivessem estado juntas na companhia dos outros, ainda não haviam encontrado oportunidade para conversarem a sós. A duquesa era solicitada quase o tempo todo: do neto ainda criança ao próprio duque, todos desejavam sua atenção. A seu modo tranquilo, a duquesa era o eixo ao redor do qual girava toda a propriedade.

Estava frio e escuro na varanda, e a brisa fez Pandora estremecer. Ela torceu para que a duquesa não a houvesse levado até ali para lhe fazer uma reprimenda. Algo como: *Você com certeza tem muito a aprender,* ou *Você não é a mulher que eu teria escolhido para Gabriel, mas parece que é com o que teremos que nos contentar.*

As duas ficaram lado a lado diante da balaustrada, encarando o mar escuro ao longe. A duquesa tirou o xale dos ombros, desdobrou-o e passou ao redor dos ombros de ambas. Pandora ficou imóvel, estupefata. A caxemira era leve e quente, e guardava o perfume de água de lírios e de talco. Incapaz de dizer qualquer coisa, a jovem ficou parada ao lado da duquesa, enquanto elas ouviam o chiado tranquilizante de um pássaro noturno e os trinados musicais dos rouxinóis.

– Quando tinha mais ou menos a idade de Ivo – comentou a duquesa, em um tom quase sonhador, encarando o céu cor de ameixa –, Gabriel encontrou dois filhotes de raposa órfãos, no bosque, em uma propriedade que havíamos alugado em Hampshire. Ele lhe contou a respeito?

Pandora balançou a cabeça, os olhos arregalados.

A lembrança fez um sorriso se abrir nos lábios cheios da duquesa.

– Eram duas fêmeas, com orelhas grandes e olhos que pareciam botões negros brilhantes. Os zunidos delas pareciam trinados de passarinhos. A mãe havia sido morta em uma armadilha de um caçador ilegal. Gabriel enrolou as pobres co-coisinhas no paletó e levou-as para casa. Eram novas demais para sobreviverem por conta própria. Naturalmente, ele implorou para ficar com elas. O pai concordou em deixar que as criasse sob a supervisão do guarda-caça, até elas terem tamanho bastante para retornarem ao bo-bosque. Gabriel passou semanas alimentando-as na boca, com uma mistura de pasta de carne e leite que ele lhes dava na colher. Mais tarde, ensinou as duas a espreitarem e a caçarem uma presa em um cercadinho do lado de fora.

– Como? – perguntou Pandora, fascinada.

A duquesa olhou para ela com um sorriso travesso inesperado.

– Ele arrastava ratos mortos, amarrados em uma corda, pelo cercadinho delas.

– Que horror! – exclamou Pandora, rindo.

– Era mesmo – concordou a duquesa, com uma risadinha. – Gabriel fingia não se importar, é claro, mas era muito nojento. Mas os filhotes aprenderam. – A duquesa fez uma pausa antes de continuar, agora em um tom mais pensativo: – Acho que, para Gabriel, a parte mais difícil foi criá-las tendo que manter distância, por mais que as amasse. Não podia a-acariciá-las, ou pegá-las no colo, nem mesmo lhes dar um nome. Elas não podiam perder o medo dos humanos, ou não sobreviveriam. Como o guarda-caça explicou a ele, domesticá-las seria o mesmo que matá-las. Isso o torturava, porque ele queria muito abraçar as duas raposas.

– Pobre menino.

– Sim. Mas quando Gabriel finalmente as soltou, elas saíram em disparada para o bosque, e foram capazes de viver livremente e de caçarem sozinhas. Foi uma boa lição para ele.

– Que lição foi essa? – perguntou Pandora, séria. – Não amar algo que ele sabia que perderia?

A duquesa balançou a cabeça, com uma expressão carinhosa e encorajadora nos olhos.

– Não, Pandora. Ele aprendeu a amá-las sem tentar mudá-las. A deixar que fossem o que estavam destinadas a ser.

CAPÍTULO 15

– Eu deveria ter sido mais firme em relação à lua de mel – gemeu Pandora, debruçando-se na amurada do barco a vapor.

Gabriel tirou as luvas, enfiou-as no bolso do paletó e massageou gentilmente a nuca da jovem.

– Inspire pelo nariz e expire pela boca.

Eles haviam se casado naquela manhã, apenas duas semanas depois de ele ter feito o pedido. Agora, estavam atravessando o Estreito de Solent, que ligava a Inglaterra à Ilha de Wight. A viagem não levava mais do que 25 minutos de Portsmouth até o porto da cidade de Ryde. Infelizmente, porém, Pandora enjoava quando andava de barco.

– Estamos quase lá – murmurou Gabriel. – Se levantar a cabeça, vai ver o píer.

Ela arriscou um olhar para a vista de Ryde se aproximando, com sua longa fileira de casas brancas e pináculos delicados se destacando na costa arborizada e nas enseadas. Mas logo deixou a cabeça cair novamente.

– Deveríamos ter ficado no Priorado Eversby.

– E passar nossa noite de núpcias na sua cama de infância? – perguntou Gabriel, em um tom nada convencido. – Com a casa cheia de parentes?

– Você disse que tinha gostado do meu quarto.

– Achei mesmo um encanto, meu amor. Mas não é o cenário apropriado para as atividades que tenho em mente. – Gabriel deu um sorrisinho ao se lembrar do quarto de Pandora, com seus singulares trabalhos de bordado emoldurados, a boneca de cera muito amada, com a peruca de cabelos embaraçados e um olho de vidro faltando, e a estante cheia de romances muito manuseados. – Além do mais, a cama é pequena demais para mim. Meus pés ficariam para fora.

– Suponho que você tenha uma cama grande em sua casa em Londres.

Ele brincou de leve com os fios de cabelo na nuca de Pandora.

– Nós, madame – murmurou. – Nós temos uma cama bem grande em nossa casa em Londres.

Pandora ainda não conhecera a casa de Gabriel em Queen's Gate, no distrito de Kensington. Uma visita desse tipo teria sido completamente imprópria, mesmo na presença de acompanhantes, e de qualquer forma não houvera tempo em meio à pressa louca dos preparativos para o casamento.

Gabriel levara quase as duas semanas inteiras para encontrar um modo de arrancar dos votos matrimoniais a frase que tinha "obedecer". Ele fora informado pelo bispo de Londres que, se uma noiva não jurasse obediência ao marido em seus votos durante a cerimônia, o casamento seria declarado ilegal pela corte eclesiástica. Gabriel apelara então para o arcebispo de Canterbury, que concordara, com relutância, em dar a ele uma dispensa especial e altamente fora do comum, sob certas condições. Uma delas havia sido uma enorme "contribuição particular", o que equivalia a um suborno.

– A dispensa vai tornar nosso casamento válido e legal – explicara Gabriel a Pandora –, desde que nós permitamos que o padre "apresente a você" a necessidade de a esposa obedecer ao marido.

Pandora franzira o cenho.

– O que significa isso?

– Significa que você tem que ficar parada lá e fingir que escuta enquanto o padre lhe explica por que deve obedecer a seu marido. Desde que você não faça qualquer objeção, ficará implícito que concorda com ele.

– Mas não terei que prometer obedecer? Não terei que dizer isso?

– Não.

Pandora sorrira, parecendo ao mesmo tempo satisfeita e contrita.

– Obrigada. Lamento que você tenha tido tanto trabalho por minha causa.

Gabriel passara os braços ao redor dela e a fitara com um sorriso brincalhão.

– O que eu faria com uma Pandora dócil e submissa? Não teria a menor graça.

Obviamente, o noivado deles não fora comum e estava clara a necessidade de um casamento rápido. No entanto, por mais tentadora que fosse a ideia de fugirem para se casar, Gabriel a rejeitara. Com todas as novidades e incertezas que Pandora encarava no momento, ela precisava do conforto da presença da família e das pessoas que amava no dia de seu casamento. Quando Devon e Kathleen ofereceram a capela na propriedade deles, Gabriel concordou na mesma hora.

Fez sentido a cerimônia de casamento acontecer em Hampshire e eles passarem a lua de mel na Ilha de Wight, ali perto, na costa sul. A pequena ilha, chamada de "o jardim da Inglaterra", era cheia de parques, bosques, minúsculos vilarejos costeiros e uma variedade de hospedarias e hotéis luxuosos.

Mas, conforme Pandora e Gabriel se aproximavam da ilha, o charme do lugar parecia não afetar a noiva impaciente.

– Não preciso de lua de mel – disse Pandora, fitando com mau humor a cidade pitoresca que se erguia além do mar. – Meu jogo precisa estar nas lojas para o Natal.

– Qualquer outra pessoa em nossas circunstâncias passaria pelo menos um mês em lua de mel – argumentou Gabriel. – Só lhe pedi uma semana.

– Mas não haverá nada para fazer.

– Tentarei mantê-la ocupada – disse ele em um tom irônico. E se colocou atrás da esposa, as mãos apoiadas na amurada, uma de cada lado do corpo dela. – Passar alguns dias juntos vai nos ajudar a nos acostumarmos melhor a nossa nova vida. O casamento vai ser uma mudança considerável, especialmente para você. – Ele aproximou a boca do ouvido dela. – Você vai passar a morar em uma casa que não lhe é familiar, com um homem que não lhe é familiar... que estará fazendo coisas *muito pouco* familiares com seu corpo.

– Onde você vai estar? – perguntou Pandora, e mal conseguiu conter um gritinho quando ele mordiscou o lóbulo de sua orelha.

– Se você mudar de ideia no meio da lua de mel – disse Gabriel a ela –, podemos voltar para Londres. Embarcaremos em um navio a vapor até a estação de Portsmouth, dali pegaremos um trem direto para a estação de Waterloo e estaremos na porta da nossa casa em menos de três horas.

A proposta pareceu acalmar os ânimos de Pandora. Enquanto o barco seguia a travessia do estreito, a jovem tirou a luva esquerda para admirar o anel de casamento, como já fizera uma dúzia de vezes naquele dia. Gabriel escolhera uma safira na coleção de joias de família dos Challons e fizera com que fosse engastada em um anel de ouro e diamantes. A safira do Ceilão, lapidada e polida até formar um cabochão em domo suave, era uma pedra rara, estrelada em doze pontas, em vez de seis. Para satisfação dele, Pandora pareceu gostar extraordinariamente do anel, fascinada por parecer haver uma estrela se movendo através da superfície da safira. O efeito, chamado *asterismo,* era especialmente perceptível ao sol.

– O que forma a estrela? – perguntou Pandora, enquanto inclinava a mão para um lado e para o outro.

Gabriel deu um beijo atrás do lóbulo macio da orelha dela.

– Algumas imperfeições mínimas – murmurou –, que tornam a pedra ainda mais linda.

Ela se virou e se aconchegou ao peito dele.

O casamento durara três dias e contara com a presença dos Challons, dos Ravenels e de um número reduzido de amigos próximos, incluindo lorde e lady Berwick. Para tristeza de Gabriel, seu irmão Raphael não conseguira voltar da América a tempo. No entanto, mandara um telegrama e prometera comemorar com eles quando retornasse à Inglaterra, mais para o final da primavera.

Quando Pandora o levou para um tour privado pela propriedade da família dela, Gabriel compreendeu exatamente como ela e as irmãs haviam permanecido isoladas pela maior parte da vida. O Priorado Eversby era um mundo em si. A extravagante mansão jacobina, erguida entre florestas ancestrais e remotas colinas verdes, permanecera praticamente imutável por dois séculos. Devon fizera as melhorias muito necessárias na propriedade desde que herdara o condado, mas levaria tempo para reformar completamente a casa. Apenas dois anos antes haviam sido instalados encanamentos modernos. Antes disso, os moradores usavam penicos e privadas externas, o que levara Pandora a dizer a Gabriel, com uma seriedade zombeteira:

– Mal fui treinada a usar um banheiro...

As festividades haviam garantido uma oportunidade a Gabriel para encontrar os dois Ravenels que ainda não tinha conhecido: West, o irmão mais novo de Devon, e lady Helen, a irmã mais velha de Pandora. Gabriel gostara imediatamente de West, um patife encantador com um humor afiado e maneiras irreverentes. Como administrador das fazendas e arrendatários do Priorado Eversby, West parecia ter total controle das questões e preocupações deles.

Lady Helen, que fora acompanhada do marido, o Sr. Rhys Winterborne, era muito mais reservada do que as gêmeas. No lugar da energia primitiva e radiante de Pandora, ou do encanto efervescente de Cassandra, ela possuía uma gravidade doce e paciente. Com os cabelos louro-platinados e o corpo muito esguio, parecia uma figura tão etérea quanto uma pintura de Bouguereau.

Poucas pessoas teriam imaginado um casamento entre uma criatura tão delicada e um homem como Rhys Winterborne – um galês grande, de cabelos pretos, cujo pai fora comerciante. Proprietário da maior loja de departamentos da Inglaterra, Winterborne era um homem consideravelmente rico, conhecido por sua natureza vigorosa e decidida. No entanto, desde o casamento, parecia ter se tornado muito mais satisfeito e relaxado, e agora sorria com uma facilidade que Gabriel não estava acostumado a ver.

Gabriel encontrara-se com Winterborne várias vezes nos últimos quatro anos, na reunião semestral do conselho executivo de uma empresa que fabricava equipamentos hidráulicos. Winterborne se mostrara um homem prático e decente, dono de uma intuição e de uma sagacidade impressionantes em questões de negócio. Gabriel gostava do galês, mesmo com toda a sua falta de verniz social, mas os dois frequentavam círculos muito diferentes e nunca haviam se encontrado fora das reuniões de negócios.

Agora, parecia que se veriam bastante. Não apenas estavam casados com mulheres de uma família muito unida, mas Winterborne era também um mentor para Pandora. Durante o último ano, ele a encorajara e aconselhara em relação à empresa de jogos de tabuleiro e assumira o compromisso firme de manter o jogo à venda em sua loja. Pandora não fazia segredo da gratidão e afeição que sentia pelo cunhado. Na verdade, ela se agarrava a cada palavra que ele dizia e cintilava quando recebia atenção dele.

Quando viu a proximidade de Pandora e Winterborne, Gabriel teve que lutar contra uma inesperada pontada de ciúme. E ficou extremamente surpreso com isso. Nunca sentira ciúmes de ninguém, nunca fora possessivo, e se considerava acima dessas emoções menores. Mas no que se referia a Pandora, ele não era melhor do que o mais bruto dos homens primitivos. Gabriel a queria toda para si, cada palavra, cada olhar, cada toque da mão da esposa, cada cintilar de luz sobre os cabelos, cada expiração que escapava de seus lábios. Sentia ciúme do ar que tocava a pele dela.

Não ajudava o fato de Pandora estar tão determinada a permanecer independente – como uma pequena nação soberana, disposta a não ser conquistada e anexada por um vizinho poderoso. A cada dia ela acrescentava mais condições a sua lista de limites conjugais, como se sentisse necessidade de se proteger dele.

Quando Gabriel conversara com Phoebe a esse respeito, em particular, a irmã o encarou com incredulidade e disse:

– Há itens na despensa de carnes aqui de casa que são mais antigos do que sua relação com Pandora. Você não pode esperar devoção e amor eterno de uma mulher após apenas duas semanas de convivência. – Ela riu com carinho diante da expressão decepcionada dele. – Ah, esqueci. Você é Gabriel, lorde St. Vincent... é claro que estava contando com devoção e amor eterno imediatos.

Os pensamentos de Gabriel foram trazidos de volta ao presente quando Pandora ergueu o rosto para a brisa fresca.

Ele se perguntou o que estaria se passando no cérebro inquieto da esposa e afastou uma mecha de cabelos do rosto dela.

– No que está pensando? – perguntou. – No casamento? Na sua família?

– Em um losango – respondeu ela, distraída.

Gabriel ergueu as sobrancelhas.

– Está se referindo ao paralelogramo com ângulos opostos iguais, sendo dois deles obtusos?

– Sim, o primo West me contou que a Ilha de Wight tem o formato de um losango. Eu estava só pensando que, se houvesse um adjetivo para "losango"... – ela levou a mão enluvada ao queixo e tamborilou com a ponta dos dedos nos lábios – seria *losangoso*.

Gabriel brincou com uma minúscula flor de seda no chapéu dela.

– Losangofobia – disse, entrando no jogo. – Medo de losango.

Aquilo lhe valeu um sorriso espontâneo. Os olhos de um azul profundo de Pandora se tornaram lugares de festa e brincadeiras.

– Losangolatria. Idolatria por losangos.

Gabriel acariciou a bela linha do queixo dela e murmurou:

– Eu gostaria de idolatrar você.

Pandora pareceu mal ter ouvido, a mente ainda ocupada com o jogo de palavras. Sorrindo, Gabriel manteve um braço ao redor dela, enquanto o barco se aproximava do píer.

Depois de desembarcarem, eles caminharam até um vagão puxado a cavalos que os levaria ao elegante passeio público, a cerca de 2 quilômetros dali. Nesse meio-tempo, o valete de Gabriel, Oakes, orientou os carregadores e conseguiu transferir a bagagem do barco para o transporte em terra. O valete seguiria para o hotel em um veículo separado, junto com Ida, a camareira.

Quando chegaram ao passeio público, pegaram uma carruagem que em cinco minutos os deixou diante do Empire, o luxuoso hotel de frente para o mar, erguido em uma praia. O lugar estava equipado com todas as conveniências possíveis, tais como elevadores hidráulicos para levar bagagens a todos os andares e suítes com banheiro particular.

Como nunca havia se hospedado em um hotel antes, Pandora ficou perplexa com o ambiente luxuoso. Girando em círculos, ela tentava assimilar cada detalhe do interior decorado em azul, ouro e branco, com muitos pilares de mármore, papel de parede pintado à mão e sancas italianas. O gerente, que obviamente percebeu o interesse da moça, se ofereceu para levar os recém-casados em uma visita a todos os espaços de uso comum.

– Obrigado, mas... – começou Gabriel.

– Nós *adoraríamos*! – exclamou Pandora, o corpo oscilando sobre os calcanhares com empolgação, antes de se dar conta do que estava fazendo e se interromper, em uma tentativa tardia de dignidade. Gabriel reprimiu um sorriso.

Satisfeito com o entusiasmo da jovem hóspede, o gerente lhe ofereceu o braço e a acompanhou por todo o hotel, enquanto Gabriel seguia atrás. Eles foram primeiro à galeria de retratos, onde o gerente lhes mostrou com orgulho os elegantes rostos dos familiares do proprietário do hotel, assim como uma paisagem de Turner e um quadro de crianças e cachorros do mestre holandês Jan Steen.

Em seguida, visitaram o restaurante francês que havia dentro do estabelecimento, e Pandora ficou chocada e encantada ao observar que era permitido que homens e mulheres jantassem juntos no salão principal, em vez de relegarem as damas a salinhas privativas. O gerente assegurou a ela que salões mistos em restaurantes elegantes de hotéis já eram algo comum em Paris. Em um tom da mais alta confidencialidade, ele indicou uma mesa ocupada por um príncipe indiano e sua esposa, e outra onde um conhecido financista norte-americano jantava com a esposa e as filhas.

A visita continuou por uma ampla galeria que cercava um jardim de inverno coberto por um teto imponente de ferro e vidro. Enquanto o gerente falava sobre as amenidades do hotel – a água que vinha de um poço artesiano próprio, jardins arejados pela brisa do mar onde era servido diariamente o chá da tarde, um salão de baile inteiramente revestido com painéis de mármore vermelho de Verona e iluminado por candelabros de cristal Luís XIV –, a paciência de Gabriel se esgotava rapidamente.

– Muito obrigado pela visita guiada – finalmente interrompeu ele, quando os três já estavam perto da grande escadaria com balaustrada de bronze ornamentado, importada de Bruxelas, decorada com cenas dos doze trabalhos de Hércules. Não havia dúvidas de que o gerente descreveria cada cena nos mínimos detalhes. – Estamos muito gratos. No entanto, temo que lady St. Vincent e eu já tenhamos tomado muito do seu tempo. Vamos nos recolher a nossa suíte agora.

– Mas, milorde, ainda não descrevi a história de Hércules derrotando a Hidra de Lerna – disse o homem, gesticulando para uma cena da balaustrada. Diante do olhar de recusa de Gabriel, ele insistiu, esperançoso: – Hércules e os Cavalos de Diomedes...?

Gabriel ignorou o olhar interessado de Pandora na direção da escadaria, agradeceu mais uma vez e puxou-a degraus acima.

– Mas ele estava prestes a nos contar uma dúzia de histórias – protestou Pandora, em um sussurro.

– Eu sei.

Gabriel não parou até eles alcançarem a suíte particular, onde o valete e a camareira haviam acabado de desfazer a bagagem. Ida estava pronta para ajudar Pandora a trocar suas roupas de viagem, mas Gabriel decidiu dispensá-la.

– Eu tomarei conta de lady St. Vincent. Você e Oakes não serão necessários por algum tempo.

Embora a declaração não fosse nada lasciva, nem no conteúdo nem no tom, a camareira de rosto redondo e cabelos claros ficou profundamente ruborizada e se inclinou em uma reverência. Ela parou apenas para uma breve troca de palavras com Pandora, antes de deixar a suíte com o valete.

– O que ela acabou de lhe dizer? – perguntou Gabriel, acompanhando a esposa pela suíte, investigando as salas de estar, de serviço, os quartos, os banheiros e a varanda privativa com vista para o mar.

– Ela me disse para colocar meu vestido dobrado em uma cadeira, em vez de jogá-lo no chão. Também reclamou porque deixei meu chapéu na poltrona e logo, logo, alguém vai acabar se sentando em cima dele.

Gabriel franziu o cenho.

– Essa camareira se dirige a você com intimidade excessiva. Estou pensando em dispensá-la.

– Ida é o Gengis Khan das camareiras – admitiu Pandora –, mas ela é muito boa em me lembrar do que costumo esquecer e em encontrar coisas que perdi. – Sua voz ecoou levemente quando ela entrou no banheiro com piso de mármore. – Ela também me disse que eu seria uma mula mentecapta se não me casasse com você.

– Vamos continuar com ela – falou Gabriel, decidido.

Ele entrou no banheiro e encontrou Pandora inclinada sobre uma banheira de porcelana, ocupada com dois conjuntos de torneiras, um prateado e outro de latão polido.

– Por que tantos desses? – perguntou.

– Um conjunto é para água fresca para o banho, o outro para água do mar.

– É mesmo? Eu poderia tomar um banho de água salgada bem aqui?

– Sim. – Gabriel sorriu diante da expressão dela. – Estamos um pouco menos rabugentos com nossa lua de mel agora?

Pandora deu um sorriso envergonhado.

– Talvez um pouquinho – admitiu.

No instante seguinte, ela se jogou impulsivamente em cima de Gabriel e abraçou o pescoço dele.

Ele sentiu os leves tremores que faziam o corpo delicado da esposa oscilar. Então a abraçou com mais firmeza e perguntou, agora preocupado:

– Por que está tremendo, meu amor?

Pandora manteve o rosto colado ao peito dele.

– Estou com medo desta noite.

É claro. Era uma noiva em sua noite de núpcias, encarando a perspectiva de ir para a cama com um homem que mal conhecia, com a certeza de que haveria dor e constrangimento. Uma onda de ternura dominou Gabriel ao mesmo tempo que o desapontamento se instalou como uma pilha de tijolos em seu peito. Provavelmente não haveria consumação do casamento naquela noite. Ele teria que ser paciente. Teria que se resignar às preliminares que Pandora permitisse, e então, talvez em um ou dois dias, ela estivesse disposta a...

– Eu preferiria fazer agora mesmo – disse Pandora. – Assim posso parar de me preocupar.

A declaração pegou Gabriel tão completamente de surpresa que ele não conseguiu falar.

– Estou tão nervosa quanto um ganso antes do almoço de Natal – continuou Pandora. – Não vou conseguir comer nada no jantar, nem ler, nem fazer qualquer outra coisa até resolvermos isso. Mesmo se acabar sendo a mais pura agonia, prefiro fazer logo a esperar.

O coração de Gabriel deu um salto de alívio e desejo, e ele deixou escapar um suspiro controlado.

– Meu amor, não vai ser uma agonia, prometo que você vai gostar. – Ele parou antes de acrescentar, com alguma ironia: – Ao menos da maior parte. – Então abaixou a cabeça, encostou os lábios em um ponto macio do pescoço dela e a sentiu engolir em seco. – Você gostou no nosso *rendez-vous* naquela noite, não foi? – perguntou baixinho.

Pandora engoliu em seco de novo e assentiu. Gabriel percebia o esforço que ela estava fazendo para relaxar, para confiar nele.

Ele buscou os lábios dela, provocando-os com o mais leve toque da língua para que se abrissem. A resposta dela foi suave a princípio, a boca de uma sensualidade inocente acompanhando as carícias provocantes do marido. Pandora relaxou e colou o corpo ao dele, e Gabriel sentiu a atenção da esposa agora concentrada em si, toda a vitalidade dela se derramando para dentro dele. Os pelos da nuca de Gabriel se arrepiaram de prazer, enquanto o calor dançava e se derramava por cada parte de seu corpo. Ele interrompeu o beijo com dificuldade, segurou o rosto dela entre as mãos e observou os cílios longos e negros se erguerem para revelar os olhos azuis lânguidos.

– Que tal eu pedir champanhe? – sugeriu Gabriel. – Vai ajudá-la a relaxar. – Ele acariciou o rosto dela com os polegares. – E quero lhe dar um presente.

Pandora franziu as sobrancelhas escuras.

– Um presente no sentido literal?

Gabriel respondeu com um sorriso confuso:

– Sim. O que mais poderia ser?

– Achei que "dar um presente" fosse uma metáfora. – O olhar dela se desviou para o quarto. – Para *aquilo*.

Ele começou a rir.

– Eu não elogiaria a mim mesmo de uma forma tão extravagante. Você vai ter que me informar mais tarde se meu modo de fazer amor é um presente ou não.

Ainda rindo, Gabriel se inclinou para beijá-la.

Ele a adorava. Não havia ninguém como Pandora, e ela pertencia completamente a ele, embora Gabriel soubesse que era melhor não dizer aquilo em voz alta.

Qualquer embaraço que Pandora pudesse ter sentido por estar sendo despida por um homem foi eclipsado pela graça que Gabriel estava achando do que ela dissera. Ele não parava de dar risadinhas, até ela querer saber:

– Ainda está rindo da sua metáfora?

Aquilo o fez cair na gargalhada de novo.

– Não foi uma metáfora.

Embora Pandora quisesse argumentar que a maior parte das recém-casadas não apreciaria que o marido risse como hiena enquanto as despia, estava quase certa de que qualquer coisa que dissesse só prolongaria a diversão dele. Ela esperou ele abrir o espartilho, deixando-a apenas de camisa e calções de baixo, então correu para a cama e se enfiou embaixo das cobertas.

– Gabriel? – chamou, enquanto puxava as cobertas até o pescoço. – Em vez de champanhe, posso tomar um cálice de vinho do porto? Ou isso é só para cavalheiros?

O marido chegou até a beira da cama e se inclinou para beijá-la.

– Se você quer vinho do porto, meu amor, é isso que vai ter.

Enquanto ele se afastava para chamar um criado, Pandora despiu as roupas de baixo sob as cobertas. Ela deixou que as peças caíssem ao lado da cama e aproveitou para colocar um travesseiro extra atrás do corpo.

Em poucos minutos, Gabriel voltou e se sentou na beira da cama. Ele pegou as mãos de Pandora, virou-as com as palmas para cima e colocou ali um estojo de couro retangular.

– Uma joia? – perguntou a jovem, sentindo-se subitamente tímida. – Não há necessidade disso.

– É costume o noivo dar um presente à noiva no dia do casamento.

Pandora abriu o minúsculo fecho dourado do estojo, levantou a tampa e se deparou com um colar de pérolas de duas voltas sobre o veludo vermelho. Ela arregalou os olhos, ergueu uma das fileiras e rolou gentilmente entre os dedos as pérolas lustrosas.

– Nunca imaginei ter algo tão elegante. Obrigada.

– Gostou do cordão, meu amor?

– Sim, demais... – começou Pandora, mas parou quando viu o fecho de ouro, cintilando com diamantes. Era composto de duas partes que se uniam no formato de folhas curvas em relevo. – Folhas de Acanto – disse ela, com um sorrisinho de lado. – Como as que decoravam o banco do caramanchão, no baile de Chaworth.

– Tenho um carinho especial por esses relevos de folhas de Acanto. – O olhar de Gabriel a acariciou enquanto ela colocava o colar. As duas voltas eram tão longas que não havia necessidade de abrir o fecho. – Elas a mantiveram presa pelo tempo certo para que eu a capturasse.

Pandora sorriu, apreciando o peso frio e sensual das pérolas que deslizavam pelo seu pescoço e seu colo.

– Acho que foi o senhor quem foi capturado, milorde.

Gabriel estendeu a mão para tocar a curva do ombro nu da esposa com a ponta dos dedos e seguiu o caminho das pérolas até o seio.

– Seu escravo por toda a vida, milady.

Pandora se inclinou para a frente para beijá-lo. A boca de Gabriel era quente e firme, e moldava-se deliciosamente à dela. Pandora fechou os olhos, entreabriu os lábios e se desligou de qualquer outra coisa no mundo que não a carícia enlouquecedora dos lábios dele e os toques sedosos de sua língua. Ela ficou zonza com a doçura penetrante do beijo e sentiu os pulmões se dilatando como se estivesse inalando vapor. Pandora não percebeu que os lençóis e cobertas haviam ido parar na altura de sua cintura até sentir a mão de Gabriel em seu seio. O polegar dele rolava suavemente um fio de pérolas pelo bico sensível, para a frente e para trás. Ela sentiu um arrepio percorrer todo o corpo, e seu coração passou a bater com tanta força que o sentia no rosto, na garganta, nos seios e nos pulsos.

Gabriel beijou-a lentamente, a língua buscando cada vez mais fundo até Pandora gemer de prazer. Ela tentou se livrar das cobertas, esquecendo-se de tudo que não fosse a necessidade de estar mais perto dele. No instante seguinte, Gabriel a tinha deitada no colchão, seu corpo ainda completamente vestido cobrindo o corpo nu dela. O peso masculino era agradável e excitante, o membro rígido dele pressionando-a no ventre e entre as coxas. Quando ergueu o quadril em reação à pressão estimulante, Pandora sentiu uma intensa agitação interna.

Gabriel ofegava como se estivesse atormentado, a boca colada à de Pandora em beijos longos e febris enquanto murmurava em um tom grave e a acariciava por toda parte.

– Seu corpo é tão requintado... Tão forte e macio ao mesmo tempo. O modo como se curva aqui... e aqui... Deus, eu a desejo tanto... Preciso de mais mãos para senti-la.

Se ainda tivesse algum fôlego restante, Pandora teria dito que ele já era perigoso o bastante com apenas duas mãos.

Ela começou a puxar as roupas dele, pois também queria sentir a pele do marido. Gabriel tentou ajudá-la, mas o processo se tornou complicado diante da relutância dele em parar de beijá-la por mais do que alguns poucos segundos. Uma peça de roupa após a outra foi jogada pela lateral da cama, até o corpo dele ser revelado, pleno e dourado, o torso liso destacando os pelos no peito e no ventre.

Depois de arriscar um olhar à impressionante visão da ereção de Gabriel, Pandora sentiu o estômago se apertar de nervosismo e escondeu o rosto no ombro dele. Certa vez, em uma de suas excursões pela propriedade, ela e Cassandra haviam visto de relance dois garotos pequenos brincando na água de um riacho raso, enquanto a mãe deles, a esposa de um arrendatário da fazenda, tomava conta dos dois. Os meninos estavam nus e não tinham pelos, e as partes íntimas deles eram tão inocentemente pequenas que mal eram perceptíveis.

Aquilo diante dela, no entanto, seria perceptível a metros de distância.

Gabriel levou a mão ao queixo de Pandora e a fez encontrar seu olhar.

– Não tenha medo – disse ele com a voz rouca.

– Não estou com medo – ela apressou-se em responder. Talvez um pouco rápido demais. – Só fiquei surpresa porque... bem... não é como o de um garotinho.

Gabriel pareceu não entender a princípio, então um sorriso acentuou as linhas nos cantos de seus olhos.

– Não é – concordou. – Graças a Deus.

Pandora respirou fundo e tentou acalmar os nervos. Gabriel era seu marido, um homem com um corpo magnífico, e ela estava determinada a amar cada parte dele. Até mesmo aquela parte, bastante intimidante. Sem dúvida, a antiga amante de Gabriel sabia exatamente o que fazer com aquilo. A ideia despertou os instintos competitivos de Pandora. Agora que ela lhe pedira que dispensasse a amante, não podia se provar uma substituta abaixo dos padrões.

Pandora tomou a iniciativa e empurrou o ombro de Gabriel, tentando fazer com que ele se deitasse de costas. Ele não se moveu, apenas a encarou sem entender.

– Quero olhar para você – disse ela, voltando a empurrá-lo.

Dessa vez, ele rolou o corpo com facilidade e se deitou com um dos braços flexionado atrás do pescoço. Parecia um leão tomando sol. Pandora se apoiou em um dos cotovelos e passou a mão, hesitante, sobre o abdômen rígido e musculoso dele. Então se inclinou para a frente e roçou o nariz nos pelos sedosos do peito. A respiração de Gabriel se alterou quando ela usou a ponta da língua para brincar com o mamilo dele, fazendo a pontinha se erguer, rígida como um diamante. Como ele não fez objeção, ela continuou a explorar o corpo masculino, traçando o contorno delgado do quadril com os nós dos dedos e seguindo até o ventre, onde a pele bronzeada se tornava mais quente e macia. Quando alcançou o limite dos pelos encaracolados, Pandora hesitou e levantou os olhos para o rosto dele. Qualquer traço de sorriso havia desaparecido. O rosto de Gabriel estava mais ruborizado e os lábios entreabertos, como se ele quisesse falar mas não conseguisse.

Para um homem tão articulado, pensou Pandora, com ironia, o marido certamente escolhera a hora errada para manter a boca fechada. Algumas poucas instruções, uma sugestão aqui ou ali, seriam de grande utilidade. Mas Gabriel ficou apenas olhando para a mão dela, como se enfeitiçado, a respiração saindo como uma caldeira a vapor quebrada. Ele parecia definitivamente fraco com a expectativa.

Um cantinho travesso no coração de Pandora se regozijou ao descobrir que aquela criatura grande e viril queria desesperadamente que ela o tocasse. Pandora deixou os dedos correrem levemente ao longo dos pelos grossos, e o pênis pesado se agitou contra a superfície rígida do abdômen. Ela o ouviu gemer baixinho e percebeu que os músculos poderosos das coxas dele se contraíram visivelmente. Sentindo-se mais corajosa, Pandora se acomodou melhor na cama e segurou com delicadeza a extensão rígida. Estava quente como um ferro de atiçar e praticamente tão duro quanto. A pele era acetinada e muito vermelha e, a julgar pelo modo como ele estremecera, intensamente sensível. Fascinada, Pandora ousou subir e descer a mão pelo pênis e envolveu com os dedos os montículos pesados logo abaixo.

A respiração de Gabriel ficou mais difícil. O cheiro dele ali era limpo como o do sabão de lavar roupas, mas com um toque de uma pungência salgada. Pandora se aproximou mais para inspirar o aroma sedutor. Em um impulso, ela assoprou ao longo de toda a extensão do membro excitado.

Gabriel levou as mãos à cabeça dela com um som incoerente. Pandora se aproximou mais e tocou-o com a língua, lambendo-o da base até o topo, como se ele fosse um doce. A textura ali era macia e sedosa, diferente de tudo que ela já experimentara.

Gabriel segurou-a por baixo dos braços e puxou-a para cima até ela estar montada nele, com a ereção muito rígida entre o corpo dos dois.

– Você me deixa louco – murmurou ele, antes de capturar os lábios de Pandora com intensidade.

Gabriel segurou-a pela nuca com uma das mãos e soltou com cuidado alguns grampos que prendiam os cachos dela, enquanto, com a outra mão, acariciava seu traseiro nu.

Pandora se contorcia acima dele, e Gabriel guiou os movimentos agoniados da esposa até que ela encontrasse um ritmo mais lento, a rigidez dele abrindo as dobras do sexo dela em uma fricção suave. Os pelos do peito de Gabriel roçaram nos mamilos de Pandora, e foi como se dardos de fogo atingissem o âmago do corpo dela. As arremetidas contra o sexo dela se tornaram ainda mais suaves e fluidas, provocando uma sensação estranha e lasciva, quente e úmida...

Pandora levantou rapidamente a cabeça e ficou imóvel, o rosto muito vermelho.

– Eu... está molhado... – sussurrou ela, mortificada.

– Sim.

Os olhos de Gabriel pareciam pesados, os cílios sombreando as profundezas do azul intenso. Antes que Pandora pudesse dizer outra palavra, ele já a havia erguido alto o bastante para colar a boca ao seio dela. Pandora gemeu quando ele retomou o ritmo, fazendo-a cavalgar a rigidez cáustica e sedosa, apertando o traseiro dela. Gabriel seguiu lenta e implacavelmente, provocando-a até Pandora se sentir em fogo, desesperada por aliviar a tensão que ameaçava transbordar.

Ele então a girou com cuidado, colocando-a de costas na cama, e começou a distribuir beijos quentes e suaves por todo o corpo dela. As mãos dele a investigavam com talento e experiência, deixando-a toda arrepiada. As pontas dos dedos traçaram padrões sinuosos na parte interna das pernas de Pandora e foram subindo até finalmente alcançarem a suavidade macia entre as coxas. E com que gentileza ele a tocava... Pandora sentiu a pressão sutil da ponta de um dedo e ficou tensa quando ele deslizou para dentro. A ameaça de invasão fez com que ela enrijecesse os músculos internos, a fim de impedir que o dedo entrasse. Gabriel murmurou alguma coisa na barriga dela, e, embora Pandora não conseguisse distinguir as palavras, a ressonância baixa da voz dele a acalmou.

O mesmo dedo continuou cada vez mais fundo, encontrando lugares sensíveis que a faziam arquejar. A boca dele desceu até o triangulo de pelos e seguiu por entre as dobras macias. Ele a manteve no limite de um prazer intenso, beijando e chupando a pequena colina do sexo de Pandora, enquanto seu dedo continuava o caminho dentro dela. Pandora não conseguiu controlar o movimento agoniado dos quadris, implorando por alívio sem palavras. O dedo de Gabriel recuou brevemente, apenas para voltar com mais pressão, e ela se deu conta de que ele acrescentara outro dedo. Já estava prestes a protestar quando a boca dele fez algo tão sensacional que só lhe restou ofegar e abrir as coxas trêmulas.

Com paciência e ternura, Gabriel a seduziu, a acariciou, a língua se movimentando em um ritmo constante, fazendo o prazer crescer em uma onda poderosa. Pandora gemeu e seu corpo ficou tenso contra o dele, a pélvis projetada para cima. Um momento de imobilidade, e então o alívio cego começou, varrendo todo o corpo dela. Pandora se contorceu, gritou, ofegou, soluçou, perdeu qualquer vergonha nos braços do marido. Depois que o último tremor cessou, ela sentia-se zonza demais para se mexer. Gabriel retirou os dedos de dentro dela, deixando-a com a estranha sensação de vazio, a entrada de seu corpo dilatada e latejando.

Ele então se posicionou sobre ela, encaixou-se entre as coxas dela e passou um braço debaixo de sua nuca.

– Fique relaxada, meu amor – sussurrou ele. – Assim mesmo.

Ela não tinha escolha. Seu corpo estava frouxo como uma luva vazia.

Gabriel abaixou a outra mão e Pandora sentiu a rigidez dele, lisa como vidro, encontrar sua abertura vulnerável, em movimentos lentos e circulares. A ponta quente encaixando-se na entrada macia do corpo dela. Ele a preencheu aos poucos, a pressão enorme e inevitável, e a dor tirou o fôlego de Pandora, que se sentiu ser esticada mais do que teria imaginado possível. A carne dela latejava agudamente ao redor da rigidez escaldante.

Gabriel ficou imóvel e baixou os olhos para Pandora com preocupação, esperando que ela se ajustasse a ele. Enquanto isso, afastou mechas de cabelo do rosto dela e beijou sua testa.

– Não precisa esperar – disse Pandora, e fechou os olhos para controlar a súbita vontade de chorar.

Ela o sentiu roçar os lábios em suas pálpebras.

– Quero esperar – sussurrou Gabriel. – Quero ficar dentro de você o máximo possível. O prazer que você me dá... É como fazer amor pela primeira vez.

Ele capturou novamente a boca de Pandora em um arroubo ao mesmo tempo erótico e suave que a deixou com um frio no estômago. Os músculos de Pandora latejavam convulsivamente ao redor do pênis rígido, e ela o sentiu arremeter mais fundo a cada vez. De algum modo, o corpo dela aprendeu a abrir espaço para ele, submetendo-se à penetração insistente. Já não era mais tão doloroso, e ondas sutis de prazer erguiam-se acima do desconforto. Gabriel se movimentava com muito cuidado, o calor do corpo dele pressionando mais fundo do que parecia ser possível, deslizando como seda.

Pandora passou os braços ao redor da nuca de Gabriel e inclinou a cabeça para trás enquanto ele beijava seu pescoço.

– O que devo fazer? – perguntou ela, ofegante.

Gabriel deixou escapar um gemido baixo, a testa franzida como se sentisse dor.

– Só me abrace – disse ele, com a voz muito rouca. – Não deixe que eu me desfaça em pedaços. Meu Deus... eu nunca...

Ele se interrompeu, arremeteu mais fundo e estremeceu até Pandora sentir os tremores fortes em seu ponto mais íntimo. Ela passou os braços e pernas ao redor dele, envolvendo-o com cada parte de seu ser.

Depois de muito tempo, Gabriel parou de tremer e se rendeu a uma satisfação exausta, movendo-se para o lado, para não esmagá-la.

Pandora brincou com os cachos úmidos na nuca dele e traçou a forma de sua orelha.

– Seu modo de fazer amor – informou a ele – é um presente.

E sentiu a curva do sorriso de Gabriel contra o ombro.

CAPÍTULO 16

– Eu nunca passei tanto tempo na cama – disse Pandora quatro dias depois, enquanto a luz da manhã penetrava por uma fresta das cortinas. – Nem quando ficava doente. – A não ser por algumas poucas saídas, como um passeio a pé para ver as antigas estátuas saxônicas e o chá da tarde nos jardins externos do hotel, eles haviam permanecido na privacidade da suíte. – Preciso fazer alguma coisa produtiva.

Um braço masculino se curvou preguiçosamente ao redor do corpo dela e puxou-a contra o peito firme e coberto de pelos. A voz de Gabriel era como veludo no ouvido dela.

– Eu, de minha parte, venho sendo excepcionalmente produtivo.

– Estou me referindo a alguma coisa útil.

– Você vem sendo útil.

A palma da mão dele deslizou pelo quadril nu dela.

– Fazendo o quê?

– Satisfazendo as minhas necessidades.

– Não muito bem, ao que parece, ou eu não teria que continuar a fazer sem parar.

Pandora começou a rolar pelo colchão, como se estivesse disposta a escapar da cama, e deu risadinhas quando ele se jogou em cima dela.

– Está satisfazendo muito bem as minhas necessidades, o que me faz desejá-la ainda mais. – Gabriel se colocou acima dela, prendendo-a no lugar, de bruços. E abaixou o rosto para dar uma mordidinha rápida no ombro dela. – Você me deixa obcecado com essa sua boca doce, as mãozinhas espertas, suas costas lindas, e as pernas...

– Você precisa de um hobby – disse Pandora com severidade, enquanto sentia a ereção dele contra seu traseiro. – Já tentou escrever poesias? Ou construir um navio dentro de uma garrafa?

– Você é o meu hobby.

Gabriel beijou a nuca da esposa, pois havia descoberto que aquele era um ponto sensível.

Ele era um amante terno e apaixonado e explorava cada centímetro do corpo de Pandora com uma paciência implacável. Ensinara a ela sobre a lenta construção da expectativa do prazer, sobre os modos infinitos de aumentar o desejo. Por longas e lânguidas horas, ele a guiava de uma sensação erótica a outra, até Pandora se ver dominada por ondas de satisfação. Em outros momentos, ele brincava de torturá-la, provocando-a até quase enlouquecê-la, para então brindá-la com arremetidas fundas e intensas. Pandora ficava sempre um pouco desorientada depois, eufórica e trêmula, mas ele a abraçava e a acariciava até ela relaxar e cair em um sono sem sonhos. Ela nunca dormira daquele jeito na vida, durante a noite toda e até tarde da manhã.

Quando a noite se aproximava, eles pediam o jantar na suíte. Dois mordomos do hotel, ambos de chinelos para não fazer barulho, entravam na sala de estar para cobrir a mesa com uma toalha branca imaculada e arrumar os lugares com porcelana, prataria e cristais. Os empregados deixavam pequenas tigelas de água, com um raminho perfeito de verbena, para lavar os dedos entre os pratos. Depois de trazerem bandejas com os pratos quentes cobertos, os mordomos saíam para que o casal se servisse com privacidade.

Durante o jantar, Gabriel era uma companhia divertida, e entretinha Pandora com um interminável suprimento de histórias. Ele estava disposto a conversar sobre qualquer assunto e incentivava a esposa a falar francamente e a fazer quantas perguntas desejasse. E não parecia se importar quando Pandora pulava de um assunto para outro que não tinha qualquer relação com o anterior. A sensação era de que, não importava quais fossem os defeitos dela, Gabriel estava disposto a aceitá-la como ela era, e como não era.

No fim da refeição, um mordomo voltava para remover os pratos e trazia pequenas xícaras com café turco, um prato de queijos franceses e uma bandeja de licores. Pandora amava os licores coloridos como joias, que eram servidos em copos de cristal em miniatura, no formato de dedais com as bordas chatas. No entanto, eram uma bebida enganadoramente forte, como ela descobriu certa noite em que experimentou três tipos diferentes. Quando tentou se levantar da cadeira, suas pernas vacilaram perigosamente e Gabriel se apressou a puxá-la para o colo.

– Estou sem equilíbrio – comentou Pandora, sem entender.

Gabriel sorriu.

– Desconfio que seja por causa daquele copo extra de *Crème de Noyaux*.

Pandora se virou para encarar com perplexidade o copo pela metade de licor cremoso de amêndoas.

– Mas nem terminei. – Com certo esforço, ela se inclinou, pegou o copinho e virou o resto da bebida de um gole. – Pronto, assim está melhor – disse com satisfação.

Então, espiou o licor de Gabriel, que mal dera um gole na bebida, e fez menção de pegá-lo também, mas ele o puxou para trás com uma risada abafada.

– Não, meu amor. Você não quer acordar com dor de cabeça.

Pandora abraçou o pescoço dele e o encarou com uma expressão solene e preocupada.

– Eu bebi demais? Por isso estou me sentindo tão *bebonza*?

Quando Gabriel ia responder, ela o interrompeu com um beijo e se agarrou a ele apaixonadamente.

Pela manhã, Pandora acordou com a nebulosa lembrança de ter feito coisas extremamente indecentes com o marido na cadeira. Roupas haviam sido descartadas ou puxadas para o lado, e ela também se lembrava vagamente de, em certo momento, estar se contorcendo e subindo e descendo no colo dele enquanto o devorava com beijos e... Ah, queria morrer de vergonha.

E também estava com dor de cabeça.

Felizmente, ao perceber o desconforto da esposa, Gabriel não implicou com ela, embora um breve movimento de sua boca sugerisse que estava disfarçando um sorriso. Ele já tinha um copo de água de menta e um pó para dor de cabeça à espera quando Pandora acordou. Depois que ela tomou o remédio, ele a colocou em um banho morno e perfumado.

– Minha cabeça parece uma debulhadora de grãos – grunhiu ela.

Gabriel a banhou com uma esponja ensaboada, enquanto ela descansava a cabeça na beirada da banheira.

– Os alemães chamam isso de *katzenjammer* – disse ele. – O modo como uma pessoa se sente na manhã seguinte a uma noite de muita bebida. Traduzindo, significa "o gemido dos gatos".

Pandora deu um sorrisinho e manteve os olhos fechados.

– Eu estaria gemendo, se assim me sentisse um pouco melhor.

– Eu deveria tê-la feito parar depois do segundo copo. Mas superestimei sua tolerância.

– Lady Berwick diz que uma dama sempre deve tomar vinho ou bebidas destiladas dentro do limite da sobriedade. Ela ficaria desapontada por eu ter me comportado tão mal.

Pandora sentiu Gabriel se inclinar sobre ela, e os lábios dele roçaram em seu rosto respingado de água.

– Então, não vamos contar a ela – sussurrou ele. – Porque você fica deliciosa demais quando se comporta mal.

Depois do banho, ele a enrolou em uma toalha grossa de flanela e a carregou até o quarto. Então, sentou-se na cama com ela e tirou com cuidado os pentes de tartaruga que lhe prendiam os cabelos. Pandora se virou de frente e descansou a cabeça no peito do marido, que passou a lhe massagear o couro cabeludo com dedos gentis. A massagem lenta provocou uma sensação deliciosa por todo o pescoço, mas Pandora não conseguiu se permitir aproveitar plenamente o momento.

– O que a preocupa? – perguntou Gabriel, a ponta dos dedos especialmente leves perto do ouvido ruim dela.

– Parte de mim não quer voltar para Londres – admitiu Pandora.

A massagem tranquilizadora não parou.

– Por que não, meu amor?

– Assim que retornarmos, teremos que mandar cartões para informar às pessoas que elas podem nos visitar, e retribuir as visitas, e precisarei aprender os nomes dos criados e sobre as despesas da casa, e também terei que me certificar de que o inventário da despensa esteja de acordo com a conta do açougueiro. E em algum momento deverei oferecer um *jantar festivo*.

– Isso é tão ruim assim? – perguntou Gabriel, em um tom solidário.

– Prefiro ser guilhotinada.

Ele a puxou mais junto ao peito e começou a alisar os cabelos dela.

– Vamos adiar o envio dos cartões até você se sentir mais à vontade. As pessoas podem esperar para nos visitar até você estar pronta. Quanto aos criados, eles não vão esperar que você saiba tudo de uma vez. Além disso, a governanta cuida da administração da casa com eficiência há anos, e se você não desejar se envolver nos detalhes, ela vai continuar a fazer o que sempre fez, a menos que lhe diga para mudar alguma coisa. – Os dedos dele correram pelas costas nuas dela, provocando um arrepio de prazer. – Vai se sentir melhor assim que fizer algum progresso com sua empresa de jogos de tabuleiro. Quando voltarmos, terá sua própria carruagem, seu cocheiro e seu criado particular, para que possa ir aonde desejar.

– Obrigada – disse Pandora, satisfeita. – Embora não haja necessidade de contratar um criado extra para me acompanhar. Quando for necessário, chamarei algum que já trabalhe na casa, como Kathleen faz.

– Prefiro contratar um especialmente para acompanhá-la, para sua conveniência e para minha paz de espírito. Há uma pessoa em particular que estou considerando... É atento, capaz e confiável, e está precisando de um novo emprego.

Pandora franziu o cenho.

– Acho que minha opinião deve ser levada em consideração quanto a contratá-lo, já que é a *mim* que ele vai acompanhar por toda parte.

Gabriel sorriu e acariciou o rosto dela.

– Que qualidades você tem em mente?

– Gostaria que meu criado particular fosse uma pessoa animada, com olhos brilhantes, como Papai Noel. E ele deve ser gentil e ter um bom senso de humor. Também deve ter paciência e excelentes reflexos, porque se eu saio para caminhar e estou muito concentrada em alguma ideia, posso não perceber que estou prestes a ser esmagada por uma carruagem em alta velocidade.

Gabriel chegou mesmo a empalidecer um ou dois tons e puxou-a para mais perto.

– Não há razão para alarme – disse Pandora, com um sorriso. – Ainda não fui esmagada por nenhuma roda de carruagem.

Gabriel não pareceu menos ansioso e continuou a abraçá-la um pouco apertado demais.

– O homem que tenho em mente tem todas essas qualidades e mais algumas. Estou certa de que vai agradá-la.

– Provavelmente sim – admitiu Pandora. – Afinal, veja o que tolero da minha camareira. Um criado particular teria que ser absolutamente impossível de se lidar para que eu não gostasse dele.

CAPÍTULO 17

– Meu criado particular é impossível! – exclamou Pandora, uma semana depois de chegarem a Londres. – Tenho que encontrar outro imediatamente.

Ela acabara de voltar de sua primeira saída na nova carruagem, e as coisas pareciam não ter ido bem. Pandora fechou a porta e avançou na direção de Gabriel com uma carranca, enquanto ele desabotoava o colete.

– Algum problema? – perguntou Gabriel, preocupado.

Ele deixou o colete de lado e começou a soltar o nó do lenço de pescoço.

– Algum problema? Não. Muitos problemas. Uma abundância de problemas. Fui visitar Helen e o bebê e depois seguimos para a Winterbone's e... Santo Deus, que cheiro é esse? – Pandora se deteve diante do marido, fungando perto do peito e do pescoço dele. – Você está empesteado. Uma espécie de cheiro de metal polido com um pouco de alguma coisa que tenha ficado tempo demais na despensa.

– Acabei de voltar do clube de natação – explicou Gabriel, sorrindo diante da expressão dela. – Eles colocam cloro e outros produtos químicos na água da piscina para evitar que fique suja, com um cheiro ruim.

Pandora torceu o nariz.

– Nesse caso, a solução talvez seja pior do que o problema.

Ela foi até a cama e se encarapitou no colchão, enquanto observava o marido se despir.

– Você estava falando sobre o seu criado particular – lembrou Gabriel, desabotoando os punhos da camisa.

Ele já havia se preparado para algumas objeções a respeito de Drago, um antigo empregado do Jenner's que com certeza era uma escolha pouco convencional para um criado particular. Drago começara a trabalhar no clube quando tinha 12 anos e subira desde a posição de menino de recados até chegar a porteiro noturno e, por fim, a mordomo do salão principal. Não tinha família, pois fora abandonado em um orfanato, com um bilhete informando apenas seu nome.

Gabriel o conhecia fazia anos. Não havia homem em Londres em quem ele confiasse mais para tomar conta de Pandora durante as excursões dela pela cidade. Por isso acabara pagando uma pequena fortuna para contratá-lo como criado particular da esposa.

A posição não era assim tão improvável quanto se poderia imaginar. Um dos requisitos para um criado particular era conhecer bem Londres, e Drago conhecia cada canto, cada beco da cidade. Era também um homem fisicamente imponente, grande e musculoso, com um ar discretamente ameaçador que intimidaria qualquer um que pensasse em se aproximar de Pandora. Era disposto, embora não tivesse muito humor, e não se deixava provocar facilmente. Além disso, possuía o hábito de reparar em detalhes das roupas, posturas e expressões das pessoas, e de identificar riscos e possíveis problemas antes que acontecessem.

Embora Drago tivesse acabado por aceitar a posição, mesmo que com relutância, sua falta de entusiasmo fora óbvia.

– Lady St. Vincent não presta atenção às horas – dissera Gabriel a ele –, portanto você terá que ter a agenda dela em mente. Ela também perde objetos com facilidade. Fique de olho em luvas caídas, lenços, livros, qualquer coisa que ela possa acidentalmente deixar para trás. É uma mulher de natureza doce e impulsiva, por isso, pelo amor de Deus, mantenha longe vigaristas, vendedores de rua, batedores de carteira e pedintes. E ela também se distrai fácil, por isso não a deixe tropeçar na calçada, ou se desviar para o meio da rua. – Gabriel hesitara antes de acrescentar: – Ela ouve mal do ouvido esquerdo, o que às vezes lhe causa vertigem, principalmente quando está em um ambiente de pouca luz, onde não consegue se orientar. Ela arrancaria minha cabeça se soubesse que lhe contei isso. E então, alguma pergunta?

– Sim. Devo ser um criado particular ou uma maldita babá?

Gabriel mantivera o olhar firme no do homem a sua frente.

– Entendo que isso possa parecer um passo atrás em relação ao trabalho no clube, mas, para mim, não há nada mais importante do que a segurança da minha esposa. Lady St. Vincent é uma mulher jovem, curiosa e muito ativa, que não pensa de maneira convencional. Ela tem muito a aprender sobre o mundo... e o mundo tem muito a aprender sobre ela. Proteja minha esposa, Drago. Não será tão fácil quanto você pensa.

Drago assentira brevemente, já sem qualquer traço de aborrecimento.

Os pensamentos de Gabriel voltaram ao presente, enquanto Pandora expressava seus ressentimentos:

– Eu queria um criado particular com olhos cintilantes como os do Papai Noel, não com os olhos de um viking mercenário. Criados particulares devem ser bem-barbeados, ter uma aparência agradável e se chamar Peter, ou George. Mas o meu é carrancudo e resmungão, se chama Drago e tem uma barba negra. Você deveria ter visto quando passei no departamento de brinquedos da Winterborne's. Ele ficou parado na porta, emburrado, com os braços cruzados, e todas as crianças se assustaram e saíram procurando a mãe. – Ela lançou um olhar desconfiado para Gabriel. – Ele sabe alguma coisa sobre a função de criado particular?

– Não muito – admitiu Gabriel. – Drago trabalhou no clube, em vários cargos. Mas o mordomo o está treinando e ele aprende rápido.

– Por que não posso ter um criado particular normal, como as outras damas?

– Porque você não vai aonde as outras damas vão. – Gabriel se sentou em uma cadeira e tirou as meias e os sapatos. – Você vai procurar por um espaço para a fábrica, vai se reunir com fornecedores, revendedores e vendedores por atacado, e todo esse tipo de coisas. Se Drago estiver com você, eu ficarei mais tranquilo em relação a sua segurança. – Quando viu a expressão teimosa no rosto da esposa, Gabriel optou por outra tática: – É claro que posso substituí-lo, se você desejar – disse com um dar de ombros casual. E começou a desabotoar os suspensórios. – Mas seria uma pena. Drago cresceu em um orfanato e não tem família. Sempre viveu em um quartinho no clube. Ansiava por morar em uma casa de verdade pela primeira vez na vida e ver de perto como é a convivência com uma família. – A última frase era pura conjectura, mas atingiu o objetivo.

Pandora lançou um olhar sofrido para o marido e soltou um suspiro pesado.

– Ah, tudo bem. Acho que teremos que ficar com ele. E treiná-lo para que não assuste as pessoas. – Ela se deixou cair na cama, braços e pernas espalhados. E disse em uma vozinha mal-humorada, olhando para o teto: – Tenho meu próprio criado-monstro.

Gabriel observou a figura pequena estirada na cama e sentiu uma onda de diversão misturada com desejo que o pegou de surpresa. Antes que outro segundo se passasse, ele já estava em cima dela, devorando sua boca.

– O que está fazendo? – perguntou Pandora com uma risadinha, enquanto se contorcia sob o marido.

– Aceitando seu convite.

– Que convite?

– O que você me fez ao se deitar na cama nessa pose sedutora.

– Eu me joguei de costas como uma truta agonizante – protestou ela, esquivando-se quando ele começou a subir suas saias.

– Você sabia que eu seria incapaz de resistir.

– Tome um banho primeiro – implorou ela. – Você não está com um cheiro adequado para ficar dentro de casa. Eu deveria levá-lo até os estábulos e esfregá-lo como se fosse um dos cavalos, com sabão antisséptico e uma escova de bétula.

– Ah, que menina pervertida... Sim, vamos fazer isso.

A mão dele subiu lascivamente por baixo das saias.

Pandora deu um gritinho e uma risada e resistiu.

– Pare, você está infectado! Venha para o banheiro que eu vou lavá-lo.

Ele a prendeu na cama.

– Vai ser minha ama do banho? – perguntou em tom provocante.

– Você gostaria disso, não é?

– Gostaria – sussurrou Gabriel, tocando o centro do lábio inferior dela com a língua.

Os olhos azul-escuros de Pandora cintilizavam de malícia.

– Eu o banharei, milorde – ofereceu ela –, mas só se o senhor concordar em manter suas mãos quietas e permanecer parado e rígido como uma estátua.

– Já estou rígido como uma estátua. – Ele a cutucou com o membro ereto para provar.

Pandora saiu de debaixo do marido com um sorriso e foi na direção do banheiro, enquanto ele a seguia.

Gabriel ficou surpreso ao pensar que, muito pouco tempo antes, havia acreditado que nenhuma outra mulher jamais o satisfaria como Nola Black e seus "talentos pervertidos", como o pai dele havia definido ironicamente. Mas, mesmo em seus momentos mais apaixonados, os encontros dele com Nola sempre o deixavam ansiando por alguma coisa que ele não conseguia nomear ou compreender. Uma intimidade que ia além da junção de partes carnais. Sempre que ele e Nola tentaram baixar a guarda um com o outro, mesmo que brevemente, as arestas dela – e as dele também – haviam deixado cicatrizes mútuas. Nenhum dos dois fora capaz de assumir o risco de compartilhar os defeitos e fraquezas que guardavam para si com tanta determinação.

Mas tudo era diferente com Pandora. Ela era uma força da natureza, incapaz de não ser inteiramente ela mesma, e de alguma forma isso tornara possível para Gabriel ser ele mesmo também, sem qualquer fingimento. Sempre que admitia ter defeitos, ou ter cometido erros, Pandora parecia gostar ainda mais dele. Ela havia destrancado o coração de Gabriel com uma facilidade assustadora e jogara a chave fora.

Ele a amava mais do que seria bom para qualquer um dos dois. Pandora o enchia com um manancial de alegria que Gabriel nunca conectara antes ao ato sexual. Não era de espantar que ele a desejasse constantemente. Não era de espantar que fosse tão possessivo e que se preocupasse a cada momento que ela passava longe de suas vistas. Pandora não fazia ideia da sorte que tinha por Gabriel não ter insistido que ela só saísse com um exército de atiradores, homens da cavalaria, arqueiros escoceses e alguns samurais japoneses só para garantir.

Era insano deixar que uma criatura tão absolutamente linda, tão naturalmente animada e tão vulnerável quanto a esposa se aventurasse em um mundo que a esmagaria sem a menor preocupação, e ele não tinha outra escolha senão permitir. Mas não fingia estar confortável com isso. Pelo resto da vida, ele sentiria uma pontada de medo toda vez que Pandora saísse, deixando-o com o coração escancarado.

~

Na manhã seguinte, antes de sair para uma reunião de negócios com um arquiteto e um empreiteiro – sobre alguma coisa relacionada à construção de prédios para aluguel em uma propriedade dele em Kensington –, Gabriel colocou uma pilha de cartas diante de Pandora.

Ela levantou os olhos da escrivaninha na sala de estar, onde se dedicava arduamente a escrever uma carta para lady Berwick.

– O que é isso? – perguntou, o cenho levemente franzido.

– Convites. – Gabriel deu um sorrisinho ao ver a expressão dela. – A temporada social não terminou. Presumo que você vai querer declinar deles, mas talvez haja um ou dois interessantes.

Pandora olhou para a pilha de convites como se fossem uma cobra armando o bote.

– Acho que não posso ser antissocial para sempre – falou.

– Esse é o espírito. – Gabriel sorriu diante do tom apagado da esposa. – Logo haverá uma recepção no Guildhall para o príncipe de Gales, agora que ele voltou de uma excursão pela Índia.

– Posso considerar um evento desses – disse ela. – Seria melhor do que comparecer a algum jantarzinho enfadonho, onde eu me sentiria tão extravagante quanto a mulher barbada em uma exposição rural. Falando em barbas... há alguma razão para Drago não tirar a dele? Ele deveria realmente fazer isso, agora que é um criado particular.

– Lamento que isso não esteja aberto a negociação – retrucou Gabriel, parecendo pesaroso. – Ele sempre usou barba. Na verdade, toda vez que Drago faz um juramento, ele jura pela barba.

– Ora, mas que tolice. Ninguém pode jurar por uma barba. E se pegar fogo?

Gabriel sorriu e se inclinou sobre ela.

– Aborde o assunto com Drago, se desejar. Mas esteja avisada: ele é muito apegado àquela barba.

Os lábios dele acariciaram os dela em uma pressão demorada, até Pandora abrir a boca para ter mais do calor ardente e da doçura da boca do marido. Os dedos dele acariciaram ternamente o pescoço dela, provocando um rubor de prazer. Gabriel usou a língua com mais determinação, a arremetida aveludada despertando uma sensação erótica no ventre dela. Pandora ficou zonza e teve que se agarrar aos braços dele para se equilibrar. Gabriel terminou o beijo lentamente, saboreando-a uma última vez, com mais intensidade, antes de se afastar com relutância.

– Seja uma boa menina hoje – murmurou.

Pandora sorriu, o rosto em fogo, e tentou se recompor enquanto ele partia. Ela pegou um peso de papel de vidro, com pequenas flores de vidro entalhadas, e o rolou distraidamente entre as palmas das mãos, enquanto ouvia os sons da casa. Persianas sendo abertas e limpas, objetos e móveis sendo espanados, polidos e escovados, cômodos sendo arejados e arrumados.

Embora Pandora concordasse com a insistência de Gabriel de que eles logo precisariam de uma casa maior, ela gostava muito daquela, que não era nem de longe tão espartana, tão "de solteiro" quanto antecipara. Era uma construção de esquina em uma fileira de casas geminadas iguais, com amplas janelas salientes, tetos altos abobadados e varandas com balaustradas de ferro fundido. Tinha todas as conveniências possíveis, incluindo um saguão de entrada com piso de cerâmica aquecido por serpentinas de água quente e um elevador para alimentos que subia do porão. Enquanto Pandora estivera em lua de mel, Kathleen e Cassandra levaram para a nova casa dela alguns itens da casa Ravenel, para tornar o ambiente mais aconchegante e familiar. Entre esses itens estavam uma almofada com flores bordadas; uma manta para o colo, macia, com borlas nos cantos; alguns dos livros favoritos de Pandora; e uma coleção de pequeninos porta-velas de vidro colorido. De Helen e Winterborne, ela ganhara uma linda escrivaninha nova, com uma enormidade de gavetas e compartimentos, que contava ainda com um relógio de ouro no painel do alto.

A manutenção da casa era muito bem-feita por um grupo de criados simpáticos, que de um modo geral eram um pouco mais jovens do que os do Priorado Eversby, e os de Heron's Point também, aliás. Todos trabalhavam duro para satisfazer os padrões da governanta, Sra. Bristow, que orientava as tarefas diárias com uma eficiência enérgica. Ela tratava Pandora com um misto de cordialidade e deferência, embora ficasse compreensivelmente perplexa com a absoluta falta de interesse da nova condessa pelos assuntos domésticos.

Na verdade, havia algumas poucas coisas que Pandora se sentira tentada a mencionar. O chá da tarde, por exemplo. A hora do chá sempre fora um ritual muito caro aos Ravenels, mesmo na época em que não tinham muitos recursos. Toda tarde, eles se entregavam ao prazer de saborear uma ampla seleção de tortas, bolos cremosos, travessas de pãezinhos e docinhos em miniatura, enquanto bules ferventes de chá recém-preparado eram renovados a intervalos regulares.

O chá na casa nova, no entanto, consistia de um bolinho simples ou um solitário pãozinho de groselha, servido com manteiga e um pote de geleia. Perfeitamente satisfatório, é claro, mas quando Pandora pensava nos longos e pródigos chás dos Ravenels, esse parecia tedioso e sem graça. O problema era que até mesmo o menor envolvimento na organização da casa poderia levar a mais envolvimento e responsabilidade. Portanto, era mais sábio permanecer em silêncio e comer o bolinho. Além do mais, agora que tinha sua própria carruagem, ela poderia visitar Kathleen para o chá sempre que desejasse.

Pensar na carruagem a fez lembrar-se de seu criado particular.

Pandora pegou o sino de metal sobre a escrivaninha e balançou-o, hesitante, imaginando se Drago atenderia o chamado. Em um minuto, ele estava na porta da sala.

– Milady.

– Entre, Drago.

Era um homem grande e musculoso, com ombros largos ideais para um criado de libré. Mas, por algum motivo, o paletó de abas longas, os calções até os joelhos e as meias de seda não combinavam com Drago – ele não parecia nada à vontade, como se o veludo azul-escuro e os galões dourados fossem uma afronta a sua dignidade. Enquanto seu novo criado a fitava com aqueles olhos negros alertas, Pandora percebeu uma pequena cicatriz que ia do fim da sobrancelha esquerda dele até quase o canto externo do olho, uma lembrança permanente de algum evento perigoso ocorrido muito antes. A barba negra, curta e cuidadosamente aparada, parecia tão impenetrável quanto a pelagem de uma lontra.

Pandora o encarou pensativamente. Ali estava uma pessoa tentando fazer seu melhor em uma situação que não era confortável para si. Ela conhecia aquela sensação. E aquela barba... era simbólica, quer Drago percebesse, quer não. Um sinal de que ele só abriria mão de quem era de verdade até certo limite. Pandora também compreendia aquilo.

– Como gosta que seu nome seja pronunciado? – perguntou. – Lorde St. Vincent fala com um som de "a" aberto, mas ouvi o mordomo pronunciá-lo com um "a" mais fechado e longo, em som de "ei".

– Nenhum dos dois está certo.

Pelo que Pandora percebera na breve e constrangedora saída dos dois na véspera, ele preferia usar o mínimo de palavras.

Ela o encarou com um olhar perplexo.

– Por que você não disse nada?

– Ninguém perguntou.

– Bem, eu estou perguntando.

– É como "dragon", dragão, só que sem o "n". O "a" tem som de "é".

– *Ah*. – Um sorriso se abriu no rosto de Pandora. – Gosto muito mais assim. Vou chamá-lo de Dragon.

Ele cerrou as sobrancelhas.

– É Drago.

– Sim, mas, se acrescentarmos uma letra, as pessoas sempre saberão como pronunciar seu nome, e, mais importante ainda, *todos* gostam de dragões.

– Não quero que gostem de mim.

Com aqueles cabelos negros como carvão e os olhos escuros – e com a expressão que exibia naquele exato momento, como se fosse realmente capaz de cuspir fogo –, o apelido era tão perfeito que chegava a ser sublime.

– Não quer ao menos considerar... – começou Pandora.

– Não.

Ela o encarou com uma expressão especulativa.

– Se você tirasse a barba, acabaria se mostrando muitíssimo belo?

A rápida mudança de assunto pareceu tirá-lo ligeiramente do prumo.

– Não.

– Bem, de qualquer modo, criados particulares não podem ter barba. Acho que é lei.

– Não é lei.

– É tradição, então – retrucou Pandora, com esperteza. – E ir contra a tradição é quase como desrespeitar a lei.

– O cocheiro tem barba – argumentou Drago.

– Sim, cocheiros podem ter, mas criados particulares, não. Temo que terá que se livrar dela. A menos que...

Os olhos do homem se estreitaram, como se ele houvesse se dado conta de que ela estava prestes a dar o *coup de grâce*, o golpe de misericórdia.

– A menos que...?

– Eu estaria disposta a fazer vista grossa para seus pelos faciais inapropriados – concedeu Pandora – se me deixasse chamá-lo de Dragon. Caso contrário, a barba terá que ir.

– A barba fica – apressou-se a afirmar Drago.

– Muito bem, então. – Pandora o encarou com um sorriso satisfeito. – Vou precisar da carruagem pronta para as duas horas, Dragon. Por enquanto, é só.

Ele assentiu com uma expressão mal-humorada e já se preparava para sair da sala, mas parou no batente da porta quando Pandora voltou a falar:

– Mais uma coisa: gosta de usar o libré? – Dragon se virou para encará-la. Diante da longa hesitação dele, Pandora acrescentou: – Tenho um motivo para perguntar.

– Não, não gosto. É pano demais voando para todo lado... – Ele levantou a longa ponta do paletó com uma expressão de desdém. – E, o mais importante, o corte é apertado demais e não permite mexer os braços direito. – Dragon baixou os olhos para a própria roupa e completou, ainda em tom de desprezo: – Cores fortes. Galões dourados. Pareço um grande pavão.

Pandora o encarou com uma expressão solidária.

– A verdade – disse ela, em um tom ardente – é que você não é um criado particular. É um guarda-costas que às vezes cumpre as tarefas de um criado particular. Dentro de casa, quando estiver auxiliando o mordomo com o jantar e tudo o mais, estou certa de que vão insistir no libré. Mas ao me acompanhar fora de casa, acho que seria melhor se usasse suas próprias roupas, condizentes com as de um guarda-costas particular. – Pandora fez uma pausa antes de acrescentar com franqueza: – Vi como os moleques de rua e os rufiões dispostos a arrumar briga provocam criados de libré, principalmente nas partes mais simples da cidade. Não há necessidade de sujeitá-lo a esse tipo de aborrecimento.

Os ombros de Dragon relaxaram ligeiramente.

– Sim, milady.

Antes de ele se virar para ir embora, Pandora poderia jurar ter visto a sombra de um sorriso cintilar nas profundezas daquela barba.

~

O homem que a acompanhou até a carruagem era uma versão muito diferente do constrangido criado particular apertado em um libré. Ele se movimentava com uma confiança tranquila em um terno que consistia de paletó e calças pretos bem cortados e um colete cinza-escuro. A barba, que parecera tão deslocada em um criado particular, agora estava apropriada. Alguém poderia até dizer que ele parecia vistoso, se Dragon não fosse tão pouco simpático. Mas a verdade era que não se esperava que dragões fossem simpáticos.

– Aonde deseja ir, milady? – perguntou Drago, depois de baixar os degraus da carruagem.

– Para a gráfica O'Cairre, na Farringdon Street.

Ele a encarou com preocupação.

– Em Clerkenwell?

– Sim. É no prédio da Fábrica Farringdon, atrás do...

– Há três prisões em Clerkenwell.

– Também há floristas, fabricantes de velas e outros negócios respeitáveis. A área está sendo revitalizada.

– Por ladrões e irlandeses – disse Drago, em um tom sombrio, enquanto Pandora se acomodava na carruagem.

Ele lhe entregou a valise de couro cheia de papéis, esboços e protótipos de jogo, que Pandora colocou ao seu lado no assento. Depois de fechar a porta da carruagem, Drago foi se sentar ao lado do cocheiro.

Pandora havia analisado uma lista de gráficas até reduzir suas escolhas a três. A Gráfica O'Cairre era de seu especial interesse porque a proprietária, por acaso, era uma viúva que tocava o negócio desde a morte do marido. Pandora gostava da ideia de apoiar outras mulheres empresárias.

Clerkenwell dificilmente poderia ser descrito como o lugar mais perigoso de Londres, embora sua reputação houvesse sido maculada por uma bomba que explodira na prisão, nove anos antes. O Movimento Feniano, uma sociedade secreta que lutava pela autonomia política da Irlanda, tentara, sem sucesso, libertar um de seus membros, abrindo com explosivos um buraco no muro da cadeia. A ação resultara na morte de doze pessoas, além de ter ferido várias outras. Aquele atentado tivera como consequência um retrocesso na forma como os ingleses viam os irlandeses, e o ressentimento entre eles se estendia desde então. Na opinião de Pandora, isso era lamentável, já que as centenas de milhares de irlandeses pacíficos que viviam em Londres não deveriam ser punidas pelas ações de alguns poucos radicais.

Clerkenwell, que já fora uma área respeitável, ocupada pela classe média, vivera tempos difíceis e se enchera de prédios altos, densamente povoados, espremidos entre propriedades caindo aos pedaços. A construção de uma rua mais ampla logo melhoraria o trânsito nas vielas estreitas e congestionadas, mas por ora o trabalho em andamento havia criado uma série de desvios que tornava difícil o acesso a algumas partes da Farringdon Street. O Fleet Ditch, um rio que acabara se transformando em vala de esgoto, havia sido coberto pela pista em construção, mas era possível ouvir o lodo se agitando abaixo do asfalto de vez em quando – e, infelizmente, seu cheiro também era sentido através das gretas da pavimentação. Os roncos e apitos de trens cortavam o ar quando a carruagem se aproximou do terminal temporário na estação da Farringdon Street e do grande depósito de material que fora construído pela companhia ferroviária.

A carruagem de Pandora parou diante de um grande prédio em estilo funcional, de tijolos vermelhos e amarelos. O coração da jovem disparou de pura empolgação quando ela viu a fachada da loja, que exibia várias janelas com painéis de vidro em ambos os lados da porta e um frontão entalhado acima da entrada. No frontão havia sido pintado *Gráfica O'Cairre* com uma elaborada letra dourada.

Drago foi rápido em abrir a porta e pegar a valise para Pandora antes de baixar o degrau. Ele tomou cuidado para não deixar a saia da patroa tocar a roda quando ela desceu. Então, abriu com eficiência a porta da loja para que Pandora entrasse. No entanto, em vez de esperar do lado de fora, como faria um criado particular, Drago entrou também e ficou parado à porta.

– Você não precisa esperar aqui na gráfica comigo, Dragon – murmurou Pandora, enquanto ele lhe entregava a valise. – Meu compromisso deve durar pelo menos uma hora. Pode ir a algum lugar para tomar uma cerveja, ou coisa parecida.

Ele ignorou a sugestão e permaneceu exatamente onde estava.

– Estou visitando uma gráfica – Pandora não conseguiu resistir a argumentar. – A pior coisa que pode me acontecer é me cortar com papel.

Nenhuma resposta.

Pandora suspirou, se virou e foi até o primeiro de uma fileira de balcões que se estendiam pelo interior amplo e o dividiam em vários departamentos. A gráfica era o lugar mais colorido e maravilhosamente bagunçado onde ela já estivera, exceto, talvez, pela Winterborne's, que era uma caverna de Aladim de vidro cintilante, joias e itens luxuosos. Mas a gráfica era um fascinante mundo novo. As paredes eram vastamente empapeladas com caricaturas impressas, cartões, programas de teatro, gravuras, títulos especulativos e fundos de cenário de teatros de marionetes. O ar era perfumado por uma intoxicante mistura de papel fresco, tinta, cola e produtos químicos, um cheiro que fez Pandora desejar pegar uma caneta e começar a desenhar freneticamente. Nos fundos do estabelecimento, máquinas estalavam e chacoalhavam em um ritmo de começa-trabalha-para, enquanto os aprendizes operavam as prensas manuais.

No alto, impressões haviam sido penduradas para secar em centenas de varais esticados de um lado a outro do salão. Havia torres de papelão e de cartões estocados por toda parte, e colunas altas de papel em quantidades e variedades maiores do que Pandora jamais vira em um só lugar. Os balcões estavam cheios de bandejas de tipos de impressão entalhados com letras, animais, pássaros, pessoas, estrelas, luas, símbolos de Natal, veículos, flores e milhares de outras imagens deliciosas.

Pandora *amou* aquele lugar.

Uma jovem senhora se aproximou. Era elegante e esguia, mas com seios avantajados, com cabelos castanhos cacheados e olhos castanho-claros de cílios longos.

– Lady St. Vincent? – perguntou a mulher, e fez uma reverência profunda. – Sra. O'Cairre.

– É um prazer – disse Pandora, sorrindo.

– Nunca me senti tão intrigada quanto ao receber sua carta – disse a Sra. O'Cairre. – Seu jogo de tabuleiro parece muito interessante, milady. – Era uma mulher que falava bem, com um leve sotaque musical irlandês. Havia um ar cheio de vida nela de que Pandora gostou demais. – Gostaria de se sentar comigo e me falar sobre seus planos?

As duas se acomodaram diante de uma mesa em um canto afastado na lateral do salão. Durante uma hora, conversaram sobre o jogo de Pandora e sobre quais componentes seriam necessários para sua produção, enquanto ela desencavava esboços, anotações e protótipos da valise. Era um jogo de compras, com peças que se moviam por um caminho que passava por departamentos de uma loja caprichosamente detalhada. Incluiria cartas de mercadorias, dinheiro de brinquedo e cartas de sorte ou revés, que ajudariam ou atrasariam o progresso dos jogadores.

A Sra. O'Cairre ficou entusiasmada com o projeto e fez sugestões sobre vários materiais a serem usados nos componentes do jogo.

– O mais importante é o tabuleiro dobrável. Podemos fazer uma litografia diretamente no tabuleiro, com uma prensa plana. Se a senhora quiser que seja multicolorido, podemos criar uma placa de metal para cada cor, de cinco a dez seria suficiente, e aplicar as tintas em camadas até a imagem estar completa.

A Sra. O'Cairre examinou o jogo de Pandora, pintado à mão, pensativa, antes de continuar:

– Sairia muito mais barato se apenas aplicássemos a imagem em preto e branco, e a senhora contratasse mulheres para colorir a imagem à mão. Mas, é claro, seria mais lento. Se seu jogo for muito procurado, e estou certa de que será, a senhora terá mais lucro produzindo-o inteiramente à máquina.

– Prefiro a opção de colorir à mão – disse Pandora. – Quero garantir bons trabalhos para mulheres que estão tentando se sustentar e a suas famílias. Há mais do que lucros a se levar em consideração.

A Sra. O'Cairre a encarou por um longo momento, os olhos cálidos.

– Admiro essa atitude, milady. Muito mesmo. A maior parte das damas de sua posição social, se chega a pensar nos pobres, faz pouco mais do que tricotar meias e gorros para grupos de caridade. Seu negócio ajudaria muito mais os pobres do que peças em tricô.

– Espero que sim. Acredite, qualquer trabalho meu em tricô não ajudaria ninguém.

A mulher riu.

– Gosto da senhora, milady. – Ela se levantou e esfregou as mãos uma na outra rapidamente. – Faça a gentileza de me acompanhar até os fundos, e eu lhe darei uma pilha de amostras para a senhora levar para casa e examinar com calma.

Pandora recolheu seus papéis e materiais e enfiou-os na valise. Ela olhou por sobre o ombro para Drago, que a observava do lado da porta. Ele logo se adiantou quando viu que a patroa se encaminhava para os fundos da loja, mas Pandora balançou a cabeça e gesticulou para que ficasse onde estava. Drago franziu ligeiramente o cenho, cruzou os braços e permaneceu parado.

Seguindo a Sra. O'Cairre, Pandora passou por um balcão que batia na altura de sua cintura onde dois meninos estavam ocupados conferindo páginas. À esquerda, um aprendiz operava uma prensa tipográfica movida a pedal, com enormes engrenagens e alavancas, enquanto outro homem fazia funcionar uma máquina com grandes cilindros de cobre que imprimiam imagens continuamente sobre imensos rolos de papel.

225

A Sra. O'Cairre a levou até uma sala de amostras lotada de materiais. A dona da gráfica seguiu por uma parede cheia de prateleiras e cômodas e começou a recolher pedaços de papel, de tabuleiros, cartões de amostras de cores, faixas de lona e de musselina, e uma variedade de folhas com amostras de letras. Pandora ia atrás dela e recebia folhas e mais folhas, que ia jogando dentro da valise.

As duas pararam ao ouvir uma batida discreta.

– Provavelmente é o rapaz que trabalha no depósito – disse a Sra. O'Cairre, e se encaminhou para o outro lado da sala.

Enquanto Pandora continuava a examinar as várias prateleiras, a dona da gráfica abriu a porta apenas o bastante para mostrar um rapazinho, com um gorro cobrindo bem a testa. Depois de uma troca de palavras breve e murmurada, a Sra. O'Cairre fechou a porta.

– Milady – falou ela –, peço que me perdoe, mas tenho que dar instruções a um entregador. Se incomodaria se eu a deixasse sozinha por um minuto?

– É claro que não – respondeu Pandora. – Estou feliz como um pinto no lixo. – Ela parou e observou mais detidamente a mulher, que ainda sorria, mas agora havia uma tensão sutil em suas feições, como quando puxamos o cadarço de uma bolsa. – Algum problema? – perguntou, preocupada.

O rosto da mulher se desanuviou no mesmo instante.

– Não, milady, é só que não gosto de ser interrompida quando estou com um cliente.

– Não se preocupe comigo.

A Sra. O'Cairre foi até um conjunto de gavetas e pegou um envelope.

– Voltarei em um piscar de olhos.

Quando a mulher cruzou a porta que dava para o depósito e fechou-a ao passar, alguma coisa flutuou até o chão, atrás de Pandora. Um papel.

Pandora franziu o cenho, pousou a valise e pegou o pequeno pedaço de papel. Estava em branco de um lado e impresso do outro com o que pareciam ser amostras diferentes de tipos de letras, mas não estavam organizados como as folhas de amostras e tipos. Teria caído do envelope que a Sra. O'Cairre havia acabado de tirar da gaveta? Seria importante?

– Maldição – murmurou ela.

Então, abriu a porta e foi atrás da dona da gráfica, chamando o nome

226

dela. Como não recebeu resposta, Pandora seguiu com cautela por um corredor iluminado que se abria para um depósito. Uma fileira de janelas bem perto do teto deixava entrar uma luz fraca que caía sobre pedras litográficas e placas de metal, cilindros, partes de maquinário e pilhas de calhas de filtragem e tonéis. O cheiro forte de óleo e de metal era mesclado com a pungência bem-vinda de serragem.

Assim que saiu do corredor, Pandora viu a Sra. O'Cairre parada com um homem, perto de uma enorme impressora movida a vapor. Ele era alto, de aparência robusta, com um rosto quadrado e um queixo largo e saliente. De cabelos claros e pele clara, o homem tinha sobrancelhas e cílios tão claros que eram quase invisíveis. Embora ele estivesse vestido com roupas escuras discretas, a cartola elegante só seria usada por um cavalheiro com recursos. Fosse ele quem fosse, certamente não era um entregador.

– Perdoe-me – disse Pandora, aproximando-se deles. – Queria perguntar...

Ela parou de repente quando a Sra. O'Cairre se virou. O lampejo indisfarçado de pavor nos olhos da mulher foi tão impressionante que Pandora não soube o que pensar. O olhar dela se voltou novamente para o estranho, cujos olhos sem cílios, que pareciam olhos de cobra, a fitavam de um modo que lhe provocou arrepios.

– Olá – disse Pandora, em uma voz débil.

O homem deu um passo na direção dela. Algo no movimento dele provocou a mesma reação instintiva que Pandora tinha ao ver o deslocamento de uma aranha ou a ondulação de uma cobra.

– Milady – disse a Sra. O'Cairre em um rompante, colocando-se rapidamente no caminho do homem e pegando Pandora pelo braço –, o depósito não é lugar para a senhora... seu vestido elegante... Aqui há sujeira e graxa por toda parte. Deixe-me levá-la de volta para dentro.

– Desculpe – falou Pandora, confusa, deixando que a mulher a conduzisse rapidamente pelo corredor, até os escritórios da loja. – Não tinha a intenção de interromper, mas...

– A senhora não interrompeu. – A mulher forçou uma risada despreocupada. – O entregador estava só me contando sobre um problema com um pedido. Lamento, mas preciso resolver isso imediatamente. Espero ter lhe dado informação e amostras suficientes.

– Sim. Eu lhe causei algum problema? Desculpe...

– Não, mas seria melhor que a senhora partisse agora. Há muito a fazer aqui. – Ela conduziu Pandora pelo escritório, recolhendo a valise pelas alças sem se deter. – Aqui está sua bolsa, milady.

Confusa e constrangida, Pandora seguiu pela loja com a dona, até a frente, onde Drago esperava.

– Lamento, mas não sei quanto tempo isso vai levar – disse a Sra. O'Cairre. – O problema com o pedido, quero dizer. Se por acaso estivermos ocupados demais para imprimir seu jogo, há uma gráfica que posso recomendar. A Pickersgill's, em Marylebone. Eles são muito bons.

– Obrigada – disse Pandora, encarando a mulher com preocupação. – Mais uma vez, lamento se fiz algo errado.

A Sra. O'Cairre deu um sorrisinho, embora a expressão de urgência permanecesse em seu rosto.

– Deus a abençoe, milady. Eu lhe desejo tudo de bom. – O olhar dela se desviou para a expressão indecifrável no rosto de Drago. – É melhor vocês se apressarem... A confusão com as obras e o trânsito piora conforme chega a noite.

Drago respondeu com um breve aceno de cabeça. Eles seguiram pelo caminho de placas de madeira na direção da carruagem que aguardava.

– O que aconteceu? – perguntou Drago bruscamente, esticando a mão para desviá-la de um buraco onde a tábua estava apodrecida.

– Ah, Dragon, foi tão estranho. – Pandora descreveu rapidamente a situação, as palavras se atropelando um pouco, mas ele pareceu acompanhá-la sem dificuldade. – Eu não deveria ter ido até o depósito – concluiu ela, contrita. – Mas...

– Não, a senhora não deveria. – Não foi uma reprimenda, apenas uma confirmação tranquila.

– Acho que foi ruim eu ter visto aquele homem. Talvez haja um envolvimento romântico entre ele e a Sra. O'Cairre, e eles não querem ser descobertos. Mas não pareceu ser isso.

– A senhora viu alguma outra coisa? Algo que não parecia combinar com o depósito?

Pandora negou com um aceno de cabeça quando eles alcançaram a carruagem.

– Não consigo pensar em nada.

Drago abriu a porta e baixou o degrau para que ela subisse.

– Quero que a senhora e o cocheiro esperem aqui cinco minutos. Tenho algo a fazer.

– O quê? – perguntou Pandora, enquanto subia na carruagem. Ela se sentou e pegou a valise da mão dele.

– Chamado da natureza.

– Criados particulares não têm chamados da natureza. Ou ao menos não os mencionam.

– Mantenha as persianas abaixadas – disse ele. – Tranque a porta e não abra para ninguém.

– E se for você?

– Não abra para ninguém – repetiu Drago com paciência.

– Deveríamos combinar um sinal secreto. Uma batida especial...

Ele fechou a porta com firmeza antes que ela terminasse a frase.

Frustrada, Pandora se recostou no assento. Se havia algo pior do que se sentir entediada ou ansiosa era sentir as duas coisas ao mesmo tempo. Ela levou a mão ao ouvido e tamborilou na nuca com o polegar, tentando acalmar o zumbido agudo. Foram necessários alguns minutos de um tamborilar dedicado. Finalmente, Pandora ouviu a voz de Drago do lado de fora da carruagem e sentiu o leve oscilar do veículo quando ele se acomodou ao lado do cocheiro. A carruagem partiu e seguiu pela Farringdon, deixando Clerkenwell.

Quando eles finalmente chegaram à casa dela, em Queen's Gate, Pandora estava quase fora de si de curiosidade e impaciência. Foi necessário todo o autocontrole que possuía para não se atirar para fora da carruagem antes que Drago abrisse a porta e baixasse o degrau.

– Você voltou à gráfica? – perguntou ela. Seria impróprio ficar parada do lado de fora, conversando com ele na rua, mas eles não teriam privacidade depois que entrassem na casa. – Falou com a Sra. O'Cairre? Viu o homem que mencionei?

– Entrei para dar uma olhada – admitiu Drago. – Ela não ficou nada satisfeita, mas ninguém ali poderia me deter. Não vi o homem.

Ele recuou, esperando que Pandora saísse da carruagem, mas ela não se moveu. Tinha certeza de que Drago estava lhe escondendo algo. Se isso fosse verdade, ele falaria com Gabriel a respeito, e então ela saberia de segunda mão.

Quando Drago surgiu novamente à porta da carruagem com um olhar inquisidor, Pandora disse, ansiosa:

– Para que eu confie plenamente em você, Dragon, não pode esconder coisas de mim. Além do mais, ocultar informações importantes não é me proteger. É exatamente o oposto. Quanto mais eu souber, menor a possibilidade de eu fazer alguma tolice.

Drago pensou a respeito e cedeu:

– Atravessei a área de escritórios e saí para o depósito. Vi... coisas, aqui e ali. Tubos de metal e de borracha, cilindros de metal, traços de produtos químicos em pó.

– Mas essas coisas são comuns em uma gráfica, não são?

Uma ruga apareceu entre as sobrancelhas negras do criado, e ele assentiu.

– Então, por que está preocupado? – perguntou Pandora.

– Também são usadas para fabricar bombas.

CAPÍTULO 18

Assim que Gabriel chegou em casa, depois de um longo dia de reuniões, foi recebido pela visão de Drago esperando por ele no saguão de entrada.

– Milorde.

O homem se adiantou para ajudá-lo, mas foi afastado com determinação pelo criado já designado para esse serviço, que também recolheu o chapéu e as luvas do patrão. Gabriel se forçou a conter um sorriso, pois sabia que Drago ainda não aprendera a ordem de precedência no que dizia respeito aos pequenos rituais da casa. Certas tarefas definiam o status de um criado, que não abriria mão delas com facilidade.

Drago lançou um olhar rápido e fulminante para as costas do outro empregado e voltou novamente a atenção para Gabriel.

– Posso ter uma palavra com o senhor, milorde?

– É claro.

Gabriel seguiu na frente até o solário, que ficava próximo, e os dois pararam diante de uma das janelas salientes.

Enquanto Drago contava resumidamente a visita à gráfica, incluindo a saída abrupta deles e os itens suspeitos que vira nos escritórios e no depósito, Gabriel ouvia com o cenho cada vez mais franzido.

– O que era o produto químico? Poderia arriscar um palpite?

Como resposta, Drago tirou do bolso do paletó um pequeno tubo de vidro com tampa de rolha e o entregou ao patrão. Gabriel ergueu o tubo e girou-o lentamente nas mãos, enquanto observava alguns grãos que pareciam sal rodarem lá dentro.

– Potassa cáustica – informou Drago.

Era um produto químico comum e facilmente reconhecível, usado em sabões, detergentes, fósforos, fogos de artifício e tinta. Gabriel devolveu o tubo.

– A maior parte das pessoas não veria motivo de preocupação em encontrar isso em uma gráfica.

– Não, milorde.

– Mas algo parece lhe provocar desconfianças.

– Foi o aspecto das coisas. O modo como a Sra. O'Cairre se comportou. O homem que lady St. Vincent viu. Há algo de errado naquele lugar.

Gabriel apoiou uma das mãos na janela e olhou para a rua tranquila lá fora, tamborilando com os dedos na madeira.

– Confio em seus instintos – disse finalmente. – Você já viu bastante confusão para saber quando há uma se formando. Mas a polícia vai descartar a informação por ausência de provas. E não conheço um investigador em todo o departamento de polícia que não seja corrupto ou idiota.

– Sei com quem falar.

– Com quem?

– Ele não gosta que seu nome seja mencionado. Diz que a maior parte dos investigadores de Londres é conhecida demais por sua aparência e por seus hábitos para ser útil. Logo farão uma limpeza no departamento e criarão um braço especial. Isso é um segredo, por sinal.

Gabriel ergueu as sobrancelhas.

– Como você sabe tudo isso e eu não?

– O senhor tem estado afastado – respondeu Drago. – Algo a ver com um casamento.

Um sorriso brincou nos lábios de Gabriel.

– Fale com o seu contato o mais rápido possível.

– Farei isso esta noite.

– Mais uma coisa. – Gabriel hesitou, quase com medo da resposta para o que estava prestes a perguntar. – Você teve alguma dificuldade com lady St. Vincent? Ela não discutiu ou tentou fugir de você?

– Não, milorde – respondeu Drago, sem hesitar. – Ela é *formidável*.

– Ah – disse Gabriel, perplexo. – Ótimo.

Ele subiu as escadas para encontrar a esposa, pensando na declaração de Drago. Gabriel nunca o ouvira elogiar ninguém daquela forma.

A voz de Pandora chegou até ele, vinda do quarto, onde ela mudava de roupa e arrumava os cabelos. Por insistência de Gabriel, Pandora dormia na cama dele toda noite. Ela fizera algumas fracas objeções a princípio, argumentando que tinha o sono agitado, o que era verdade. No entanto, sempre que a esposa o acordava se virando na cama, ele resolvia o problema dela – e o dele – fazendo amor com ela até Pandora cair em um sono exausto.

Já mais perto do quarto, Gabriel parou com um sorriso no rosto ao ouvir Ida passando-lhe um sermão sobre a delicadeza que uma dama deveria ter, inspirada, aparentemente, por um artigo recente em um periódico.

– ... damas não devem correr de cômodo em cômodo para tentar ajudar as pessoas – dizia a camareira. – O artigo explicava que a dama deve se reclinar em uma *chaise*, muito frágil e pálida, e fazer com que as pessoas a *ajudem*.

– E assim ser uma inconveniência para todos? – perguntou Pandora, em um tom ardente.

– Todos admiram damas delicadas – informou a camareira. – O artigo citava lorde Byron: "Há uma doçura na fraqueza da mulher."

– Já li muito da obra de Byron – comentou Pandora com indignação – e estou certa de que ele nunca escreveu um disparate desses. Que fragilidade o quê... Que periódico foi esse? Já é terrível o bastante aconselhar mulheres saudáveis a agirem como inválidas, mas ainda por cima citar erroneamente um excelente poeta...

Gabriel bateu na porta e as vozes se calaram. Ele manteve o rosto impassível ao entrar e foi recebido pela visão encantadora da esposa vestida apenas com o espartilho, a camisa e os calções de baixo.

Pandora o encarou de olhos arregalados, ruborizada dos pés à cabeça. Ela pigarreou e disse, ofegante:

– Boa noite, milorde. Estou... me trocando para o jantar.

– É o que estou vendo.

O olhar dele passeou lentamente pelo corpo dela, demorando-se no volume suave dos seios erguidos e expostos pelo espartilho.

Ida pegou rapidamente o vestido descartado do chão e voltou-se para Pandora:

– Milady, vou pegar um roupão...

– Não há necessidade – falou Gabriel. – Tomarei conta da minha esposa.

Parecendo agitada, Ida se inclinou em uma reverência e saiu apressada, fechando a porta ao passar.

Pandora ficou imóvel, irradiando energia nervosa, enquanto Gabriel se aproximava.

– Eu... imagino que Dragon tenha falado com você.

Ele arqueou a sobrancelha diante do apelido, mas não fez qualquer comentário. Ao perceber a ruga de preocupação na testa da esposa, os dedos se torcendo, os pés inquietos e os olhos arregalados como os de uma criança, Gabriel sentiu uma onda incontrolável de ternura se derramar dentro dele.

– Por que está apreensiva comigo, meu amor? – perguntou com carinho.

– Achei que você poderia estar zangado porque fui sozinha até o depósito.

– Não estou zangado. Só ligeiramente perturbado pela ideia de que alguma coisa poderia ter lhe acontecido.

Ele pegou uma das mãos de Pandora, levou-a até uma cadeira próxima e sentou-se com o peso leve dela nos joelhos. Ela relaxou, aliviada, e enlaçou o pescoço dele. Pandora estava usando perfume, um toque suave de alguma fragrância floral e revigorante, mas Gabriel preferia o cheiro salgado natural da pele da esposa, mais potente do que qualquer afrodisíaco.

– Pandora, você não pode correr riscos indo a lugares desconhecidos sem proteção. Você é importante demais para mim. Além do mais, se privar Drago da chance de intimidar e oprimir as pessoas, vai acabar desmoralizando-o.

– Vou me lembrar disso da próxima vez.

– Prometa.

– Eu prometo. – Ela apoiou a cabeça no ombro dele. – O que vai acontecer agora? Dragon vai contar à polícia o que viu?

– Sim, e, até descobrirmos se vale a pena ou não investigar o assunto, eu preferiria que você não se aventurasse muito longe de casa.

– Gabriel, a Sra. O'Cairre é uma boa mulher. Ela foi muito gentil e encorajadora em relação a minha empresa e estou certa de que não faria mal a ninguém conscientemente. Se for pega envolvida com algo perigoso, não pode ser culpa dela.

– Deixe-me alertá-la, meu amor: às vezes as pessoas em quem você quer acreditar vão desapontá-la. Quanto mais você aprender sobre o mundo, menos ilusões terá.

– Não quero me tornar desconfiada.

Gabriel sorriu com o rosto colado aos cabelos dela.

– Ser só um pouquinho fará de você uma otimista muito mais a salvo. – Ele beijou a lateral do pescoço da esposa. – Agora vamos decidir como devo puni-la.

– Punir-me?

– Aham. – As mãos dele passearam pelas pernas esguias nuas de Pandora. – Você não vai aprender a lição direito se eu não reforçá-la.

– Quais são minhas escolhas?

– Todas elas começam com a remoção de seus calções.

Um sorriso curvou os lábios de Pandora um instante antes de Gabriel capturá-los.

– Não há tempo suficiente antes do jantar – disse ela, contorcendo-se, enquanto ele levava a mão ao cadarço do calção, logo abaixo da cintura dela.

– Você pode ficar surpresa com o que consigo fazer em cinco minutos.

– Baseada na minha experiência recente, eu não ficaria nada surpresa.

Gabriel riu, apreciando a falta de pudor dela.

– Um desafio. Bem, agora pode esquecer de vez o jantar.

Pandora se debateu e se contorceu, enquanto ele acabava de livrá-la dos calções e a puxava para o colo, com as pernas nuas ao redor da cintura dele. O espartilho, com o tecido rígido e as barbatanas, a forçava a permanecer com as costas retas. Gabriel baixou os ombros da camisa de baixo e ergueu os seios de Pandora do suporte meia-taça do espartilho. Ele beijou as curvas pálidas e foi se aproximando lentamente, até capturar nos lábios os mamilos rosados e macios, para excitá-los com a língua. A respiração de Pandora ficou mais difícil dentro do confinamento do espartilho, e ela levou a mão aos ganchos da frente, para abri-los.

Gabriel a deteve, segurando-a com delicadeza pelos punhos e colocando-os de novo no pescoço dele.

– Fique com o espartilho – murmurou ele, e beijou-a com intensidade para evitar qualquer discussão.

Pandora não conseguiu resistir à tática, e um calor abrasador disparou por seu corpo no mesmo instante, como a chama em uma fogueira recém-acesa.

Gabriel ajustou o peso dela em seu colo e acomodou o traseiro de Pandora entre seus joelhos afastados, deixando-a aberta e exposta. Ele manteve um braço nas costas dela, enquanto levava a outra mão ao meio de suas coxas. Os dedos dele se insinuaram através das dobras, da maciez tenra e sedosa, do calor úmido, até Pandora estremecer em seu colo. Gabriel sabia o que estava acontecendo com ela, o modo como o espartilho redirecionava a sensação abaixo da cintura de uma forma nova. Ele pressionou a ponta do dedo logo acima do pico escondido do clitóris e balançou-o suavemente. Os gemidos de Pandora ficaram mais altos. Gabriel passou o dedo ao redor do botão que emergia e deslizou-o pela pequena caverna abaixo, mergulhando nela. Sentiu as coxas e os quadris de Pandora se tensionarem, os músculos lutando para se aproximarem mais do corpo dele, para se fecharem ao redor daquele estímulo enlouquecedor.

Gabriel recuou da gentil invasão e continuou a brincar com ela, devagar, fazendo-a esperar, fazendo-a arquear o corpo e se contorcer em uma frustração crescente. Ele a acariciava com toques engenhosos, sinuosos, evitando o ponto onde ela mais queria ser tocada. Pandora tinha os olhos pesados e desfocados, o rosto lindamente ruborizado. Gabriel a manteve à beira do gozo, diminuindo a intensidade do toque cada vez que o tormento erótico parecia prestes a transbordar em prazer.

Ele segurou-a pela nuca com a mão livre e trouxe os lábios dela até os dele, e Pandora o beijou com uma intensidade que beirava a violência, quase tentando arrancar a língua dele. Gabriel se entregou a ela e cobriu o sexo de Pandora com a mão toda, saboreando a sensação úmida e macia.

Ela interrompeu o beijo com um suspiro, deixou-se cair para a frente, o corpo rígido, e apoiou a cabeça no ombro dele.

Cedendo, ele a pegou no colo e a levou para a cama. Apoiou os pés dela no chão e inclinou-a para a frente sobre o colchão. Pandora se preparou para recebê-lo, tremendo visivelmente, enquanto Gabriel abria a calça. O membro dele estava rígido e inchado de um modo obsceno, o ventre tomado por uma ânsia selvagem diante da visão da esposa deitada ali, esperando por ele, tão imóvel e confiante. Tão inocente. Ele se lembrou do que dissera a ela certa vez, que havia certas coisas que os cavalheiros não pediam à esposa. Pandora dissera algo sobre estar disposta, mas ficara óbvio que ela não sabia nada a que ele se referia.

Ele tocou as costas do espartilho e hesitou ao sentir os cadarços. Pensamentos eróticos dominaram sua cabeça, e ele não quis escondê-los. Não sabia se revelar mais sobre seus desejos secretos mudaria o modo como Pandora se sentia a respeito dele, mas se havia uma mulher capaz de ser ao mesmo tempo esposa e amante, capaz de aceitá-lo por inteiro, incluindo a complexidade de suas ânsias secretas e fantasias tolas, seria ela.

Antes de se permitir pensar duas vezes, Gabriel desfez o laço dos cadarços do espartilho. Sem dizer uma palavra, guiou os braços de Pandora às costas. Ela ficou tensa, mas não resistiu. A posição deixou seus ombros esticados e arqueou seu traseiro. O coração de Gabriel estava disparado quando ele amarrou com habilidade os pulsos de Pandora ao espartilho, tomando cuidado para não apertar demais o laço.

A visão da esposa amarrada sobre a cama disparou uma onda insuportável de calor pelo corpo dele. Com a respiração arquejante, Gabriel apertou e acariciou o traseiro de Pandora. Sentiu a perplexidade e a curiosidade dela, e viu quando flexionou os punhos contra as amarras, experimentando. Pandora estava seminua e era ele que estava totalmente vestido, mas nunca se sentira mais exposto. Esperou pela reação da esposa, pronto para soltá-la na mesma hora se ela fizesse alguma objeção. Mas Pandora permaneceu em silêncio, imóvel a não ser pelo movimento acelerado da respiração.

Ele passou a mão lentamente entre as pernas dela, persuadindo-a a abri-las mais, então segurou toda a extensão de sua ereção latejante e acariciou com ela a carne úmida do sexo de Pandora, para a frente e para trás. Ela arqueou mais as costas e seus dedos começaram a abrir e fechar como delicadas anêmonas. Pandora deixou escapar um som baixo e vibrante, e empurrou o corpo contra o dele, sinalizando não apenas permissão, mas prazer. Claramente, ela permitiria essa e outras intimidades no futuro, desde que confiasse nele.

Dominado pelo alívio e pelo desejo, Gabriel se debruçou sobre ela e gemeu algumas palavras, algumas ternas, outras rudes, mas ele já estava além de qualquer controle. No instante em que a penetrou, ela gritou e os espasmos começaram, os músculos internos do sexo dela se contraindo, enquanto ele arremetia continuamente, quase erguendo os pés dela do chão. Gabriel mergulhou mais fundo nas pulsações úmidas que o recebiam e acompanhou o clímax da esposa até o último tremor. Quando ela finalmente se entregou, imóvel e arquejante, ele puxou os cadarços para libertar os pulsos dela.

Gabriel subiu na cama com ela e soltou o espartilho com puxões selvagens. Depois de abri-lo todo, rasgou a frente do tecido fino da camisa de baixo e inclinou-se para lambê-la do umbigo aos seios. Pandora se contorceu, como se quisesse escapar, e riu ofegante quando ele grunhiu e prendeu os quadris dela ao colchão. Mas Gabriel já não estava mais para brincadeiras, completamente louco de desejo. Ele a montou, o membro buscando rudemente até encontrar o ângulo certo. Quando deslizou para dentro de Pandora, os músculos íntimos dela o envolveram fluidamente, puxando-o mais fundo.

A expressão no rosto de Pandora mudou, e ela se tornou dócil como uma criatura selvagem aceitando o parceiro, erguendo os quadris para acolhê-lo. Gabriel capturou a boca da esposa e arremeteu cada vez mais fundo dentro dela, as sensações ficando mais intensas, até ela começar a arquejar. Ele contorceu os quadris, mexendo-os sinuosamente e levando-a a um novo clímax. Pandora fincou os dentes no ombro dele e cravou as unhas em suas costas, e as leves pontadas de dor o inflamaram além da insanidade. Gabriel arremeteu ainda mais fundo e se entregou ao próprio prazer, deixando-o explodir, estilhaçá-lo e dissolvê-lo até que ele se viu perdido em Pandora, completamente rendido. Não queria nenhuma outra mulher. Nenhum outro destino.

CAPÍTULO 19

No dia seguinte, Drago contou que seu contato no Departamento de Investigação concordara em visitar a gráfica em Clerkenwell e interrogar a Sra. O'Cairre. Nesse meio-tempo, Pandora poderia continuar com suas atividades de sempre, já que o detetive não via razão para muito alarme.

As novidades foram bem-vindas, pois Pandora e Gabriel haviam confirmado presença em uma peça naquela noite, na companhia de Helen e do Sr. Winterborne, e depois jantariam juntos. A comédia, uma remontagem de *The Heir-at-Law*, estava sendo apresentada no Haymarket Royal Theatre, a casa de espetáculos mais elegante de Londres.

– Eu preferiria não levá-la a um lugar público até a investigação estar concluída – comentou Gabriel, com o cenho franzido, enquanto vestia uma camisa no quarto. – A área ao redor do Haymarket é conhecidamente perigosa.

– Mas estarei com você – argumentou Pandora –, e o Sr. Winterborne também estará presente. Além disso, Dragon insistiu em ir, embora esta fosse a noite de folga dele. O que poderia me acontecer?

Ela se olhou no espelho acima da cômoda de mogno e ajustou o colar duplo de pérolas sobre o corpinho de renda do vestido de noite lilás e marfim.

Gabriel deixou escapar um som evasivo, enquanto ajeitava os punhos da camisa.

– Poderia me passar as abotoaduras que estão em cima da cômoda?

Pandora as entregou.

– Por que não deixou que Oakes o ajudasse? Ainda mais se está se vestindo para um evento formal à noite. Ele deve estar aborrecido.

– Provavelmente. Mas prefiro não ter que explicar de onde vieram as marcas.

– Que marcas?

Como resposta, Gabriel afastou a abertura engomada na frente da camisa e revelou marquinhas vermelhas nos ombros, onde os dentes dela haviam se cravado.

Contrita, Pandora ficou na ponta dos pés para examinar as marcas, o rosto ruborizado.

– Desculpe. Você acha que ele comentaria com os outros criados?

– Bom Deus, não. Como Oakes gosta de dizer, "A discrição é a melhor qualidade dos valetes". No entanto – Gabriel baixou a cabeça de cabelos dourados sobre a dela –, há coisas que prefiro manter privadas.

– Pobre homem. Você parece ter sido atacado por uma besta selvagem. Gabriel deixou escapar uma risada rouca.

– Só uma pequena raposa, que ficou um pouco violenta enquanto brincava.

– Você deveria mordê-la de volta – comentou Pandora. – Isso a ensinaria a ser mais gentil.

Gabriel levou a mão ao rosto dela, erguendo-o. Depois de mordiscar gentilmente o lábio inferior da esposa, sussurrou:

– Eu a quero exatamente do jeito que ela é.

O interior do Haymarket era luxuoso, com assentos macios e fileiras de camarotes decorados com molduras douradas ornadas com figuras de liras antigas e coroas de louros. O teto abobado cor-de-rosa era coberto por detalhes dourados e imagens de Apolo pintadas à mão e por candelabros de vidro lapidado que iluminavam belamente a multidão muito bem-vestida abaixo.

Antes que a peça começasse, Pandora e Helen se acomodaram no camarote do teatro e ficaram conversando, enquanto os maridos se reuniam com um grupo de homens em um saguão próximo. Helen estava esbanjando saúde, cheia de novidades, e parecia determinada a persuadir a irmã a fazer aulas de esgrima com ela.

– Você também precisa aprender esgrima – convidou Helen, entusiasmada. – É muito bom para a postura e para a respiração, e minha amiga Garrett, isto é, a Dra. Gibson, diz que é um esporte arrebatador.

Pandora não tinha dúvidas de que tudo aquilo era verdade, mas também sabia que juntar uma mulher com problemas de equilíbrio e objetos pontiagudos não poderia resultar em algo bom.

– Adoraria ser capaz – disse Pandora –, mas sou muito desajeitada. Você sabe que não danço bem.

– Mas o professor de esgrima a ensinaria como... – A voz de Helen se perdeu enquanto ela olhava na direção do balcão nobre, que ficava no mesmo nível do camarote delas. – Minha nossa. Por que aquela mulher está encarando você com tanta intensidade?

– Onde?

– No lado esquerdo do balcão nobre. A morena na primeira fila. Você a conhece?

Pandora seguiu o olhar da irmã até uma mulher de cabelos escuros que fingia interesse no programa da peça. Era esguia e elegante, com feições clássicas, olhos fundos com cílios espetaculares e um nariz muito fino que fazia um ângulo perfeito acima dos lábios vermelhos e cheios.

– Não tenho ideia de quem seja – disse Pandora. – Mas é muito bonita, não?

– Acho que sim. Só consigo ver o olhar fulminante dela sobre você.

Pandora sorriu.

– Parece que meu talento para incomodar as pessoas agora se estende até às que nem conheço.

A bela mulher estava sentada perto de um cavalheiro mais velho, robusto, com suíças prodigiosas e uma barba curiosa em dois tons – cinza-escura nas faces e no maxilar e branca no queixo. A postura dele tinha a rigidez dos militares, como se suas costas houvessem sido amarradas ao eixo de uma carruagem. A mulher tocou o braço dele e sussurrou alguma coisa, mas o homem pareceu não perceber, a atenção fixa no palco do teatro, como se estivesse assistindo a uma peça invisível.

Pandora sentiu um choque desagradável quando o olhar da mulher encontrou o dela. Ninguém jamais a encarara com um ódio tão frio. Pandora não conseguia pensar em ninguém que tivesse motivo para encará-la daquele jeito, a não ser...

– Acho que talvez eu saiba quem é – disse em um sussurro.

Antes que Helen pudesse fazer qualquer comentário, Gabriel acomodou-se no lugar vazio ao lado de Pandora. Ele virou o corpo, de modo que seu ombro bloqueasse parcialmente a esposa do olhar letal da outra mulher.

– Aqueles são a Sra. Black e o marido, o embaixador norte-americano – disse Gabriel, baixinho, o rosto tenso. – Eu não tinha ideia de que eles estariam aqui.

Helen logo compreendeu que aquele era um assunto particular do casal e apressou-se em se virar para conversar com o marido.

– É claro que não sabia – murmurou Pandora, surpresa ao ver um músculo latejando no maxilar cerrado de Gabriel.

O marido, sempre tão calmo e seguro de si, estava prestes a perder o controle bem ali, em pleno Royal Theatre.

– Quer ir embora? – perguntou ele, em um tom sombrio.

– De jeito nenhum, quero assistir à peça.

Pandora preferiria morrer a dar à ex-amante do marido a satisfação de vê-la deixar o teatro. Ela espiou por cima do ombro de Gabriel e viu que a Sra. Black ainda a encarava com a expressão furiosa de uma pessoa injustiçada. Pelo amor de Deus, a mulher estava ao lado do marido! Por que ele não lhe ordenava que parasse com aquele vexame? O drama, por menor que fosse, já começara a atrair a atenção de outros que estavam sentados no balcão nobre, assim como de algumas pessoas nos camarotes do mezanino.

Aquela situação devia ser como um pesadelo para Gabriel, que passara a vida toda tendo cada conquista e cada erro esquadrinhados por todos. Ele sempre fora cuidadoso em proteger sua privacidade e em manter uma fachada invulnerável, mas, ao que parecia, a Sra. Black estava determinada a deixar claro para a maior parte da sociedade de Londres – e para a esposa de Gabriel – que eles haviam sido amantes. O coração de Pandora doía pelo marido, pois ela sabia que era motivo de vergonha para ele ter se deitado com a mulher de outro homem. E agora ver o fato vindo a público daquele jeito...

– Não há como ela nos fazer mal – disse baixinho a ele. – Pode ficar nos encarando com raiva até seus olhos caírem das órbitas que não vou me incomodar nem um pouco.

– Isso não vai acontecer de novo, por Deus. Vou procurá-la amanhã e dizer a ela...

– Não, não faça isso. Estou certa de que não há nada que a Sra. Black fosse gostar mais do que receber uma visita sua. Mas eu o proíbo.

Um lampejo frio e perigoso cintilou nos olhos de Gabriel.

– Você me proíbe?

Era bem possível que ninguém jamais tivesse dito uma coisa daquelas a ele. E Gabriel pareceu não gostar nem um pouco.

Pandora tocou o rosto dele com a mão enluvada, acariciando-o com doçura. Ela sabia que demonstrações de afeto em público, mesmo entre marido e mulher, eram altamente inapropriadas, mas, naquele momento, tudo o que importava era confortá-lo.

– Sim. Porque agora você é meu. – Ela deu um sorrisinho e sustentou o olhar dele. – Todo meu, e não vou dividi-lo com ninguém. Não permito que ela tenha nem cinco minutos do seu tempo.

Para alívio de Pandora, Gabriel respirou fundo e pareceu relaxar.

– Você é minha esposa – disse ele baixinho, e pegou a mão que ela afastara do rosto dele. – Nenhuma mulher tem qualquer direito a mim.

Ele segurou a mão de Pandora no alto e, lentamente, abriu os três botões de pérola no punho da luva dela, que chegava ao cotovelo. Pandora o encarou com um olhar questionador. Gabriel manteve o olhar colado ao dela e puxou os dedos da luva, um por um. Pandora prendeu a respiração ao sentir a luva frouxa.

– O que você está fazendo? – perguntou ela em um sussurro.

Gabriel não respondeu, apenas descalçou lentamente a luva, até deixar nu o braço da esposa. Pandora ficou vermelha da cabeça aos pés. O modo sensual como ele tirou a luva, na frente de tantos olhares curiosos, a deixou profundamente ruborizada.

Gabriel ergueu a mão nua dela, virou-a e beijou a pele sensível do interior do pulso, antes de roçar um beijo na palma. Alguns arquejos e murmúrios escandalizados, outros satisfeitos, se ergueram da multidão. Aquele era um gesto de posse, de intimidade, com a intenção não apenas de demonstrar a paixão dele pela mulher com quem estava recém-casado, mas também de censurar a ex-amante. No dia seguinte, em todas as salas elegantes de Londres, o assunto seria que lorde St. Vincent havia sido visto acariciando abertamente a esposa no Haymarket, à vista da ex-amante.

Pandora não queria ser usada para magoar ninguém, nem mesmo a Sra. Black. No entanto, ao ver o olhar de alerta de Gabriel, desafiando-a a protestar, ela manteve a boca fechada e decidiu abordar o assunto com ele mais tarde.

Por sorte, logo as luzes do teatro ficaram mais fracas e a peça começou. E foi um testemunho da qualidade da produção e do talento dos atores o fato de Pandora conseguir relaxar e rir do diálogo ágil. No entanto, ela estava consciente de que o marido mais suportava do que aproveitava a comédia.

No intervalo, enquanto Gabriel e Winterborne cumprimentavam conhecidos no corredor, Pandora e Helen conversaram em particular.

– Querida – murmurou Helen, cobrindo a mão enluvada da irmã com a dela –, posso dizer por experiência pessoal que não é agradável saber sobre as mulheres que um marido pode ter conhecido no passado. Mas poucos homens levaram uma vida casta antes de se casarem. Espero que você não...

– Ah, não o culpo por ter tido uma amante – sussurrou Pandora. – Não *gosto* disso, é claro, mas dificilmente poderia reclamar dos defeitos de alguém quando eu mesma tenho tantos. Gabriel me contou sobre a Sra. Black antes de nos casarmos e prometeu terminar o relacionamento... O que, obviamente, ele fez. No entanto, ela parece não ter aceitado isso muito bem. – Pandora fez uma pausa. – Acho que ele não deve ter dado a notícia do modo correto.

Helen torceu os lábios.

– Acho que não há um modo agradável de se terminar um caso, não importa quanto as palavras sejam bem escolhidas.

– A questão é: por que o marido dela toleraria tal comportamento? A Sra. Black tentou fazer uma cena bem na frente do homem e ele não tomou nenhuma atitude.

Helen olhou ao redor para ter certeza de que o camarote estava completamente vazio e ergueu o programa com o pretexto de estar lendo sobre o ato seguinte.

– Pouco antes do intervalo – disse ela, baixinho –, Rhys me contou que o embaixador Black foi tenente-general no Exército da União, durante a Guerra Civil Americana. Dizem que sofreu ferimentos em batalha que tornaram difícil para ele... – Helen enrubesceu e deu de ombros discretamente.

– O quê?

– Cumprir seus deveres de marido – sussurrou Helen, ficando ainda mais vermelha. – A Sra. Black é a segunda esposa dele... O embaixador era viúvo quando os dois se conheceram, e ela ainda é uma mulher jovem. Por isso ele prefere fingir que não vê quando ela o trai.

Pandora deu um breve suspiro.

– Agora quase sinto pena dela – disse. E então acrescentou, com um sorrisinho irônico: – Mas ainda assim ela não pode ter o meu marido.

Ao final da apresentação, Pandora e Gabriel saíram lentamente pelos corredores cheios, passando pelas salas de espera e pelos saguões dos camarotes, até chegarem ao saguão de entrada do teatro, com suas colunas altas. Helen e Winterborne estavam alguns metros adiante, mas era difícil vê-los em meio à multidão. A audiência da peça fora enorme e a pressão dos corpos era tão próxima que Pandora começou a se sentir ansiosa.

– Estamos quase saindo – murmurou Gabriel, mantendo o braço protetor ao redor da esposa.

Quando eles alcançaram o foyer, a multidão era ainda maior. As pessoas se empurravam e se esbarravam, concentradas entre as seis colunas coríntias que se estendiam até a beira da calçada. Uma longa fila de carruagens particulares e troles de aluguel impedia a saída de alguns veículos. Para tornar tudo pior, a aglomeração atraíra punguistas e pedintes dos becos e ruas próximas. Havia apenas um único policial uniformizado à vista, tentando colocar um pouco de ordem na situação, aparentemente sem muito sucesso.

– Tanto seu cocheiro quanto o meu estão presos no trânsito – disse Winterborne a Gabriel depois de abrir caminho pela multidão. Ele gesticulou para a extremidade sul do Haymarket. – Pararam ali. Terão que esperar até que parte da rua seja liberada para poderem andar.

– Podemos caminhar até as carruagens – sugeriu Gabriel.

Winterborne dirigiu um olhar ao mesmo tempo irônico e divertido a ele.

– Eu não aconselharia. Um bando de cipriotas acaba de atravessar para lá, vindas da Pall Mall, e teremos que passar por várias delas.

– Está se referindo a prostitutas, Sr. Winterborne? – perguntou Pandora, esquecendo-se de falar mais baixo.

Algumas pessoas se viraram para ela com as sobrancelhas erguidas.

Gabriel sorriu pela primeira vez em toda a noite e puxou a cabeça de Pandora contra o peito.

– Sim, ele está se referindo a prostitutas – murmurou ele, e deu um beijinho na orelha dela.

– Por que são chamadas de cipriotas? – perguntou Pandora. – O Chipre é uma ilha na Grécia, e tenho certeza de que elas não vêm todas de lá.

– Explicarei mais tarde.

– Pandora – chamou Helen –, quero apresentá-la a algumas das minhas amigas do Clube de Leitura das Damas, incluindo a Sra. Thomas, a fundadora. Elas estão perto da última coluna.

Pandora levantou os olhos para Gabriel.

– Incomoda-se se eu for com Helen por um momento?

– Eu preferiria que você ficasse comigo.

– Vou estar logo ali – protestou ela. – Teremos que esperar pelas carruagens de qualquer forma.

Gabriel deixou-a ir com relutância.

– Fique onde eu consiga vê-la.

– Tudo bem. – Pandora o olhou com uma expressão de aviso. – Não fale com mulheres gregas.

Ele sorriu e observou-a abrir caminho pela multidão com Helen.

– A Sra. Thomas está trabalhando para instalar salas de leitura para os pobres – disse Helen a Pandora. – Ela é incrivelmente generosa e fascinante. Vocês vão adorar uma a outra.

– Qualquer um pode entrar para o clube do livro?

– Qualquer um que não seja homem.

– Perfeito, eu me qualifico! – exclamou Pandora.

Elas pararam junto a um pequeno grupo de mulheres, e Helen esperou por um momento oportuno para interromper a conversa.

Parada atrás dela, Pandora ajeitou melhor o xale branco de tecido leve ao redor dos ombros e brincou com a fileira dupla de pérolas no pescoço.

Sem aviso, uma voz suave falou perto do ouvido dela – uma voz de mulher com sotaque americano.

– Você não passa de uma criança esquisita e magrela, exatamente como ele descreveu. Ele me visitou depois do casamento, você sabe. Nós dois rimos muito de sua paixão juvenil por ele. Você o entedia terrivelmente.

Pandora se virou e se viu diante de Nora Black. A mulher era de tirar o fôlego, a pele muito macia e sem qualquer mácula, os olhos profundos e escuros sob sobrancelhas tão perfeitamente penteadas e delineadas que pareciam finas faixas de veludo. Embora a Sra. Black tivesse aproximadamente a mesma altura de Pandora, seu feitio de corpo era em um extraordinário formato de ampulheta, com uma cintura tão fina que seria possível passar uma coleira de gato ao redor dela.

– Está só tentando ser venenosa – disse Pandora com calma. – Ele não a visitou, ou teria me contado.

A Sra. Black claramente estava "procurando briga", como teria dito Winterborne.

– Ele nunca será fiel. Todos sabem que você não passa de uma mocinha peculiar que o forçou a se casar. Ele aprecia a novidade, sem dúvida, mas vai se cansar de você e logo a mandará para alguma casa de campo remota.

Pandora experimentava uma mistura confusa de sentimentos. Ciúme – porque aquela mulher conhecera Gabriel intimamente e havia significado alguma coisa para ele – e antagonismo, mas também pena, porque havia sofrimento na escuridão amarga dos olhos dela. Por trás da fachada deslumbrante, a Sra. Black era uma mulher terrivelmente infeliz.

– Sei que acha que é isso que devo temer – disse Pandora –, mas na verdade não me preocupo nem um pouco com essa possibilidade. A propósito, não o forcei a se casar. – Ela parou antes de acrescentar: – E admito que sou peculiar. Mas ele parece gostar.

Pandora viu uma ruga de perplexidade surgir entre as sobrancelhas perfeitas da Sra. Black e percebeu que a mulher havia esperado uma reação diferente, talvez raiva ou lágrimas. A Sra. Black queria uma batalha, porque, para ela, Pandora havia roubado o homem de quem ela gostava. Como devia doer toda vez que ela se dava conta de que nunca mais voltaria a ter Gabriel nos braços.

– Sinto muito – disse Pandora, baixinho. – As últimas semanas devem ter sido terríveis para a senhora.

O olhar da Sra. Black se tornou venenoso.

– Não ouse ser condescendente comigo!

Ao perceber que a irmã estava falando com alguém, Helen se virou, e ficou pálida ao ver a esposa do embaixador americano. Ela logo passou um braço protetor ao redor de Pandora.

– Está tudo bem – disse Pandora à irmã. – Não se preocupe.

Infelizmente, aquilo não era verdade. No instante seguinte, Gabriel já estava ao lado delas, com um brilho assassino nos olhos. Ele mal pareceu perceber Pandora ou Helen, a atenção fixa na Sra. Black.

– Enlouqueceu? – perguntou à mulher, em uma voz baixa que fez gelar o sangue de Pandora. – Aproximar-se da minha esposa...

– Estou perfeitamente bem – apressou-se a interromper Pandora.

A essa altura, o grupo de membros do Clube de Leitura das Damas havia se virado em massa para assistir à cena.

Gabriel fechou a mão ao redor de um dos punhos enluvados da Sra. Black e murmurou:

– Quero falar com você.

– E quanto a mim? – protestou Pandora.

– Vá para a carruagem – disse o marido a ela bruscamente. – Já está parada em frente ao pórtico.

Pandora desviou os olhos para a fila de veículos. A carruagem deles realmente havia subido no meio-fio e ela viu um relance de Drago em seu libré. No entanto, algo nela se rebelou à ideia de ir para a carruagem como um cachorro que acaba de receber a ordem de voltar para o canil. E pior ainda, a Sra. Black estava lhe lançando um olhar triunfante pelas costas de Gabriel, já que finalmente conseguira a atenção que tanto desejava.

– Veja bem – começou Pandora –, não acho que...

Outro homem se juntou à conversa.

– Tire as mãos da minha esposa.

A voz entredentes pertencia ao embaixador americano. Ele encarava Gabriel com uma espécie de hostilidade resignada, como se os dois fossem galos relutantes que haviam acabado de ser jogados em uma rinha.

A situação piorava rapidamente. Pandora virou-se para Helen, alarmada.

– *Socorro* – sussurrou.

Helen, abençoada fosse, entrou em ação e colocou-se entre os dois homens.

– Embaixador Black, sou lady Helen Winterborne. Perdoe minha audácia, mas acho que talvez tenhamos nos encontrado no jantar do Sr. Disraeli, no mês passado?

O homem mais velho ficou surpreso, pego desprevenido diante da súbita aparição de uma jovem luminosa de cabelos platinados e olhos angelicais. Ele não ousou tratá-la com descortesia.

– Não me lembro de ter tido essa honra.

Para satisfação de Pandora, Gabriel soltou o braço da Sra. Black.

– E aqui está o Sr. Winterborne – disse Helen, mal conseguindo disfarçar o alívio ao ver o marido chegar para ajudar a acalmar a situação.

Winterborne trocou um rápido olhar com Gabriel, e mensagens silenciosas cortaram o ar entre os dois como flechas invisíveis. Muito composto e eficiente, Winterborne começou a conversar com o embaixador, que respondia em uma voz tensa. Teria sido difícil imaginar uma cena mais constrangedora, com Helen e Winterborne se comportando como se não houvesse nada de errado, enquanto Gabriel permanecia parado em uma fúria silenciosa. E a Sra. Black se deleitava silenciosamente com o tumulto que criara, pois conseguira provar – ao menos em sua mente – que ainda era importante na vida de Gabriel. Ela praticamente cintilava de empolgação.

Qualquer lampejo de simpatia que Pandora pudesse ter sentido pela mulher desapareceu. Ela também estava bastante aborrecida com Gabriel por ter caído no plano da Sra. Black, reagindo com raiva, quando deveria simplesmente tê-la ignorado. Havia sido lamentavelmente fácil para a ex-amante de Gabriel provocar os instintos masculinos para que se rebaixassem até o nível de um curral.

Pandora suspirou e pensou que provavelmente deveria ir mesmo para a carruagem. Sua presença ali não estava ajudando em nada, e ela se sentia cada vez mais irritada. Até as reservas limitadas de conversa de Drago seriam melhores do que aquilo. Ela se afastou do grupo e procurou pelo caminho mais livre até o meio-fio.

– Milady – chamou alguém em um tom hesitante. – Lady St. Vincent?

O olhar de Pandora caiu em uma figura solitária parada ao lado de uma coluna coríntia em um extremo do pórtico. Ela usava um *bonnet* de flanela, com um vestido escuro e um xale azul. Quando a mulher sorriu, Pandora reconheceu-a.

– Sra. O'Cairre! – exclamou Pandora, preocupada, indo rapidamente até a viúva. – O que está fazendo aqui? Como está a senhora?

– Estou bem, milady. E a senhora?

– Estou bem também. Lamento pelo modo como meu criado adentrou em sua loja ontem. Ele é superprotetor. Não tive como impedi-lo, só se houvesse acertado a cabeça dele com algum objeto pesado. O que, por sinal, considerei fazer.

– Não houve problema. – O sorriso da Sra. O'Cairre enfraqueceu ligeiramente, e seus olhos castanho-claros mostraram preocupação. – Mas apareceu um homem na loja hoje, fazendo perguntas. Ele não me disse como se chamava, nem o que fazia para viver. Peço perdão por perguntar, milady, mas a senhora falou com a polícia?

– Não. – Pandora a fitou com uma expressão de preocupação crescente ao perceber uma camada de suor cobrindo o rosto da mulher, além das pupilas negras dilatadas. – Sra. O'Cairre, está com algum tipo de problema? Está doente? Diga-me, como posso ajudá-la?

A mulher inclinou a cabeça e olhou para Pandora com uma expressão que era quase de um afeto contrito.

– A senhora é uma alma doce, milady. Perdoe-me.

Um grito masculino rouco distraiu a atenção de Pandora, que desviou os olhos para a multidão e se espantou ao ver Drago empurrando pessoas com violência para abrir caminho até ela. O homem parecia completamente desesperado. Qual era o problema dele?

Antes que Pandora tivesse tempo de respirar, Drago estava diante dela. A jovem ficou perplexa ao senti-lo bater o punho e o braço com força na clavícula dela, como se estivesse tentando quebrá-la. Pandora deixou escapar um arquejo assustado ao sentir o impacto e cambaleou para trás. Ele a pegou e puxou-a contra o peito maciço.

Atônita, ela falou contra o veludo macio do paletó de libré:

– Dragon, por que me bateu?

Ele deu uma resposta breve, mas Pandora não conseguiu ouvi-lo acima dos gritos agudos que começaram a se elevar ao redor dos dois. Quando Drago a afastou do peito, Pandora viu que a manga do paletó dele parecia ter sido cortada por uma tesoura, e o tecido estava escuro e úmido. *Sangue*. Ela balançou a cabeça, confusa. O que estava acontecendo? O sangue de Drago a cobria. Em grande quantidade. O cheiro metálico penetrou com força em suas narinas. Pandora fechou os olhos e desviou o rosto.

No instante seguinte, percebeu os braços de Gabriel. Ele parecia estar gritando ordens para as pessoas.

Completamente atordoada, Pandora estremeceu e olhou ao redor. O que era aquilo? Estava no chão, semiapoiada no colo de Gabriel. E Helen estava ajoelhada ao lado deles. As pessoas se aglomeravam ao redor, oferecendo casacos, dando conselhos, enquanto um policial tentava afastá-las. Era estranho e assustador acordar em uma situação daquelas.

– Onde estamos? – perguntou ela.

– Ainda estamos no Haymarket, meu amor. Você desmaiou.

– Desmaiei? – Pandora tentou se acalmar e pensar com clareza. Mas não era fácil pensar com o marido apertando o ombro dela como um torno.

– Milorde, está segurando meu ombro com muita força. Está me machucando. Por favor...

– Meu amor – disse ele, a voz abafada –, aguente firme. Estou aplicando pressão no ferimento.

– Que ferimento? Eu tenho um ferimento?

– Você foi esfaqueada. Pela sua Sra. O'Cairre.

Pandora levantou os olhos para ele, espantada, o cérebro demorando a assimilar a revelação.

– Não é a *minha* Sra. O'Cairre – disse ela depois de um instante, batendo os dentes. – Se ela sai por aí esfaqueando pessoas, eu a renego. – O ombro dela doía cada vez mais, o latejar se transformando em uma dor que parecia descer até a medula. Todo o esqueleto de Pandora chacoalhava, como se ela estivesse sendo sacudida por mãos invisíveis. – E Dragon? Onde ele está?

– Foi atrás dela.

– Mas o braço dele... Estava ferido...

– Ele disse que o corte não foi fundo. Vai ficar bem.

Pandora tinha a sensação de que seu ombro havia sido escaldado em azeite. O chão era duro e frio e todo o seu corpo parecia estranhamente encharcado. Ela olhou para baixo, mas Gabriel cobrira a frente do corpo dela com o casaco. Com dificuldade, Pandora mexeu o braço para levantar o casaco.

Helen a deteve, pressionando seu peito de leve.

– Querida, tente não se mexer. Você precisa permanecer coberta.

– Meu vestido está pegajoso – disse Pandora, atordoada. – A calçada é dura. Não gosto disso. Quero ir para casa.

Winterborne abriu caminho entre a multidão e se agachou ao lado deles.

– O sangramento diminuiu o bastante para movê-la?

– Acho que sim – respondeu Gabriel.

– Vamos na minha carruagem. Já mandei avisar minha equipe de médicos; eles vão nos encontrar na Cork Street. Na clínica nova, com sala de operações, que abrimos no prédio ao lado da loja.

– Prefiro levá-la ao médico da minha família.

– St. Vincent, ela precisa ser examinada rapidamente. A Cork Street fica a menos de 1 quilômetro daqui.

Pandora ouviu Gabriel praguejar baixinho.

– Vamos, então.

CAPÍTULO 20

Gabriel nunca sentira nada semelhante àquilo – era real, mas não parecia. Era como viver um pesadelo acordado. Nada jamais o fizera sentir tanto medo. Quando baixava os olhos para a esposa, tinha vontade de urrar de angústia e fúria.

O rosto de Pandora estava tenso e pálido, os lábios azulados. A perda de sangue a enfraquecera muito. Ela estava deitada no colo dele, com as pernas estendidas no assento da carruagem. Embora coberta por casacos e mantas, tremia sem parar.

Gabriel envolveu-a mais com as cobertas e checou o curativo que improvisara com um punhado de lenços. Ele unira os lenços de mão a lenços de pescoço, então passou ao redor do braço dela, pela curva do pescoço e do ombro, prendendo-se no braço oposto. Sua mente não parava de voltar ao momento em que Pandora desabara em seus braços, o sangue se derramando do ferimento aberto.

Acontecera em uma questão de segundos. Gabriel levantara os olhos para se certificar de que Pandora havia cruzado a curta distância até a carruagem e, em vez disso, vira Drago lutando para abrir caminho através da multidão e disparando em direção ao canto do prédio do teatro, onde Pandora falava com uma desconhecida. A mulher estava puxando alguma coisa da manga, e Gabriel flagou o movimento revelador do braço dela quando abriu uma faca dobrável. A lâmina curta cintilou, refletindo as luzes do teatro, quando a mulher a ergueu.

Gabriel alcançou Pandora um segundo depois de Drago, mas àquela altura a lâmina já fora baixada.

– Não seria estranho se eu morresse disso? – balbuciou Pandora, tremendo contra o peito dele. – Nossos netos não ficariam nada impressionados. Eu preferiria ter sido esfaqueada em um ato heroico. Salvando alguém. Talvez você pudesse dizer a eles... Ah, mas acho que não teríamos netos se eu morresse, não é?

– Você não vai morrer – apressou-se a dizer Gabriel.

– Ainda não encontrei uma gráfica – disse Pandora, preocupada.

– O quê? – perguntou ele, achando que a esposa estava delirando.

– Isso pode acabar atrasando meu cronograma de produção. Meu jogo de tabuleiro. O Natal.

Winterborne, que estava sentado com Helen no assento oposto, interrompeu-a gentilmente:

– Ainda temos bastante tempo, *bychan*. Não se preocupe com seu jogo.

Pandora relaxou e se aquietou, segurando uma dobra da camisa de Gabriel, como um bebê.

Winterborne encarou Gabriel significativamente, como se quisesse perguntar alguma coisa.

Sob o pretexto de acariciar os cabelos da esposa, Gabriel pousou a mão delicadamente sobre o ouvido bom dela e voltou um olhar questionador para o outro homem.

– O sangue estava saindo em jorros? – perguntou Winterborne baixinho. – Como se no ritmo dos batimentos cardíacos?

Gabriel fez que não com a cabeça.

Winterborne relaxou só um pouco e esfregou o queixo.

Gabriel tirou a mão do ouvido de Pandora e continuou a acariciar os cabelos dela. Quando viu que os olhos da esposa estavam fechados, ergueu ligeiramente o corpo dela e disse:

– Meu amor, não durma.

– Estou com frio – queixou-se ela. – E meu ombro dói, e a carruagem de Helen é cheia de grumos.

Pandora deixou escapar um gemido de dor quando o veículo dobrou uma esquina e sacolejou.

– Acabamos de entrar na Cork Street – disse Gabriel, e deu um beijo na testa fria e úmida dela. – Vou carregá-la para dentro, e lhe daremos um pouco de morfina.

A carruagem parou. Enquanto erguia a esposa com cuidado nos braços e a levava para dentro do prédio, Gabriel tinha a sensação de que ela estava terrivelmente leve, como se seus ossos fossem ocos feito os de um passarinho. A cabeça, que Pandora apoiara no ombro dele, balançava ligeiramente conforme ele caminhava. Gabriel teve vontade de derramar a própria força nela, de encher as veias de Pandora com o próprio sangue. Queria implorar, subornar, ameaçar, machucar alguém.

O interior do prédio havia sido reformado havia pouco, e agora apresentava uma entrada bem-iluminada e arejada. Eles passaram por um conjunto de portas que se fechavam automaticamente e seguiram para um grande bloco de salas com placas que indicavam claramente o que cada uma abrigava, incluindo uma enfermaria, uma sala de medicamentos, escritórios administrativos, salas de consulta e de exame e uma sala de cirurgia no fim de um corredor.

Gabriel já sabia que Winterborne contratara dois médicos em tempo integral, para benefício das centenas de homens e mulheres que empregava. No entanto, os melhores médicos costumavam atender as classes mais altas, enquanto a classe média e a operária precisava recorrer a profissionais de menos talento. Gabriel imaginara vagamente um conjunto de consultórios decaídos e uma sala de cirurgia medíocre, ocupados por uma dupla de médicos indiferentes, mas deveria ter desconfiado que Winterborne não pouparia despesas em construir uma clínica avançada.

Eles foram recebidos no saguão por um médico de meia-idade, com uma massa de cabelos brancos, a testa larga, olhos penetrantes e um rosto belamente cinzelado. Tinha a aparência que deveria ter um cirurgião, digno e capaz, com décadas de conhecimento conquistado com ampla experiência.

– St. Vincent – disse Winterborne –, este é o Dr. Havelock.

Uma enfermeira esguia e de cabelos castanhos entrou bruscamente no saguão e afastou com um gesto a tentativa de Winterborne de fazer as apresentações. Ela usava uma saia-calça e o mesmo tipo de avental e gorro de linho branco que Havelock. Seu rosto era jovem e belo, e os olhos verdes, atentos e astutos.

– Milorde – disse para Gabriel, sem preâmbulos –, por favor, traga lady St. Vincent por aqui.

Gabriel a seguiu até uma sala de exames, fortemente iluminada por refletores e luminárias cirúrgicas. O lugar também era imaculadamente limpo, as paredes forradas com placas de vidro, o piso de azulejos equipado com calhas para escorrer líquidos. O ar cheirava a produtos químicos: acido carbólico, álcool destilado e um toque de benzeno. O olhar de Gabriel correu por uma variedade de recipientes de metal e material para esterilização a vapor, por mesas com bacias e bandejas de instrumentos, e uma pia de arenito.

– Minha esposa está sentindo dor – apressou-se a dizer Gabriel, enquanto olhava por sobre o ombro e se perguntava por que o médico não os acompanhara.

– Já preparei uma injeção de morfina – informou a enfermeira. – Ela comeu nas últimas quatro horas?

– Não.

– Excelente. Coloque-a com cuidado na mesa, por favor.

A voz dela era clara e decidida. Irritavam-no um pouco os modos autoritários da mulher, a touca de cirurgião, o fato de que parecia estar se fazendo de médica.

Embora Pandora houvesse cerrado os lábios com força, ainda deixou escapar um gemido quando Gabriel a acomodou sobre a mesa de exames de couro. O móvel tinha uma estrutura flexível e estava posicionado para elevar ligeiramente a parte superior do corpo do paciente. A enfermeira afastou o casaco dobrado sobre o corpinho de renda branca do vestido de Pandora, ensopado de sangue, e cobriu-a com um cobertor de flanela.

– Ah, olá – disse Pandora em uma voz débil, a respiração acelerada e os olhos embotados de dor.

A enfermeira deu um breve sorriso, levantou o punho de Pandora e checou sua pulsação.

– Quando a convidei para uma visita guiada ao novo centro cirúrgico, não estava me referindo a tê-la como paciente – murmurou a mulher.

Pandora curvou os lábios secos, enquanto a enfermeira checava a dilatação das pupilas.

– Vai ter que me costurar – disse.

– Com certeza.

– Vocês se conhecem? – perguntou Gabriel, confuso.

– Sim, milorde. Sou amiga da família.

A enfermeira pegou um instrumento composto de um auscultador, um tubo flexível coberto de seda e uma peça de madeira no formato de um trompete. Ela levou uma das extremidades ao ouvido e pousou a outra em vários lugares do peito de Pandora, atenta ao que ouvia.

Cada vez mais perturbado, Gabriel voltou a olhar para a porta, perguntando-se onde estaria o Dr. Havelock.

A enfermeira pegou um chumaço de algodão, molhou-o com uma solução de um pequeno frasco e limpou uma pequena área no braço esquerdo de Pandora. Então, virou-se para uma bandeja de instrumentos e pegou uma seringa de vidro que terminava em uma agulha oca. A mulher ergueu a agulha e pressionou o êmbolo para tirar o ar da seringa.

– Já tomou injeção antes? – perguntou a Pandora, gentil.

– Não.

A mão livre de Pandora se estendeu para Gabriel, que envolveu os dedos frios da esposa.

– Vai sentir uma picada – disse a enfermeira –, mas será rápido. Então, sentirá uma onda de calor e toda a dor vai desaparecer.

Enquanto a mulher procurava uma veia no braço de Pandora, Gabriel perguntou abruptamente:

– Não deveria ser o médico a fazer isso?

A enfermeira não respondeu de imediato, porque já havia inserido a agulha. Ela empurrou o êmbolo lentamente, enquanto os dedos de Pandora apertavam os de Gabriel. Ele ficou observando impotente o rosto da esposa e se esforçou para manter a calma e o equilíbrio quando tudo dentro dele parecia implodir. Tudo que importava em sua vida estava naquele corpo frágil sobre aquela mesa de exames. Gabriel viu a morfina fazer efeito, os membros de Pandora relaxarem, assim como a tensão ao redor da boca e dos olhos dela. *Graças a Deus.*

A jovem mulher deixou a seringa vazia de lado e disse:

– Sou a Dra. Garrett Gibson. Sou médica formada, treinada por sir Joseph Lister em seu método antisséptico. Na verdade, eu o assisti em cirurgias na Sorbonne.

Gabriel foi pego totalmente de surpresa.

– Uma mulher médica? – perguntou.

– A única diplomada na Inglaterra até agora. A associação médica britânica tem feito um ótimo trabalho para garantir que nenhuma outra mulher siga meus passos. – O tom dela era irônico.

Gabriel não queria que ela assistisse Havelock. Não havia como saber o que esperar de uma médica mulher, e ele não queria nada fora do comum ou raro ligado à cirurgia da esposa. Queria médicos homens, firmes, experientes. Queria que tudo fosse convencional, seguro e normal.

– Quero conversar com Havelock antes de a cirurgia começar – disse ele.

A Dra. Gibson não pareceu nada surpresa.

– É claro – respondeu em um tom tranquilo. – Mas vou lhe pedir que adie essa conversa até termos avaliado as condições de lady St. Vincent.

O Dr. Havelock entrou na sala e se aproximou da mesa de exames.

– A enfermeira chegou e está se lavando – murmurou ele para a Dra. Gibson, e se voltou para Gabriel. – Milorde, há uma sala de espera ao lado da sala de cirurgia. Enquanto aguarda ali com os Winterbornes, vamos examinar o ombro desta jovem dama.

Gabriel deu um beijo nos dedos gelados de Pandora, sorriu de forma tranquilizadora para ela e saiu.

Ele encontrou a sala de espera e foi até onde Winterborne estava sentado. Lady Helen não estava à vista.

– Uma médica mulher? – perguntou, com a expressão aborrecida.

Winterborne pareceu ligeiramente tenso.

– Não me ocorreu avisá-lo. Mas dou meu aval a ela... A Dra. Gibson foi responsável pelo parto e pelo resguardo de Helen.

– Isso é muito diferente de uma cirurgia – disse Gabriel, irritado.

– Há médicas mulheres na América há mais de vinte anos – argumentou Winterborne.

– Não dou a mínima para o que fazem na América. Quero que Pandora tenha o melhor tratamento médico possível.

– Lister declarou publicamente que a Dra. Gibson é uma das melhores cirurgiãs que ele já treinou, entre homens e mulheres.

Gabriel fez que não com a cabeça.

– Se eu tiver que colocar a vida de Pandora na mão de estranhos, quero que seja alguém com experiência. Não uma mulher que parece ter acabado de sair da escola. Não quero que ela assista a cirurgia.

Winterborne abriu a boca para discutir, então pareceu refletir.

– Eu provavelmente pensaria algo semelhante, se estivesse em seu lugar – admitiu. – É preciso algum tempo para se acostumar à ideia de uma médica mulher.

Gabriel se sentou pesadamente em uma cadeira perto de Winterborne e se deu conta de uma leve vibração atravessando seus membros, o zunir constante da tensão nervosa.

Lady Helen entrou na sala com uma pequena toalha branca dobrada. O tecido estava úmido e quente. Ela se aproximou de Gabriel sem dizer nada e secou o rosto dele. Quando tirou a toalha, Gabriel viu que estava manchada de sangue. Lady Helen então ergueu as mãos dele e começou a limpar as manchas dos dedos. Gabriel não havia percebido que estava tão sujo de sangue. Quando se adiantou para pegar a toalha, para continuar ele mesmo a se limpar, ela segurou o tecido com força.

– Por favor – disse baixinho. – Preciso fazer alguma coisa por alguém.

Gabriel relaxou e deixou-a continuar. Quando lady Helen terminou, o Dr. Havelock entrou na sala de espera. Gabriel se levantou, o coração disparado de ansiedade.

O médico estava muito sério.

– Milorde, depois de examinarmos lady St. Vincent com um estetoscópio, detectamos um chiado no lugar do ferimento, o que indica a liberação forçada de sangue arterial. A artéria subclávia foi lacerada ou parcialmente rompida. Se tentarmos reparar a laceração, há risco de complicações que ameaçariam a vida dela. Portanto, a melhor solução é uma dupla ligadura. Vou assistir a Dra. Gibson no processo, que deve levar cerca de duas horas. Nesse meio-tempo...

– Espere – disse Gabriel, em um tom cauteloso. – Está querendo dizer que a Dra. Gibson vai assisti-lo.

– Não, milorde. A Dra. Gibson fará a cirurgia. Ela é versada nas mais novas e avançadas técnicas.

– Quero que o senhor faça a cirurgia.

– Milorde, pouquíssimos cirurgiões na Inglaterra se arriscariam a fazer essa operação. Não sou um deles. A artéria comprometida de lady St. Vincent está localizada profundamente e é coberta em parte pelo osso da clavícula. A área a ser operada não deve chegar a 4 centímetros de largura. Salvar a vida de sua esposa será uma questão de milímetros. A Dra. Gibson é uma cirurgiã meticulosa. Calma. Suas mãos são firmes, delgadas e sensíveis, ou seja, perfeitas para procedimentos delicados como este. Além do mais, ela foi treinada na moderna técnica de cirurgias antissépticas, o que torna a ligadura de artérias importantes bem menos perigosa do que no passado.

– Quero uma segunda opinião.

O médico assentiu calmamente, mas o olhar que lançou a Gabriel era penetrante.

– As instalações estarão disponíveis para qualquer um que o senhor escolher, e nós o assistiremos da melhor maneira que pudermos. Mas é bom que traga rapidamente essa pessoa. Sei de apenas meia dúzia de casos nos últimos trinta anos que tinham um ferimento similar ao de lady St. Vincent e conseguiram chegar à mesa de cirurgia. Ela está a minutos de uma falência cardíaca.

Cada músculo do corpo de Gabriel se retesou. Sua garganta parecia fechada com um grito de angústia engasgado. Não conseguia aceitar o que estava acontecendo.

Mas não havia escolha. Tivera mais oportunidades, possibilidades e alternativas do que a maior parte dos seres humanos, porém, naquele momento, em que o que mais importava estava em jogo, não havia escolha.

– Dos casos que conseguiram chegar à mesa de cirurgia – perguntou Gabriel, com a voz rouca –, quantos sobreviveram?

Havelock desviou o olhar antes de responder:

– O prognóstico para esse tipo de ferimento é desfavorável. Mas a Dra. Gibson dará a sua esposa a melhor chance de se recuperar.

O que não significava nada.

As pernas de Gabriel não estavam firmes sob seu corpo. Por um momento, ele pensou que cairia de joelhos.

– Diga a ela para prosseguir – conseguiu dizer.

– O senhor consente que a Dra. Gibson esteja à frente da cirurgia?

– Sim.

CAPÍTULO 21

Durante as duas horas seguintes, Gabriel ocupou um canto da sala de espera com o casaco dobrado em cima dos joelhos. Permaneceu retraído, em silêncio, mal consciente de que Devon, Kathleen e Cassandra haviam chegado para esperar com ele e com os Winterbornes. Felizmente, todos pareceram compreender que ele queria permanecer só. O som das vozes baixas deles era irritante, assim como o choro abafado de Cassandra. Gabriel não queria emoções ao seu redor, ou desmoronaria. Quando encontrou o cordão de Pandora em um dos bolsos do casaco, segurou as pérolas manchadas de sangue nas mãos e ficou rolando-as entre os dedos. Ela perdera tanto sangue... Quanto tempo o corpo humano levaria para produzir mais?

Ele baixou os olhos para o piso azulejado, do mesmo tipo que havia na sala de exame, a não ser pelo fato de que ali não havia calhas. A sala de cirurgia provavelmente tinha o mesmo piso. A mente dele voltava a todo momento à imagem da esposa inconsciente sobre a mesa de cirurgia. Uma faca havia rasgado aquela pele suave de marfim, e agora mais objetos cortantes estavam sendo usados para reparar o dano.

Gabriel se lembrou dos instantes que antecederam o ataque à faca, a fúria cega que sentira ao ver Nola com Pandora. Conhecia Nola bem o bastante para saber que dissera algo venenoso. Seria aquela a última lembrança que a esposa teria dele? Gabriel apertou com mais força o cordão até que uma das fileiras se rompeu, espalhando pérolas para todo lado.

Ele permaneceu sentado, imóvel, enquanto Kathleen e Helen recolhiam as pérolas. Cassandra foi até perto dele para pegar as restantes.

– Milorde – Gabriel a ouviu dizer. A jovem estava parada diante dele, com as mãos estendidas em concha. – Se me entregá-las, eu me certificarei de que sejam limpas e remontadas.

Com relutância, ele deixou o cordão deslizar para as mãos da cunhada. Cometeu, então, o erro de olhar de relance para o rosto de Cassandra e se assustou ao ver os olhos úmidos, azuis com o contorno negro. Santo Deus, se Pandora morresse, ele nunca mais seria capaz de encarar de novo aquelas pessoas. Nunca mais seria capaz de olhar dentro daqueles malditos olhos Ravenels.

Gabriel se levantou, foi até o corredor e apoiou as costas na parede.

Em poucos minutos, Devon se aproximou. Gabriel manteve a cabeça baixa. Aquele homem havia confiado a segurança de Pandora a ele, que falhara totalmente. A culpa e a vergonha que sentia eram insuportáveis.

Um frasco prateado surgiu em seu campo de visão.

– Meu mordomo, em sua infinita sabedoria, me entregou isto quando eu estava saindo de casa.

Gabriel pegou o frasco, abriu e tomou um gole de conhaque. A bebida desceu queimando e pareceu aquecer em um ou dois graus o gelo que cobria suas entranhas.

– É minha culpa – disse Gabriel por fim. – Não tomei conta dela bem o bastante.

– Não seja idiota – replicou Devon. – Ninguém consegue tomar conta de Pandora todos os minutos. Não é possível mantê-la trancada.

– Se ela sobreviver a isso, é o que terei que fazer, diabos. – Com a garganta apertada, Gabriel teve que tomar outro gole de conhaque antes de voltar a falar. – Não faz nem um mês que estamos casados, e ela está em uma mesa de operação.

– St. Vincent... – A voz de Devon saiu com um misto de humor e tristeza. – Quando herdei o título, não estava nem um pouco preparado para assumir a responsabilidade por três meninas inocentes e uma viúva de péssimo temperamento. Elas estavam sempre indo para direções diferentes, agiam no impulso e arrumavam problemas. Achei que nunca seria capaz de controlá-las. Mas então, certo dia, me dei conta de uma coisa.

– Do quê?

– De que eu nunca seria capaz de controlá-las. Elas são quem são. Tudo o que posso fazer é amá-las e tentar o melhor que puder mantê-las em segurança, mesmo sabendo que isso nem sempre será possível. – O tom de Devon era irônico. – Ter uma família fez de mim um homem feliz. Mas também roubou toda a minha paz de espírito, provavelmente para sempre. No geral... não foi uma troca ruim.

Gabriel fechou o frasco de bebida e devolveu-o em silêncio para Devon.

– Fique com ele por enquanto – falou Devon. – Vou voltar para esperar com os outros.

Pouco antes do fim da terceira hora de cirurgia, houve uma agitação na sala de espera, seguida por alguns murmúrios baixos.

– Onde está lorde St. Vincent? – Gabriel ouviu a Dra. Gibson perguntar.

Ele levantou rapidamente a cabeça e esperou como uma alma condenada a forma esguia da médica aparecer no corredor.

A Dra. Gibson havia tirado o gorro e o avental de cirurgiã. Seus cabelos castanhos estavam presos em tranças elegantes, que se juntavam em um coque na nuca, um estilo comportado que lembrava vagamente o de uma colegial. Seus olhos verdes estavam cansados, mas alertas. Quando ela o encarou, um leve sorriso rompeu as camadas de formidável autocontrole.

– Passamos pelo primeiro obstáculo – disse ela. – Sua esposa saiu da operação em boas condições.

– Jesus – sussurrou Gabriel.

Ele cobriu os olhos com a mão, pigarreou e endureceu o maxilar para conter o forte tremor de emoção que ameaçou dominá-lo.

260

– Consegui alcançar a parte lesionada da artéria sem ter que resseccionar a clavícula – continuou a Dra. Gibson. Quando Gabriel não fez qualquer comentário, ela continuou, como se estivesse tentando dar tempo para ele se recuperar: – Em vez de atar a artéria com seda ou crina de cavalo, usei fios feitos de tripas de animais, especialmente tratados, que acabam sendo absorvidos pelos tecidos. É um material que ainda está em seus últimos estágios de desenvolvimento, mas prefiro usá-lo em casos especiais como este. Não haverá suturas a serem removidas mais tarde, o que minimiza o risco de infecção e hemorragia.

Gabriel finalmente conseguira controlar o excesso de emoção e encarou a médica como se a visse através de uma névoa.

– E agora? – perguntou, com a voz rouca.

– A principal preocupação é mantê-la completamente imóvel e relaxada, para minimizar o risco de a ligadura se romper e provocar uma hemorragia. Se houver algum problema, ocorrerá nas próximas 48 horas.

– Por isso ninguém sobreviveu? Hemorragia?

Ela o encarou com uma expressão inquisitiva.

– Havelock me contou sobre os casos anteriores, semelhantes aos de Pandora – explicou ele.

O olhar da Dra. Gibson ficou mais suave.

– Ele não deveria ter falado nada. Ao menos não sem colocar a situação na perspectiva correta. Os casos anteriores não tiveram sucesso por dois motivos: os médicos confiaram em técnicas cirúrgicas antiquadas, e as operações aconteceram em ambientes contaminados. A situação de Pandora é completamente diferente. Todos os nossos instrumentos foram esterilizados, cada centímetro quadrado da sala foi desinfectado e espalhei solução de ácido carbólico em cada ser vivo à vista, incluindo eu mesma. Limpamos completamente o ferimento e o cobrimos com um curativo antisséptico. Estou bastante otimista em relação à recuperação de Pandora.

Gabriel deixou escapar um suspiro trêmulo.

– Quero muito acreditar na doutora.

– Milorde, nunca tento fazer as pessoas se sentirem melhor mascarando a verdade de uma forma ou de outra. Apenas relato os fatos. Como o senhor reage a eles é sua responsabilidade, não minha.

As palavras determinadas e nada sentimentais quase fizeram Gabriel sorrir.

– Obrigada – disse com sinceridade.

– De nada, milorde.

– Posso vê-la agora?

– Em breve. Ela ainda está se recuperando da anestesia. Com sua permissão, vou mantê-la aqui por dois ou três dias. Permanecerei o tempo todo com ela, é claro. No caso de ocorrer uma hemorragia, serei capaz de operá-la imediatamente. Agora, preciso assistir o Dr. Havelock com alguns procedimentos pós-operatórios... – A médica parou de falar ao ver dois homens surgindo pela porta da frente e atravessando o saguão. – Quem são eles?

– Um deles é meu criado particular – respondeu Gabriel, reconhecendo a figura imponente de Drago.

O outro era um estranho.

Conforme eles se aproximavam, o olhar de Drago buscou o de Gabriel com uma intensidade sombria, tentando ler a expressão do patrão.

– A operação foi bem-sucedida – disse Gabriel.

Uma expressão de alívio tomou conta do rosto do homem, e seus ombros relaxaram.

– Encontrou a Sra. O'Cairre? – perguntou Gabriel.

– Sim, milorde. Ela está sob a custódia da Scotland Yard.

Ao perceber que ainda não fizera as apresentações, Gabriel murmurou:

– Dra. Gibson, este é meu criado particular, Dragon. Quer dizer... Drago.

– É Dragon agora – disse o homem ao patrão, em um tom decidido. – Como a patroa prefere. – Ele gesticulou para o homem ao seu lado. – Este é o colega de quem lhe falei, milorde. Sr. Ethan Ransom, da Scotland Yard.

Ransom parecia jovem demais para a profissão que tinha. Normalmente, quando um homem era promovido a investigador, já servira à força policial por vários anos e estava abatido pelas provações físicas da vida na corporação. Ransom era esguio, de ossos largos, com bem mais do que o 1,78 metro de altura exigido pelo departamento de polícia metropolitano. Seu colorido era o dos irlandeses de cabelos e olhos negros, a pele clara aquecida por um toque de rubor.

Gabriel encarou o investigador com atenção, achando que havia algo de familiar nele.

– Já nos encontramos antes? – perguntou a Dra. Gibson ao investigador, obviamente tendo pensado a mesma coisa.

– Sim, doutora – retrucou Ransom. – Um ano e meio atrás, o Sr. Winterborne me pediu para tomar conta da senhorita e de lady Helen quando foram resolver um assunto em uma parte perigosa da cidade.

– Ah, sim. – Os olhos da Dra. Gibson se estreitaram. – O senhor é o homem que nos seguiu, surgiu das sombras e interferiu sem necessidade quando íamos chamar um trole de aluguel.

– Vocês estavam sendo atacadas por dois vagabundos das docas – argumentou Ransom, em um tom gentil.

– Eu tinha a situação sob controle – foi a resposta brusca da médica. – Já havia despachado um dos homens e estava prestes a me livrar do outro quando o senhor se intrometeu sem nem pedir licença.

– Peço que me perdoe – disse Ransom, sério. – Achei que precisassem de ajuda. Obviamente, minha suposição estava incorreta.

Mais calma, a Dra. Gibson continuou, relutante:

– Suponho que eu não poderia esperar que o senhor ficasse parado e deixasse toda a briga para uma mulher. Afinal, o orgulho masculino é frágil.

Um sorriso cintilou nos olhos de Ransom, mas logo desapareceu.

– Doutora, poderia me descrever brevemente o ferimento de lady St. Vincent?

Após receber um aceno de cabeça de Gabriel, consentindo, ela respondeu:

– Foi um golpe único, bem à direita do pescoço. A lâmina penetrou 2,5 centímetros acima da clavícula e alcançou 7,5 centímetros de profundidade. O golpe perfurou o músculo escaleno anterior e lacerou a artéria subclávia. Se a artéria tivesse sido completamente rompida, teria provocado inconsciência em dez segundos e morte em aproximadamente dois minutos.

O estômago de Gabriel se revirou diante da ideia.

– A única razão para isso não ter acontecido – disse ele – foi porque Dragon absorveu a força do golpe com o braço. – Ele olhou para o criado sem entender. – Como você soube o que ela ia fazer?

Dragon falou enquanto arrumava uma ponta solta do curativo improvisado em seu braço:

– Assim que vi a Sra. O'Cairre mirar no alto do ombro, achei que ela iria puxar a faca para baixo como quem puxa uma alavanca. Quando era menino, vi um homem morrer desse jeito em um beco perto do clube. Nunca esqueci. É um jeito estranho de esfaquear alguém. O homem caiu no chão e não havia sangue ao seu redor.

– O sangue é drenado para a cavidade peitoral e leva ao colapso do pulmão – explicou a Dra. Gibson. – É um modo muito eficiente de matar alguém.

– Não é o método de um ladrão de rua – comentou Ransom. – É... profissional. A técnica exige algum conhecimento de fisiologia. – Ele deu um breve suspiro. – Eu gostaria de descobrir quem ensinou a Sra. O'Cairre a fazer isso.

– Não pode interrogá-la? – perguntou a Dra. Gibson.

– Infelizmente, os investigadores com mais tempo de carreira estão conduzindo o interrogatório... e estragando tudo... Quase parece de propósito. A única informação real que nos restou é o que a Sra. O'Cairre disse a Dragon quando ele a pegou.

– E o que foi? – perguntou Gabriel.

– A Sra. O'Cairre e o falecido marido faziam parte de um grupo de anarquistas irlandeses que aspiram derrubar o governo. Eles chamam a si mesmos de *Caipíní an Bháis*. Uma ramificação do Movimento Feniano.

– O homem que lady St. Vincent viu no depósito é um colaborador – acrescentou Dragon. – A Sra. O'Cairre disse que ele ocupa uma posição de destaque na organização. Como teve medo de que seu anonimato houvesse sido comprometido, ele ordenou à Sra. O'Cairre que esfaqueasse lady St. Vincent. A Sra. O'Cairre disse que lamenta o ocorrido, mas que não havia como negar a ordem.

No silêncio que se seguiu, a Dra. Gibson desviou os olhos para o curativo no braço de Dragon e perguntou:

– Esse corte já foi examinado? – Ela continuou, sem esperar por resposta: – Venha comigo e darei uma olhada.

– Obrigado, mas não precisa...

– Vou desinfetá-lo e fazer um curativo adequado. Você talvez precise levar pontos.

Drago seguiu-a com relutância.

O olhar de Ransom se demorou sobre a médica alguns segundos a mais, vendo a saia-calça oscilar ao redor de suas pernas e quadris. Ele voltou, então, a atenção para Gabriel.

– Milorde, hesito em lhe pedir isto em uma hora dessas... mas assim que lhe for conveniente, eu gostaria de ver o material que lady St. Vincent trouxe da gráfica.

– É claro. Dragon vai ajudá-lo com o que precisar. – Gabriel o encarou com uma expressão dura. – Quero que alguém pague pelo que aconteceu à minha esposa.

CAPÍTULO 22

– Ela ainda está desorientada por causa da anestesia – avisou a Dra. Gibson quando levou Gabriel ao quarto particular de Pandora. – Eu lhe dei mais uma dose de morfina, não apenas para a dor, mas também para amenizar a náusea provocada pelo clorofórmio. Portanto, não fique alarmado com nada do que ela disser. Lady St. Vincent provavelmente não vai prestar atenção ao senhor, vai mudar de assunto no meio de uma frase ou dizer algo confuso.

– Até agora, a doutora descreveu uma conversa normal com Pandora.

A médica sorriu.

– Há uma tigela com cubos de gelo ao lado da cama. Tente persuadi-la a aceitar alguns. Já lavou as mãos com sabão carbólico? Ótimo. Queremos manter o ambiente em que ela está o mais desinfetado possível.

Gabriel entrou no quarto pequeno e pouco mobiliado. A luminária a gás fora desligada, deixando apenas o brilho suave de uma pequena lamparina na mesinha ao lado da cama.

Pandora parecia tão pequena naquela cama... O corpo imóvel fora arrumado com os membros perfeitamente estendidos, os braços ao lado do corpo. Ela nunca dormia daquela forma. À noite, estava sempre enrodilhada, ou espalhada, ou abraçando um travesseiro, ou chutando os lençóis com uma das pernas enquanto a outra permanecia coberta. Sua pele estava anormalmente pálida, como um camafeu de porcelana.

Gabriel se sentou na cadeira ao lado da cama e pegou a mão da esposa com cuidado. Os dedos dela estavam leves e frouxos, e era como se ele estivesse segurando um punhado de gravetos.

– Deixarei que passe alguns minutos sozinho com ela – disse a Dra. Gibson, à porta. – Então, se não se incomodar, permitirei que os outros membros da família a vejam brevemente; assim podemos mandá-los para casa. Se o senhor desejar, pode dormir esta noite em um quarto na residência dos Winterbornes...

– Não, ficarei aqui.

– Traremos uma cama de campanha, então.

Gabriel entrelaçou os dedos nos de Pandora, levou-os ao rosto e os deixou ali. O aroma familiar da esposa havia sido apagado por um cheiro estéril, sem graça, limpo demais. Os lábios dela estavam ressecados e partidos. Mas sua pele já não tinha mais aquela frieza assustadora e sua respiração era estável. Ele se viu dominado pelo alívio de poder estar sentado ali, tocando-a. Gabriel acariciou suavemente a linha sedosa dos cabelos dela com o polegar.

Os cílios de Pandora oscilaram, ela despertou e, lentamente, virou o rosto na direção dele. Gabriel olhou dentro dos olhos azul-escuros da esposa e foi tomado por uma ternura tão aguda que lhe deu vontade de chorar.

– Aqui está a minha menina – sussurrou. Ele estendeu a mão para pegar um pedaço de gelo da tigela e colocou-o na boca de Pandora. Ela manteve o gelo ali, deixando o líquido ser absorvido pela boca ressecada. – Você vai melhorar logo. Está sentindo dor, meu amor?

Pandora balançou ligeiramente a cabeça, o olhar preso ao dele. Uma ruga de dúvida e preocupação se formou em sua testa.

– A Sra. Black... – A voz dela saiu em um sussurro.

Gabriel sentiu o coração se torcer dentro do peito como um pano de chão depois de lavado.

– Seja o que for que ela tenha lhe dito, Pandora, não era verdade.

– Eu sei. – Ela entreabriu os lábios e Gabriel pegou outro cubo de gelo na tigela. Pandora chupou um pouco o gelo e esperou até que se dissolvesse. – Ela disse que eu entedio você.

Gabriel a encarou sem entender. De todas as coisas lunáticas que Nola poderia ter inventado... Ele enterrou a cabeça no braço e arquejou, rindo, os ombros se sacudindo.

– Não me sinto entediado – conseguiu dizer depois de algum tempo, olhando para a esposa. – Nem por um segundo desde que a conheci. Na verdade, meu amor, depois de tudo isso, eu não me incomodaria com alguns dias de tédio.

Pandora deu um sorrisinho.

Incapaz de resistir à tentação, Gabriel se inclinou para a frente e depositou um beijo rápido na boca da esposa. Mas primeiro olhou de relance para a porta, é claro, desconfiado de que a Dra. Gibson o obrigasse a esterilizar os lábios se o visse.

Pandora dormiu pesadamente por dois dias, acordando apenas por breves intervalos e não demonstrando muito interesse pelo que acontecia ao seu redor. Embora a Dra. Gibson garantisse a Gabriel que os sintomas eram comuns em um paciente que tomara anestesia, era enervante ver a jovem esposa sempre tão cheia de energia reduzida àquelas condições.

Pandora só mostrou lampejos de sua vivacidade costumeira em duas ocasiões. A primeira quando seu primo West sentou-se ao seu lado, tendo vindo de trem de Hampshire. Ela ficou encantada em vê-lo e passou dez minutos discutindo acerca de uma canção infantil que parecia ter uma letra absurda.

A segunda vez foi quando Dragon apareceu na porta para dar uma olhada nela, o rosto normalmente estoico agora marcado pela preocupação, enquanto Gabriel a alimentava com colheradas de fruta gelada. Ao perceber a figura imponente no umbral, Pandora exclamou, grogue, que aquele era o "dragão de guarda" dela e exigiu que ele chegasse mais perto para lhe mostrar o braço com curativo. No entanto, antes que o homem alcançasse a cama, ela já havia caído novamente no sono.

Gabriel permanecia cada minuto possível ao lado da esposa, transferindo-se ocasionalmente para uma cama de campanha perto da janela para breves períodos de descanso. Ele sabia que os familiares de Pandora estavam ansiosos para se sentarem com ela e que provavelmente achavam irritante que o marido relutasse tanto em deixar o quarto e confiá-la a outra pessoa. Quando passava mesmo que uns poucos minutos longe de Pandora, a ansiedade de Gabriel crescia tanto a ponto de ele achar que a reencontraria em meio a uma hemorragia fatal quando voltasse.

Gabriel tinha plena consciência de que parte daquela ansiedade se devia ao oceano de culpa que o dominava. Não adiantava quanto descrevessem os motivos pelos quais a responsabilidade pelo ocorrido não era dele – Gabriel facilmente retrucava com o mesmo número de razões para que tivesse sido. Pandora precisara de proteção e ele não lhe garantira isso. Se tivesse feito escolhas diferentes, ela não estaria em um leito de hospital com uma artéria cirurgicamente seccionada e um buraco de quase 10 centímetros no ombro.

A Dra. Gibson aparecia com frequência para examinar Pandora, checando se estava com febre, se havia algum sinal de infecção no ferimento, buscando qualquer inchaço no braço ou na área acima da clavícula, ouvindo os pulmões para saber se havia compressão. Segundo a médica, Pandora parecia estar se recuperando bem. Caso não houvesse nenhum problema, ela estaria em condições de voltar às atividades normais em duas semanas. No entanto, ainda precisaria de cuidados por alguns meses. Um golpe mais duro, como o impacto de uma queda, poderia causar um aneurisma ou uma hemorragia.

Meses de preocupação. Meses tentando manter Pandora quieta, tranquila e segura.

A perspectiva de tudo o que o aguardava no futuro próximo, os pesadelos que o atormentavam cada vez que tentava dormir e, mais que tudo, as persistentes confusão e letargia de Pandora deixavam Gabriel calado e carrancudo. Perversamente, a gentileza de amigos e conhecidos o deixava ainda mais mal-humorado. Arranjos de flores o irritavam em particular: eram entregues quase que de hora em hora na clínica, e a Dra. Gibson se recusava a permitir que passassem do saguão. Eram, então, empilhados junto à entrada, com a abundância de um funeral, e tornavam o ar nauseante, pesado, doce demais.

Quando a terceira noite se aproximava, Gabriel levantou os olhos turvos ao perceber que duas pessoas entravam no quarto.

Os pais dele.

Ao mesmo tempo que o encheu de alívio, a presença deles libertou toda a emoção que Gabriel havia conseguido conter até ali. Tentando controlar a respiração, ele se levantou desajeitadamente, os membros rígidos após tantas horas naquela cadeira dura. O pai chegou primeiro até ele, puxou-o para um abraço forte e desalinhou seus cabelos antes de se aproximar da cama.

Em seguida foi a vez da mãe, que o abraçou com a ternura e a força que ele conhecia tão bem. Era a ela que Gabriel sempre procurava primeiro quando fazia alguma coisa errada, pois a mãe jamais o condenaria ou criticaria, mesmo quando ele merecia. Ela era uma fonte de inesgotável bondade, e Gabriel sabia que podia lhe confiar seus piores medos e pensamentos.

– Prometi que nada, nunca, faria mal a ela – disse ele, o rosto afundado nos cabelos da mãe, a voz falhando.

Evie dava tapinhas nas costas do filho.

– Tirei os olhos dela quando não deveria – continuou Gabriel. – A Sra. Black se aproximou de Pandora depois da peça... Eu puxei a megera de lado e estava distraído demais para notar... – Ele parou de falar e pigarreou, a garganta apertada, tentando não engasgar com a emoção.

Evie esperou que o filho se acalmasse antes de dizer baixinho:

– Lembra-se da vez em que seu pa-pai foi seriamente ferido por minha causa?

– Aquilo não foi por sua causa – disse Sebastian, irritado, da beira da cama. – Evie, você guardou essa ideia absurda por todos esses anos?

– É a sensação mais terrível do mundo – murmurou Evie para Gabriel. – Mas não é sua culpa. E tentar fazer com que seja não vai ajudar a nenhum dos dois, meu menino querido. Você está me ouvindo?

Gabriel manteve o rosto nos cabelos dela e sacudiu a cabeça.

– Pandora não vai culpá-lo pelo que aconteceu – continuou Evie –, não mais do que seu pai me culpa.

– Nenhum de vocês dois é culpado de nada – disse o pai –, a não ser de me irritar com essa bobagem. Obviamente, a única pessoa culpada pelo ferimento dessa pobre menina é a mulher que tentou espetá-la como se fosse a asa de um pato. – O duque arrumou as cobertas da nora, inclinou-se para beijar a testa dela com delicadeza e se sentou na cadeira ao lado da cama. – Meu filho... a culpa, em uma justa medida, pode ser uma emoção útil. No entanto, quando em excesso, se torna autodestrutiva, e pior, tediosa. – Ele esticou as longas pernas e cruzou-as preguiçosamente. – Não há razão para você se rasgar de preocupação. Ela vai se recuperar plenamente.

– O senhor é médico agora? – perguntou Gabriel em um tom sarcástico, embora parte do peso do sofrimento e da preocupação houvesse deixado seus ombros diante da declaração confiante do pai.

– Ouso dizer que já vi doenças e ferimentos o bastante, facadas inclusive, para poder prever com certa precisão o resultado. Além do mais, conheço o espírito dessa menina. Ela vai se recuperar.

– Concordo – disse Evie com firmeza.

Gabriel deixou escapar um suspiro trêmulo e abraçou a mãe com mais força.

Depois de um longo momento, ouviu Evie dizer, em um tom melancólico:

– Às vezes, sinto saudade dos dias em que era capaz de resolver qualquer problema dos meus filhos com uma soneca e um biscoito.

– Uma soneca e um biscoito não fariam mal algum a esse aí, nesse momento – comentou Sebastian, com ironia. – Gabriel, vá encontrar uma cama decente para dormir e descanse por algumas horas. Tomaremos conta do seu filhotinho de raposa.

CAPÍTULO 23

Na semana e meia que havia se passado desde que voltara para casa, Pandora se perguntara mais de uma vez se haviam mandado o marido errado de volta da clínica com ela.

Não que Gabriel estivesse indiferente ou frio... Na verdade, homem algum poderia ser mais atencioso. O marido insistia em tomar conta dela ele mesmo, cuidando das necessidades mais íntimas de Pandora e fazendo tudo o que seria humanamente possível para garantir o conforto dela. Trocava o curativo do ferimento, dava banhos em Pandora, lia para ela, massageava seus pés e pernas longa e deliciosamente, várias vezes, para melhorar a circulação.

Gabriel havia insistido em alimentá-la, na boca, com colheradas de caldo de carne, de *sorbets* e de manjar branco. O manjar branco, por acaso, acabara sendo uma revelação. Tudo de que Pandora achou que não gostava antes – a brancura, a suavidade e a ausência de textura – havia se transformado nas maiores qualidades do doce. Embora ela pudesse facilmente se alimentar sozinha, Gabriel se recusou a deixar que segurasse a colher. Pandora levou dois dias inteiros até conseguir tirar a colher da mão dele.

E os talheres eram a menor de suas preocupações. Gabriel já fora o homem mais encantador do mundo, mas todo o seu humor irreverente e brincalhão havia desaparecido. Não havia mais flertes, provocações ou brincadeiras... apenas aquele infindável estoicismo silencioso que já estava cansativo. Pandora compreendia que o marido ficara profundamente preocupado com ela e que continuava preocupado, agora com os potenciais contratempos de sua recuperação, mas sentia falta do Gabriel de antes. Sentia falta da energia de sensualidade e humor que os mantinha ligados em uma corrente elétrica invisível. E agora que Pandora estava se sentindo melhor, o controle de ferro que Gabriel exercia sobre cada minuto do dia dela a fazia se sentir confinada. Presa, na verdade.

Quando Pandora reclamou com Garrett Gibson, que a visitava diariamente para avaliar seu progresso, a médica a surpreendeu defendendo-o.

– Ele passou por um grande choque emocional. De certa forma, seu marido também foi ferido, e precisa de tempo para se recuperar. Ferimentos invisíveis às vezes são mais devastadores do que os físicos.

– Mas ele vai voltar a ser como era? – perguntou Pandora, esperançosa.

– Imagino que sim, na maior parte. No entanto, lorde St. Vincent se deu conta de quanto a vida é efêmera. Um episódio que coloca uma vida em risco costuma mudar nossa perspectiva em relação a algo em particular...

– Manjar branco – sugeriu Pandora.

Garrett sorriu.

– Tempo.

Pandora deu um suspiro resignado.

– Vou tentar ser paciente, mas ele está cauteloso ao extremo. Não me deixa ler romances de aventura porque tem medo que minha pressão suba. Faz com que todos da casa andem na ponta dos pés e sussurrem para que eu não seja perturbada. Toda vez que alguém vem me visitar, ele fica por perto, olhando o relógio, para garantir que a visita não me deixe exausta. E nem me beija direito, só me dá umas beijoquinhas secas, como se eu fosse sua segunda tia-avó favorita.

– Ele pode estar exagerando – admitiu Garrett. – Já se passaram duas semanas e você está se recuperando bem. Não há mais necessidade de tomar remédios para dor e seu apetite retornou. Acho que você se beneficiaria de alguma atividade limitada. Repouso excessivo, na cama, pode acabar enfraquecendo os ossos e os músculos.

Elas ouviram uma batida na porta.

– Entre – disse Pandora.

Gabriel entrou no quarto.

– Boa tarde, Dra. Gibson. – Ele desviou o olhar para a esposa. – Como ela está?

– Está se recuperando rapidamente – informou Garrett, com uma satisfação tranquila. – Sem sinais de aneurisma, hematoma, edema ou febre.

– Quando posso sair de casa? – perguntou Pandora.

– A partir de amanhã, acho que algumas saídas controladas seriam aceitáveis. Talvez possa começar com algo simples, como visitar suas irmãs, ou ir até o salão de chá da Winterborne's.

A expressão de Gabriel se tornou ameaçadora.

– Está propondo permitir que ela *saia de casa*? Que se exponha a lugares contaminados, cheios de germes, bactérias, pragas, esterco...

– Pelo amor de Deus – protestou Pandora –, não estou planejando rolar pela calçada.

– E quanto ao ferimento? – quis saber Gabriel.

– O ferimento está fechado – respondeu Garrett. – Milorde, embora sua cautela seja compreensível, Pandora não pode se mantida para sempre em um ambiente esterilizado.

– Acho... – começou Pandora, mas o marido não lhe deu atenção.

– E se ela cair? E se alguém esbarrar nela? E quanto ao desgraçado que ordenou o ataque? O fato de a Sra. O'Cairre estar presa não significa que Pandora esteja segura. Ele pode mandar outra pessoa.

– Não havia pensado nisso – admitiu Garrett. – Obviamente, não posso falar em relação a uma conspiração de homicídio.

– Dragon estará comigo – argumentou Pandora. – Ele vai me proteger. – Como Gabriel não respondeu, apenas a encarou com uma expressão irredutível, ela insistiu, no tom mais razoável que encontrou: – Não posso ficar enfiada em casa por mais muito tempo. Estou muito atrasada no meu cronograma de produção. Se eu não puder sair de vez em quando...

– Eu já disse a Winterborne que o jogo não estará pronto a tempo do Natal – informou Gabriel bruscamente, aproximando-se do pé da cama.

– Você terá que organizar um novo cronograma. Mais tarde, quando sua saúde permitir.

Pandora o encarou estupefata.

O controle dele iria se estender ao negócio dela. Gabriel queria decidir quando e quanto ela poderia trabalhar, e a obrigaria a pedir a permissão dele para qualquer coisa que desejasse fazer, tudo em nome de proteger a saúde dela. Pandora sentiu a fúria dominá-la.

– Você não tem direito de fazer isso! – gritou. – Não podia ter tomado essa decisão em meu lugar!

– Podia, sim, se sua saúde está em jogo.

– A Dra. Gibson acabou de dizer que posso fazer saídas controladas.

– Na primeira vez que você saiu, acabou se metendo com um grupo de terroristas políticos radicais.

– Isso poderia ter acontecido com qualquer pessoa!

A expressão de Gabriel era inflexível.

– Mas aconteceu com você.

– Está dizendo que a culpa foi minha?

Pandora encarou perplexa o estranho de olhos frios ao pé da cama, que em pouco tempo havia se transformado de marido em inimigo.

– Não, estou dizendo... maldição... Pandora, acalme-se.

Ela estava se esforçando para respirar, piscando com força para tentar afastar a bruma vermelha de fúria que borrava sua visão.

– Como posso me acalmar quando você está quebrando todas as promessas que me fez? *Era disso que eu tinha medo*. Foi isso que eu lhe disse que não queria!

A voz dele mudou, agora sussurrada e urgente:

– Pandora, respire fundo. Por favor. Vai acabar tendo uma crise histérica. – Ele se virou para a Dra. Gibson, praguejando baixinho. – Pode lhe dar alguma coisa?

– *Não!* – gritou Pandora, indignada. – Ele não vai ficar satisfeito até me manter sedada no sótão, acorrentada ao chão pelo tornozelo.

A médica os encarava pensativa, olhando de um para o outro como se assistisse a um jogo de tênis. Ela se aproximou da beira da cama, enfiou a mão na valise e pegou um bloco de receitas e um lápis. Com uma atitude muito profissional, escreveu uma receita e entregou a Pandora.

Furiosa, a jovem baixou os olhos para o papel.

Pegue um marido exausto e administre repouso compulsório na cama. Aplique quantos abraços e beijos forem necessários até os sintomas se amenizarem. Repita quando necessário.

– Não pode estar falando sério – disse Pandora, erguendo os olhos para o rosto muito composto de Garrett Gibson.

– Sugiro que siga as orientações ao pé da letra.

Pandora a encarou irritada.

– Prefiro receber um enema.

A médica lhe deu as costas, mas não antes de Pandora ver o lampejo de um sorriso.

– Passarei por aqui amanhã, como sempre.

Marido e esposa permaneceram em silêncio até Garrett Gibson deixar o quarto e fechar a porta.

– Entregue-me a receita – disse Gabriel. – Pedirei para Dragon ir até o boticário.

– Eu falarei com ele – retrucou Pandora entre os dentes cerrados.

– Muito bem.

Gabriel foi arrumar a coleção aleatória de itens acumulados na mesinha de cabeceira dela: copos e xícaras, livros, bilhetes, lápis e papel em branco, cartas de baralho e um sininho que Pandora ainda não usara por que nunca era deixada sozinha por tempo o bastante para precisar chamar alguém.

Ela lançou um olhar rebelde para o marido. Ele não estava exausto, estava insuportável. Quando o fitou mais detidamente, porém, viu as sombras escuras sob os olhos dele e as linhas de tensão ao redor da boca cerrada. Gabriel parecia cansado e carrancudo, inquieto sob a superfície. Ocorreu a Pandora que, além da constante preocupação com a saúde dela, duas semanas de celibato não trariam à tona o melhor de seu caráter.

Ela pensou naqueles beijos breves e secos que ele vinha lhe dando. Como seria bom sentir um abraço dele, um abraço de verdade, e beijos como ele costumava lhe dar. Como se a amasse.

Amor... Gabriel usava essa palavra com frequência, como um chamamento carinhoso. Ele havia demonstrado seus sentimentos por ela mil vezes, mas nunca chegara a dizer exatamente aquelas três palavras. Quanto a ela... Ela era a moça que ficava no canto do salão e que, de algum modo, fisgara o homem mais bonito do baile, o homem que todas queriam. Obviamente, não era justo que fosse ela a correr o risco.

Mas alguém precisava fazer aquilo.

Enquanto o observava arrumando as colheres para remédios, Pandora decidiu agarrar o touro à unha.

– Você provavelmente já sabe disto – falou em um rompante –, mas eu amo você. Na verdade, amo tanto que não me importo com sua beleza tão exagerada que chega a ser monótona, com seu preconceito contra cenouras, nem com sua estranha obsessão em me dar comida na boca. Nunca vou obedecê-lo. Mas sempre vou amá-lo.

A declaração não foi exatamente poética, mas pareceu ser o que ele precisava ouvir.

As colheres caíram na mesa fazendo barulho. No instante seguinte, Gabriel estava sentado na cama, puxando a esposa para seu peito.

– Pandora – disse ele em uma voz rouca, mantendo-a junto ao coração, que batia violentamente. – Amo você mais do que consigo suportar. Você é tudo para mim. É a razão para a terra girar e para a manhã seguir a noite. Você é o significado das prímulas e o motivo de os beijos terem sido inventados. É a razão para meu coração bater. Que Deus me ajude, mas não sou forte o bastante para sobreviver sem você. Preciso demais de você... Preciso demais...

Pandora o encarou. Finalmente, ali estava o marido que ela conhecia, a boca ardente e voraz. A sensação do peito sólido contra o dela fez os mamilos de Pandora se enrijecerem. Ela inclinou a cabeça para trás, deleitada, e ele se banqueteou com a lateral macia do pescoço dela, usando a língua, roçando o dente na pele suave até Pandora estremecer de prazer.

Então, respirando pesadamente, Gabriel ergueu a cabeça e a abraçou, balançando-a ligeiramente. Pandora sentia a batalha interna que o marido enfrentava, o desejo violento e a contenção forçada.

Quando ele começou a afastá-la, Pandora abraçou sua nuca.

– Fique na cama comigo.

Ele engoliu em seco audivelmente.

– Não posso, ou a devorarei inteira. Não vou conseguir me controlar.

– A doutora disse que está tudo bem.

– Não posso arriscar machucar você.

– Gabriel – disse Pandora, muito séria –, se você não fizer amor comigo, vou subir e descer as escadas cantando uma ópera aos berros.

Ele estreitou os olhos.

– Tente fazer isso e eu a amarrarei à cama.

Pandora sorriu e mordiscou o queixo dele, amando a leve aspereza da pele masculina.

– Sim... vamos fazer isso – disse ela.

Gabriel gemeu e começou a se afastar, mas àquela altura Pandora já conseguira deslizar a mão para dentro da calça dele. Houve uma disputa de vontades nada justa, porque não só ele estava com pavor de machucá-la, como também estava absurdamente excitado para conseguir pensar direito.

– Você vai ser gentil – disse Pandora em um tom persuasivo, enquanto abria os botões das roupas dele, buscando a pele do marido. – Vai fazer tudo e eu ficarei imóvel. Não vai me machucar. E vai ver que essa é a maneira perfeita de me manter na cama.

Gabriel praguejou, tentando desesperadamente se conter, mas Pandora sentia o calor subindo pelo corpo dele e sua resistência desmoronando. Ela se acomodou na cama, os membros deslizando sob os do marido, que arquejou. Gabriel deixou escapar um som primitivo, agarrou a frente da camisola dela e rasgou-a até embaixo. Então, baixou a cabeça sobre os seios, a boca se fechando sobre um mamilo, a língua acariciando-o. Ela levou as mãos à cabeça dele, sonhadora, e enfiou os dedos entre os cabelos lindos, cor de ouro e âmbar. Gabriel passou para o outro seio, chupando-o ritmicamente, enquanto suas mãos passeavam pelo corpo dela.

Ah, ele era bom naquilo, o toque sensível e experiente, espalhando tremores pelo corpo de Pandora como uma rede de faíscas. Gabriel a tocou entre as pernas, brincando docemente, os dedos deslizando para dentro dela com uma lentidão tão excitante que ela gemeu e arqueou o corpo, querendo mais. A carícia íntima e profunda cessou. Ele passou as mãos pelas nádegas de Pandora inclinando o corpo dela para cima, segurando-a como se fosse um cálice, enquanto a investigava com a boca. Pandora gemeu e se contorceu enquanto o marido a brindava com texturas de seda, veludo, fogo líquido e um roçar delicadamente áspero. Os músculos das coxas dela se contraíam e relaxavam incontrolavelmente, o corpo se esticou para absorver a sensação, enquanto o calor dançava em seu estômago e em seu ventre. Em agonia, ela sentiu a língua de Gabriel tocar o ponto mais sensível de seu sexo, provocando, excitando, levando-a a um prazer crescente, à beira do gozo.

Houvera vezes, antes, em que ele a mantivera daquele jeito por horas, torturando-a com estímulo suficiente para que o desejo permanecesse no auge, mas lhe negando alívio até ela implorar por piedade. Naquele momento, porém, para profundo alívio de Pandora, ele não a fez esperar. Ela estremeceu em êxtase enquanto as mãos dele voltavam a agarrar seu traseiro, erguendo-a mais firmemente contra a boca.

Pandora ficou deitada, frouxa, depois do clímax, ronronando enquanto o corpo dele cobria o dela. Gabriel a penetrou lentamente, a invasão deliciosamente rígida e plena. Apoiado sobre os cotovelos acima da esposa, ele ficou imóvel dentro dela, os olhos encharcados de paixão encarando-a. Pandora sentia como o corpo dele estava tenso e pesado, como ele estava pronto para o gozo. Mas Gabriel permaneceu imóvel, prendendo a respiração sempre que seus músculos internos reclamavam.

– Diga de novo – sussurrou ele por fim, os olhos cintilando no rosto ruborizado.

– Eu amo você – disse Pandora, e Gabriel baixou a cabeça sobre a dela.

Ela sentiu os tremores profundos sacudirem o corpo do marido enquanto ele se entregava ao êxtase, a maré de prazer engolfando-o em ondas que iam e vinham.

～

Embora o assunto do jogo de tabuleiro não tenha sido trazido à tona novamente naquela noite, ela sabia que Gabriel não se colocaria em seu caminho quando ela finalmente decidisse retomar o trabalho. Ele não gostaria de vê-la sair, sem dúvida deixaria claras suas opiniões, mas aos poucos acabaria por compreender que quanto mais rápido aceitasse a liberdade dela, mas fácil seria tê-la por perto.

Os dois estavam conscientes de que ela era importante demais para ele para que Gabriel arriscasse perder a afeição da esposa. Mas Pandora jamais usaria o amor do marido como forma de controlá-lo. O casamento deles seria uma parceria, assim como a valsa que haviam dançado: imperfeita, nem sempre graciosa, mas encontrariam a própria maneira, juntos.

Gabriel dormiu com ela na cama naquela noite e acordou na manhã seguinte mais recuperado. Estava colado às costas de Pandora, as longas pernas dobradas embaixo das dela, um braço passado frouxamente pela cintura da esposa. Pandora se mexeu devagarzinho, aproveitando o momento. Então levantou a mão e buscou a textura áspera da barba por fazer no queixo dele. Logo sentiu os beijos do marido em seus dedos.

— Como está se sentindo? – perguntou ele, a voz abafada.

— Muito bem. – Ela se aventurou mais para baixo, insinuando-se entre os corpos dos dois até encontrar o membro firme dele, quente e aveludado contra a palma de sua mão. – Mas, só para garantir, você deveria tirar a minha temperatura.

Ele riu, afastou a mão dela e rolou para a lateral da cama.

— Não comece de novo com isso, raposinha. Temos coisas a fazer hoje.

— Ah, é verdade. – Pandora ficou olhando enquanto ele vestia um roupão de jacquard. – Estarei extremamente ocupada. Primeiro vou comer uma torrada, depois estou planejando olhar para a parede por algum tempo. Depois disso, só para variar um pouco, provavelmente me recostarei nos travesseiros e ficarei olhando para o teto...

— O que você diria sobre receber uma visita?

— De quem?

— Do Sr. Ransom, o investigador. Ele quer tomar seu depoimento desde que você voltou da clínica, mas pedi que esperasse até que estivesse melhor.

— Ah.

Pandora sentiu-se dividida, pois sabia que o investigador lhe perguntaria sobre sua visita à gráfica e também sobre a noite em que ela fora esfaqueada, e não se sentia exatamente ansiosa para reviver nenhuma das lembranças. Por outro lado, se pudesse ajudar a fazer justiça – e, de quebra, garantir a própria segurança –, valeria a pena. Além do mais, seria algo com que se ocupar.

— Diga ao Sr. Ransom para vir quando for melhor para ele – disse ela, por fim. – Minha agenda está bastante flexível no momento, a não ser pelo meu manjar branco no meio da manhã, que não pode ser interrompido por nenhuma razão.

CAPÍTULO 24

Pandora gostou imediatamente de Ethan Ransom, um rapaz de boa aparência com um ar de discrição tranquila e um senso de humor que ele raramente permitia vir à tona. Mas havia um toque encantadoramente travesso no investigador. Tinha alguma coisa a ver com o modo como ele falava, o sotaque de classe média cuidadosamente pronunciado, como um colegial sério. Ou talvez fossem os cabelos lisos e escuros caindo na testa dele.

– Sou da agência do serviço secreto – explicou Ransom, sentado na sala de estar com Pandora e Gabriel. – Fazemos parte do Departamento de Investigação, mas recolhemos informações importantes relacionadas a questões políticas e nos reportamos diretamente ao Ministério do Interior, não ao superintendente da divisão. – Ele hesitou, pesando as palavras. – Não estou aqui em missão oficial. Na verdade, prefiro manter essa visita confidencial. Meus superiores não ficariam satisfeitos, para dizer o mínimo, se soubessem que estive aqui. No entanto, a falta de interesse pelo ataque a lady St. Vincent, assim como pela morte da Sra. O'Cairre, foram... fora do comum. Não posso ficar parado sem fazer nada a respeito.

– A morte da Sra. O'Cairre? – repetiu Pandora, sentindo uma pontada de choque. – Quando isso aconteceu? Como?

– Há uma semana. – Ransom olhou de Pandora para Gabriel. – Vocês não foram informados?

Gabriel negou com um aceno de cabeça.

– Alegam que foi suicídio – disse o homem, torcendo os lábios. – O investigador responsável pelo caso chamou um médico para fazer uma autópsia, mas o corpo foi enterrado antes que qualquer coisa fosse feita. Agora o mesmo investigador se recusa a ordenar que o corpo seja exumado. Isso significa que não haverá inquérito judicial. O departamento quer que todo esse assunto seja varrido para debaixo do tapete. – Ele fitou Gabriel e Pandora com um olhar cauteloso antes de continuar: – A princípio, achei que fosse por indiferença, ou pura incompetência, mas agora acredito que o motivo para tanta negligência seja mais sinistro. O Serviço Secreto ignorou e destruiu provas propositalmente, e o interrogatório que fizeram com a Sra. O'Cairre foi uma farsa sem qualquer utilidade. Procurei os investigadores que conduziram o interrogatório e contei a eles sobre a visita de lady St. Vincent à gráfica. Também informei sobre o homem que a senhora viu no depósito. E eles não fizeram nenhuma pergunta à Sra. O'Cairre sobre ele.

– Minha esposa quase foi morta na frente do Haymarket, e eles não estão se importando? – perguntou Gabriel, furioso e incrédulo. – Por Deus, vou à Scotland Yard fazer um escândalo.

– Fique à vontade para tentar, milorde. Mas eles só vão tomar seu tempo com baboseiras. Não vão agir. Há muita corrupção por todo o departamento e por toda a polícia. É impossível saber em quem confiar. – Ransom fez uma pausa. – Tenho conduzido a investigação por conta própria.

– Como posso ajudar? – perguntou Gabriel.

– Na verdade, é da ajuda de lady St. Vincent que preciso. Antes de explicar, devo avisá-los de que há um golpe duro no final.

Gabriel o encarou por um longo momento, pensativo.

– Continue.

Ransom enfiou a mão no bolso do paletó e pegou um caderno pequeno, com algumas folhas soltas enfiadas nele. Ele tirou do meio delas um papel e o mostrou a Pandora.

– Reconhece isto, milady? Estava na bolsa com os materiais que a senhora trouxe da gráfica.

– Sim, é o papel que encontrei no chão. Parece uma amostra de fontes tipográficas. Foi por causa disso que segui a Sra. O'Cairre até o depósito. Ela deixou cair, e achei que poderia precisar dele.

– Isso não são amostras tipográficas – disse Ransom. – É uma chave criptográfica. Uma combinação de letras do alfabeto usada para decodificar mensagens cifradas.

Pandora arregalou os olhos, entusiasmada.

– Que interessante!

O comentário arrancou um sorriso do investigador.

– Na verdade, no meu mundo, isso é bem comum. Todos usam mensagens cifradas... tanto a polícia quanto os criminosos. O departamento emprega em período integral dois especialistas em criptografia, para ajudar a decodificar o material que conseguimos recolher. – Ele ficou sério de novo. – Ontem, consegui acesso a um telegrama codificado que não pôde ser decifrado com a última chave de decodificação do nosso escritório central. Mas tentei esta chave – ele abanou o papel –, e funcionou.

– O que diz?

– Foi enviado para um líder conhecido do *Caipíní an Bhaís*, o grupo de radicais ao qual a Sra. O'Cairre estava ligada. Diz respeito a uma recepção para o príncipe de Gales que acontecerá no Guildhall amanhã à noite. – Ransom fez uma pausa enquanto voltava a guardar cuidadosamente o papel no caderno. – O telegrama foi mandado por alguém no Ministério do Interior.

– Santo Deus – comentou Gabriel, com os olhos arregalados. – Como sabe disso?

– Em geral, telegramas mandados do Ministério do Interior são escritos em formulários impressos com um número especial que permite que sejam enviados sem cobrança de taxas. É chamado de "número franco". Torna o telegrama mais propenso a fiscalização, já que os funcionários da agência telegráfica são orientados a se certificar de que não estejam abusando do privilégio. Um funcionário da agência viu um número franco em uma mensagem codificada, o que é contra os procedimentos, e passou-a para mim. Foi uma desatenção do remetente não ter usado um formulário não identificado.

– Por que, em nome de Deus, alguém do Ministério do Interior conspiraria com anarquistas irlandeses? – perguntou Gabriel.

– Há ministros no governo de Sua Majestade que se opõem firmemente à ideia de um governo autônomo para a Irlanda. Eles sabem que se os conspiradores irlandeses cometerem um ato público de violência, como o assassinato do príncipe, por exemplo, isso acabaria com qualquer chance de um governo autônomo. Haveria enormes represálias à Irlanda e a deportação de milhares de irlandeses da Inglaterra, o que é exatamente o que desejam os contrários ao governo autônomo.

– E o que isso tem a ver comigo? – perguntou Pandora.

Ransom franziu o cenho e se inclinou para a frente, tamborilando a ponta dos dedos de ambas as mãos.

– Milady, acho que o homem que a senhora viu no depósito vai estar na recepção. Acho que ele é do Ministério do Interior. E agora que a Sra. O'Cairre está morta, a senhora é a única pessoa que temos para identificá-lo.

Gabriel respondeu antes que Pandora tivesse chance de reagir. Sua voz baixa continha a intensidade de um grito.

– Vá para o inferno, Ransom. Está louco se acha que vou deixá-lo colocar minha esposa em perigo.

– Ela só teria que comparecer à recepção por uns poucos minutos para ver se o homem estará lá – disse Ransom. – Assim que lady St. Vincent o identificar, o senhor poderá sumir com ela para mantê-la em segurança.

– É uma saída controlada, se pensar a respeito – disse Pandora a Gabriel, em um tom sensato.

O marido a encarou com uma expressão de incredulidade.

– Ajudar a frustrar uma tentativa de assassinato contra o príncipe de Gales não é controlado de forma alguma, maldição!

– Milorde – voltou a falar Ransom –, se a conspiração se estende até onde eu temo, lady St. Vincent não estará segura até esse homem ser identificado e preso. O senhor terá que vigiá-la por cada minuto do dia e mantê-la indefinidamente confinada e fora das vistas do público.

– Não terei qualquer problema com isso – apressou-se a dizer Gabriel.

– Mas eu terei – disse Pandora, baixinho. Ela encontrou o olhar do marido, lendo a fúria angustiada que havia ali, e deu um sorrisinho contrito. – Você sabe que terei.

– Sua vontade não vai prevalecer nesse caso – informou Gabriel, em um tom duro. – Não importa o que diga ou faça, não vai acontecer.

～

– Quem teria imaginado que minha primeira saída seria para ver o príncipe de Gales? – comentou Pandora, em um tom animado, enquanto descia da carruagem em frente ao Guildhall.

– Quem imaginaria, não é mesmo? – foi a resposta rabugenta de Gabriel.

Ele a ajudou a descer com cuidado, enquanto Dragon evitava que as saias da roupa formal de Pandora roçassem nas laterais da porta. Ela usava um vestido de cetim cintilante, as saias bordadas em abundância com fio dourado. Uma camada de gaze enfeitada de dourado protegia o corpinho do vestido e ajudava a disfarçar a pequena atadura ao redor do ferimento.

Pandora voltou os olhos para Dragon, que parecia tão satisfeito com a situação quanto Gabriel.

Apesar da expressão carrancuda do homem, ele estava muito bem nas roupas formais de noite que haviam sido compradas e ajustadas com a rapidez de um raio na Winterborne's. Ficara combinado que Dragon acompanharia Pandora e Gabriel para dentro do Guildhall, e ele certamente atrairia menos atenção se estivesse vestido como os outros cavalheiros presentes.

– Não há nada para se preocuparem – disse Pandora, com uma confiança que não era inteiramente verdadeira. – Vamos passear pelo Guildhall, eu indicarei quem era o homem que vi na gráfica, se ele estiver lá, e voltaremos para casa.

– Isso é loucura – murmurou Gabriel.

Dragon se manteve em silêncio, mas sua expressão era de plena concordância com o patrão.

– Como o Sr. Ransom observou – disse Pandora a Gabriel –, estarei muito mais segura quando esse conspirador for pego. E o Sr. Ransom até permitiu que você tenha cinco minutos a sós com ele, embora só Deus saiba por que você desejaria falar com um homem tão terrível.

– Não vamos conversar – retrucou Gabriel, lacônico.

Eles atravessaram um pátio com piso de calcário até a enorme entrada abobadada do Guildhall, o magnífico prédio da sede municipal, construído no século XV. Restaurações recentes haviam lhe emprestado a graça do espírito gótico e acrescentado detalhes, mas o prédio já tinha uma mistura extravagante de estilos e ornamentações. O Guildhall era usado para todo tipo de evento municipal, incluindo banquetes e reuniões públicas anuais promovidos pelo prefeito, além de bailes e recepções para a realeza.

Uma enorme multidão se aglomerava no pátio de entrada, a massa cintilante se afunilando na entrada para o pórtico sul.

Pandora olhava impressionada para a cena.

– Deve haver uns 2 mil convidados aqui.

– Mais perto de 3 mil – corrigiu Gabriel. – Maldição. Se você ficar encurralada na multidão... Se alguém esbarrar em você...

Ela agarrou o braço do marido.

– Ficarei perto de você.

Um instante depois, eles viram Ethan Ransom se aproximando, esguio e elegante em roupas de noite. Pandora o encarou, surpresa com a sensação de algo familiar em relação ao homem. O modo como ele caminhava, o formato de sua cabeça...

– Que estranho... – murmurou.

– O que foi? – perguntou Gabriel.

– Acabo de ter a sensação de que já vivi isto antes... como se eu estivesse revivendo algo que já aconteceu. – Ela fez uma careta. – A Dra. Gibson me avisou que isso poderia acontecer por algumas semanas, depois que a amnésia passasse.

Ransom os alcançou e inclinou o corpo para Pandora em uma mesura.

– Boa noite. Está uma pintura, milady.

Ela sorriu e fez uma cortesia.

– Sr. Ransom.

Quando eles seguiam na direção da entrada, Gabriel perguntou:

– Não deveria haver mais policiais uniformizados para uma multidão desse tamanho? Até agora só vi dois.

– Deveria – concordou Ransom em um tom sarcástico. – Uma espetacular ausência de policiamento, não é mesmo? – Ele olhou de relance para as fileiras de homens da guarda montada da rainha e oficiais da guarda de honra e comentou: – Nenhuma arma de verdade. Mas graças a Deus há bastantes galões dourados, dragonas, medalhas e peitorais cintilantes. Se os anarquistas atacarem, podemos cegá-los com o brilho das nossas condecorações.

Eles entraram no Guildhall e cruzaram um corredor largo e comprido que se abria para um salão com pé-direito muito alto. Era um espaço de tirar o fôlego, com um teto imponente formado por intrincados arcos curvos de carvalho e, nas paredes, painéis elegantes na forma de janelas góticas. Um piso temporário de madeira fora montado para o evento sobre o piso de pedra original, para dar ao salão a aparência de uma antiga mansão aristocrática. O salão retangular estava dividido em oito recessos, com uma orquestra tocando em uma extremidade e um enorme tablado montado na outra. Colunas imitando mármore formavam as laterais de um arco sobre o tablado, com faixas de tecido verde e o que parecia ser um hectare inteiro de flores espalhadas abundantemente ao redor. Duas pesadas cadeiras douradas de espaldar alto haviam sido posicionadas diante do tablado.

Pandora deixou os olhos correrem pela multidão. O salão já estava lotado, e mais pessoas continuavam a entrar. Mesmo que o homem que vira no depósito da gráfica estivesse ali, como ela conseguiria reconhecê-lo, com tanta coisa acontecendo ao redor? Casais valsando giravam no ritmo da música exuberante da orquestra. As pessoas estavam em grupos, rindo e conversando. Pandora sentiu o zumbido agudo começar a incomodar seu ouvido e tamborilou na cabeça para tentar afastá-lo.

Gabriel a acompanhou até a lateral do salão.

– Tente olhar para o salão por setores – disse ao ouvido bom dela.

Eles circularam lentamente, parando com frequência para trocar amabilidades com conhecidos. Gabriel a apresentou ao que pareceu ser uma centena de pessoas. Ele tinha uma capacidade impressionante para guardar nomes e detalhes, lembrava-se de perguntar sobre a tia de alguém que não estava bem de saúde, ou sobre o progresso do livro de memórias de um cavalheiro já idoso. Não era de surpreender que o tópico principal de conversa fosse o incidente com Pandora no Haymarket, duas semanas antes. O ataque, que presumiam ter sido cometido por um ladrão de rua, foi declarado como chocante e abominável e provocou grande solidariedade. Receber tanta atenção deixava Pandora desconfortável e tímida, mas Gabriel fazia as conversas fluírem tranquilamente.

A orquestra era excelente e a música flutuava no ar como se tivesse asas, a valsa girando, deslizando, avançando por toda parte. A Valsa Mockingbird. A Valsa Fairy Wedding e a Valsa Evening Echoes. Outra música começou, e, depois de alguns poucos acordes, Pandora e Gabriel se entreolharam.

Por cima do ombro de Gabriel, mais para o leste do salão, Pandora viu de relance um homem com cabelos louros muito claros e o riso morreu em seus lábios. Assustada, ela se aproximou mais de Gabriel, meio se escondendo atrás dele, e espiou de novo. Pandora reconheceu o rosto largo e quadrado, o queixo saliente, a pele clara.

– Você o viu? – perguntou Gabriel.

Ela assentiu.

– Ele acaba de sair de trás do tablado. – Pandora respirou fundo antes de continuar: – Agora está seguindo para o norte do salão.

Gabriel se virou para ver o homem, os olhos semicerrados.

Ransom se aproximou, tomando o cuidado de manter um sorriso agradável no rosto.

– É ele? – perguntou, seu olhar se desviando para o homem de cabelos claros e voltando para Pandora.

Ela assentiu.

– Aquele é o Sr. Nash Prescott – disse Ransom baixinho. – Um subsecretário no Ministério do Interior. Às vezes recebo ordens dele.

Pandora voltou a olhar para o homem, que havia alcançado a porta oposta à entrada do grande salão e passara por ela.

– Ele está saindo – disse Gabriel.

– O diabo que está – murmurou Ransom, e foi atrás do homem, abrindo caminho pela massa de casais que valsavam e provocando algumas colisões sem gravidade.

– O que ele estava fazendo atrás do tablado? – questionou Pandora.

– Vou descobrir. – Gabriel virou-a gentilmente para Dragon, que havia se aproximado. – Tome conta dela – pediu. Seu olhar caiu sobre um banco de pedra bem no fundo de um dos oito recessos. – Pandora, vá se sentar tranquila ali por alguns minutos.

– Eu preferiria... – começou ela, mas Gabriel já se afastava.

Pandora ficou olhando para as costas do marido com o cenho franzido.

– Ora, isso é um anticlímax – disse, enquanto Dragon a acompanhava até o banco de pedra. E deixou escapar um suspiro pesado. – Sentada novamente em um canto...

Dragon não fez nenhum comentário, ficou só andando inquieto ao redor dela.

Pandora observou os casais dançando, admirando a graça e a rapidez deles. Gostava de ver as saias abundantes das damas girarem ao redor das pernas dos cavalheiros antes de girarem de novo na direção oposta. Uma mulher graciosa tropeçou de leve em uma emenda do piso a poucos metros, e o parceiro automaticamente compensou o movimento. Aquilo fez Pandora se sentir um pouco melhor sobre seu próprio talento para a dança. Se uma dançarina habilidosa como aquela mulher podia cometer um erro...

Os pensamentos dela foram interrompidos quando Dragon parou ao lado do banco. Ele passou a mão levemente pelo painel da parede, empurrou-o e chegou a dar uma ou duas batidinhas.

– O que está procurando? – perguntou Pandora, perplexa.

– Não sei. – Ele continuou a andar de um lado para outro.

– Por que não se senta?

– Não posso.

– Por que não?

– Estou com uma comichão...

– Dragon, não quero ser antipática, mas criados realmente não deveriam mencionar particularidades...

– Não é esse tipo de comichão. E sou um guarda-costas esta noite, não um criado.

– Você está certo – concordou Pandora. – Na verdade, parece um perfeito cavalheiro. – Ela reparou em outro casal tendo dificuldades na mesma parte do piso. Daquela vez foi o cavalheiro que tropeçou, como se o sapato houvesse prendido na beirada de uma tábua. – Talvez alguma mulher adorável ponha os olhos em você, do outro lado do salão – continuou ela –, e diga para si mesma: "Quem é aquele estranho de barba vistosa? Gostaria que ele me convidasse para dançar."

– Eu não sei dançar.

– Nem eu. – Mais casais passaram valsando por eles, e Pandora franziu o cenho ao ver mais uma mulher tropeçar. – Dragon, seria muito difícil erguer uma dessas placas do piso?

– Nem um pouco. É um piso temporário. Mas sei que não ficariam satisfeitos se eu o arrebentasse durante uma dança.

– Talvez, quando houver um intervalo na dança, você possa me ajudar a olhar uma coisa. Já vi três casais tropeçarem exatamente no mesmo ponto. Bem ali. Deve ser só uma tábua mal posicionada, mas agora compreendo o que você quer dizer com "sentir uma comichão".

Os acordes da valsa morreram e a orquestra atacou de "God Save The Queen" para anunciar a chegada do príncipe de Gales. Como exigia a etiqueta, todos no salão ficaram de pé, os braços ao lado do corpo, e cantaram juntos o hino.

Dragon, no entanto, não estava nem um pouco preocupado com a etiqueta. Ele contornou os casais que cantavam com ardor e passou entre eles, sempre olhando para as tábuas. Pandora se juntou ao guarda-costas. Com o solado fino das sapatilhas, conseguiu sentir uma ligeira folga em algumas tábuas... e uma clara elevação onde uma delas não havia sido instalada corretamente.

– É esta aqui – sussurrou, testando a tábua com o pé.

Algumas pessoas a fuzilaram com olhares afrontados... Era uma grave falta de educação não cantar o hino.

Dragon enfiou a mão no paletó e pegou um estojo de couro estreito, já muito gasto, do qual tirou uma espátula de metal firme, e se ajoelhou no chão.

Quatro trombeteiros entraram no salão, seguidos por um quarteto de comissários com bastões prateados. Ao som da orquestra, o prefeito e a esposa se dirigiram ao tablado, seguidos por altos funcionários do município, conselheiros e membros da Câmara dos Comuns.

Como Dragon continuava a futucar a beira da tábua, as pessoas ao redor deles começaram a protestar.

– Posso lhe perguntar o que está fazendo? – perguntou um homem, ultrajado. – Está atrapalhando o discurso do prefeito, e além do mais... – Ele parou de falar quando Dragon ergueu a tábua e colocou-a de lado.

Pandora baixou os olhos para uma fileira de cilindros de metal bem encaixados no espaço entre o piso temporário e o piso original de pedra, embaixo.

– O que é isso? – perguntou a Dragon, embora temesse já saber a resposta. – Espero que seja algum equipamento de ventilação.

– É – murmurou Dragon, arrancando outra tábua e revelando mais cilindros. – Vão ventilar o teto para longe do prédio.

– *Bomba*! – gritou um homem perto deles. – O chão está cheio de bombas!

A música parou e o caos se instalou no salão. Gritos de furar os tímpanos se espalharam enquanto a multidão corria e se acotovelava na direção das portas. Pandora ficou parada onde estava, perplexa, e Dragon se levantou de um pulo e puxou-a para junto do corpo, servindo de escudo para que ela não fosse pisoteada pela turba enlouquecida.

– Onde está lorde St. Vincent? – perguntou Pandora. – Consegue vê-lo?

Foi impossível ouvir a resposta de Dragon em meio ao barulho ensurdecedor.

A multidão apavorada continuou a empurrar, acotovelar e se jogar na direção das portas, e Pandora se aconchegou contra Dragon. Um instante depois, ela sentiu os braços de Gabriel e se virou cegamente para o marido. Sem dizer uma palavra, Gabriel a pegou no colo e levou-a para a lateral do salão, enquanto Dragon bloqueava o caminho para evitar que os empurrassem.

Os três conseguiram se abrigar sob um arco, e Gabriel colocou Pandora novamente de pé. Ela agarrou as lapelas do paletó dele e o encarou, desesperada.

– Gabriel, temos que sair daqui agora.

– Está tudo bem.

– Não está tudo bem – insistiu ela. – Há bombas sob o piso, alinhadas como sardinhas em lata. Uma lata que vai explodir em um milhão de pedaços.

Gabriel enfiou a mão no bolso e pegou um objeto peculiar... Parecia o mecanismo de um relógio preso a um pequeno cartucho de metal.

– Encontrei isto embaixo de uma tábua solta atrás do tablado.

– O que é isto?

– Um mecanismo de alarme, ligado a um detonador. Foi posicionado para explodir os cilindros.

– Não vai mais acontecer? – perguntou Pandora, preocupada.

– Não, já o arranquei de uma fileira de cilindros, graças a Deus. – Ele se voltou para Dragon. – A multidão está rareando perto da saída norte. Vamos. Não deixe que ninguém esbarre nela.

– Estou mais preocupada com as bombas do que com um esbarrão – garantiu Pandora, puxando-o com impaciência.

Gabriel manteve o braço ao redor dela. Dragon se posicionou do outro lado e eles atravessaram uma porta que dava para um pátio nos fundos do salão e se abria para a Basinghall Street. Pandora sentiu-se fraca de alívio quando eles finalmente saíram para o ar livre. Os três pararam sob o estreito abrigo do prédio de um tribunal de falência.

Reinava um pandemônio ali fora, já que um mar de pessoas se aglomerava nos terrenos do Guildhall. Os convidados corriam para todos os lados, em pânico. A guarda montada da rainha ia e voltava, enquanto veículos especiais da polícia, carruagens e cavalos chegavam em um clamor. Apitos agudos cortavam o ar: policiais comunicando-se uns com os outros. Pandora estava de pé, com a cabeça apoiada no peito de Gabriel, e sentiu a reverberação da voz do marido quando ele perguntou:

– Você perdeu Prescott?

Ela se virou e viu Ethan Ransom parado ali, parecendo exatamente como ela, cansado mas agitado, como se uma corrente elétrica fizesse cada músculo de seu corpo saltar. Dragon entregou silenciosamente ao investigador o mecanismo de relógio. Ransom virou o objeto nas mãos, examinando-o, enquanto respondia:

– Eu o segui ao longo da Gresham Street e o encurralei diante da estação ferroviária. Mas, antes que eu me aproximasse mais, ele... – Ransom se interrompeu e balançou a cabeça como quem não pôde fazer nada, o rosto inexpressivo. – Comprimidos de estricnina. Ele os engoliu bem na minha frente. Lamento, milorde, mas no fim o senhor não terá seus cinco minutos com ele. – O investigador guardou o mecanismo de relógio no bolso. – Só Deus sabe até onde isso foi, ou quem mais no Ministério do Interior e no Departamento de Investigação está envolvido. Prescott não agiu sozinho.

– O que você vai fazer? – perguntou Gabriel.

Ransom deu um sorriso amargo.

– Ainda não sei bem. Mas, seja o que for, preciso agir com muito cuidado.

– Se eu puder ajudar de alguma maneira... – começou Gabriel.

– Não – Ransom interrompeu-o –, é melhor que não nos vejamos mais. Agora que Prescott está morto, lady St. Vincent está a salvo. Quanto menos vocês se relacionarem comigo, melhor. Não comentem com ninguém sobre os eventos desta noite. Não mencionem minha visita à casa de vocês.

– Nunca mais o veremos? – perguntou Pandora, desalentada.

Uma expressão afetuosa, sincera, aqueceu os olhos do investigador quando ele se virou para ela.

– Não se eu puder evitar, milady.

Ransom apertou a mão de Dragon, mas hesitou quando se voltou para Gabriel. Normalmente os homens só trocavam apertos de mão com outros de classe social semelhante.

Gabriel estendeu a mão e cumprimentou o investigador com firmeza.

– Boa sorte, Ransom.

O detetive respondeu com um breve aceno de cabeça e começou a se afastar.

– Há mais uma coisa que eu gostaria de perguntar – disse Gabriel.

Ransom voltou-se e ergueu ligeiramente as sobrancelhas.

O olhar de Gabriel agora era firme e especulativo.

– Qual a sua ligação com os Ravenels?

Pega totalmente de surpresa, Pandora olhou do marido para Ethan Ransom, que hesitou um pouco mais do que seria esperado antes de responder:

– Nenhuma. Por que pergunta?

– Quando o conheci – disse Gabriel –, achei que seus olhos fossem negros. Mas são azul-escuros, com o contorno negro. Só vi quatro pessoas na vida com olhos dessa cor, todos Ravenels. – Ele fez uma pausa. – E, agora, o senhor.

Ransom respondeu com uma risada irônica.

– Meu pai era um guarda carcerário. A profissão da minha mãe eu não posso mencionar na companhia de pessoas educadas. Não sou um Ravenel, milorde.

~

– O que você acha que vai acontecer com o Sr. Ransom? – perguntou Pandora, na carruagem, quando voltavam para casa.

Dragon havia preferido se sentar junto ao cocheiro, para permitir que ela e Gabriel viajassem com privacidade. Pandora se aconchegou ao ombro do marido, que acariciava lentamente a mão dela.

– Ele está em uma posição difícil – disse Gabriel. – Acusar funcionários do governo de conspiração terrorista com radicais violentos não costuma ser bom para a saúde de um homem.

Pandora franziu o cenho, preocupada.

– Gabriel... – Ela foi forçada a interromper o que ia dizer porque foi dominada por um bocejo incontrolável. – Acha mesmo que há alguma ligação entre o Sr. Ransom e a minha família?

– Seria uma estranha coincidência – admitiu ele. – Mas houve momentos, aqui e ali, em que vi algo familiar em uma expressão ou gesto dele.

– Sim, eu também vi. – Ela esfregou os olhos. – Gostei dele. Apesar do que disse, ainda espero que voltemos a vê-lo.

– Quem sabe. – Gabriel puxou-a para o colo e acomodou-a confortavelmente. – Apoie-se em mim e descanse. Logo estaremos em casa, e eu a colocarei na cama.

– Só se você ficar na cama comigo. – Pandora tocou os lábios do marido com a ponta do dedo e tentou soar sedutora: – Vou fazer valer a pena para você.

– Gostei da ideia – disse ele, parecendo achar engraçado –, mas você já está quase dormindo.

– Não estou cansada – insistiu Pandora, sentindo uma enorme onda de amor por ele, uma emoção mais intensa do que cabia em seu corpo. Gabriel era seu parceiro, seu amante, seu marido... tudo o que ela nunca imaginou que sempre quisera. – Meu cérebro quer permanecer acordado.

– Você mal consegue manter os olhos abertos – zombou ele com carinho. – Prefiro esperar até de manhã, quando há mais chance de uma participação mútua.

– Vou lhe mostrar como posso participar – ameaçou Pandora. – Vou devorá-lo. Arrancar sua pele.

– Calma, pequena pirata. – Gabriel sorriu e acariciou os cabelos da esposa até ela relaxar contra o corpo dele. – Há tempo bastante para isso. Sou seu esta noite e para sempre, na alegria, na adversidade, e nos mil choques naturais da vida. – A voz dele se tornou irresistivelmente suave, como o mais puro veludo: – Por ora, tudo o que eu quero é abraçá-la, Pandora... Meu coração, minha valsa lenta, meu doce destino. Deixe-me assistir aos seus sonhos esta noite, e pela manhã eu a idolatrarei como você merece. O que me diz?

Sim. Ah, sim. Idolatrar parecia ótimo. Dormir parecia ótimo. Pandora subitamente sentiu-se cansada demais para dizer uma única palavra, a mente deslizando para uma escuridão quente e agradável como uma manta macia, enquanto os braços de Gabriel a apoiavam. Ela sentiu que ele sussurrava algo em seu ouvido ruim, mas dessa vez sabia exatamente quais palavras ele dizia... e adormeceu com um sorriso nos lábios.

EPÍLOGO
6 de dezembro de 1877

– Não se mexa – murmurou Garrett Gibson gentilmente para Pandora, enquanto posicionava a ponta do tubo de metal de um otoscópio no ouvido dela.

A médica olhou pela lente de aumento microscópica, enquanto Pandora permanecia quieta, com a cabeça apoiada em uma mesa de exames forrada de couro.

Até ali, durante o exame, elas haviam descoberto que o ouvido esquerdo de Pandora conseguia detectar o tique-taque de um relógio a pouco mais de 1 centímetro de distância e uma voz alta a 15 centímetros, embora ela não ouvisse vozes baixas a distância alguma.

Ainda mantendo o otoscópio no ouvido de Pandora, Garrett pegou um lápis e esboçou um diagrama rápido.

– A parte do seu ouvido que foi afetada é chamada tímpano – murmurou. – Consigo ver o ponto da perfuração do seu ferimento na infância, e algumas cicatrizes da inflamação crônica. O tímpano é constantemente renovado pela reprodução de células, assim como a pele, portanto esse tipo de perfuração costuma se curar rápido. No entanto, há casos, como o seu, em que isso não acontece, principalmente quando uma infecção grave acompanha o ferimento inicial.

A médica recolheu com cuidado o tubo, e Pandora se sentou.

– Há algo que se possa fazer? – perguntou a jovem.

– Como o tímpano permaneceu nesse estado por muitos anos, eu não esperaria uma recuperação completa da audição. Mas acho que podemos conseguir uma melhora substancial, assim como reduzir drasticamente, ou até mesmo eliminar, o tinido e a vertigem.

Pandora estava quase tremendo de empolgação.

– É mesmo?

– Vamos começar fazendo lavagens diárias com uma solução antisséptica em seu ouvido, para tentarmos estimular a cura. Depois de uma semana, vou pedir que volte para outra consulta e, nessa ocasião, aplicaremos nitrato de prata nas bordas da perfuração, para incentivar o crescimento de um novo tecido.

– Como aplicará o nitrato de prata?

– Vou derreter uma gota minúscula da substância e colocar na ponta de um fio de prata, e aplicarei em segundos. Não vai doer nada. Se por alguma razão essa linha de tratamento não mostrar bons resultados, consultarei um colega que vem tendo algum sucesso usando membrana de colágeno para cobrir o tímpano perfurado.

– Se a senhora conseguir mudar esse quadro, de qualquer forma, seria... – Pandora parou, procurando a palavra certa – seria *mágico*!

Garrett sorriu.

– Não existe magia. Apenas talento e conhecimento.

– Muito bem, chame como preferir. – Pandora sorriu para a médica. – Mas o resultado é o mesmo.

Depois da consulta, na clínica, Pandora foi até a Winterborne's, na porta ao lado, com Dragon logo atrás. Era o Dia de São Nicolau, quando a loja tradicionalmente revelava sua árvore de Natal, sob o imponente domo de vitrais que se erguia acima do salão central. As pessoas viajavam quilômetros para ver a árvore de quase 20 metros, cada galho enfeitado com figuras e ornamentos magníficos, cheia de fitas brilhantes.

A Cork Street estava lotada de pessoas fazendo compras de Natal, carregando pacotes e bolsas enormes, e crianças segurando cones de balas, *macaroons* e outras guloseimas.

Multidões se aglomeravam ao redor das exuberantes vitrines da loja de departamentos – uma delas mostrando um artista pintando cartões de Natal que eram vendidos na loja, outra decorada com trens de brinquedo chacoalhando por trilhos em miniatura. Uma das vitrines mais populares exibia iguarias e guloseimas da famosa praça de alimentos da loja, incluindo um enorme carrossel de biscoito de gengibre, com o telhado cravejado de doces, e bonecos de biscoito de gengibre sobre cavalos também de biscoito de gengibre.

Depois que eles entraram na loja, Dragon pegou a capa e as luvas de Pandora e foi para um canto. Ele estava usando o libré, como fazia sempre que achava que uma ocasião específica exigia o prestígio de um criado particular vestido a caráter. Naquele dia, uma semana depois de o jogo de tabuleiro de Pandora ter sido colocado à venda na loja, Dragon julgara necessário usar a odiada vestimenta azul e dourada enquanto ela averiguava informações comerciais com o gerente do departamento de brinquedos.

Pandora sentia pontadas de nervosismo no estômago enquanto andava entre os mostradores. Havia um mercadinho do tamanho exato para uma criança brincar que saltava aos olhos, com gavetas, balcões e armário, uma balança que funcionava de verdade e frutas e vegetais de brinquedo. O olhar de Pandora correu por jogos de chá de porcelana, casas de bonecas, livros, carroças e armas de brinquedo e bonecas. Ela abriu um sorriso quando viu duas garotinhas brincando com um fogãozinho completo, com panelas, frigideiras e utensílios.

Para o Natal do ano seguinte, Pandora já planejara lançar dois novos jogos de tabuleiro, um conjunto de blocos do alfabeto, pintados com animais, além das letras, e um jogo de cartas para crianças tendo um conto de fadas como tema.

O que ela não confidenciara a ninguém, a não ser a Gabriel, era seu desejo de escrever um livro infantil. Só uma história simples, algo animado e divertido. Como não se achava talentosa o bastante para ilustrar e colorir, teria que encontrar um artista...

A atenção de Pandora foi desviada para um grupo de crianças inquietas pairando perto de Dragon, claramente querendo acesso à estante com livros atrás dele.

Dragon não se moveu. O homem não entendia de crianças e parecia vê-las como nada além de adultos pequenos e desmazelados, com pouco poder de percepção. Um pequeno grupo estava reunido ao redor dele, três meninos e duas meninas, e nenhum deles passava da altura da cintura de Dragon. As crianças esticavam os pescoços, intrigadas com a figura um tanto bizarra de um criado musculoso, usando veludo azul, com uma barba, uma cicatriz e uma cara emburrada.

Pandora disfarçou um sorriso, aproximou-se das crianças, agachou-se ao lado delas e perguntou em um sussurro exagerado:

– Vocês sabem quem é este? – Elas se viraram para encará-la com os olhos arregalados de curiosidade. – É o capitão Dragon... O pirata mais corajoso e feroz que já navegou os sete mares. – Quando viu que capturara o interesse do grupo, ela ignorou o olhar incrédulo de Dragon e acrescentou, animada: – Ele ouviu a música das sereias e enfrentou uma lula gigante.

Também tem uma baleia de estimação, que costuma seguir seu navio, implorando por biscoitos do mar.

Um menino olhou assombrado para o rosto sério de Dragon antes de perguntar a Pandora:

– E por que ele está vestido como um criado particular?

– Ele enjoa no mar – confidenciou Pandora, em um tom triste. – O tempo todo. Não conseguiu mais suportar as náuseas. Por isso, agora é um criado particular e, nos dias de folga, é um pirata em terra firme.

As crianças se reuniram, cautelosas, ao redor do gigante de expressão impenetrável.

– Você tem uma perna de pau? – perguntou um deles.

– Não – grunhiu Dragon.

– Faz as pessoas andarem na prancha?

– Não.

– Qual é o nome da sua baleia?

Dragon pareceu irritado. Antes que ele pudesse dizer uma palavra, Pandora se apressou a responder:

– O nome dela é Bolhas.

– O nome *dele* é Esguicho – corrigiu Dragon.

Encantada, Pandora se afastou um pouco enquanto as crianças continuavam a arrancar informações de Dragon... Sim, ele certa vez vira uma sereia de cabelos verdes cantando e tomando sol sobre uma rocha. Quanto a um tesouro enterrado, bem, se ele tivesse um baú cheio de barras de ouro em um lugar secreto, certamente não admitiria para ninguém. Só piratas estúpidos ficavam se gabando de seus saques. Enquanto Dragon distraía as crianças – ou talvez fosse o contrário –, Pandora decidiu que era hora de descobrir sobre as vendas de seu jogo.

Ela endireitou os ombros e foi até o outro lado da enorme árvore de Natal... e parou ao ver a figura alta e esguia do marido, meio sentado, meio apoiado em uma mesa-mostruário, com as pernas relaxadamente cruzadas nos tornozelos. Gabriel era a imagem da tranquilidade aristocrática e da sensualidade fria, a luz dos candelabros acima dele parecendo lançar faíscas em seus cachos dourados.

O olhar do marido encontrou o dela e ele deu um sorrisinho, seus olhos azul-inverno cintilando em um fogo brando.

Por todo o alvoroço e sussurros arrebatados das damas que faziam compras ali perto, era de se espantar que nenhuma delas ainda tivesse desmaia-do. Pandora se aproximou dele com um sorriso irônico.

– Milorde?

– Eu sabia que você viria aqui depois de sua consulta. E enquanto espe-rava, ouvi rumores sobre certa mulher de negócios cujo estoque inteiro de jogos de tabuleiro esgotou em menos de uma semana.

Pandora o encarou, confusa.

– Acabaram? Todas as quinhentas unidades?

Gabriel se levantou e se afastou da mesa, que estava vazia a não ser por uma tabuleta em um pequeno cavalete.

O jogo de tabuleiro da temporada,
A Grande Maratona de Compras na Loja de Departamentos,
logo estará disponível novamente

– Falei com Winterborne há poucos minutos – continuou Gabriel. – O coração de vendedor dele dói por não ser capaz de vender um produto tão solicitado. E ele quer mais jogos assim que sua pequena fábrica tão ocupa-da consiga produzi-los.

Pandora reviu mentalmente alguns números.

– Maldição. Vou ter que contratar mais mulheres, e designar Ida como gerente.

– A camareira?

– Sim, ela está interessada no trabalho há meses. Eu resisti, mas agora é inevitável. – Ao notar a perplexidade do marido, Pandora explicou: – Em setembro, fiz um comentário ácido sobre como ela gosta de me dizer o que fazer e como provavelmente ficaria feliz se tivesse uma equipe inteira de mulheres para gerenciar e supervisionar... e ela *amou* a ideia.

– Por que isso é um problema?

A expressão de Pandora era sofrida quando explicou:

– Meus cabelos são lisos demais, não conseguem segurar um cacho. Ida é a única que já conseguiu fazer com que ficassem arrumados. Nunca espe-rei ter que escolher entre meus cabelos terríveis e meu negócio.

Gabriel se aproximou mais dela e roçou o nariz na sua têmpora.

– Amo seus cabelos – murmurou. – É como sentir o céu da meia-noite escorrer pelas mãos.

Ela se esquivou com uma risadinha abafada.

– Não, não seja romântico no meio da seção de brinquedos.

– Não está funcionando?

– Está, esse é o problema.

Gabriel seguiu-a lentamente, enquanto ela dava a volta na mesa vazia.

– O que a Dra. Gibson disse sobre o seu ouvido?

Pandora parou na extremidade da mesa oposta à dele e sorriu.

– Ela diz que vai melhorar com o tratamento certo. Não vou mais ouvir o zumbido, nem perder o equilíbrio, nem ter medo do escuro.

O olhar deles se encontrou em um momento de prazer e triunfo compartilhado. Antes que Pandora pudesse se mover, Gabriel já dera a volta na mesa e a segurara pelo pulso, rápido como um leopardo em ação.

– Vire-se para mim – murmurou ele, puxando-a gentilmente.

Pandora enrubesceu ao ver a expressão nos olhos do marido e tentou resistir, o coração disparando, feliz.

– Milorde – pediu ela em um sussurro –, não na frente de todas essas pessoas.

Ele torceu os lábios.

– Então encontre um canto onde eu possa beijá-la adequadamente.

Pandora se viu passando por entre os clientes, muito ruborizada, com o marido em seus calcanhares. Quando pararam para deixar algumas pessoas atravessarem diante deles, ela ouviu a voz de Gabriel, como uma carícia, próxima ao seu ouvido bom:

– Não importa o que aconteça, meu amor, você sabe que nunca precisará ter medo do escuro. Prometo que estarei sempre por perto para impedir que caia.

Quando os dedos deles se entrelaçaram, Pandora pensou que, por mais astuta que fosse a Dra. Garrett Gibson, ela estava errada sobre uma coisa. Havia magia no mundo, nos acontecimentos comuns de cada dia. Era a mesma força que movia as marés e que determinava o ritmo de um coração humano.

Inspirada por esse pensamento, Pandora, lady St. Vincent – uma mulher que admitia o pouco controle que tinha sobre os próprios impulsos –, virou-se para beijar o marido bem no meio da loja de departamentos. E ele – um cavalheiro obviamente inebriado pela esposa – se entregou ardentemente ao beijo.

NOTA DA AUTORA

Adorei ter a oportunidade de saber mais sobre a medicina e a cirurgia da época vitoriana enquanto fazia pesquisas para este livro – na maior parte das vezes, lendo publicações médicas, catálogos de instrumentos cirúrgicos e livros técnicos sobre cirurgia, todos dos anos 1870 (obrigada, Google Books). Embora algumas práticas e procedimentos fossem tão primitivos quanto eu tinha imaginado, no geral a medicina vitoriana acabou se mostrando bem mais avançada do que eu esperava. Começando por volta de 1865, sir Joseph Lister transformou a cirurgia ao adotar práticas antissépticas e esterilizadas, e se tornou o pai da medicina moderna. Avanços na área de anestesia tornaram possível que os cirurgiões realizassem procedimentos delicados e complexos, tais como os descritos neste livro, que nunca haviam sido tentados até então. Os médicos puderam usar microscópios com lentes novas e potentes e contar com seu conhecimento de química para diagnosticar e tratar problemas como a anemia de Helen.

A personagem de Pandora é minha homenagem à criadora de jogos de tabuleiro na vida real Elizabeth Magie, que inventou vários jogos, incluindo um chamado "The Landlord Game", em 1906. Charles Darrow acabou vendendo a versão dele do jogo para os Parker Brothers sob o nome de "Monopoly". Por décadas, Charles Darrow foi o único a receber o crédito por criar Monopoly, mas o jogo não teria existido sem o papel de Elizabeth Magie como sua inventora original.

A referência de Gabriel aos "mil choques naturais" é do solilóquio "ser ou não ser", de *Hamlet*, de Shakespeare. Acho que é uma frase perfeita para descrever os conflitos e desafios que todos encaramos na vida.

Tentei fazer com que todas as informações que diziam respeito à lei de propriedade de mulheres na Inglaterra de 1877 fosse o mais precisa possível. A ideia de uma mulher casada ser dona de uma propriedade ou ter uma identidade legal separada da do marido sofreu resistência da sociedade e do governo por um tempo dolorosamente longo. Uma série de Atos de Propriedade das Mulheres Casadas passou gradualmente, em 1870, 1882 e 1884, a permitir que as mulheres mantivessem o próprio dinheiro e suas propriedades, em vez de vê-los passando automaticamente para o controle do marido.

Também é verdade, como declara Pandora, que a rainha Vitória era contra o sufrágio feminino. Como Vitória escreveu em 1870, "anseio por chamar todos que possam falar ou escrever a respeito para refrear essa tolice louca e maléfica chamada 'Direitos das Mulheres', com todos os seus consequentes horrores, ao qual o pobre sexo frágil se inclina, esquecendo todo o senso de decoro e sentimentos femininos. As feministas deveriam receber uma boa surra. Se as mulheres se 'dessexualizassem', alegando igualdade com os homens, tornariam-se os seres mais odiosamente bárbaros e repulsivos e certamente pereceriam sem a proteção masculina".

Depois de ler tanto sobre a incrível frustração e sofrimento de nossas irmãs em um passado não tão distante, valorizo mais do que nunca sua luta... e sua vitória. Nunca diminuam seu valor, minhas queridas amigas. Nossas opiniões e nossas vozes são valiosas! As faíscas que há dentro de você vão garantir luz para as próximas gerações, exatamente como essas mulheres maravilhosas fizeram por nós.

Manjar branco favorito de Pandora

Uma confissão: li romances históricos por anos sem saber como era um manjar branco. Agora que sei, estou compartilhando com vocês esta informação conquistada com tanta dificuldade (tudo bem, levei só dez minutos).

Manjar branco, o alimento vitoriano clássico para pessoas inválidas ou caprichosas, vem do francês *blancmange*, uma palavra que significa "alguma coisa branca que se come", e na verdade é delicioso. É uma sobremesa incrivelmente leve e delicada, semelhante a um pudim, mas não se pode chamá-la de pudim porque não leva ovos.

Separei cerca de uma dúzia de receitas da época, e minha filha e eu testamos as duas que achamos que funcionariam melhor. Pode-se fazer manjar branco com gelatina ou com amido de milho, mas preferimos o amido de milho, que deixa mais cremoso. Além disso, use leite integral, ou pelo menos coloque um pouco de creme no leite desnatado, porque há tanto sentido em um manjar branco sem gordura quanto em uma omelete só de claras.

Ingredientes:

2 xícaras de leite
½ xícara de açúcar
¼ de xícara de amido de milho
1 colher de sopa de essência de baunilha ou de amêndoas (o de amêndoas é mais tradicional)
Calda de caramelo ou de frutas
(Você também vai precisar de quatro xícaras de chá e tigelas pequenas, ou uma dessas formas de assar de silicone moldadas, para cupcakes.)

Modo de preparo:

1. Coloque uma xícara de leite em uma panela pequena e aqueça até o ponto de fervura (bem quente, com bolhinhas nas bordas).

2. Em outra tigela, misture o restante do leite, o amido de milho e o açúcar e misture até alcançar uma consistência lisa.

3. Derrame o conteúdo da tigela na panela e aumente o fogo para médio. Mexa sem parar, ou a mistura vai queimar no fundo e seu manjar branco não será mais branco.

4. Quando a mistura realmente começar a ferver (grandes borbulhas em ação), mexa por mais vinte segundos e tire do fogo. Derrame o conteúdo nas quatro xícaras, ou em tigelinhas, ou nas formas de silicone para cupcake.

5. Leve à geladeira por pelo menos seis horas e sirva com um pouco de calda (se você usou uma forma de silicone para cupcake, desenforme os lindos manjarzinhos brancos sobre pratos).

6. Coma delicadamente, enquanto lê um romance.

Meu marido, Greg, comeu quatro desses de uma vez, porque são muito leves, e sugere que quem gostar mesmo de comer sirva a sobremesa com cookies.

CONHEÇA OS LIVROS DE LISA KLEYPAS

De repente uma noite de paixão
Mais uma vez, o amor
Onde nascem os sonhos
Um estranho nos meus braços

Os Hathaways
Desejo à meia-noite
Sedução ao amanhecer
Tentação ao pôr do sol
Manhã de núpcias
Paixão ao entardecer
Casamento Hathaway (e-book)

As Quatro Estações do Amor
Segredos de uma noite de verão
Era uma vez no outono
Pecados no inverno
Escândalos na primavera
Uma noite inesquecível

Os Ravenels
Um sedutor sem coração
Uma noiva para Winterborne
Um acordo pecaminoso
Um estranho irresistível
Uma herdeira apaixonada
Pelo amor de Cassandra
Uma tentação perigosa

Os Mistérios de Bow Street
Cortesã por uma noite
Amante por uma tarde
Prometida por um dia

Clube de apostas Craven's
Até que conheci você

editoraarqueiro.com.br